"三峡学者文库"编委名单

主　编：
郭作飞　王志清

编委会：
陈会兵　曾　毅　申载春　李　俊
林辉春　赖永兵　李朝平

西方悲剧范畴的现代转型

陈振华 著

四川大学出版社

责任编辑：徐　凯
责任校对：徐志静　毛张琳
封面设计：墨创文化
责任印制：王　炜

图书在版编目(CIP)数据

西方悲剧范畴的现代转型 / 陈振华著. —成都：四川大学出版社，2018.9
（三峡学者文库 / 郭作飞，王志清主编）
ISBN 978-7-5690-2382-4

Ⅰ.①西… Ⅱ.①陈… Ⅲ.①悲剧-文学研究-西方国家 Ⅳ.①I500.73

中国版本图书馆CIP数据核字（2018）第216222号

书　名	西方悲剧范畴的现代转型
著　者	陈振华
出　版	四川大学出版社
地　址	成都市一环路南一段24号（610065）
发　行	四川大学出版社
书　号	ISBN 978-7-5690-2382-4
印　刷	郫县犀浦印刷厂
成品尺寸	148 mm×210 mm
印　张	15.75
字　数	339千字
版　次	2018年11月第1版
印　次	2018年11月第1次印刷
定　价	65.00元

◆读者邮购本书，请与本社发行科联系。
电话:(028)85408408/(028)85401670/
(028)85408023　邮政编码:610065
◆本社图书如有印装质量问题，请寄回出版社调换。
◆网址:http://press.scu.edu.cn

◆版权所有◆侵权必究

"三峡学者文库"出版说明
（总序）

  中国语言文学是重庆三峡学院历史最悠久的学科之一。经过长期的建设与发展，本学科已积累了较为深厚的研究基础，成为重庆市高校"十三五"重点学科，其中中国古典文献学为重庆市立项建设重点学科，汉语言文学本科专业为重庆市特色专业建设点，其中师范专业为重庆市首批"专业综合改革试点"专业。2014年7月本学科正式获批新增硕士学位一级学科授权点，汉语言文字学、中国古典文献学、中国古代文学、中国现当代文学4个方向开始招收硕士研究生。本学科2014年申报了学科教学（语文）专业硕士学位，于2015年开始正式招生。

  本学科有一支职称高、学历高，年龄、学缘结构合理，具有较强科研能力的学术队伍。其中有教授11人、副教授18人、博士16人（另有在读博士2人）；有重庆市名师1人，重庆市高校优秀中青年骨干教师2人，外聘兼职教授19人，硕士研究生导师15人（含兼职）。队伍成员大多毕业于"985""211"高校，受到了严格的学术训练，有较为深厚的中国语言文学理论基础和研究素养，在各自的研究领域均取得了不少研究成果。部分教师先后与西南大学、东南大学、四川外国语大学等合作，开展联合招收硕士研究生培养工作，已招收培养硕士研究生50余人，积累了丰富的硕士研究生培养经验。

经过长期积累，本学科已在古代文学与古典文献研究、汉语本体及其应用研究、现当代文学与文艺理论研究等方面取得了较为丰硕的成果。何其芳研究、三峡方志文献研究、夔州诗研究等具有鲜明的地域特色，在国内外产生了较大影响。近年来本学科共主持国家社科基金项目13项，教育部委等部级项目14项，其他项目100余项；出版著作47部；发表论文540多篇，其中发表在重要刊物上的有31篇，发表在CSSCI及核心刊物上的有178篇；获重庆市社科优秀成果二等奖2项，三等奖6项，全国优秀古籍图书二等奖1项。

本学科现有重庆市人文社科重点研究基地1个，市级学会1个，校级科研创新团队2个；校级研究所4个，研究工作室4个；建有学科专业图书资料中心1个，藏有《四库全书》《敦煌文书》等大型纸质图书资料30余万册，电子图书100余万种，学科中外文现刊30多种。

本校开通有CNKI中国知网、维普中文期刊数据库、万方数据库等及10余种试用的电子资源和数据库，校园网络畅通，能方便查询检索资料。

本校已与德国波恩大学、法国国家科学研究中心、日本圣泉大学、美国丹佛社区大学、中国社会科学院、北京大学等建立了密切的联系，能为学生参加国际国内学术会议、培养国际学术视野提供便捷的交流平台。

为了进一步加强市级重点学科中国语言文学和硕士点的建设，展示和提升学科科研实力和科研水平，本学科现启动"三峡学者文库"的资助出版工作。该出版工作重点资助汉语言文字学、中国古典文献学、中国古代文学、中国现当代文学等方向以及三峡文化研究方向的特色成果，计划出版15部具有原创性、前沿性的学术专著，由四川大学出版社统一编辑，分批次出版。

"三峡学者文库"由市级重点学科下拨经费及学校配套经费资助，学校各级领导高度重视，文学院专门成立了"三峡学者文库"编委会，学科成员积极响应、热情参与。本丛书的出版得到了四川大学出版社的大力支持，徐凯编辑为丛书的出版付出了辛勤的劳动，在此一并致谢！

"三峡学者文库"编委会

2018年1月

目 录

绪　论　古典与现代"知识型"中的西方悲剧范畴
　　……………………………………………（1）

第一章　摹仿与创造………………………（43）
　第一节　摹仿理论的创设………………（43）
　第二节　摹仿理论的变形………………（57）
　第三节　创　造…………………………（80）

第二章　悲剧性……………………………（104）
　第一节　悲剧的反目的性与目的性……（105）
　第二节　悲剧性冲突……………………（109）
　第三节　生命的悲剧意识………………（129）

第三章　悲剧情节…………………………（165）
　第一节　亚里士多德的情节中心论……（166）
　第二节　古典主义的情节论……………（182）
　第三节　悲剧情节的"边缘化"…………（207）

第四章　悲剧人物…………………………（228）
　第一节　古典悲剧人物的"高贵性"与"类型化"
　　………………………………………（229）

第二节　现代悲剧人物的"尊严"与"自由"
………………………………………………………(265)

第五章　悲剧演出……………………………(293)
第一节　古典时期的悲剧演出………………(294)
第二节　现代的剧场艺术……………………(303)

第六章　悲剧反应……………………………(325)
第一节　卡塔西斯……………………………(326)
第二节　古典时期对悲剧反应的探讨………(340)
第三节　现代的悲剧反应论…………………(363)

第七章　悲剧的终结…………………………(401)
第一节　对"古典悲剧与现代悲剧"的历史处理
………………………………………………………(402)
第二节　黑格尔与尼采：对悲剧终结的两种认识
………………………………………………………(419)
第三节　斯丹纳：现代悲剧的失败与悲剧终结
………………………………………………………(443)

结　论…………………………………………(472)

参考文献………………………………………(479)

后　记…………………………………………(492)

绪　论　古典与现代"知识型"中的西方悲剧范畴

一、"知识型"的引入

悲剧无疑是西方文学领域中的最高典范，而作为一种戏剧范畴或形式，它在西方文学史上并不具有普遍性。悲剧仅仅在公元前5世纪的古希腊、文艺复兴时期的英国和17世纪的法国出现并取得了成功，此后尽管自称为"悲剧"并在当时极受称赞的戏剧不断出现，然而对于这些戏剧是否为悲剧至今仍没有形成理论共识。关于悲剧的批评与研究即悲剧理论，始于亚里士多德的《诗学》，中间曾出现过长时间的断裂，文艺复兴时期得到恢复后，就再也没有中断过，且日益繁荣昌盛，正如帕尔蒙（Richard H. Palmer）所说的："从16世纪以来，每隔一段时间就会出现新的悲剧研究。"① 那么，是什么使得一代又一代的西方剧作家执迷于悲剧的写作呢？又是什么使得一代又一代

---

① Richard H. Palmer, *Tragedy and Tragic Theory*, New York: Greenwood Press, 1992, p. 1.

杰出的文学批评家和哲学家把悲剧研究作为自己研究的一个重要课题呢？

悲剧理论成为西方戏剧界和西方学术界一个长期的重要课题，就在于悲剧尤其是古希腊悲剧对西方文明具有非常重要和不可替代的价值和意义①，在于悲剧比其他的任何文学体裁都更适宜于表达这种价值和意义。"在世界上的每一个地方，都有关于在当今之世'悲剧'是否还能继续写作的最真诚的讨论。如果没有意识到，一种没有悲剧的文明是危险地缺少某种东西的话，人们是不会这样真诚的。"②这种价值和意义具体表现在两个层面上：一是在民族和国家层面上，一是在个体层面上。就个体来说，悲剧是生命力的象征，也是个人责任和荣誉的象征。对国家和民族来说，它既是国家理想的体现和象征，又是"作为

---

① 贝尔在论述资本主义文化领域中出现的对现代主义的"当代崇拜"现象时，指出这实在是出于西方人的本能和意识，力图以文艺对人生意义的重新解说，来取代宗教对社会的维系和聚敛功能，填补宗教冲动力耗散之后遗留下来的巨大精神空白。文化本身被视为为人类生命过程提供解释系统，帮助人类对付生存困境的一种努力。所以传统在保障文化的生命力方面是不可或缺的，它使记忆连贯，告诉人们先人们是如何处理同样的生存困境的（参见［美］丹尼尔·贝尔：《资本主义文化矛盾》，赵一凡等译，北京：生活·读书·新知三联书店，1989年版，第15页、24页）。在古希腊，表示言论自由的词有四个，其中两个首先出现在悲剧诗人埃斯库罗斯、欧里庇得斯的作品中。第四个词 parrhesia 最初出现在欧里庇得斯的剧本中，也是他最喜欢写的主题之一。一本有权威性的德文专门辞典告诉我们，这是雅典人创造的一个词，是雅典人骄傲的象征，它有两个基本的互相有关的含义。一个是个人的：坦率或直言；另一个是政治的：言论自由。它表达了雅典人自己的理想形象，一个习惯于心里怎么想就怎么说的自由的人（参见［美］I. F.加斯：《苏格拉底的审判》，董乐山译，北京：生活·读书·新知三联书店，1998年版，第250～257页）。

② ［英］克利福德·利奇：《悲剧》，尹鸿译，北京：昆仑出版社，1993年版，第45页。

真理时刻的危机"①。但是，笔者的研究兴趣不在于对这个为什么的问题的回答及怎样回答，而在于在西方文化这个传统中，不同时空中的西方文学评论家和哲学家就悲剧研究提出了哪些基本问题？引入了哪些基本概念？这些基本概念是有历史渊源的，还是新创设的？这些概念之间是何种关系？这些概念所构成的历史又是何种类型的历史？这些问题和概念在新的时空中是重新提出的，还是新时空中的新问题和新概念？对这些问题和概念又是如何回答的？这些回答相互之间有什么关系，是重复诠释还是重新解释，是渐进式的改革还是断裂式的革命？假如是断裂式的革命，这些革命的起点又在哪里？以及这些在不同时代和不同地域中产生的悲剧理论能否形成一个前后互有关联的整体，并怎样去认识和评判它们？

从史论关系看，理论史研究主要有"以论带史"和"就史论史"两种模式。"就史论史"模式是一种"记录片式"②的写作，它一般按照时间顺序，逐一介绍理论家和理论派别。"以论带史"模式要求按照特定的理论来整理概括理论材料，写作理论史。悲剧范畴史研究不是"就史论史"模式，也不完全是"以论带史"，而是一种从悲剧理论材料中找出某种规律性，然后借鉴运用与此规律性相合的某种特定的理论或框架来整理概括悲剧理论材料，研

---

① [美] 弗尔西斯·马尔赫恩：《当代马克思主义文学批评》，刘象愚等译，北京：北京大学出版社，2002年版，第123页。
② 赵敦华：《西方哲学的中国式解读》，哈尔滨：黑龙江人民出版社，2002年版，第163页。

究悲剧概念和范畴变迁及转型的历史。这种范畴史研究显然不是对单个范畴的把握,而是对全部悲剧范畴系统整体的历史把握。它是一种宏观范畴史,是一部极复杂又有趣的范畴史。

假如把西方文化看作一个相互有逻辑关系的严密的整体,那么不同时空中产生的西方悲剧理论毫无疑问便具有相互联系的整体性。假如把西方文化看作一个建构在某些共性之上的联合体,那么不同时空中产生的悲剧理论相互之间就没有多大的逻辑关系,如果有关系,也是一种历时性或共时性的联系,至多是一种相互影响的关系。就像在今天的全球化背景下,西方的话题同样能够在世界的其他地方激起或大或小的反响。然而,无论我们的假设是什么,这些在不同时空出现的西方悲剧理论都具有相同或相似的文化背景、理论前提或预设,它们的研究对象和基本问题也都是相同的。因此,不论西方悲剧理论是不是逐步完善的,它们的出现是必然的还是偶然的,它们都能构成一部前后既可独立存在又相互关联,且有变化和转型的悲剧范畴史。

纵观整个西方悲剧理论就会发现,在这两千五百多年中,西方的悲剧研究(即悲剧艺术与行动的配置关系)出现了两次断裂性的革命。在这两次断裂性革命前后形成的三个时空中的悲剧研究都是以一种累积性、渐进性和连续性的形象出现的。第一次断裂性革命发生于18世纪末19世纪初,在此之前的悲剧研究可称为古典悲剧理论,之后的则可称为现代悲剧理论。第二次断裂性革命始于20世纪60年代，暂且称其为后现代悲剧理论。18世纪末19世纪初之前的古典悲剧研究都承认，悲剧是对一个行动的摹仿，具有真善美（相互之间未有明显区分）尤其是真善的价值；之后的现代悲剧研究尽管还是承认悲剧艺术与人的行动有关，但它研究的不再是悲剧艺术与人的行动的关系，而是悲剧艺术本身及其研究自身的历史，不再是悲剧艺术的真善美价值，而是它的美。始于20世纪60年代的后现代悲剧研究，因"戏剧家们不再去写作悲剧"与"悲剧消亡"论的流行，转向了对泛悲剧的非文学非艺术思考和讨论及对悲剧研究之研究。囿于后现代悲剧理论的跨学科性和繁杂性，本书暂且搁下不表。福柯在《词与物——人文科学考古学》中提出的"知识型"，是一种探索关于非连续性、非进步、非根源和非相似的思想史观念，即关于思想史认识的理论。引入它来研究西方悲剧理论，必将有助于我们对西方悲剧范畴的变迁与转换（历史）提出一种新的别样的理解和判断。

　　什么是知识型呢？知识型①是福柯在《词与物——人文科学考古学》中为思想史或知识考古学研究提出的一个专门术语，目的是"重新发现在何种基础上，知识和理论才是可能的；知识在哪个秩序空间内被建构起来；在何种历史先天性基础上，在何种确实性要素中，概念得以呈现，科学得以确立，经验得以在哲学中被反思，合理性得

---

① 英文为episteme，也译为"认识型"。

以塑成"①。所以，福柯认为他在知识考古学研究中唯一的目的即是设法阐明知识论领域，"是认识型（l'épistéme），在其中，撇开所有参照了其理性价值或客观形式的标准而被思考的知识，奠基了自己的确实性，并因此宣明了一种历史，这并不是它愈来愈完善的历史，而是它的可能性状况的历史；照此叙述，应该显现的是知识空间内的那些构型（les configurations），它们产生了各种各样的经验知识"②。换言之，知识型指的是围绕某种特定的构型组织起来的知识空间，知识空间也只能通过这些特定的构型得以解释。因此，知识型是一个时代不变的绝对观念，它不仅决定"词"如何存在，"物"为何物，而且"是特殊知识和科学的存在条件的一个关系维度"③。其实，某种特定的构型便是事物的秩序，换个词来说就是某种组织原则。所以知识型是某种组织原则的产物，这种组织原则通过对事物进行分类并赋予它们意义和价值将事物相互联系起来，从而决定我们应该怎样认识事物，我们可以知道什么，乃至我们要说什么。而这些原则在某种程度上我们是觉察不到的。④ 因而，知识型是一种必然的、无意识的和无名的思想形式，它是"历史的先验知识"，是确定和限

---

① [法]米歇尔·福柯：《词与物——人文科学考古学》，莫伟民译，上海：上海三联书店，2001年版，前言，第10页。
② [法]米歇尔·福柯：《词与物——人文科学考古学》，莫伟民译，上海：上海三联书店，2001年版，第10页。
③ 莫伟民：《主体的命运》，上海：上海三联书店，1996年版，第89页。
④ [澳]J.丹纳赫、T.斯奇拉托、J.韦伯：《理解福柯》，刘瑾译，天津：百花文艺出版社，2002年版，第2页。

定一个时代所能思考到的或不能思考到的东西的深层基础。知识型"本身不是知识形式,它也不是在各种异质性知识、主题、精神中透视出来的共同理念和核心态度,它不属于理念的范畴,而属于形式法则范畴,属于条件范畴"①。它仅仅是我们命名、讲话、思考和想象的那个场所。美国哲学家托马斯·库恩在《科学革命的结构》中也提出了相似的见解,而且还提出了一个类似的概念——"范式"。库恩认为,科学的发展不是一个纯粹而简单的累积过程,而是一个常规科学与常规科学反常或革命的过程。"范式一改变,这世界本身也随之改变了。"② 当然,这世界并没有因为范式的改变而改变,但经过范式转换后的科学家却确实在一个不同的世界里工作。库恩接着又说:"一个人所看到的不仅依赖于他在看什么,而且也依赖于他以前视觉—概念的经验所教给他去看的东西。若是缺少这种以前的训练,用威廉·詹姆斯的话来说,只会有一种'繁杂而琐碎的混乱'。"③ 知识型作为各种知识领域的基础,是与过去四百年间西方思想文化不同时期的概念基础相对应的,且它们相互之间具有"不可通约性",所以,每个时代理解世界的方式完全是一种与后来时代的人不同的方式,也是后来时代的人不可想象的。福柯根据词

---

① 汪民安:《福柯的界线》,北京:中国社会科学出版社,2002年版,第71页。
② [美]托马斯·库恩:《科学革命的结构》,金吾伦、胡新和译,北京:北京大学出版社,2003年版,第101页。
③ [美]托马斯·库恩:《科学革命的结构》,金吾伦、胡新和译,北京:北京大学出版社,2003年版,第103页。

与物关系的不同配置，认为过去四百年的西欧思想史可分为三个阶段：文艺复兴、古典和现代知识型。

在文艺复兴时期，人们是依照相似性原则来认识事物、构建知识的。"直到 16 世纪末，相似性（la ressemblance）在西方文化知识中一直起着创建者的作用。正是相似性才主要地引导着文本的注解与阐释；正是相似性才组织着符号的运作，使人类知晓许多可见和不可见的事物，并引导着表象事物的艺术。宇宙被折叠起来了：地球重复着天空，人们的面孔被反映在星星中，植物把种种对人有用的秘密掩藏在自己的茎杆里。油画模仿着空间。表象（无论是欢乐，还是知识）作为重复而出现：生活的舞台或世界的镜子，这是所有语言的身份，是其宣称并表达自己的发言权的方式。"① 相似性不仅直接构成文艺复兴时期的知识型，而且表明文艺复兴时期的事物和知识是依据相似性而被秩序化的。

与相似性知识联系在一起的主要有适合、仿效、类推和交感②四种形式。通过这四种形式，世界被组织成一个相似性体系，而这个相似性体系是以符号的形式被镌刻在宇宙中的，即是说"相似性是那个在世界深处使得事物成为可见的东西的不可见形式；但是，为了使这个形式有可能处于光的沐浴之下，就必须有一个可见的形象，把它从

---

① ［法］米歇尔·福柯：《词与物——人文科学考古学》，莫伟民译，上海：上海三联书店，2001 年版，第 23 页。
② ［法］米歇尔·福柯：《词与物——人文科学考古学》，莫伟民译，上海：上海三联书店，2001 年版，第 24～35 页。

其深刻的不可见性中牵拉出来。这就是为什么世界面貌覆盖着讽刺诗、符号、数字和晦涩的词——覆盖着'象形文字'"①。所以,人们用来认识、描述世界的相似性符号本身也是相似的。因为没有记号,就没有相似性。相似性世界只能是有符号的世界。于是,破译符号,就成为人类的知识,文艺复兴时期的知识。

但是,文艺复兴时期的语言不是对物的反映,不是表达物的真理,语言本身即是神秘而模糊的物,它和植物、动物、岩石一样,是世界的一部分,并和世界相交织。更重要的是,这个时期的符号系统是一个由能指、所指和"关联"(即相似性)构成的三元体系。能指和所指的中介就是相似性;由于相似性既是符号形式,又是符号内容,所以这个排列的三个不同的要素被归结为一个单一的形式。认识世界,也就是认识世界的相似性;而认识世界的相似性,就是辨认、解读、破译镌刻在宇宙中的相似性符号。

17世纪末到18世纪中叶的古典时期,人们不再将相似性看作知识的秘密和源泉,而是把它看作产生谬误和幻觉的根源。人们认为只有依靠同一与差异原则才能发现事物的秩序,描写事物的特征并使它们彼此相互关联,以此来设想存在物之间的关系,并建构真正的确实性的知识。"古典思想排除了作为知识的基本经验和主要形式的相似

---

① [法]米歇尔·福柯:《词与物——人文科学考古学》,莫伟民译,上海:上海三联书店,2001年版,第37页。

性，并否定了相似性中的大杂烩，实际上这些大杂烩必须依据同一性、差异性、尺度和秩序得到分析。"① 因此，古典时代的认知（或知识）是一种通过区别事物，而不是通过连接事物来完成的。古典知识型提供的知识应该是一种完全的、准确的知识，而不应是一种不完全的、可能的知识。要提供一种完全的、准确的知识，唯一可靠的重要途径是比较，比较只有度量（尺度）的比较和秩序的比较两种。② 通过这两种比较，事物的秩序被重新确立，那种不准确的模糊的相似（知识）则被知识的确定性、精确性、同一性和差异性取代了。古典知识型由此得以确立。

　　随着文艺复兴知识型被替代为古典知识型，整个知识型自身的基本排列也发生了变化，如分析替代了类比、比较取代了相似、系列的有限性取代了相似的无限性、完全的准确性取代了不断增长的可能性，符号的整个体系也发生了变化。"在古典时代开端处，符号不再是世界的形式；符号不再因牢固的和秘密的相似性或亲合性纽带而与自己所指称的东西联系起来。"③ 符号不再是自然提供的，它

---

　　① ［法］米歇尔·福柯：《词与物——人文科学考古学》，莫伟民译，上海：上海三联书店，2001年版，第69页。
　　② 度量的比较是指利用几何学的方法，将分析的整体对象分隔成诸多部分从而导致众多的单元，比较应根据一个共同的单元来进行，它实际上是一个等或不等的计算关系，是同一性和差异性的计算形式的分析方式。秩序的比较与划分单元无关，它试图找出事物的最简单要素，然后找出次简单要素，依此类推，建立一个物的系列，后面的复杂要素同前面的简单要素逐渐区分出来。参见［法］米歇尔·福柯：《词与物——人文科学考古学》，莫伟民译，上海：上海三联书店，2001年版，第70～72页。
　　③ ［法］米歇尔·福柯：《词与物——人文科学考古学》，莫伟民译，上海：上海三联书店，2001年版，第77页。

也不再与它的标记物发生关联，它是人们构成的、约定俗成的，也是任意的、空洞的。总之，词与物分离了。"相似性与符号解除了它们先前的协定；相似性已靠不住了，变成了幻想或妄想；……物除了成为自己所是的一切以外，不再成为其他任何东西；词独自漫游，却没有内容，没有相似性可以填满它们的空白；词不再是物的标记；而是沉睡在布满灰尘的书本中。"① 文艺复兴时期，符号附在物的身上，是与物同一的，只待人去发现它的秘密、价值和本质，即使无人去探究，它仍旧在那里沉默地存在着。在古典时代，不再有未知、秘密的符号，不再有沉默的符号，这并非因为人们拥有了一切可能的符号，而是因为符号，只有当两个早已被人认识的因素之间的替换关系的可能性被人认识时，符号才存在。符号不再是默默地存在着等着确认它的人的到来；符号只能被认识活动构成。② 符号是被人建构的，所以它不再存在于物中即认知对象中，而是存在于认知主体的心灵中；符号不再是汇集事物，而是分化区别它们。由于符号的整个基础都发生了改变，语言与符号也从文艺复兴的三维性变为古典时代的二元性。古典时代的符号系统只包含能指和所指：词与物之间不再相似，词是对物的表述。

随着相似性与符号解除了它们先前的协定，语言和词

---

① [法]米歇尔·福柯：《词与物——人文科学考古学》，莫伟民译，上海：上海三联书店，2001年版，第63页。
② [法]米歇尔·福柯：《词与物——人文科学考古学》，莫伟民译，上海：上海三联书店，2001年版，第79页。

语也发生了巨大的变化。"书写的词不再包括在真理的形式和符号之内,语言不再是世界的一种构图,也不是有史以来就铭刻在事物之上的记号。真理的展示和符号根据明显而独特的感知被发现,如果词语能够的话,转译真理就是他们的任务。但是,它们再也没有权利被视作真理的标记,语言从其自身的存在性中撤离出来,它进入了一个透明和中性的时期。"① 古典时代的语言不再是世界的一部分,而是属于一个单独的本体论领域;它不再是事物的标记,而是沉睡在布满灰尘的书本中;词与物相分离,就像癫狂与理性相分离一样。语言除了是其所说外不再是什么,它现在只是纯粹的符号,它表述的是自身并不拥有的内容,它就是表述,就是思想,它不是知识的对象。

18世纪末19世纪初,西方思想界又一次发生了知识型的断裂,从古典知识型转换为现代知识型。其实这次转型并非突如其来,而是经过两个特殊的阶段才完成的。第一个阶段(1775—1795),其标志是时间观念被引入认知活动中,而人们仍是用词之序来描述物之序,因而时间观念并没有从根本上摧毁古典时代的表象体系。进入第二个阶段(1795—1825),由于人们认为世界并不是由同一与差异的原则彼此联系起来的,而是由一种间断性的有机结构连接组成,由因素之间的内在关系组成,且因素的总体性履行着一个功能。② 知识型发生真正的断裂后,现代知

---

① 转引自汪民安:《福柯的界线》,北京:中国社会科学出版社,2002年版,第80页。
② 莫伟民:《主体的命运》,上海:上海三联书店,1996年版,第118页。

识型才得以确立。福柯写道:

> 一般的知识空间不再是同一与差异的空间、非数量秩序的空间、一般特性化的空间、一般分类学的空间、非可测的智力训练的空间,而是由生物结构组成的空间,即其总体确保一个功能的诸要素间的内在关系的空间;它将表明这些结构是不连续的,它们并不由此形成一张关于未分裂的同时性的图表,而是某些结构处在相同的层面上,而其他的结构则构成了系列或线状序列。因此,我们看到:作为这一经验性空间之组织原则,同功①(l'Analogie)和接续(la Succession)涌现出来了:事实上,生物结构相互之间的关联不再是一个或诸要素之同一性,而必定是诸要素间关系(可见性在这个关系中不再起作用)之同一性以及由这些要素确保的诸功能之同一性;而且,假如这些生物结构偶尔相邻(作为同功之特别高的密度的结果),那并不是因为它们在一个分类区域中占据着邻近的位置;而是因为它们都是同一个时间内形成的,并且在接续之生成(le devenir)中是一个紧接着另一个的。②

由此看来,在现代知识型阶段,现代人是在生物结构这个知识空间中或者说是依照结构这个思想框架来看待事

---

① 在语法中,译为类同。引者注。
② [法]米歇尔·福柯:《词与物——人文科学考古学》,莫伟民译,上海:上海三联书店,2001年版,第284~285页。

物、排列事物顺序的,并认为"知识成为解释的知识"。这些生物结构尽管不是连续的,它们也不能构成一种没有中断的关系,但是由于它们仍然可以通过同功和接续这两种组织原则而彼此邻近,从而组成一个紧接着一个的时间序列。因此,在现代知识型中,事物成其为事物,并非因为事物在理想的恒定的分类体系中的地位,而是因为事物在真实时间(即历史)中的地位。从现在起,现存事物的秩序并不受制于外在于事物的理想本质,而是由深藏于事物内部的历史力量所决定。

与新的秩序观相适应,新的关于符号的观念也出现了。现代符号观认为表象虽然还在起作用,依然可以作为思想功能的表象,但它不再是一个毫无疑问的、绝对的、自我验证的出发点,不再是一个等同于思想本身的功能。康德的批判哲学即是这种新的表象观的代表:经验知识本质上是表象的,然表象无法在经验领域之外使用,因此,形而上学的符号不具有表象作用。①

与新秩序观和新符号观相适应,产生了现代知识型的知识观,即认为随着表象的衰落,知识的领域分裂了,各有自己的方向,而不再是运用同一种方法于不同领域的线性系列,即知识空间现在不再在水平面展开;相反,它现在在垂直面展开,而且它只在知识空间的垂直面内才具有意义,"这样,欧洲文化为自己创造了一个深度,在这个深度中,至关重要的不是同一性、区分性以及具有各种可

---

① 杨大春:《傅柯》,台北:生智文化事业有限公司,1997年版,第99页。

能性路线的固定表格,而是巨大的隐秘性力量,这些力量是根据它们原始的难以接近的内核、起源、因果性和历史发展而来。从此时起,事物的表征只能通过稠密的深度"①。如今,由于知识的空间从水平性转向垂直性,相应地出现了三个特殊的维度:一种是数学(包括纯数学和数学物理学),一种是经验科学(包括生物学、经济学和语文学等之类的科学),一种是哲学反思。这都是由于对表象的疑问而产生的:数学是分析的;经验科学是综合的,而且基于表象;哲学则是对表象的反思。

由于知识的空间由水平性转向垂直性,与之相适应出现的科学,现在都为一种有限性与历史性所控制,也就都具有了一种全新的、有深度的形式化模式。这些科学,无论是政治经济学、生物学和语文学,还是现代哲学,首先是把人引进来了。人第一次被看作科学的知识的客体,作为它的探究对象,作为它的内容。其次是引入了有限性与历史性的理念。历史性和限度被引入自然、生物和生命的领域中,它就成为存在者的基本模式。现在,作为历史性的显著标记的死亡,像一柄达摩克利斯剑随时随地悬置在生命的上空,动物处于生与死的边界,它成为死亡的载体,它在死亡的脚步声中获得其存在性,"自然"史变成了自然"史",生命成为一个有限的时间性存在,它受制于历史性。

---

① 汪民安:《福柯的界线》,北京:中国社会科学出版社,2002年版,第88页。

由于表象的衰微和知识的分化，语言不再仅仅是由"表象"和表象这些"表象"的声音所组成，相反，语言是由形式要素构成的。于是，语言一下子获得了自己的存在。

从19世纪开始，语言开始自身反省，获得了自身的深度，展开了只属于自己的一种历史、种种法则和一种客观性。语言变成了一个认识对象，就像其他认识对象一样：语言在生物旁边，在财富和价值旁边，在事件和人类的历史旁边存在着。①

从此，语言不再是一种普遍性的命名，不再是一种毫不顾及自身深度的表象功能，而变成了一种有深度、有厚度、有自主性、有意志的知识。这样，它就从一种纯粹的表象功能回复到一种对象状态。按照福柯的说法，这种回复产生了三种结果。首先是对科学语言的中性化处理。人们已认识到语言是人的一种主体的意志行为，包含主观因素，因此，作为追求精确的自然科学必须剔除语言的特殊性、主观性和唯一性的印记。其次，语言研究具有一种批判价值。由于语言积淀着自身的记忆，它是民族惯习、思想和精神的晦暗场所，因而语言研究就可能是对词的批判性发现、解释。语言自身成了一个谜，"知识成为解释的知识"。福柯由此进一步断言，《资本论》第一卷即是对"价值"的解释，尼采的著作是对若干希腊单词的解释。

---

① ［法］米歇尔·福柯：《词与物——人文科学考古学》，莫伟民译，上海：上海三联书店，2001年版，第386页。

最后，文学的出现。在现代知识型时期，文学不再是对外物的表象，它将自己封闭在一种非及物性之内，文学仅仅是一种语言展示，是单纯的书写行为。语言不再是一个表象系统，"它在其词根中就指明了那些最恒常的行为、状态和愿望，从根本上而言，它想说的不是人们的所见，而是人们的所为，人们的经历。……语言并不植根于被感知到的事物之中，而是植根于行为主体中……我们说是因为我们在行动，而并非因为认知是一种辨认手段，像行为一样，语言表达着一种对某物的深层意志"①。

　　福柯的研究表明，过去四百年的西欧思想史不存在连续性和进步性，而是非连续的、断裂的和非发展的，它们是通过知识型及其转换发生的。"历史上任何时期，范式感知，都是当时的现实。"② 前文的简要叙述表明，西方悲剧范畴史同样存在着类似的知识型及其转换，因此借用福柯的知识型来研究西方悲剧范畴史是完全可行的。由于研究的范围（和对象）以及研究的逻辑起点具有明显的差异，一个适用的是各种经验科学，一个适用的仅仅是西方悲剧理论；同时也因为福柯的知识型是对非连续的、断裂的思想史的解释与呈现，而本书研究的西方悲剧范畴史则既要解释、呈现它的断裂性、非连续性、非发展性，也要解释、呈现它的连续性和发展。于是，借用福柯的知识型

---

　　① 转引自汪民安：《福柯的界线》，北京：中国社会科学出版社，2002年版，第91~92页。

　　② 周宪等：《当代艺术文化学》，北京：北京大学出版社，1988年版，第142页。

研究西方悲剧范畴的历史，就必然要作一些原则性和技术性的修正。

二、悲剧范畴的界定

"文学理论体系实际上就是能概括和反映文学本质及创作诸方面要素的相互关系的一套范畴体系。"① 从某种意义上说，此论同样适用于悲剧理论的研究。因此，整个西方悲剧理论史实际上是一部悲剧范畴（体系）产生、发展、转换的历史。因为任何一种自成体系的悲剧理论，都应通过自己独到的概念、范畴、命题及其内在的逻辑而展开。悲剧理论的目的在于揭示悲剧艺术的普遍性规律，在于确立悲剧艺术从剧本创作到演出的一般原则。而规律和原则的表述只能通过范畴体系和命题体系才能完成，所以从悲剧概念和范畴的变迁和转换两个方面来研究西方悲剧理论的发展，不仅可行，也是必要的。

范畴，乃英文 category 的汉译，英文 category 又是从希腊文 χατηγορια 演变而来的。在古希腊，范畴本来是一个法律用语，它或者表示一般的告发，或者专指在法庭上对某一个人的控告和起诉。相应的动词则有显示、暴露、证明、表明、宣告等意思。后来，亚里士多德把这个词运用到哲学中，把它变成一个哲学术语。其汉译取自《尚书·洪范》中的"洪范九畴"，含有规范、分类之意。

亚里士多德是西方第一个研究范畴，并运用范畴进行

---

① 汪涌豪：《范畴论》，上海：复旦大学出版社，1999年版，第24页。

诗学研究的哲学家。他没有给范畴下过定义，根据他论述范畴的相关著作（如《范畴篇 解释篇》《形而上学》），可以确定他所说的范畴主要有两种含义：一是指种类或分类。"我们必须区分范畴的种类，以便从中发现上述的四种述语。它们的数目是十个，即本质、数量、性质、关系、何地、何时、所处、所有、动作、承受。"① 由于亚里士多德是从语法的主词和宾词（谓词）的关系角度来解释和阐明范畴的含义的，而且常常把范畴统称为"宾词"，因而在对范畴被理解为种类或分类的具体理解上又有不同的认识：过去我们一般认为它指的是语言表达的种类或者事物（事件）种类的区分，甚至一切存在的基本类型，现在则倾向于把那些区分看成是语义上的，是意义的种类或样态之间的区分。二是把它看作是对客观存在事物的多方面性质的一种规定。"主要诸'是'的分类略同于云谓的分类〈范畴〉，云谓有多少类，'是'也就该有多少类。云谓说明主题是何物，有些说明它的质，有些说量，有些说关系，有些说动或被动，有些说何地，有些说何时，实是总得有一义符合于这些说明之一。"② 后来他又说："'是'之一义为一事物是'什么'，是'这个'；另一义是质或量或其它的云谓之一。在'是'的诸义中，'什么'明显地

---

① ［古希腊］亚里士多德：《亚里士多德全集》（第 1 卷），北京：中国人民大学出版社，1990 年版，第 62 页。
② ［古希腊］亚里士多德：《形而上学》，吴寿彭译，北京：商务印书馆，1991 年版，第 94 页。

应为'是'的基本命意,'什么'指示着事物之本体。"①依此来看,亚里士多德在把握范畴和"是"(存在)的关系时,虽然也感觉到了范畴是表示存在及其性质的思维形式,然而这毕竟只是一种潜意识,并未呈现为认识。

在处理知识是怎样产生的这个问题上,康德也使用了范畴这一术语。但是,他所说的范畴已不是亚里士多德关于事物对象存在的本体论范畴,而是关于思维的认识论范畴。康德认为范畴即纯粹概念。②说得通俗点,范畴是思想或判断事物的纯粹思维形式。"吾人所能确定者,范畴自身并非知识,而纯为自所与直观以构成知识之'思维方式'。"③"盖范畴纯为思维之机能,由此实无对象授与我者,我仅借之以思维'在直观中可授与吾人'之事物耳。"④在康德看来,我们之所以能思维能认识现象界,就在于我们借助了范畴。而范畴并不是得自一个外在的源泉,而是心灵自身所提供的,因此它是有限的、片面的、抽象的,它能思维现象界却不能思维或者说不能应用于

---

① [古希腊]亚里士多德:《形而上学》,吴寿彭译,北京:商务印书馆,1991年版,第125页。
② "纯粹"指先天的东西,即具有普遍性和必然性的东西,它以人的主体为其来源。经验概念是关于某一类东西的概念,这种概念只管这类的事物;纯粹概念是关于一切对象、事物共同具有的、最一般的概念,例如"动""静","存在""不存在","一""多"等就是最一般的概念,是概括一切事物、对象的共同点,因而它是贯穿在所有事物之中的。康德认为哲学研究的对象应是纯粹概念,经验概念可以出现在哲学研究中,但它属于具体科学研究的领域。
③ [德]康德:《纯粹理性批判》,蓝公武译,北京:商务印书馆,1997年版,第207页。
④ [德]康德:《纯粹理性批判》,蓝公武译,北京:商务印书馆,1997年版,第225页。

"物自体"。同时范畴也是先验的，因为"在玄学的演绎中，由范畴与思维之普泛的逻辑机能完全一致，已证明范畴之起源为先天的；在先验的演绎中，吾人亦已展示范畴为'关于普泛所谓直观对象'之先天的知识之所以可能"①。

康德认为，作为最一般概念的范畴本身是空洞的，它是没有内容和质料的纯形式。它必须运用到对象中去，否则它就没有了意义。"思维无内容则空，直观无概念则盲。"在康德看来，作为产生事物的知识的范畴，它的唯一作用就是和经验的对象相结合，此外没有任何用途。

康德从判断推演出的十二类范畴以及对这十二类范畴所作的分类，意味着他在某种程度上认识到他所归纳的范畴并非完全是孤立的、自足的存在，范畴之间也不是完全隔绝的，而是相互联系的。"每一类中所有范畴之数常同为三数之一事，实堪注意。其尤宜注意者，则每一类中之第三范畴，常由第二范畴与第一范畴联结而生。"也就是说，每类范畴中第三个范畴是前面两个范畴的综合或对立统一。"故一切性即总体性实即视为单一性之多数性；制限性仅为与否定性联结之实在性；相互性为交互规定实体之因果性；最后必然性乃由可能性自身所授与之存在性。"②

---

① ［德］康德：《纯粹理性批判》，蓝公武译，北京：商务印书馆，1997年版，第117页。
② ［德］康德：《纯粹理性批判》，蓝公武译，北京：商务印书馆，1997年版，第92页。

如同康德通过改造亚里士多德的范畴论来建立自己的范畴论一样，黑格尔也通过对康德范畴论的批判，提出他自己的关于思维与存在同一的范畴理论。首先，黑格尔认为范畴既是主观的（主观性），又是客观的（客观性）。①"这些范畴，如统一性、因果等等，虽说是思维本身的功能，但也决不能因此便说，只是我们的主观的东西，而不又是客观对象本身的规定。"② 所以，一方面范畴作为我们的思维本身的功能，是主观的、纯粹的；另一方面它又是客观对象本身的规定或适用于这个真实存在的事物世界的概念，是客观的、绝对的。其次，范畴自身是自我运动的。在这个自我运动的过程中，范畴不是一个一个并列在那里的，相反地，后一个范畴是从前一个范畴发展出来的，而且"每一个概念都处在和其余一切概念的一定关系中、一定联系中"③。显然，范畴自身的自我运动是一个辩证运动的过程，在这个辩证运动过程中，各范畴之间并不是孤立的、停滞不动的，而是相互联系、相互推移、相互转化的。"思维形式没有运动和发展，概念、范畴没有转化，如同'没有生命的骨骼'，并'不比小孩们从剪碎了的图画把还过得去的碎片拼凑起来的游戏好多少'，表

---

① 黑格尔认为客观性有三种意思：一是指外在的事物，是不以人的主观为转移的客观存在。二是为康德所确认的意义，指普遍性与必然性。三是指思想所把握的事物自身，以示有别于只是我们的思想，与事物的实质或事物的自身有区别的主观思想。黑格尔所提的客观性实为第三种含义。

② ［德］黑格尔：《小逻辑》，贺麟译，北京：商务印书馆，1980年版，第123页。

③ ［苏联］列宁：《列宁全集》（第38卷），北京：人民出版社，1963年版，第210页。

现出凝固的僵死性。"①

马克思、恩格斯和列宁等人也没有论述范畴的专著，但通过对黑格尔哲学中相关思想的批判阐述了他们的范畴观念。范畴作为最一般的和最抽象的概念，是客观现实、事物和现象的一般特征的概括的反映。"思想、观念、意识的生产最初是直接与人们的物质活动，与人们的物质交往，与现实生活的语言交织在一起的。观念、思维、人们的精神交往在这里还是人们物质关系的直接产物。"② 范畴是人类思维发展的产物，而人类思维也是随着科学的发展而变化和发展的。"每一时代的理论思维，从而我们时代的理论思维，都是一种历史的产物，在不同的时代具有非常不同的形式，并因而具有非常不同的内容。"③

范畴是认识现实的手段和工具，而客观事物是极其复杂多变的，因此要认识客观事物的本质及其规律性，必须通过抽象思维，必须凭借范畴这种思维形式。恩格斯说："要思维就必须有逻辑范畴。"列宁则说："在人们面前是自然现象之网。本能的人，即野蛮人没有把自己同自然界区分开来，自觉的人则区分开来了。范畴是区分过程中的一些小阶段，即认识世界的过程中的一些小阶段，是帮助

---

① 成一丰：《〈哲学笔记〉与黑格尔哲学》，西安：陕西师范大学出版社，1987年版，第46页。
② [德] 马克思、恩格斯：《德意志意识形态》，北京：人民出版社，1962年版，第19页。
③ [德] 马克思、恩格斯：《马克思恩格斯选集》（第3卷），北京：人民出版社，1972年版，第465页。

我们认识和掌握自然现象之网的网上纽结。"① 所以，客观事物甚至自然界在人的认识中的反映形式主要就是概念、规律和范畴等。

就范畴概念的自身性质看，它是概括和反映客观事物的普遍本质联系的思维形式；就单个范畴看，它反映的仅是客观事物的个别方面，因而只有各种范畴的联系、"一般概念、规律等等的无限总和才提供完全的具体事物"②。因此任何科学如果没有一定的相互联系的范畴，就不能反映客观事物的发展和变化，不能反映现实过程，也就不能成为科学。

20世纪，现代哲学更加重视符号、语言、范畴等思维工具本身的研究，但是它们常常把范畴、语言、符号孤立起来研究，否定语言哲学的认识论根源，转而强调语言符号乃一切认识论及其相关哲学的根源。美国逻辑学家和实用主义者查尔斯·桑德斯·皮尔斯即认为范畴是一种无意义的陈述。美籍德国语义学家鲁道夫·卡纳普则把范畴看作是意义的种类，而不再是事物的分类。

对范畴这一概念的梳理表明范畴的意义在历史上不是固定不变的，而是不同时代有不同的解释。但是，不论对它的解释怎样变化，它的意义都可概括为以下四种：一是认为范畴是一切存在的基本类型，如亚里士多德；二是认

---

① [苏联]列宁：《列宁全集》（第38卷），北京：人民出版社，1963年版，第90页。

② [苏联]列宁：《列宁全集》（第38卷），北京：人民出版社，1963年版，第310页。

为范畴是思想的基本形式，如康德；三是认为范畴既是一切存在的规定性（或反映），又是思想的形式，如黑格尔、马克思等；四是认为范畴与一切存在和思维无关，它仅仅是语言自身。范畴的含义虽然明确了，却还不是悲剧范畴，依然是哲学意义上的范畴。那么悲剧范畴究竟是什么呢？

其实，悲剧范畴就是指哲学上意味着思维或存在根本形式的范畴概念引入悲剧研究后所提出的一些基本概念。关于范畴的哲学思想各种各样，因而也会产生不同的悲剧范畴论。而且，随着范畴设定的方式以及分类标准的不同，也会提出不同分类的范畴论。如此一来，笔者所要论述的悲剧范畴既是一种马克思主义哲学式的，又是一种现代哲学式的范畴在悲剧理论上的创造性运用。笔者以为，悲剧范畴是一个描述性的概念，主要有以下几种含义：第一，它是对悲剧艺术的本质和意义的解释。第二，悲剧范畴是从不同角度和层次对悲剧艺术各种因素的规定，而且不同的悲剧范畴之间是相互联系的。因为范畴概念尽管是概括和反映悲剧艺术的普遍本质联系的思维形式，然而就单个的范畴看，它反映的仅是悲剧艺术的个别方面，因而只有各种范畴的联系，即一般概念、规律等的无限总和才能提供完全的悲剧艺术。因此，要认识和把握悲剧艺术的发展和变化，就不可能没有一定的相互联系的各种层级的悲剧范畴。第三，它是历史的产物，又具有超历史性。

具体来说，悲剧范畴首先是关于一种戏剧类型或戏剧形式的概念。克利福德·利奇说："对悲剧这一名词的准确使用,仍然还只是限于戏剧……在将来的某个时候,也许很有可能,人们将发现,十九—二十世纪的小说比这些年所创作的戏剧,在某些方面还更深刻地体现了悲剧精神。但对我们来说,悲剧还是那些被演出的作品,或者至少是为演出而写作的。"① 其实,悲剧作为戏剧范畴,不仅是西方文学传统的独特性表征,而且即使在西方文学中,它也不是一种普遍性的戏剧形式。乔治·斯丹纳在《悲剧衰亡论》开篇即说,悲剧作为一种戏剧形式没有普遍性。否则它就不是西方传统的独特性表征。② 悲剧既是一种独特的戏剧现象,也是一种独特的美学现象。这种独特性不只在于它是与悲剧性——人类的"生存的恐怖与可怕"紧密相连的艺术,更在于它是一个与剧场紧密相连的艺术。"剧作家却必须时时刻刻地记住:他的剧本是演给观众看的,剧作家依赖于公众,才能导致各种力量的有机的结合,而且在他的剧本里,临时性与局部性、持久性与永恒性必须交织在一起。"③ 因此,"就戏剧文学及其研究的问题而言,首先是戏剧文学具有独特的美学意义,其次,戏剧文学研究具有其独特的,不同于一般文学研究的方法。戏剧文学的研究是开放性的,它只是一个逻辑起点或诠释的参照点,由此出发,可以洞察戏剧艺术的整体。……戏

---

① [英]克利福德·利奇:《悲剧》,尹鸿译,北京:昆仑出版社,1993年版,第44页。
② George Steiner, *The Death of Tragedy*, New Haven: Yale University Press, 1996, p.3.
③ [英]阿·尼柯尔:《西欧戏剧理论》,徐士瑚译,北京:中国戏剧出版社,1985年版,第71页。

剧文学与剧场艺术是戏剧研究的两个领域,但并非互不相关,文本的深入阐释可以为剧场演出提供可靠的启发,而剧场演出又往往会发掘出戏剧文学研究者忽略了的隐含意义"①。这样的认识对于悲剧研究同样是十分适用的。

其次,悲剧作为一种戏剧形式范畴,它是对自身规定性的反映,但这种反映本身也具有层次性。换句话说,悲剧范畴本身涵盖了不同层次的范畴,即它是由不同层次的次一级范畴所构成的。就范畴概念自身的性质看,它是概括和反映客观事物的普遍本质联系的思维形式;就单个的范畴看,它反映的仅是客观事物的个别方面,所以只有各种范畴的联系、"一般概念、规律等等的无限总和才提供完全的具体事物",才能反映客观事物的发展和变化。作为戏剧形式范畴的悲剧范畴(是个总范畴),如果我们要对它的历史有整体的认识和理解,就必须认识把握在悲剧这个水平面上各个层次上(即垂直面上)的各种具体范畴、它们的关系以及它们的变迁。那么这些具体的范畴有哪些?它们各自归属那个层次呢?我们又该如何确定或寻找这些层次及这些具体范畴呢?

理论范畴的研究愈来愈受当代学者的重视②,但从范畴这个视角来整理研究西方悲剧的理论(历史)依然处于起步阶段。因而,为了确定或寻找悲剧范畴的不同层次及

---

① 周宁:《剧本与剧场:戏剧及其研究的观念与方法》,载于《文艺研究》,1993年第4期。

② 俳荣本:《文艺美学范畴研究》,南京:南京大学出版社,2002年版,第1页。

其各个层次上的具体范畴，有必要择要检视前人对悲剧理论甚至是文学理论的不同理解。

美国文学理论家韦勒克和沃伦认为，文学研究是一门知识或学问。对于这门学问的研究，他们区分为两个层次："外部研究"和"内部研究"。然后以此作为坐标阐述了他们对文学研究的整体观念，对前人文学理论的批判。这种分层次的总体研究非常适于对单个理论的得失的指点，但是这种内外之分的模式是否适于悲剧范畴呢？不太适合。因为它们作为范畴显得非常宽泛，而且外部研究与内部研究中所汇聚的因素也与悲剧理论中的因素存在很大的偏差。M. H. 艾布拉姆斯在《镜与灯》中认为，每一件作品总要涉及四个要素，即作品、艺术家、世界和欣赏者。因而他把阐释艺术作品本质和价值的种种尝试划为四类，其中有三类主要是用作品与另一要素（世界、欣赏者和艺术家）的关系来解释作品，第四类则把作品视为一个自足体孤立起来研究，认为其意义和价值的确不与外界任何事物相关。艾布拉姆斯的图式及分类无疑捕捉到了文学研究的最原始的层面，从而成为一种元理论，但它也不太适于悲剧范畴的研究：其一，悲剧作为一种综合艺术，它涉及的要素不是四要素，而是五要素，即世界、艺术家、作品、剧场和观众；其二，艾布拉姆斯从作品四要素演绎出的模仿说、实用说、表现说和客观说，其实在亚里士多德的《诗学》中是有机的、化合的，而他过于看重它们之间的差异，相反忽视了它们之间可能存在的相似性和同一性。

英国戏剧理论家阿·尼柯尔在《西欧戏剧理论》中把悲剧研究划分为五个层次：悲剧的普遍性、悲剧精神、悲剧文体、悲剧的男主人公、悲剧类型。尼柯尔的区分立足悲剧范畴，而且也顾及了悲剧作为戏剧形式的一面，不过它的分割层次显然存在问题，譬如：悲剧的普遍性与悲剧的男主人公就都谈到了男主人公的重要性；悲剧的普遍性与悲剧精神有交叉重叠之处。奥斯卡·曼德尔在《悲剧的定义》中认为悲剧的定义有两种：衍生定义（derivative definitions）和实体定义（substantive definitions）。衍生定义假定悲剧是一种先验性即本体（ontological）的表象，这种定义本质上是非美学的，即使它包含了一些美学诉求。实体定义认为艺术作品本身即是一个实体，如果说它也是一种本体论，那么它是一种内在的，而不是外在的本体论。这种定义从以下四个层次来界定，即悲剧艺术的形式因素、悲剧情境、伦理道德方面、情感效果。① 曼德尔的这种结构性分层是比较完美的，然而它针对的却是悲剧定义。另外他所论的悲剧不是一个戏剧范畴，而是一个美学范畴。克利福德·利奇在《悲剧》一书中把悲剧分割为悲剧主角，净化或是圣化，平衡感，陡转、发现、苦难，合唱队和统一性，夸饰感。罗伯特·W. 柯律根（Corrigan）在《悲剧眼光与形式》（*Tragedy Vision and Form*）中则从悲剧眼光、悲剧特征、悲剧形式、悲剧英

---

① Oscar Mandel, *A Definition of Tragedy*, New York: New York University Press, 1961, pp. 10—11.

雄、悲剧效果、悲剧与情节剧（melodrama）、悲剧氛围（climates）、悲剧批评者八个方面来编排悲剧理论。而威廉姆·斯托姆（William Storm）在《狄奥尼索斯后的悲剧理论》（After Dionysus: A Theory of the Tragedy）中把悲剧区分为狄奥尼索斯、悲剧性、悲剧眼光、悲剧性情境、悲剧场（the tragic field）这五个层面。以上三种对悲剧研究层面的分割，无论是利奇的、斯托姆的，还是柯律根的，都是基于悲剧这种独特戏剧形式的区分，并在某些方面都或多或少地触及了悲剧研究最原始的层面或因素，但都存在问题，要么划分过于具体，要么分层难以覆盖整个悲剧理论的历史，因而它们中的任何一种分类都不可能独自成为一套系统来呈现西方悲剧理论历史的范畴。

国内学者佴荣本将悲剧视为文艺美学范畴，把它分解为悲剧精神、悲剧的审美形态、悲剧审美情境、悲剧的理性意蕴、悲剧审美痛感五个次范畴。他的研究重心确实放在了悲剧文本上，但忽视了剧场艺术这个关键因素。另外他把悲剧视为文艺美学范畴，毕竟忽视了悲剧艺术自身的独特性（上文已提及）。

由此看来，悲剧范畴的分层，既要基于悲剧这个独特的对象，又要能把握悲剧艺术的原始的基质，而且还能由此衍生出次范畴和概念。那么，这个寄于悲剧范畴之下的层次到底是什么呢？其实，概览整个西方悲剧理论的历史，可以发现西方悲剧理论在长达两千五百年间讨论并研究的范畴可以概括为以下七个（组）：摹仿与创造、悲剧性、悲剧情节、悲剧人物与性格、悲剧演出、悲剧反应、悲剧终结。

在对悲剧范畴进行基本整理和分类,即在把悲剧范畴划分为摹仿与创造、悲剧性、悲剧情节、悲剧人物与性格、悲剧演出、悲剧反应和悲剧终结这七个(组)基本范畴后,接着要对这七个(组)基本范畴包含的所有概念和范畴进行评判,以检查并审视这些次概念和次范畴是旧的还是新的、是从未提及的还是重复的、是传统的还是独特的。经过这样的审视之后,就会发现所有的概念和范畴都可以概括为以下两类:一类是增值的,一类是派生的。派生的悲剧概念和范畴数量众多,基本上是对已说出的东西的重复,但也有一些可能是对已说出的东西的重新解释。它们是悲剧理论史的中介,扮演的虽是次要的角色,但是不可或缺的,而且起着承前启后的作用。增值的悲剧概念和范畴数量相对较少,它们是初次出现的,没有任何先例。它们是悲剧理论中的先锋,扮演的是历史舞台上的主角,直接决定了悲剧范畴的发明、变化和变形的历史。[①]分类是为了叙述的便利,其实它们是一个事物的两方面,它们是相互依存相互作用的,从而构成了一部完整的西方悲剧范畴史。

最后,悲剧范畴是历史性与超历史性的统一。悲剧范畴是人们对悲剧艺术不断体验反思的产物,是对悲剧艺术的本质及其规律性的认识和把握的思维形式。本质和规律

---

① [法]米歇尔·福柯:《知识考古学》,谢强、马月译,北京:生活·读书·新知三联书店,1998版,第178~180页。

并非具体的客观存在，却是具体的客观存在固有的属性，它无色、无味、无形，既能藏身在客观存在中，又可脱离客观存在而存在，是某种可认可思的思想，因而它具有不变性、稳定性和永恒性的特征。反过来，悲剧范畴又是认识悲剧艺术的手段和工具，而悲剧艺术是极其复杂的，因此要认识悲剧艺术的本质及其规律性，必须通过抽象思维，必须凭借悲剧范畴这种思维形式。恩格斯说："要思维就必须有逻辑范畴。"而范畴这种抽象的思维形式本身就具有某种不变性和稳定性，否则我们就无法认识和思考，也无法继承传统。所以悲剧范畴一旦形成，它就必然具有某种永恒性，不会轻易随着历史的变迁而消失，这就是悲剧范畴的超历史性。

但是悲剧范畴又必然具有历史性。首先，悲剧范畴是人们长期的社会审美实践的历史积淀物，而作为悲剧范畴的认识主体——人，自身即是历史的产物，他的审美反思活动是有条件的，是无法超出历史的，是受它的知识型所制约的，所以他的审美反思的历史积淀物——悲剧范畴定然是历史的，是在特定的历史时空中产生的。其次，悲剧艺术是一种极其复杂的综合艺术、整体艺术，而且历史上的悲剧艺术本身也是在发展与变化之中的，这就使得揭示悲剧艺术的本质及其规律性的悲剧范畴在特定的时空中无法穷尽悲剧艺术之美。"文学评论，不论其探讨方法多么'科学'，但它毕竟永远不能是一门精确的自然科学，即使在最卓有创见的推论与最深刻的评判中，仍会有许多未能涉及的领域。这是因为，戏剧评论艺术，尽管历史已很悠久,在本世纪也已获得很高的成就,但我们几乎可以认为,它还是处在婴儿阶段,因为它对它所评论的东西远未形成一个完整的观念。"① 此外,悲剧范畴是人们长期的社会审美实践的历史积淀物,且往往又是特定时空中的美学理想的体现,因而随着知识型或者是一定时空中美学理想的发展变化,对悲剧范畴内涵的理解也一定会发生变化。

悲剧范畴已然确定,而且也已推断出西方悲剧理论史就是一部西方悲剧范畴史,那么当西方悲剧范畴史置于古典与现代的知识型中时,西方悲剧范畴史与知识型的关系将是一种什么样的关系呢?被知识型所装备的西方悲剧范畴又会是一种什么样的历史呢?

三、"知识型"与西方悲剧范畴

福柯认为,过去四百年的西欧思想史是通过知识型及其转换才发生的。其实,西方悲剧范畴史也存在着这样类似的知识型及其转换,从亚里士多德《诗学》到20世纪中叶,西方在认识悲剧、构建悲剧范畴的组织原则上存在的古今差异实际上可视为古典知识型与现代知识型的差异。古典与现代这种知识型上的转换演变,是在古典与浪漫的对立之中开始的,并有了初步的自觉意识,而真正的转折直到黑格尔、克尔凯郭尔、叔本华和尼采等哲学家的

---

① [英]阿·尼柯尔:《西欧戏剧理论》,徐士瑚译,北京:中国戏剧出版社,1985年版,第21页。

出现才得以充分实现。

　　福柯指出，西方文化从文艺复兴时期到20世纪初在知识型上发生了两次巨大的断裂，一次在17世纪中叶，一次在19世纪初。这两次巨大的断裂使得从文艺复兴直到20世纪初的西方文化可以分为三个阶段：文艺复兴知识型、古典知识型和现代知识型。由于福柯的知识史研究与笔者的西方悲剧范畴史研究在研究范围（和对象）、研究的逻辑起点以及研究目的上具有明显的差异——譬如福柯研究的对象和范围是从文艺复兴至20世纪初的整个西方文化和知识史，笔者所研究的是从亚里士多德《诗学》至20世纪中叶的整个西方悲剧范畴史。福柯研究的知识史是断代史，范围却是整个西方社会的各种各样的经验知识；西方悲剧范畴史属通史，范围却只限于西方的悲剧理论。福柯的知识型是对非连续的、断裂的思想史的解释与呈现；西方悲剧范畴史则既要解释它的断裂性、非连续性，也要解释它的连续性和发展。福柯的研究旨在重新发现西方文化和知识构建的先天性基础，或是西方文化特定时期的思想框架，旨在批判人类学主体主义，认为人只是现时代的"特产"，人也必将随着人的科学的发展而最终消亡。研究西方悲剧范畴史旨在比较全面地通过对西方悲剧理论范畴的整理，重新认识西方悲剧理论的迁移、变化和转型，重新把握西方悲剧理论中的一些重要范畴、概念、现象和命题，使我们的认知更接近于西方悲剧和西方文化的真实性和历史性等——因而西方悲剧范畴史在知识型的划分及分界上也必定与福柯的有所不同，西方悲剧范

绪 论　古典与现代"知识型"中的西方悲剧范畴

畴史实际上只经过两个知识型的变迁，即从古典知识型转换为现代知识型。

整个西方悲剧理论从亚里士多德《诗学》至 20 世纪中叶，在知识型上也发生了巨大的断裂，这种断裂并非突然发生的，而是一个渐进的过程，且这种巨大的断裂仅有一次，那就是在 18 世纪末 19 世纪初。即这次断裂不是发生在文艺复兴与新古典主义之间，而是发生在启蒙运动与浪漫主义之间。因为文艺复兴和新古典主义时期的悲剧理论依然是对亚里士多德诗学的捍卫，信奉悲剧是对一个行动的摹仿，对真善美的追求；启蒙运动时期的悲剧理论家们（如伏尔泰、莱辛）在反对新古典主义的同时仍然倾向于新古典主义的规则，企图充当亚里士多德诗学原则与莎士比亚及近代剧作家的调停人，如莱辛提倡的"市民剧"就是一种介于悲剧与喜剧之间的剧种。所以，这四个时期都"一再反复地遵循相同的美学价值取向和一再重复使用相同的美学概念"[①]，都是属于古典知识型的。

只有在浪漫主义时期，悲剧理论（如席勒、施莱格尔和雨果等）才"已然出现了具有实质性的某种情势"[②]，并开始表现出一种漠视亚里士多德悲剧诗学的倾向。然而，他们那些大胆创新的观念和研究方法（如施莱格尔和雨果的）不仅受到了严厉的抨击和压制，而且是其他评论

[①] 寇鹏程：《古典、浪漫与现代——西方审美范式的演进》，上海：上海三联书店，2005 年版，第 4 页。

[②] ［英］阿·尼柯尔：《西欧戏剧理论》，徐士瑚译，北京：中国戏剧出版社，1985 年版，第 20 页。

家所拒不相信的。因此，浪漫主义时期的创新和反叛并未导致研究界作出一系列新的承诺，建立一个悲剧研究的新基础，即发生知识型的断裂转换。真正的革命性转折点直到谢林、黑格尔、克尔凯郭尔、叔本华和尼采等哲学家的出现才得以全然实现。因为只有此时，悲剧才不再被看作是对一个具体行动的摹仿，而是被视为一种特殊的精神运动，是生命意志的永恒表现；为悲剧一辩的也不再是高扬真善美，而是张扬美；曾经的老问题、旧概念和旧范畴要么被废弃，要么从各方面重新加以研究，如今新提出的问题、新引入的概念和范畴如崇高、悲剧起源、悲剧精神、悲剧冲突等，空前地吸引着一批坚定的拥护者，使他们纷纷脱离古典悲剧研究的模式。而且，这些新提出的问题和新引入的概念和范畴又足以无限制地为重新组成的一批又一批的研究者留下有待进一步研究的种种空间。于是，一种新的知识空间即现代知识型构建起来了。

既然西方悲剧范畴在18世纪末19世纪初经过知识型的断裂性革命后，从古典转换到现代，那么在古典时期人们是怎样认识悲剧与摹仿的行动的关系，思考悲剧的真善美，确立悲剧范畴，构建范畴体系的呢？在现代人们又是怎样认识悲剧之美及其历史，引入新的悲剧范畴，建构新的范畴体系的呢？在这种新的知识型中，古典悲剧范畴是否存在？如果存在，它又是以何种方式存在的呢？它们是被边缘化、被压制、被漠视还是被现代知识型所改造、所同化？进一步而言，在古典知识型中，后来者在遵从亚里士多德《诗学》原则的前提下是如何展开研究的呢？这些常规性的悲剧研究对哪些问题和范畴进行重复或重新表述和阐释？从哪些方面作进一步的澄清，和更深入更细致的扩展？它们是否提出过一些次一级的概念和范畴？这些属于不同时空的重新表述和阐释、提出的次一级的概念和范畴能否构成一种连续性的、累积性的发展关系？怎样去判别并分析解释它们呢？对现代知识型中的悲剧理论而言，是否也是如此呢？再者，古典悲剧研究也好，现代悲剧研究也好，它们是如何处理内部哪些反叛性、革命性的理论发现的呢？

　　古典时期，按照福柯的"知识型"理论，人们都是采用同一与差异原则来分析事物。就悲剧理论而言，对悲剧艺术的认识从两个维度展开：悲剧摹仿的对象即行动（相互之间）既有相似，又有差异；悲剧是一种摹仿艺术，它与摹仿的对象行动本身也是差异与相似并存的。所以，在《诗学》中亚里士多德首先创设了摹仿这一范畴，然后依据摹仿范畴对悲剧与喜剧进行了区分，接着对悲剧进行了六要素的区分。这样，一个比较完备的悲剧范畴体系就在《诗学》中初步构建起来。

　　《诗学》将悲剧与其摹仿对象即行动间的关系设定为摹仿，实际上就意味着它把悲剧艺术视为一种类似于也相异于客观存在的实体，而不是靠主观意识去认识分析的。作为艺术的悲剧既然类似于它所摹仿的客观现实（的行动），而客观现实（的行动）又是具有真善美价值的，那么悲剧艺术具有真善美的功用也就理所当然了。但是，悲剧艺术中摹仿的行动与现实存在的行动毕竟还是有差异的，因而悲剧艺术所具有的真善美价值必然具有自己的特色，在某种程度上（或某些方面）必然是与客观现实的真善美价值相区别的。悲剧艺术摹仿的行动虽然是现实存在的一个行动，但由于这个现实存在的行动在悲剧艺术中已变形为一个完整、严肃、有一定长度的行动，而且是按照可然律或必然律来组织的，因而它也不再是世界上已有行动的毫无意义的复写本，而是一种表现普遍性事物的创造活动。悲剧艺术不再被认为是客观实体本身，却仍被视为一种实体，所以悲剧艺术的摹仿还是一种源于求知与判断的快感。由此得出的结论是，悲剧艺术不是生活的不完备的复制品，而是经过提炼的、高于生活的、饱含着知识、真理的创造性作品。它也不是生活本身，而是类似于生活的一种认知实体。

悲剧艺术与观众的关系和它摹仿的客观现实行动与观者的关系，不论它们之间有多少差异，在某种程度上仍是相似的，甚至是没有截然分开的。因而，无论亚里士多德是否认识到它们是两种截然不同的事物，即"一种艺术上再现的美所引起的审美兴趣，同可以满足欲望的实在事物所引起的实在兴趣，即自私的兴趣，是截然有别的"[①]，他都不可避免地会用道德上或实用上的标准来判断悲剧艺术的美的世界。但是"做诗的需要，作品应高于原型，以

---

① [英]鲍桑葵：《美学史》，张今译，北京：商务印书馆，1985年版，第27页。

及一般人的观点"①,即悲剧的求真向善是通过艺术方式和审美形象实现的,所以亚里士多德又认为:诗就是诗。衡量政治与诗的标准不一样,对诗的批评应从诗艺本身出发。这就是悲剧的审美沉思。

亚里士多德以摹仿为前提、以真善美为功用所架构的悲剧诗学,在随后的漫长历史岁月里,被一代又一代悲剧研究者公认为是进一步研究和实践的基础,"在过去各个时代中,这部著作都被人看作是一部教科书"②。因而,《诗学》所留下的种种问题(如悲剧情节的一致性、悲剧反应中的怜悯与恐惧等),以及它与悲剧创作实践(尤其是莎士比亚悲剧)之间矛盾的解决就成为此后亚里士多德的信徒们令人迷醉的工作。同时,为了保证这种研究工作的正常进行,他们对于研究和创作实践中出现的某些重要的新思想往往进行压制、排斥和攻击,例如 17 世纪法国戏剧界围绕《熙德》所展开的论争。

但是,这种根据同一与差异原则,以摹仿为基础来建构真善美的悲剧范畴(体系),在 18 世纪末 19 世纪初随着悲剧艺术与其摹仿的对象即一个行动的关系的破裂和瓦解,悲剧艺术是一种特殊的精神运动、生命意志的永恒表现这一广泛公认的观念,尽管遭到各种新思想持续彻底的反对、攻击、颠覆,最终却形成了一种新的现代悲剧理

---

① [古希腊]亚里士多德:《诗学》,陈中梅译,北京:商务印书馆,2005 年版,第 180 页。

② [英]阿·尼柯尔:《西欧戏剧理论》,徐士瑚译,北京:中央戏剧出版社,1985 年版,第 2 页。

论。按照福柯的说法，依照一种间断性的有机原则架构起来的现代知识型的知识不仅与世界相分离，成为一个自足的独立体，而且知识本身也开始分裂了，各有自己的方向。因而，这种根据间断性的有机结构原则建立起来的新的悲剧理论，必然认为悲剧艺术与实际的行动无关，它不再是对实际的行动的模仿，而是自足的自由的理想的艺术创造。"艺术是自由的女儿，她只能从精神的必然，而不能从物质的最低需求接受规条。"① 于是，现代知识型中的悲剧研究在叛离古典的"摹仿"范畴后，启用了"创造"这一范畴。接着以此为基础，一方面对古典悲剧概念和范畴进行重新审视、弃置和同化；另一方面通过对悲剧艺术和悲剧范畴自身历史的批判性发现和解释，提出一些新问题，引进一些新概念、新范畴，如崇高、悲剧性、悲剧的起源与死亡等，从而逐渐形成一种现代的悲剧范畴理论。

就像丹尼尔·贝尔所指出的："现代主义扰乱了文化的一统天下。动乱来自三个方向：对艺术与道德分治的坚持，对创新和实验的推崇，以及把自我（热衷于原创与独特性的自我）奉为鉴定文化的准绳。"② 既然现代悲剧范畴理论是在自由的理想的创造这个范畴的基础之上展开的，那么这种假定和预设也就必然决定了悲剧艺术是主观

---

① 张黎：《席勒精选集》，济南：山东文艺出版社，1998年版，第669页。
② ［美］丹尼尔·贝尔：《资本主义文化矛盾·一九七八年再版前言》，见《资本主义文化矛盾》，赵一凡等译，北京：生活·读书·新知三联书店，1989年版，第30页。

意识的产物,是人的一种主体的意志行为,而不是类似于客观存在的认知实体。如此一来,古典悲剧的真善美价值不仅相互之间开始分裂,而且真善的价值逐渐从悲剧范畴中分离出来了,现代悲剧范畴也就成为一种以(多元化的)"美"的价值为主导,或是"唯美"的范畴体系。

悲剧艺术是创造出来的,是从人的精神最内在的深处产生出来的,而创造又是一种类似于上帝无中生有的神秘力量。同时,人们发现悲剧概念与范畴自身也成了一个谜,是需要批判性的发现、解释的。因为现代语言学认为语言积淀着自身的记忆,它是民族惯习、思想和精神的晦暗场所,因而语言研究就具有一种批判性的价值。"这样,欧洲文化为自己创造了一个深度,在这个深度中,至关重要的不是同一性、区分性以及具有各种可能性路线的固定表格,而是巨大的隐秘性力量,这些力量是根据它们原始的难以接近的内核、起源、因果性和历史发展而来。从此时起,事物的表征只能通过稠密的深度。"[①] 所以,现代知识型的悲剧研究在达成悲剧是美的艺术创造这一共识基础上,对悲剧艺术及其范畴理论(的历史)中的各种问题、现象、概念和范畴,从各个方向进行了更深入、更细致的发现和揭秘。就像福柯在《词与物——人文科学考古学》中所说的:"《资本论》第一卷是对'价值'的诠释,尼采的全部工作是对一些希腊词语的诠释,弗洛伊德是对

[①] 转引自汪民安:《福柯的界线》,北京:中国社会科学出版社,2002年版,第88页。

所有那些支撑同时又毁坏我们的表层话语、幻觉、梦和身体不可言传之域的诠释。"①

从古典到现代，实际上是对不同时空中的悲剧范畴体系的两种命名或是对悲剧范畴历史的阶段性划分。它标志着古典悲剧原则的衰落和退出，以及现代悲剧原则的兴起和繁荣。也就是说，以摹仿为基础、以真善美尤其是真善价值为导向的古典悲剧范畴转换为以创造为基础、以审美价值为主宰的现代悲剧范畴。这种转换是通过对古典悲剧原则和现代社会的反叛与批判来实现的，反叛与批判不仅是一种姿态、立场，而且本身也成为一种原则。现代悲剧之美也不再是一种和谐整一的美，而是一种纯粹的、多样化的、差异性的美。恰如席勒所言："古代人自然地感受，而我们则感受自然。"②

---

① 转引自阿兰·谢里登：《求真意志》，尚志英、许林译，上海：上海人民出版社，1997年版，第98页。
② [德] 席勒：《秀美与尊严》，张玉能译，北京：文化艺术出版社，1996年版，第278页。

第一章　摹仿与创造

悲剧可以在舞台上演出，也可以在生活中发生，那么，作为艺术的悲剧与作为非艺术或生活的"悲剧"区别开来的本质性特征是什么呢？

第一节　摹仿理论的创设

在亚里士多德看来，诗人之所以是诗人，是由于他们具有组织情节、编排故事的能力。诗之所以是诗，是由于诗是摹仿。就悲剧而言，悲剧是对一个严肃、完整、有一定长度的行动的摹仿。维柯说："人类本性有一个特点，人们在描绘未知或辽远的事物时，自己对它们没有真正的了解，或是想对旁人也不了解的事物作出说明，总是利用熟悉的或近在手边的事物的某些类似点。"[①] 在认识和分析悲剧艺术时，亚里士多德是在古典知识型的空间中利用

---

① ［意大利］维柯：《新科学》，朱光潜译，合肥：安徽教育出版社，1992年版，第441页。

同一与差异原则，亦即通过对悲剧艺术与其所熟悉的或近在手边的现实行动间相似性与差异性的比较，创设了"摹仿"这一古典悲剧理论中最本原、最基本的范畴。

因此，理解《诗学》中的摹仿概念，最合理的逻辑起点是从亚里士多德对现实、现实与摹仿的关系的认识开始。亚里士多德认为，现实不是"理念"的影像或摹本，而是本质的、真实的。理念是寓于现实事物之中的，现实事物是无法与理念分离的。而且"现实是一种过程、一种生成、运动和由不完全实现的形式构成的物质世界——它们经过一个自然的过程——趋向于它们的理想的实现"①。因而摹仿与现实存在着两种关系：其一，艺术家摹仿的现实是真实的，摹仿本身也是真实的。其二，艺术家摹仿的现实是一个过程，摹仿本身也是一个过程、一个不断生成的过程。"艺术家使质料获得形式，因而他通过观察自然界不完全实现的形式，以一种与自然方式相类似的方式去创作，预期它们的实现和完成。凭借这种方式，他所摹仿的事物并不是它们本来的样子，而是它们'应有的样子'。在创造中艺术家没有任何绝对的自由。就像他在自然中发现的一样，他所摹仿的是生成的过程；所以，亚里士多德坚持认为诗应根据'或然性'和'必然性'来创造。"②亚里士多德在《诗学》中没有对"摹仿"作出明确的界

---

① Marvin Carlson, *Theories of the Theatre*, New York: Cornell University Press, 1984, p.17.

② Marvin Carlson, *Theories of the Theatre*, New York: Cornell University Press, 1984, p.17.

定,然而从他对现实,以及艺术是摹仿现实的看法可以推知他使用的摹仿①概念有三种含义:模拟表演(Miming),复制(或仿制),创造(或虚构)。由于模拟表演活动和诗艺的关系较远,或者说不属于诗艺的范畴,《诗学》实际上讨论的是后两种意义上的摹仿。

悲剧摹仿与它摹仿的现实行动在某种程度上是相似的,可是悲剧摹仿毕竟不是它摹仿的现实行动,而是按照可然律或必然律组织起来的一个完整、严肃、有一定长度的行动。悲剧即使不被认为是现实行动本身,却依然被看作是一种类似于现实行动的实体。而且摹仿本来就是一种包含求知与判断的人的本能活动,所以,在亚里士多德看来,悲剧不是客观现实的复制品,而是经过提炼的、高于生活的、饱含着真善美的创造性作品。

一、摹仿与求真

在讨论诗艺的起源时②,亚里士多德从摹仿者的角度指出,人最擅长摹仿且是通过摹仿获得最初的知识,故摹仿是一种求真求知识的活动;接着从观众或读者的角度断

---

① 艺术是对现实的摹仿,这个定义在古希腊非常流行。柏拉图之前,摹仿的含义主要有五种:(1)视觉上的相似(包括形象化的艺术作品);(2)行为上的仿效/模仿;(3)扮演,包括戏剧演出;(4)作为有意义的或表现性的声音的结构或音乐制作;(5)形而上学的符合。据亚里士多德说,在毕达哥拉斯学派的信仰中,物质世界是对非物质世界的数的世界的模仿。参见彭锋:《西方美学与艺术》,北京:北京大学出版社,2005年版,第50页;王柯平:《〈理想国〉的诗学研究》,北京:北京大学出版社,2005年版,第217页。

② [古希腊]亚里士多德:《诗学》,陈中梅译,北京:商务印书馆,2005年版,第47页。

定，每个人都能从摹仿的成果即摹仿作品中获得一种认知快感，亦即从摹仿的成果作品（如具体形象）中获取的是"真"。

根据上文对摹仿的解释可知，亚里士多德的摹仿概念其实不单是指一种复制性活动，也可指一种创造性活动。但是，这种创造不像自然界的造物那样是必然产生的，它是"从技术造成的制品，其形式出于艺术家的灵魂"，它是"可以有，也可以无的"。① 也就是说，这种在某种意义上具有创造性的摹仿活动，必须是以知识为基础的。当然，这种艺术知识既不是纯理论性的知识，也不是单纯的实际经验，而是包括行为准则在内的一般知识。它主要表现为三个方面，其中最重要的是关于摹仿活动的认知。亚里士多德说，摹仿是人的一种求知能力，"人和动物的一个区别就在于人最善于摹仿并通过摹仿获得了最初的知识"。摹仿也是一种类似于自然产生事物的过程，就是像"摹仿自然那样创造，那样赋予形式于材料"，使之"由潜能发展到实现了"。摹仿活动不是简单的机械式的复制，它是一种具有创造性的知识活动。

对摹仿对象的认知有两个层面：首先，摹仿对象必须是必然性或可然性的事。"诗人的职责不在于描述已经发生的事，而在于描述可能发生的事，即根据可然或必然的原则可能发生的事。历史学家和诗人的区别不在于是否用

---

① ［波兰］塔塔尔凯维奇：《古代美学》，理然译，南宁：广西人民出版社，1990年版，第134页。

格律文写作……而在于前者记述已经发生的事,后者描述可能发生的事。所以,诗是一种比历史更富有哲学性、更严肃的艺术,因为诗倾向于表现带普遍性的事,而历史却倾向于写作具体事件。"① 通过区别诗与历史,亚里士多德揭示了"诗性虚构的目的在于显示有更广泛意义的真理,而不是揭示特殊的事实"②。当然,这种诗性摹仿虽然摹仿了科学理论的品格,它也不是在直接断定真理,而是暗示作品本身之中隐含着某些关于人物和行为的真理。其次,艺术的摹仿与摹仿对象即原型的相似或相通。这种相似或相通可能指两者在外形或细节上的精确相似,这是一种外在的真,以追求逼真为最高标准。譬如通过对作品的观察,认出作品中的某个人物是某某人;也可能指两者在本质或内在精神上的相似或相通,这是一种内在的精神上的真,以激发观众或读者的情感和想象力为最高的批评标准。

至于摹仿者在摹仿活动中,还须认识和掌握摹仿媒介、摹仿方式等方面的技术知识,此处不赘。

从摹仿成果(作品)中获取的真,是"通过对作品的观察,他们可以学到东西,并可就每个具体形象进行推论,比如认出作品中的某个人物是某某人"实现的。在亚里士多德看来,对作品的认知是通过观察和推论实现的。

---

① [古希腊]亚里士多德:《诗学》,陈中梅译,北京:商务印书馆,2005年版,第81页。
② [美]大卫·福莱:《从亚里士多德到奥古斯丁》,冯俊等译,北京:中国人民大学出版社,2004年版,第98页。

然而对于观察作品什么，如何观察，从中学到了什么，以及就每个具体形象推论什么，如何推论，他没有作过多的解释，仅以一例来说明，"比如认出作品中的某个人物是某某人"。这显然是举重若轻。此例简单，却至少作了一种比较全面的解释，就是从摹仿的作品中获取的真，是一种外在的或细节上的类似性，即摹仿所形成的艺术形象，在外形或细节上与原型相似；也可能是一种内在精神上的真，即摹仿所形成的艺术形象，具有它所表征的那个原型的某些特征，从而使观众认为这个艺术形象就是原型。亚里士多德在此提出的问题非常重要，因为它的解决某种意义上将直接制约摹仿艺术作品是否是假象、幻象，是否是欺骗的问题。艺术作品与原型的相似性，在亚里士多德看来，还在于作为原型的现实事物都是一种生命有机体，"一件象征性的艺术品必须像它的介质允许的那样，能被有效地组织起来，从而表现出它所表征的那个生物的各种特征"①。

英国美学史家鲍桑葵曾说："道德上和实用上的判断是有组织的社会生活所产生的第一个智慧的果实。在美的世界同作为实际行动的手段和目的的对象还没有截然分开的时候，这种判断也不可避免地要运用到美的世界上来。"②当亚里士多德继续用摹仿这个术语阐释艺术时，

---

① [美]大卫·福莱：《从亚里士多德到奥古斯丁》，冯俊等译，北京：中国人民大学出版社，2004年版，第96页。

② [英]鲍桑葵：《美学史》，张今译，北京：商务印书馆，1985年版，第27页。

无论他如何改造这个概念，他不仅假定了所有的摹仿活动或摹仿艺术都存在着一个先验的参照物即自然（或现实世界），而且先验地假定了自己的思维方式，从而使自己对摹仿艺术的判断又必须按照事物的原型及其规则来规定和诠释艺术。于是，悲剧摹仿与其摹仿的现实行动的关系，除两者在"真"上的相似或相通外，悲剧摹仿还会像悲剧摹仿原型一样发生道德上和实用上的影响。

二、摹仿与求善

亚里士多德认为，摹仿是从三个方面与善发生关系的：摹仿必然是善的；摹仿对象必然具有善的内容或色彩；摹仿成果即作品必然会对观众或读者产生与善相关涉的艺术效果，即善的艺术效果（这是三者之中最重要的，也是属于"Katharsis"即音译为卡塔西斯或意译为净化说的论题，下文再细论）。

摹仿（活动）之所以是善的，其实源于亚里士多德对善的解释。"一切技术，一切规划以及一切实践和抉择，都以某种善为目标。因为人们都有个美好的想法，即宇宙万物都是向善的。"① 亚里士多德所谓的善（agathon）实乃一种欲求对象。它可以指任何好的东西（agathon），而非仅指道德上的好。美国伦理哲学家阿拉斯代尔·麦金太尔也指出，亚里士多德的善其实是指某物或某人活动的目

---

① ［古希腊］亚里士多德：《尼各马可伦理学》，苗力田译，北京：中国人民大学出版社，2003年版，第1页。

标、意图或目的。称某物为善,就是说,它是在一定条件下被人所追求的和人的目的之所在。① 从这个意义层面看,摹仿显然是善的或向善的,因为诗人之摹仿,按照亚里士多德的看法,就是通过引发怜悯和恐惧使这些感情得到疏泄。

摹仿对象必然具有善的内容或色彩。"悲剧摹仿的不是人,而是行动和生活〔人的幸福与不幸均体现在行动之中;生活的目的是某种行动,而不是品质;人的性格决定他们的品质,但他们的幸福与否却取决于自己的行动〕。"② 而幸福是一切行为的最后的目的,它是以它自身而不以任何别的东西为目的,所以幸福是最高的善。把幸福作为最高的善,看来是"同语反复"。那么,幸福是什么呢?亚里士多德以为,只有从人的功能和活动方面去考察,才能说清楚。人的功能绝不仅是生命,因为植物也有生命;它也不是感官知觉,因为那也是人和其他动物所共有的。人特有的功能是什么呢?唯有理性是人类独有的。因此,人类特有的功能和活动就在于运用理性,人类特有的卓越之处就在于正确而熟练地运用理性。③ 正确而熟练地运用理性,即是在做事的同时表现出德性。德性是关于感受和行为的,它的过度和不及都会产生失误,中间就会

---

① [美]阿拉斯代尔·麦金太尔:《伦理学简史》,龚群译,北京:商务印书馆,2003年版,第93页。

② [古希腊]亚里士多德:《诗学》,陈中梅译,北京:商务印书馆,2005年版,第64页。

③ [美]阿拉斯代尔·麦金太尔:《伦理学简史》,龚群译,北京:商务印书馆,2003年版,第98页。

获得并受到称赞。"德性就是中庸，是对中间的命中。"①譬如发怒，无论发怒的情况有几种，发怒的方式有多少种，对有德性的人即好人而言，只有一种情况或方式是对的，其他的都是恶的、错的。然而，一个合乎德性而现实存在的并拥有充分的外在善的人，一时的或暂时的这样行动或生活，还不能称为有德性的人或好人（至福之人），唯有终身如此行动或生活，直到末日来到，才能称得上是有德性的人或好人（至福之人）。所以亚里士多德说，理性的完美的好人就是永远不会犯错误的（人）。

由此看来，现实的人的行动和生活是善的，必有如下三层含义：现实的人的行动和生活都是追求善的，即都有一种向善（即好）的欲求；现实的人的行动和生活是能够根据理性原则而具有理性的行动和生活；现实的人的行动和生活必须是正确而熟练地运用理性来表达德性的活动，即在行为中避免了过度与不足，求得了中道。但是，现实的人的求善的行为或生活并不必然符合最好的最完善的德性的活动，若要使之相符，就要在行为中避免过度和不足，求得中道，则不仅需要自愿谨慎选择才能达到，而且还需要有目的和有意志的作用。

摹仿对象即原型的人的行动和生活是求善的，那么当亚里士多德进一步用"道德上和实用上"即善的标准来判断艺术中的摹仿对象，摹仿对象自身（即艺术作品中的人

---

① ［古希腊］亚里士多德：《尼各马可伦理学》，苗力田译，北京：中国人民大学出版社，2003年版，第34页。

物）的言行必然也是求善的。"衡量一个人言行的好坏，不仅应考虑言行本身，即看它是好还是坏，而且还应考虑其它因素：言者和行动者的情况，对方是谁，在什么时候，用什么方式，目的是什么，例如，是为了更美好的善，还是为了避免更大的恶。"① 这就是说，对摹仿对象自身的具体言行的判断不应是真与假的判断，而应是好与坏或是善与恶的判断。

艺术摹仿的求真向善最大限度地表明，摹仿艺术绝非与哲学和科学相对立的，而是可以被看作它们的同盟，但它毕竟是一种（完全）不同于客观存在的、能够获得快感的创造性的想象性的艺术。因而，它不仅需要我们的认知或知性，更需要我们的情感与想象力。

三、摹仿与"审美"②

在论及诗艺时，亚里士多德没有对"美"给出确切的解释，他所说的"美"主要有以下三种意义：一是指狭义上的纯粹的感性审美之美，如第7章、13章、22章、26章所涉及的美都是这种含义；二是指美的社会性，与善的意思相近，如第21章、25章；三是指理想化、美化，如第15章、24章。《诗学》中与"美"的这几种意思相近

---

① ［古希腊］亚里士多德：《诗学》，陈中梅译，北京：商务印书馆，2005年版，第178页。

② "审美"是一个现代概念（或范畴）。《诗学》中没有出现"审美"这个词，即使是"美"这个词或者是由"美"构成的复词，据笔者统计，也只在8个地方出现过14次。

的词还有优秀、好、更高、出色的、精良的，等等，其中经常出现或者说出现得最多的是与"善"字同义的"好"字，限于篇幅，此处不赘。

在论述摹仿时，笔者曾指出摹仿是一种包含创造性的知识活动，它求真、求善也求美。从以上例子来看，摹仿作为一种包含创造性的艺术活动、能力解释时，亚里士多德似乎并没有从美的视角展开解释。其实，他没有用美来阐释摹仿活动，这很好理解。因为当时所用的美是一个非常宽泛的概念，它不但涉及现代的审美意义，也涉及形象、好、美德、快感等方面的意义。"如果回溯到希腊，我们将会发现，美和艺术之间毫无关系。"① 所以，用现代审美观去解读《诗学》，无异于缘木求鱼。对亚里士多德来说，阐释摹仿之美，除可以用美，同样也能使用其他一些与美意思相近的词语，如优秀、出色等。亚里士多德在区分诗与非诗时，就非常坚决地认定判断诗是否为诗的唯一标准，是摹仿，不是格律。因此，《诗学》开篇即提出要探讨的问题是，"应如何组织情节才能写出优秀的诗作"。这实际上就是一个讨论哪一种情节的组织、编排为最美的问题，而且对这个问题的探讨也确实成为《诗学》最重要的内容。

然而，这个问题具有双重性：它既可以被看作是摹仿活动如何成为美的问题，也可被看作是摹仿作品的美是什

---

① ［英］罗宾·乔治·科林伍德：《艺术原理》，王至元、陈华中译，北京：中国社会科学出版社，1985年版，第38页。

么的问题。在亚里士多德看来，前者实质上是一个关于如何选择美的摹仿对象的问题；后者则是一个关于如何看待摹仿成果（即作品）中的美的问题。如此一来，以美来看待摹仿活动就可以转为以美来阐释摹仿艺术之美的问题。同时，亚里士多德关于摹仿说的观念中的某种假定性的全部力量，也已经设定了对艺术的解释只能"从连接艺术作品与客观世界的轴线方面捕捉诗之性质的，而非从连接艺术家与其作品的轴线方面"①。因此，摹仿艺术与美的关系从两个层面上发生：摹仿对象之美与摹仿艺术之美。

在亚里士多德看来，摹仿艺术的目的就是要赋予人们某种特殊的快感，一种超越身体快感之上的更高层次的精神快感即审美快感。如若不是这样一种快感，他也就不会认为喜剧中的滑稽"不会给人造成痛苦或带来伤害"。所以，鲍桑葵说："滑稽既然是喜剧的主题，自然就在美的艺术及其主要特点美的范围内。"② 总之，从摹仿的成果即艺术作品中得来的快感是一种审美的快感。或者说，摹仿艺术之美不单是一种逼真之美或技巧之美，也可能是一种认知之美，还可能是一种自由的纯粹的审美。

"无论是活的动物，还是任何由部分组成的整体，若要显得美，就必须符合以下两个条件，即不仅本体各部分的排列要适当，而且要有一定的、不是得之于偶然的体

---

① ［法］让·贝西埃等：《诗学史》（上册），史忠义译，天津：百花文艺出版社，2002年版，第24页。

② ［英］鲍桑葵：《美学史》，张今译，北京：商务印书馆，1985年版，第76页。

积,因为美取决于体积和顺序。"① 亚里士多德所谓的事物之美实乃指事物体积与顺序之美。而体积与顺序是否为美,不过是一个选择、排列、组合的问题。他在《政治学》中说:"美与不美,艺术作品与现实事物,分别就在于美的东西和艺术作品里,原来零散的东西结合成为统一体。"他所谓的美的物体实乃人们按照一定的目的把材料通过创造活动使其获得一定形式的一种存在。这种形式不单是一种"安排",而且必须是一种具有和谐感的安排。因此,和谐并不是一个事物的属性,而是许多事物、许多部分的正确安排。

照此说来,摹仿对象之美不应局限于摹仿对象本身之美,还有论述摹仿艺术是如何组织生产的,即如何组织生产的艺术才是美的。因为摹仿活动的成功不但需要摹仿对象,还需要摹仿媒介和摹仿方式。亚里士多德也确实是这样来展开它对摹仿艺术活动的认识的。恰如艾布拉姆斯在《镜与灯》中概论模仿说的历史时所指出的,亚里士多德《诗学》便是通过对摹仿这个传统概念的根本性改造,使之成为一个艺术上的专用术语后才构建起来的。或者说摹仿成为艺术上的专用语后,它一方面使艺术区别于宇宙万物,使艺术免于同人类其他活动抗争;另一方面它又将诗歌与其他艺术性样式、悲剧与喜剧区别开来。另外,他还通过摹仿的对象、媒介及方式分析悲剧,由此得出结论:

---

① [古希腊]亚里士多德:《诗学》,陈中梅译,北京:商务印书馆,2005年版,第74页。

诗就是诗。衡量政治与诗的标准不一样，对诗的批评应该从诗艺本身的考虑出发。① 悲剧作为摹仿艺术，如果要成为美或显得美，就要看摹仿者如何组织。悲剧作为摹仿艺术，与其他艺术的区别在于摹仿媒介、摹仿对象和摹仿方式，因此悲剧艺术之美，首先表现在如何使悲剧艺术的摹仿媒介、对象和方式得到恰当和完美的组合，即悲剧摹仿的媒介、对象和方式必须与悲剧艺术相配合，相互之间也必须完全相匹配。另外，悲剧摹仿的中心是情节的组织。由此可见，摹仿作为一种包含创造性的知识活动，既求真向善，也求美。

亚里士多德为悲剧艺术创设的摹仿理论，不仅使作为艺术的悲剧与非艺术的悲剧区别开来，而且由于他所谓的摹仿始终存在两种含义，从而使得"《诗学》在根本面貌上既不是形式主义也不是道德主义"②，使得此后（一直到 18 世纪以前）对这个课题的任何进一步的讨论尽管没有像博克所说的那样"显得没有必要"③，但是人们反复诠释的摹仿不论存在何种差异，基本上都仍然遵循并使用着亚里士多德意义上的摹仿观。

---

① ［美］M. H. 艾布拉姆斯：《镜与灯》，郦稚牛等译，北京：北京大学出版社，1989 年版，第 9 页。
② 转引自彭锋：《西方美学与艺术》，北京：北京大学出版社，2005 年版，第 55 页。
③ ［波兰］瓦迪斯瓦夫·塔塔尔凯维奇：《西方六大美学观念史》，刘文潭译，上海：上海译文出版社，2006 年版，第 281 页。

第二节　摹仿理论的变形

在古典知识型的知识框架中，一切艺术都被视为摹仿，悲剧艺术则被认为是对"好人"的摹仿。不同时期的古典主义者对摹仿的理解即使存在某种程度的差异，有许多不同的表述，总体上却都没有突破亚里士多德意义上的摹仿观念，都是从摹仿与摹仿原型即自然的关系来探讨悲剧艺术如何实现真善美价值。在摹仿的（对象、原型）理解上或者说在细节上，古典时期当然出现过不少保留或相反的意见，这也就是他们对这种学说的历史所做的贡献。

一、贺拉斯论摹仿

"我劝告已经懂得写什么的作家到生活中到风俗习惯中去寻找模型，从那里汲取活生生的语言吧！""虚构的目的在引人喜欢，因此必须切近真实；戏剧不可随意虚构，观众才能相信。"[①] 贺拉斯在《诗艺》中未对摹仿概念作出细致的解释，从他对摹仿问题的零星表述中，还是可以把握他对摹仿说的坚守和修正。

贺拉斯信奉的依然是亚里士多德式的艺术摹仿自然，用真实性的原则来判断摹仿的观念，但他对这一观念的探

---

① ［古希腊］亚里士多德、贺拉斯：《诗学 诗艺》，罗念生、杨周翰译，北京：人民文学出版社，1982年版，第154～155页。

讨还是颇有新意的：

艺术摹仿是合理的虚构或创造，而非依样画葫芦，照相式的机械复制。"你无论说什么，作什么，都不违反米涅瓦的意志。"① 艺术摹仿的现实生活必须是真实可信的，又是合情合理的。贺拉斯在尊重诗人的创造权利时，坚决反对诗人把不同种类、不同性质的事物胡乱地"拼凑"在一起，如把蟒蛇和飞鸟、羔羊和猛虎交配在一起；或者在一个题目上乱翻花样，就像在树林里画上海豚，在海浪上画条野猪。

艺术所摹仿的现实生活，并不是指感性形态的现实生活，也不是现实生活中的个别性和偶然性，而是指普遍性的现实生活，或指现实生活的一般形态。就悲剧艺术而言，亚里士多德认为悲剧摹仿的对象是现实的行动，贺拉斯却说它摹仿的是现实生活和风俗习惯。因为诗人只有懂得他对于他的国家和朋友的责任是什么，懂得怎样去爱父兄，爱宾客，懂得元老和法官的职务是什么，派往战场的将领的作用是什么，即诗人只有理解了他要摹仿的对象是合乎自然的人性的，是自然的一般性和普遍性，他才能真正懂得怎样把这些人物写得合情合理。

---

① 米涅瓦（Minerva），艺术、科学、智慧的女神，意为"违反自然""违反理智"。参见［古希腊］亚里士多德、贺拉斯：《诗学 诗艺》，罗念生、杨周翰译，北京：人民文学出版社，1982年版，第157页。

艺术摹仿的对象除现实生活外，还应包括古人的作品。① 摹仿古人的作品有两种方式：其一指题材的摹仿，因为"用自己独特的办法处理普通题材是件难事；你与其别出心裁写些人所不知、人所不曾用过的题材，不如把特洛亚的诗篇改编成戏剧。从公共的产业，你是可以得到私人的权益的，只要你不沿着众人走俗了的道路前进，不把精力花在逐字逐句的死搬死译上，不在模仿的时候作茧自缚"②。其二指诗人的摹仿应遵循既有的各种文学体裁规则。"你们应当日日夜夜把玩希腊的范例。"③ 只有这样，罗马诗人才能以本国的题材写成悲剧和喜剧，赢得荣誉。

贺拉斯还从摹仿主体方面指出，人类的理性判断力对摹仿起着决定性作用，"要写作成功，判断力是开端和源泉"。摹仿作为一种诗艺并不是人的一种本能，而是人的一种特殊的创造才能或能力。这种特殊的诗才不是人人都有的，它不只依赖丰富的天才，更需要判断力。而判断力则是通过勤学苦练得来的。所以贺拉斯说要创作一首好

---

① 从现在的角度看，摹仿现实生活与摹仿古人作品是完全不同的两种原则，一种是美学的，一种是技术性（或修辞学）的，贺拉斯则认为是一样的。其原因首先在于我们所具有的现代观念，认为艺术与现实生活完全不同；在贺拉斯看来，现实生活与艺术作品是一样的，在某种程度上，都是人们认知的实体。其次，现实生活中蕴含着关于人类行为的普遍规则，同样存在于希腊作品中。最后，摹仿不是目的本身，而是一种技术，是一种达到目的的手段。后来文艺复兴与新古典主义所说的摹仿概念也是如此。英国新古典主义者蒲柏认为古典的就是自然的，"自然和荷马本来不分"。
② ［古希腊］亚里士多德、贺拉斯：《诗学 诗艺》，罗念生、杨周翰译，北京：人民文学出版社，1982年版，第144页。
③ ［古希腊］亚里士多德、贺拉斯：《诗学 诗艺》，罗念生、杨周翰译，北京：人民文学出版社，1982年版，第151页。

诗，仅有苦学而没有丰富的天才，有天才而没有训练，都是无用的；两者只有相互为用，相互结合，好诗才有可能被创造出来。

"在艾米留斯学校附近的那些铜像作坊里，最劣等的工匠也会把人像上的指甲、卷发雕得纤微毕肖，但是作品的总效果却很不成功，因为他不懂得怎样表现整体。"①贺拉斯在此所说的摹仿即艺术作品的"效果很不成功"以及"他不懂得表现整体"，其实就是一种审美判断。贺拉斯与亚里士多德一样，没有直接以"美"这一术语来阐释摹仿，实际上还是对摹仿进行了审美思考。与亚里士多德比起来，他的讨论更加注意从摹仿艺术作品本身来强调内容与形式，尤其是内容与摹仿媒介语言之间以及语言本身的协调、和谐、统一，以及它们自身的适当性。

(诗人)在描写的时候，(譬如)写狄安娜的林泉、神坛，或写溪流在美好的田野蜿蜒迴漾，或写莱茵河，或写彩虹，开始很庄严，给人以很大的希望，但是这里总是出现一两句绚烂的词藻，和左右相比太显得五彩缤纷了。(绚烂的词藻很好)，但是摆在这里摆得不得其所。……

……在安排字句的时候，要考究，要小心，如果你安排得巧妙，家喻户晓的字便会取得新义，表达就能尽善尽美。

---

① [古希腊]亚里士多德、贺拉斯：《诗学 诗艺》，罗念生、杨周翰译，北京：人民文学出版社，1982年版，第138页。

喜剧的主题决不能用悲剧的诗行来表达；同样，堤厄斯忒斯的筵席也不能用日常的适合于喜剧的诗格来叙述。每种体裁都应该遵守规定的用处。但是有时候喜剧也发出高亢的声调；克瑞墨斯一恼也可以激昂怒骂；在悲剧中，忒勒福斯和珀琉斯也用散文的对白表示悲哀，他们身在贫困流放之中，放弃了"尺半"、浮夸的词句，才能使他们的哀怨打动观众的心弦。①

然而，贺拉斯认为，一首诗仅仅美还是不够的，还必须具有魅力，必须能按作者的愿望左右读者的心灵。诗的魅力或诗人的愿望是什么呢？就是"寓教于乐，既劝谕读者，又使他喜爱，才符合众望"。摹仿作为一种艺术，与现实生活相比确有不同，却同样要有善的效果。用诗篇来传达神旨，也给人指出生活道路。② 当然，贺拉斯没有片面地强调诗歌直接的社会道德性，而是强调诗歌的道德教育作用必须是在愉悦中给人教育，在快乐中发挥艺术的社会道德职能。因此，贺拉斯强调的教育作用是通过"寓教于乐"这种独特形式来实现的，强调艺术是在快乐中给人教育而不是直接强制教育，与那种单纯的道德原则相比，他显然已经注意到了艺术自身的某些特殊性。

---

① ［古希腊］亚里士多德、贺拉斯：《诗学 诗艺》，罗念生、杨周翰译，北京：人民文学出版社，1982年版，第137～142页。
② ［古希腊］亚里士多德、贺拉斯：《诗学 诗艺》，罗念生、杨周翰译，北京：人民文学出版社，1982年版，第158页。

二、文艺复兴时期：摹仿说的复兴

漫长的中世纪，首先，由于艺术的主要目的在于向人们传达宗教内容，而宗教内容不能用形象来表达，而艺术摹仿恰恰追求真实生动的形象性；其次，由于"悲剧"这一术语与所有的表演概念都失去了联系，悲剧仅仅是指一个结局不幸的名人故事（叙述），因此摹仿观念不仅没有得到发展，反而遭到了有意识的抑制。[①]

16世纪之后，随着亚里士多德《诗学》的广泛传播，摹仿概念重新变成文艺复兴时期诗学中最主要的因素，成为区别诗与非诗的本质性特征。诗的形式——"诗行"只是一种"装饰"，它不是诗的本质或"诗的成因"。"使人成为诗人的并不是押韵和写诗行，犹如使人成为律师的并不是长袍，律师穿着盔甲辩护也还是律师而不是军人——只有那种怡悦情性的，有教育意义的美德、罪恶或其他等等的卓越形象的虚构，这才是认识诗人的真正的标志。"[②] 锡德尼据此认为，色诺芬和赫利奥多罗斯都写出了"完美的诗"，尽管"二者都是用散文写作的"。

[①] 当然，中世纪后期，艺术是摹仿的观念又常被提起，如圣维克多的于格在《学问之阶》卷一第九章中说，人与动物的区别就在于人能摹仿自然。艺术摹仿自然并非机械呆板地再现，而必然涉及创造的观念。它可以合而分之，分而合之，延长自然的神功。中世纪影响最大的神学家托马斯·阿奎那也多次重申艺术只能再造自然而不能创造自然，"艺术在运作方式上模仿自然"。参见陆扬：《西方美学通史·中世纪文艺复兴美学》（第二卷），上海：上海文艺出版社，1999年版，第253～262页。

[②] ［英］锡德尼、扬格：《为诗辩护 试论独创性作品》，钱学熙、袁可嘉译，北京：人民文学出版社，1998年版，第14页。

文艺复兴时期的摹仿观念尽管是对亚里士多德摹仿概念的解诂、复兴，但由于这种解诂、复兴是在深受贺拉斯《诗艺》及中世纪悲剧观念的影响之下进行的，因而这一时期的摹仿概念并不单是对亚里士多德摹仿概念的接受和解诂，也是不同的诗学家在具体运用和解释时的有意修正和误解。

意大利最早也是最重要的《诗学》批评家弗朗塞斯科·罗伯泰罗指出，悲剧摹仿有演员摹仿和诗人摹仿两种方式。其中演员摹仿属于舞台，强调行动；诗人摹仿属于诗，强调人物或性格。明屠尔诺认为，摹仿的逼真性才是最重要的，诗人唯一能够表现的是真实，而且必须摹仿真实，这样才能使观众把它看作是真实的。"艺术要尽一切力量去模仿自然，他愈接近自然，模仿得也就愈好。"所以，摹仿的原则应是恰当得体。马佐尼（Jacopo Mazzoni）也赞同明屠尔诺的看法，认为诗总是一种摹仿的艺术，它的目的总是对事物形象的正确再现。接着又说，诗的逼真靠想象，因为诗依靠想象力，它就是要由虚构的和想象的东西来组成。毕卡尔米尼（Alessandro Piccolmini）则否定摹仿的真实性，认为摹仿本来就不真实，否则它就不是摹仿，而且观众（不论是不是文盲）也承认并假定所有的摹仿都是远离真实的。[1]

卡斯特尔维特罗通过对诗与散文的区别，指出诗是想

---

[1] Marvin Carlson，*Theories of the Theatre*，New York：Cornell University Press，1984，p. 50.

象的艺术，偏重于创造性的摹拟。"格律并非诗的特征，而只是诗的外衣而已；所以诗不应该写成散文，历史也不应该写成诗，正如妇女不应穿戴男子的服装，男子也不应该穿戴妇女的巾帼。"但是，卡斯特尔维特罗并不因为认同"诗人"这个名词的本义是"创造者"，就否定诗是摹仿；相反由于他认为诗人不是真正意义上的上帝式的创造者，他不能够凭空创造一切，"诗的题材却要靠诗人的才能去发现或想象出来；……诗的题材虽然应该近似历史的题材，但也应该有所不同，因为如果一样，那就不是近似，如果不是近似，诗人在处理这些素材时就毫不费力，也就显示不出诗人有发现素材的聪明；所以他就不配受人赞美，尤其是不配说他有超凡入圣的名声，因为惟独诗人懂得如何处理自己所想象的故事，创造出从未发生过的故事，同时又能使这故事像历史那样可信和真实"①。因此，卡斯特尔维特罗极力肯定地说，无论诗人怎样发挥他的创造能力和想象能力，诗都必须像历史事实那样可信和真实，也就是所谓的"近似"，即好像是现实而又不是现实。

英国学者锡德尼说："诗，因此是个模仿的艺术，正如亚里士多德用 mimesis 一字所称它的，这是说，它是一种再现，一种仿造，或者一种用形象的表现。"接着通过对希腊人称诗人为普爱丁（poieten）这一名字词义的考证，指出它具有"创造"之意。因此，锡德尼的摹仿并非

---

① 转引自缪朗山：《西方文艺理论史纲》，北京：中国人民大学出版社，1985年版，第317~318页。

是对自然现象的逼真性摹仿，而是对其进行加工、变形、创造；"不是搬借过去、现在或将来实际存在的东西"，也"不是完全凭想象的，像我们常说的那些构造空中楼阁的人所做的那样"，"而是在渊博见识的控制之下进入那神明的思考，思考那可然的和当然的事物"①而进行的创造。钦齐奥在谈论情节来源时，指出"诗人有权可以随意以杜撰情节的悲剧来打动人们的哀情，只要这情节合乎人情之常，而且离可能发生和时常发生的事情不远"。此外，明图尔诺认为摹仿还应该是对古人的摹仿。由于摹仿的作品往往比不上选来摹仿的范本，且不能如实表现它，所以摹仿古人，必须选择优秀诗人的经典作品来摹仿。同时，摹仿者从范本中取法的东西，其中最应该效法的是诗的风格本身。就是说，他并不采用原诗所写的事实和所用的字句，而是采用同样的取材和布局的方法，以及同样的语言方式②。

至于悲剧摹仿的对象，它可以是重大严肃的行动，也可以是伟大人物及其稀奇事迹（这也是下文悲剧情节、悲剧人物所论述的内容，此处不赘言）。罗伯泰罗说："悲剧是对帝王和英雄的灾难和痛苦的摹仿和再现，尤其是摹仿他们之中的著名人物。"③ 斯卡利格除了说悲剧是对知名

---

① ［英］锡德尼、扬格：《为诗辩护 试论独创性作品》，钱学熙、袁可嘉译，北京：人民文学出版社，1998年版，第13页。

② 周靖波：《西方剧论选》（上），北京：北京广播学院出版社，2004年版，第66~68页。

③ Michael J. Sidnell, *Sources of Dramatic Theory*, 1: *Plato to Congreve*, Cambridge: Cambridge University Press, Cambridge, 1991, p. 87.

人物不幸遭遇的摹仿外,还以欧里庇得斯否定马其顿国王阿刻劳斯要求诗人把他写成一出悲剧的英雄为例,说明悲剧的摹仿对象还必须具有"足够的不幸"。

文艺复兴时期写作诗学的行家们,对摹仿的讨论既仰仗着亚里士多德或贺拉斯,也如他们一样根据摹仿与摹仿原型的关系来解说,认为只有如实摹仿才是美的、恰当得体的。钦齐奥指出悲剧"动人哀思的感染力端赖摹拟那些不离盖然性的事情"。卡斯特尔维特罗则说:"如果虚构一些新君王的名字,并配以新行动,那就等于违反历史和传说,等于在明显的真理面前犯罪,犯一种在情节组织中比真实感不足远为严重的罪。"① 斯卡利格在讨论作品的结构时也说:"作家应该把他的作品分为若干章节,这是摹仿自然,大自然是一再分为部分的部分的,一切部分都密切关联以构成一个有机体。然而,在分章节之时,你应该把每一部分分派到适当的地位上,所以全书好像是必然这样形成的。"另一方面,他们也意识到悲剧艺术毕竟是艺术,强调摹仿必须遵循艺术自身的原则。斯卡利格提出的诗的四大特质——洞察先见,丰富多彩,生动活泼,引人入胜,卡斯特尔维特罗总结的"三一律",都是从摹仿艺术自身中提升出来的。

文艺复兴时期,卡斯特尔维特罗以其特立独行的精神主张悲剧的目的是快感,不是实用,然而对绝大多数诗学

---

① 刘小枫、陈少明:《诗学解诂》,北京:华夏出版社,2006年版,第248页。

家而言，强调悲剧摹仿（诗或艺术）的实用性或道德意义才是最重要的、天经地义的。就像锡德尼在《为诗辩护》中所说的，最初，诗是光明的给予者，他像保姆一样用知识之奶把无知的人们喂大，使他们逐渐懂得多种知识。如今，诗仍然"胜过历史，不但在提供知识方面而且在促使心灵向往值得称为善良、值得认为善良的东西方面；这种促使人去行善，感动人去行善的作用，实在，就使桂冠戴在诗人头上，使他不但胜过历史家，亦胜过哲学家"①。由于这种推崇，文艺复兴时期的悲剧摹仿说注重的与其说是悲剧的情感或审美功能，不如说是悲剧的道德或实用功能。

三、新古典主义的摹仿说

17世纪的新古典主义者认为，诗乃人的行动的摹仿是一个不言自明的公理，不需要证明和解释。因此，新古典主义就摹仿应遵循的一套一般性原则进行了大量的讨论和论争，在摹仿概念的解释上却没有什么进展（或者说在新古典主义诗学中它本来就不是一个问题）。由于这个时期在研究艺术、讨论摹仿时，普遍性地接受了理性和自然的指导，新古典主义的摹仿说在某些方面还是发生了变化。

新古典主义者普遍承认，摹仿是一种按照规则组合材

---

① ［英］锡德尼、扬格：《为诗辩护 试论独创性作品》，钱学熙、袁可嘉译，北京：人民文学出版社，1998年版，第27页。

料的理性活动,它(尤其是戏剧艺术摹仿)可以虚构、创造,只是这种虚构、创造必须处处合乎常情常理或合乎体统,不得有任何违反义理的新奇怪诞之处,布瓦洛就这样告诫诗人:

> 切莫演出一件事使观众难以置信:有时候真实的事演出来可能并不逼真。我绝对不能欣赏背理的神奇,感动人的决不是人所不信的东西。……你千万不要像那小说《克莱莉》,把我们风度精神加给古代意大利;借罗马人的姓名写我们自家面目,写加陀殷情妩媚,白鲁都油头粉面。开玩笑的小说里一切还情有可原,它不过供人浏览,用虚构使人消遣;若过于严格要求反而是小题大做;但是戏剧则必需与义理完全相合,一切要恰如其分,保持着严密尺度。你打算单凭自己创造出新的人物?那么,你那人物要处处符合他自己,从开始直到终场表现得始终如一。①

高乃依与新古典主义者即使有过节,也并不妨碍他在摹仿的见解上持相似的观点,悲剧摹仿并非复写,在某些方面可以虚构和创造,但只能虚构那些合乎天性的有可能性的事情;对于那些违反天性的奇异的不可信的,也是不可能的东西,则是不能虚构的。英国的德莱顿却想在常理与奇异之间获得一种平衡,所以他提出悲剧摹仿的行为没有必要具有历史的真实性,但是永远必须酷似真实。因

---

① 伍蠡甫、胡经之:《西方文艺理论名著选编》(上卷),北京大学出版社,1985年版,第193~197页。

此，创造可能的悲剧情节而又使它奇异引人是诗歌最艰巨的任务；因为不奇异引人的就不会是伟大的；不可能的情节又不会取悦有理智的观众。① 此外，新古典主义的摹仿也指对古典作品的摹仿，却多是对前人的重复。

其实，摹仿作为理性活动不只意味着摹仿活动须遵循理性，也意味着摹仿主体和艺术所摹仿的自然都须与理性一致。就像美国批评家白璧德指出的，古典主义者在决定一个人或某个特殊阶层的正常标准之后，就将这个正常的"自然"当作自己的典范，并开始模仿它。无论是什么，如果与它所确立的这一典范一致，他都宣称是自然的或可能的。但无论是什么，只要偏离了他确定的正常的类型或正常的因果关系，他都坚持认为是不可能的，也是不自然的。② 因此，新理性主义所谓的"自然"，既不是外在的自然，也不是这个人或那个人的自然，而是指一般的普遍的自然，尤其是指有代表性的人性自然。布瓦洛在《诗的艺术》中便是这样写的："作家啊，若想以喜剧成名，你们唯一钻研的就应该是自然人性。"（此论也适用于悲剧）约翰逊说得更确切，诗人的目的在于忠实地摹仿普遍的人性，并"给具有普遍性的事物以正确的表现"，在于"永远把人性放在偶有性之上；只要他能够抓住性格的主要特征，他不大在乎那些外加的和偶有的区别。……一个诗人

---

① 杨周翰：《莎士比亚评论汇编》（上），北京：中国社会科学出版社，1979年版，第17页。
② ［美］欧文·白璧德：《卢梭与浪漫主义》，孙宜学译，石家庄：河北教育出版社，2003年版，第11页。

有权利忽视国家和身份这些不重要的区别"①。由此看来，悲剧摹仿的不再是伟大人物及其事迹，而是人物抽象的、永恒不变的普遍性行为。

从摹仿主体看，摹仿只是诸多天生的才能之一，它需要技巧，也需要天赋。布瓦洛认为这种天赋并非想象或幻想的天赋，而是源于理智判断的天赋，而且技巧也是得自天赋。"如果星宿不使他生下来就是诗人……纵然你激于冒进的热情，向往着文艺生涯，要走这艰难途径，还是不要自苦吧，强学诗终会失败……大自然钟灵毓秀，盛产着卓越诗人，它会把各样才华分配给每人一份。"② 如果你天生就是个做土木的料，那么你宁可去做建筑工人，也不要拼命去做平凡的诗人、文匠。德莱顿却认为天赋是天生的，技巧依赖于后天的培养，"一个诗人必须天生有这种才能；但他如果不能自助，不能去获得关于激情的知识，认识它们的本质，激动它们的弹簧，那末他就会在不该激动它们的地方激动了它们，或者不能恰如其分地激动它们……所有的这些缺点都是由于诗人缺乏判断力、由于他不精通伦理哲学的原则而产生的"③。

"美学在历史上的称号，可以启发我们开始作出这样的定义。前一世纪许多美学家称美学为'批评'

---

① 杨周翰：《莎士比亚评论汇编》（上），北京：中国社会科学出版社，1979年版，第42页。

② 伍蠡甫、胡经之：《西方文艺理论名著选编》（上卷），北京：北京大学出版社，1985年版，第177~178页。

③ 周靖波：《西方剧论选》（上），北京：北京广播学院出版社，2004年版，第127页。

(Criticism)，这个名词至今在保留着，用以称呼对艺术作品进行推敲论究的欣赏。"① 既然在美学诞生之前，对艺术作品的推敲探究就是美学批评，那么处在美学诞生之前的新古典主义以真实性、和谐、整体、一致等原则来批评戏剧的情节、结构布局、人物性格、演出、语言等，实际上就是从美的角度来讨论戏剧艺术的。因此，无论是高乃依说戏剧作品是一种摹拟（说得准确些，它是人类行为的肖像；肖像越与原型相像，它便越完美，这是不容置疑的），还是布瓦洛指出的"必须里面的一切都能够布置得宜；必须开端和结尾都能和中间相配；必须用精湛的技巧求得段落的匀称；把不同的各部门构成统一和完整"等，都是要求摹仿活动要合乎美。

一个剧本仅能供人娱乐，如果这种娱乐不以理性为根据，如果娱乐的产生不通过某些使它合乎正规的道路，正是这些道路使娱乐成为有教益的东西，那么这个剧本仍旧不能算作好的剧本。② 新古典主义继承了贺拉斯的寓教于乐说，且把摹仿的道德教育功能看作是艺术作品成功与否的批评标准。拉辛悲剧描写的是激情战胜理性，在悲剧的功能上，他的见解依然没有越出新古典主义的视野，要求我们的现代作品像古代作品那样富有教育意义。德莱顿的《悲剧批评的基础》将这种观点推向了极致，主张一切诗

---

① 章安琪：《缪灵珠美学译文集》（第四卷），北京：中国人民大学出版社，1987年版，第183页。
② 缪朗山：《西方文艺理论史纲》，北京：中国人民大学出版社，1985年版，第363页。

歌的总目标就在于使观众在愉悦中得到教益。布瓦洛把摹仿的道德效果归之于摹仿主体的善,提出"一个有德的作家,具有无邪的诗品,能使人耳怡目悦而绝不腐蚀人心:他的热情绝不会引起欲火的灾殃。因此你要爱道德,使灵魂得到修养"。

总之,新古典主义认为,只有处处把善和真与趣味融成一片的虚构,即真善美三位一体尤其是以理性(真)统率善美的摹仿才是真正受人欢迎的。无论写什么题目,庄严的亦好,谐谑的亦好,"都要情理和音韵永远地互相配合,二者似乎是仇敌却并非不能相容,音韵不过是奴隶,其职责只是服从。……因此,首须爱义理:愿你的文章,永远只凭着义理获得价值和光芒"①。

四、启蒙时期的摹仿观

主张艺术摹仿要跟自然一样合乎理性的古典主义在17世纪末达到巅峰后便日趋瓦解。但是,艺术与自然密切相关的信仰并没有瓦解,而稍加改变的摹仿概念,仍然是18世纪启蒙主义诗学中的主导性概念,是人们区别艺术与非艺术的本体性概念,也是解释莎士比亚悲剧和建立市民悲剧的理论基础。

"自然在什么时候为艺术提供范本呢?是在这样一些情景发生的时候:当儿女们在垂死的父亲床边扯发哀号;

---

① 伍蠡甫、胡经之:《西方文艺理论名著选编》(上卷),北京:北京大学出版社,1985年版,第191页。

当母亲敞开胸怀，指着哺育过他的双乳恳求她的儿子；……当淫乱的女巫手持魔杖在森林里徜徉，引起了沿路遇到的异教徒的恐怖……"① 法国启蒙思想家狄德罗继承了传统的"摹仿"说，认为艺术是对自然的摹仿，但是在阐述这一观念时，他提出了一些有别于传统认识的新说法。他承认艺术摹仿的是自然，然而并非任何自然都能成为艺术的摹仿对象。自然要为艺术提供范本，必须具备以下两个条件：富有诗意，富有"关系"。富有诗意，指事物充满巨大的活力和强烈的感情。"诗人需要的是什么？是未经雕琢的自然，还是加工过的自然；是平静的自然，还是动荡的自然？"② 狄德罗的回答是："诗需要的是巨大的、野蛮的、粗狂的气魄。"富有"关系"，指事物内在的和外在的多种联系。"戏剧艺术之所以准备事件，只是为了将它们串连起来，而它之所以将事件串连在作品中，正是因为事件在自然中是相互串连着的。艺术模仿自然，既然自然在处理效果之间的关联时天衣无缝，艺术也是如此。"③

德国的莱辛在《汉堡剧评》中也指出，戏剧摹仿的是自然，可是仅仅"摹仿自然根本不成其为艺术的规则，假如果是这样，艺术也就因此而不再成其为艺术，至少不成

---

① [法]狄德罗：《狄德罗美学论文选》，张冠尧等译，北京：人民文学出版社，1984年版，第205页。
② [法]狄德罗：《狄德罗美学论文选》，张冠尧等译，北京：人民文学出版社，1984年版，第206页。
③ [法]狄德罗：《狄德罗美学论文选》，张冠尧等译，北京：人民文学出版社，1984年版，第86页。

其为高明的艺术"。莱辛认为,自然包罗万象,其中有许多是偶然的、粗野的,甚至是极为丑陋的,它们很少有理想和思想,不适宜作为摹仿的对象。"世界上有的是具有更严重矛盾的人。但是这样的人因而也不能成为艺术模仿的对象。他们是低于艺术模仿的人,因为他们缺乏教育性,除非把他们的矛盾连同可笑和这些矛盾的不幸结局当成教育性。"在自然界,一切尽管都是互相联系的、互相交错的、互相变换的、互相转化的,但是就这种无限的多样性来说,它只是为具有无穷智慧的人演出的戏剧。因此,"采用粗犷的方式虚构的喜悲剧是自然的忠实摹仿,既对,也不对;它仅仅忠实地摹仿自然的一半,而完全疏忽了另一半;它摹仿自然的各种现象,而丝毫不注重摹仿我们的感情和精神力量的自然"①。由此可见,莱辛的"自然"乃是指富有"关系"的,且更能见出人的感情和精神力量的自然。

艺术摹仿自然,那么判断摹仿艺术的原则是什么呢?狄德罗认为,真实如否就是这种艺术摹仿的首要标准。"艺术中的美和哲学中的真理有着共同的基础。真理是什么?就是我们的判断符合事物的实际。摹仿的美是什么?就是形象与实体相吻合。"②这段话表明,艺术摹仿必须真实。真实就是如实地反映自然万物的关系,就是形象与

---

① [德]莱辛:《汉堡剧评》,张黎译,上海:上海译文出版社,2002年版,第354页。
② [法]狄德罗:《狄德罗美学论文选》,张冠尧等译,北京:人民文学出版社,1984年版,第114页。

实体相一致。但由于艺术摹仿的自然，并非那种没有逻辑关系的、无目的的、自生自灭的自然，而是富有"关系"的，富有诗意的或能见出人的感情和精神力量的自然，因此，戏剧里的真并非指按照事物的本来面目来表现它们。"绝对不是。要这么理解，真就成了普通常见的。那么舞台上的真到底是什么东西呢？这里指的是剧中人的行动、言词、面容、声音、动作、姿态与诗人想象中的理想范本保持一致。"① 事物本来面目的真即事实，显然不是艺术摹仿的真，但由于戏剧艺术的基础是历史的艺术，所以狄德罗讨论的摹仿真实，其实还是一种以事实真实为基础的，融合了理性或合目的虚构的艺术真实。

莱辛也坚持艺术摹仿必须真实，可他对真实的解释就比狄德罗的真实论更为细致严谨。莱辛认为，戏剧摹仿的真实应该分为两种：事件即情节真实，性格真实。其中性格真实是中心，事件真实可以影响性格真实，但不能背离它。事件真实，一方面是指曾经发生过的或具有真实可信性的历史事件，另一方面是指有目的的虚构的能够使人物性格活动起来的事件。它们可能是令人难以置信的和奇异的，却是真实的、合情合理的。对于这两种不同的事件真实，莱辛认为历史叙述的往往只是一个简单事实，悲剧也"不是编成对话的历史"，而且在戏剧艺术的摹仿中，"性格远比事件更为神圣"，一切与性格无关的东西，作家都

---

① ［法］狄德罗：《狄德罗美学论文选》，张冠尧等译，北京：人民文学出版社，1984年版，第291页。

可以置之不理，所以他更赞赏有目的地虚构的能够使人物性格活动起来的真实事件。

何谓性格真实呢？在莱辛看来，性格真实有内在真实、外在真实两个层面。性格的内在真实，指的是悲剧人物（历史人物亦好，虚构人物亦好）的性格必须始终如一，始终相似，不能前后矛盾。换句话说，就是人物按照其性格说其应说的话，行其应行的事。"性格可以由于事态的影响，时而表现得强些，时而表现得弱些，但是这些事态却不可以强大到足以令其由黑变白的程度。"① 性格的外在真实，指的是悲剧人物既要表现出作为类别的人的普遍性，又要表现出作为个体的人的独特性或个别性。"诗歌摹仿的一切人物无例外地都应该说话、行事，不仅说他们自己应该说的话，行他们自己应该行的事，而且每一个人还将并且必须按照各自的性格，在同样情况下说话或者行事。为什么说诗歌比历史更富于哲学意味，因而更富于教益，其根据就在于这个普遍性。"②

为了摹仿美的自然，为了诗要感动或提高人的兴趣，艺术摹仿就必须容许诗人、艺术家有所虚构，直至创造，即想象出一些事件，杜撰一些言词，给历史添枝加叶。在狄德罗看来，诗人的创造，只要未超越奇异所许可的限度，就不应该加以反对。悲剧诗人"可以凭借想象在历史

---

① [德] 莱辛：《汉堡剧评》，张黎译，上海：上海译文出版社，2002年版，第176页。

② [德] 莱辛：《汉堡剧评》，张黎译，上海：上海译文出版社，2002年版，第447页。

以外加上他认为可以提高兴趣的东西",喜剧则"可以完全出于诗人的创造"。① 莱辛也持类似的观点,认为艺术对自然的摹仿不是"忠实地",也不是"美化",而是一种"杂凑"。悲剧创作则不必拘泥于历史真实,而应对历史真实进行加工改造,"把世界的各个环节挪动、变换和增损,配合自己的目的,又重新创造出一个特殊的整体"。启蒙主义摹仿诗学中的创造观尽管被放行,却依然不能完全听凭想象力的狂热摆布。

摹仿真实即是美。狄德罗一方面主张摹仿的美就是形象与实体相吻合,"只有建立在和自然万物的关系上的美才是持久的美"②;另一方面又指出摹仿美是一种理想美、整体美。就戏剧艺术而言,戏剧摹仿最重要的一点就是要做到惊奇而不失其逼真,还要做到具有整一性。"空间的各点不是明暗不同吗?它们不是互相分离的吗?它们不是象在一幅绚丽多彩的风景画中一样在一个空无一物的平原上向后展开吗?假使你遵照绘画的老一套办法,你的剧本就将和他的图画一模一样。他的画有几处美的地方,你的剧本就有几个美的时刻。可是问题不在这里,图画应该整个画面都美,剧本应该从头到尾都美。"③ 莱辛没有专门讨论戏剧的摹仿美,可他对"自然""真实"概念的理解

---

① [法]狄德罗:《狄德罗美学论文选》,张冠尧等译,北京:人民文学出版社,1984年版,第155页。

② [法]狄德罗:《狄德罗美学论文选》,张冠尧等译,北京:人民文学出版社,1984年版,第115页。

③ [法]狄德罗:《狄德罗美学论文选》,张冠尧等译,北京:人民文学出版社,1984年版,第175~176页。

表明，他同样是以美作为判断戏剧摹仿的标准，只是他对美的解释注重的不仅有关系、色彩、热情和生命力，更重要的是思想和精神之力。

维护戏剧的道德教育作用，亦即维护各种公众的教育制度，成为多数启蒙主义思想家的共同要求。所以，卢梭对戏剧的情感和道德效果的贬低，不但点燃了狄德罗创作严肃戏剧或家庭悲剧的激情，也激发了他为戏剧辩护的热情。在狄德罗看来，戏剧是现实社会中最有效的移风易俗的手段。戏剧通过感动观众，引导他们热爱道德而憎恶罪恶。莱辛宣称，剧院应该是"道德世界的大课堂"，"尤其是剧作家，倘若他着眼于平民，也必须是为了照亮他们和改善他们，而绝不可加深他们的偏见和鄙俗思想"。[①]

"真、善、美有他们正当的权利。一开始，人们会对他们有所争议，但到最后必然赞赏他们。没有打上这一标记的东西，可能一时为人们赞赏；但到最后，人们就要打呵欠了。……自然的王国，也是我所说的三位一体的王国，地狱的大门永远压不倒它。'真'是圣父，他产生了'善'，即圣子；由此又出现了'美'，这就是圣灵了。这个自然的王国，也是我所说的三位一体的王国，定会慢慢建立起来的。"[②] 在启蒙主义思想家狄德罗看来，艺术摹仿自然这一观念不仅具有真善美的内涵，而且真善美是统

---

① ［德］莱辛：《汉堡剧评》，张黎译，上海：上海译文出版社，2002年版，第9页。

② ［法］狄德罗：《狄德罗美学论文选》，张冠尧等译，北京：人民文学出版社，1984年版，第355页。

一的。

经过一些改变的摹仿概念,如今既是建立中产阶级悲剧和自然主义悲剧的理论基础,也成了一切艺术的基本原理。巴特(Abbé Bateux)在《内含共同原理的美的艺术》(1764)中就宣布,摹仿是一切艺术的基本原理。然而,就在巴特把这项原理推广应用到一切艺术之上——包括像建筑和音乐这些非模仿的艺术——渐渐获得人们的共识之后,摹仿说的重心也从诗学转移到视觉艺术上。就像詹姆士·哈里斯所说的:"诗具有一种得自其本身的音韵的魅力,而绘画只除模仿所得的那种魅力之外,更别无所求。"[①]

在古典知识型的认识框架中,摹仿艺术确实与现实世界相互联系,有着真善美的价值,然而它毕竟是艺术,它需要我们的认知或知性,更需要我们的情感与想象力。同时,艺术作为认知实体所无法解决的困境,也意味着我们对艺术的探讨必须发生重要意义的转移,我们不但要考虑艺术作品的本性,也要考虑我们对艺术作品的反应的本性。这样一来,我们将不会再把摹仿及其逼真性作为艺术的最高价值,而是认为那能给我们的想象力提供新的、富有刺激性的用武之地的艺术,才可能是特别有价值的艺术。

[①] 转引自[波兰]瓦迪斯瓦夫·塔塔尔凯维奇:《西方六大美学观念史》,刘文潭译,上海:上海译文出版社,2006年版,第282页。

第三节 创 造

创造显然是一个区别艺术与非艺术（亦即悲剧艺术与非艺术的悲剧）的现代范畴，而且能为我们重新解释艺术的本性提供新的、富有刺激性的想象力。创造作为一个术语或概念，却不是"机械神送下来的"，而是早就"寄生"在摹仿范畴之内的。只有当艺术（也是悲剧）理论的历史，从古典知识型转换为现代知识型的知识空间时，创造才咬断脐带，从摹仿范畴的子宫中蹦出来。

一、18 世纪之前的"创造论"

（一）寄生于摹仿之中的创造概念

亚里士多德的摹仿概念包含创造的含义，可《诗学》中并没有出现与"创造"和"创造者"相当的词汇。波兰美学家塔塔尔凯维奇就说，在希腊人所使用的词汇中，没有出现与"创造"和"创造者"相当的词汇，是因为他们不需要此等词汇。对他们而言，"制造"一词便已经足够了。[①] 而且原创性也不是他们的目标。古罗马时期，贺拉斯的《诗艺》出现了"画家和诗人一向都有大胆创造的权利"，但是这里的"创造"一词是寄生在摹仿范畴之内的。

---

① ［波兰］瓦迪斯瓦夫·塔塔尔凯维奇：《西方六大美学观念史》，刘文潭译，上海：上海译文出版社，2006 年版，第 251 页。

贺拉斯也没有将它与想象、灵感建立起联系,灵感反而被他看作是诗人患了疯癫。

中世纪,创造概念出现了,却仅仅指宗教意义上的无中生有,《圣经·创世纪》中就说世界是上帝所创造的,"起初,神创造天地"。恰如格鲁内尔在《历史的哲学——批判的论文》中所说的,在古代神话、宗教和哲学中,世界(world)有时也被描绘成是上帝或诸神的创造。但是,那时"创造"一词意味着按照永恒正确的原理对先前存在的物质加以再造或重新安排。而按照犹太—基督教的理解,创造是无中生有(ex nihilo):起初是无物存在,后来才有了世界。造物主创造世界时并不遵循任何永恒而独立的规则。① 此时的创造是宗教意义上的,因而与艺术无关,创造是存在的,人类却无能为力。

文艺复兴时期,创造这项曾经属于上帝或诸神的专利,已不再为他们所独有,它也是诗人开始拥有的权利或才能。意大利的斯卡利格在其《诗艺》中就指出,诗人几乎是像"第二神灵""另一位上帝"一样的创造者,能够创造出不同于自然的另一种自然,塑造出比真实事物更优美的形象。"其它技艺按事物的本来面目来描写它们,而诗在某种意义上却像一幅能言的画,诗人描绘的是另一种自然和形形色色的命运。这样做,诗人事实上就几乎将自己化身为第二神灵。在万物的创造者所制造的事物面前,

---

① [英]格鲁内尔:《历史哲学——批判的论文》,隗仁莲译,桂林:广西师范大学出版社,2003年版,第23页。

其它学问只是监督者,然而由于诗塑造与事物不同的形象,比事物原来面目更优美的形象,因此它似乎与别的书面形式不同,不像历史限于真实的事件,而是像另一位上帝,创造万物。"① 卡斯特尔维特也认为,"诗人"的本意就是"创造者",诗人如果希望担当这个具有超凡入圣的称号的真实意义,他就要创造一切。就悲剧而言,它的题材即使多是历史上的帝王及其事迹,诗人也要充分发挥他的创造才能,才能显示他完成上述事件所采用的步骤和特殊方法的可能。如果这些步骤和特殊方法也为众人所周知,那就等于不给情节留余地,诗人也就不再是诗人,而是历史学家。②

英国学者锡德尼也持有类似的观念,认为诗人的意思就是创造者,而且这种创造是不屑为自然所束缚的,这种创造品是大自然从不曾存在的,是比大自然更美好的,在诗中"他以神的气息产生了远远超过自然所做出的东西"。所以,在《为诗辩护》一文中,锡德尼不仅赞扬"把人类才智的最高峰和自然的功能相衡"并不是太狂妄的对比,而且宣布,"只有诗人,不屑为这种服从所束缚,为自己的创新气魄所鼓舞,在其造出比自然所产生的更好的事物中,或者完全崭新的、自然中所从来没有的形象中,如那些英雄、半神、独眼巨人、怪兽、复仇神等等,实际上,

---

① 转引自董学文:《西方文学理论史》,北京:北京大学出版社,2005年版,第75页。

② 刘小枫、陈少明:《诗学解诂》,北京:华夏出版社,2006年版,第248~249页。

升入了另一种自然,因而他与自然携手并进……自然从未以如此华丽的挂毯来装饰大地,如种种诗人所曾作过的;……它的世界是铜的,而只有诗人才给予我们金的"①。文艺复兴时期的诗学家们从人类学角度肯定了诗人是创造者,是按照某种观念或事先的设想进行虚构或想象,而且这种创造是一种造物主式的局部创造,它主要体现在人物形象的想象虚构上,譬如那些"自然"从未产生过的"忠实的情人""有始有终的朋友""英勇的人物""公正的君王"的形象等。但是另一方面,文艺复兴时期的诗学理论还是以摹仿概念为基础建立起来的。在诠释诗或悲剧艺术时,他们一如既往地强调,诗是个摹仿的艺术,或者说悲剧正如喜剧一样,是摹仿现实生活的艺术,或者像马佐尼那样,在指出诗依靠的是想象力,需要借助虚构的和想象的东西来组成之后,依然深信诗总是一种摹仿的艺术,

正如英国诗人德莱顿所说的,没有判断的幻想就是一匹没有笼头的驽马。新古典主义诗学在继承亚里士多德、贺拉斯、文艺复兴时期的摹仿说的基础上,对与摹仿范畴相连接的想象、幻想、创造概念及其作用进行了清理与限制。在新古典主义者看来,艺术创作需要天才,但是,这种天才既不是上帝或诸神拥有的那种独创才能,也不是那种自由想象式的天才,而是一种懂得常理或是具有正确判

---

① [英]锡德尼、扬格:《为诗辩护 试论独创性作品》,钱学熙、袁可嘉译,北京:人民文学出版社,1998年版,第10页。

断和意义的天才（或才智）。布瓦洛的《诗的艺术》开宗明义：诗歌创作需要天才，可天才并非因为"你爱吟咏就认为你有天才"。天才即诗歌创作需要的才华，是大自然分配给诗人们的，是受理性控制的。德莱顿也宣称，"想象本身是诗的顶峰和诗的生命"，但是"不得当的巨大激情乃是最最可笑的事情"。由此看来，新古典主义诗学家们肯定诗属于天才而不属于疯子，属于才智之士而不属于疯狂之人①，他们的诗歌写作也确实具有虚构性或创造性，可是这种创造绝不会产生那些"自然"从未产生过的"忠实的情人"等人物形象，只能产生那些合乎理性、合乎传统的古典式人物。因此，布瓦洛在指出诗需要创造天才后，依然肯定艺术对自然的摹仿，而且反复告诫戏剧诗人，千万不要把我们的风度精神加给意大利人。而德莱顿在《悲剧批评的基础》中开篇即将亚里士多德的悲剧定义搬出来，认为悲剧就是对一个完整的、伟大的、可能的行为的模仿。

这种在理性指导下被动的摹仿观念，在18世纪遭到了启蒙主义思想的激烈反对。启蒙主义者继承了传统的摹仿说，认为一切艺术都是对自然的摹仿。但是在诠释这一传统摹仿说时，却又说这种摹仿不是被动的、机械的摹拟，而是一种具有主观能动性的创造。在悲剧摹仿问题上，伏尔泰最激进，提出喜剧的题材可以完全虚构，悲剧

---

① 周靖波：《西方剧论选》（上），北京：北京广播学院出版社，2004年版，第127~128页。

的题材同样可以全部杜撰。莱辛则说，有目的的虚构才表明一种创造精神。启蒙主义在解释摹仿活动时，不仅赋予摹仿活动的想象以重大意义，而且重新提出摹仿者必须是具有丰富想象力的天才，否则戏剧中的想象与虚构就不能称为创造，诗人也就不是戏剧诗人，而是历史学家。伏尔泰驳斥古典主义所宣扬的美的永恒性的论据之一就是变幻不定的想象，"我们可以给金属、矿物、元素以及动物等下定义，因为它们的性质永远不变；可是人的作品，就像产生这些作品的想象一样，是在不断变化着的"①。狄德罗说得更清楚，想象是一种素质，没有它，人不可能成为诗人，也不可能成为哲学家、有思想的人、有理性的动物，甚至也不能算是一个人。② 他还说，人只有在停止应用记忆而开始运用想象之时，也就是当他获得某一种明显的形象表现，即到达理智的最后一个阶段，即理智休息的阶段，他才成了诗人或画家。莱辛认为天才就是创造者，就是对现实世界的各部分进行加工、变形，由此造出一个自己的整体，来表达自己的意图。而天才的财富不是通过勤勉得来的，而是出自本身、从他自己的感情中产生出来的。赫尔德在《论意象、诗歌与寓言》（1786）中进一步指出，诗人是第二造物主、创造者、制作者。"诗人一向是人民的创造者，他们为人民创造喜悦、教育、工作、宗

---

① 转引自石璞：《西方文论史纲》，成都：四川大学出版社，1992年版，第127页。
② [法]狄德罗：《狄德罗美学论文选》，张冠尧等译，北京：人民文学出版社，1984年版，第161~162页。

教、语言。真正的诗人就是人世间的神,双手像捧着水一样捧着人民的心,按照自己的意愿把它引导到一定的方向,不能正确引导它的人,那才可悲叹呢!"① 在某种意义上,如今的诗歌艺术应该说不是对自然的摹仿,如果一定要说是摹仿,那也是"对创世和命名的神性的模仿"。

"严格地说,人类的心灵无能创作,它所产生出来的东西,都带有它们所本之模型的烙印,在不违自然法则的情况下,即使由想像所虚构出来的怪物,也还是由取自自然中的各个部分凑合而成。"② 因此,创造的概念即使时常出现在18世纪的戏剧理论中,也常常跟天才、想象的概念联系在一起,但是艺术的创造观念依然寄生在艺术的摹仿观念中(在法国的诗学中表现得尤为突出)。

(二)创造与摹仿(模仿)的分离

从文艺复兴尤其是启蒙运动开始,创造概念就时常出现在诗学理论中,但几乎都是与摹仿概念关联在一起并被摹仿所规训。不过,这种关联在18世纪中叶爱德华·扬格和狄德罗那里还是有了初次的区分,尽管这种区分有些模糊。

在《试论独创性作品》之中,扬格首先对独创与模仿进行了区分,否定了蒲柏的"自然等于荷马"的说法。模仿有两种:模仿自然和模仿作家。我们称前者为独创,而

---

① 范明生:《西方美学通史·十七、十八世纪美学》(第三卷),上海:上海文艺出版社,1999年版,第931~932页。
② [波兰]瓦迪斯瓦夫·塔塔尔凯维奇:《西方六大美学观念史》,刘文潭译,上海:上海译文出版社,2006年版,第256页。

将模仿限于后者一词。"假若在时间上你和荷马易地相处，如果你写来自然，你也满可以责备荷马模仿了你。倘若荷马本不存在，你原也能写得这么自然，岂能说你写得自然是模仿了荷马？"①

其次，对独创与模仿的含义进行了多层次阐释。独创性作家开拓文学的疆土，为它的领地添上一个新省区；摹仿者只能为已有的可能卓越得多的作品增加一种副本。独创性作家的妙笔，能够从荒漠中唤出灿烂的春天；模仿者从那个灿烂的春天里把月桂移植出来，它们有时一移动就死去，而在异乡的土地上总是落得个枯萎。独创性作品可以说具有植物的属性：它从天才的命根子自然地生长出来，它是长成的，不是做成的；模仿作品往往是靠手艺和功夫这两种匠人，用现已存在的本身以外的材料铸成的一种制品。② 概言之，从作家这个角度看，独创类似于上帝无中生有的创造，模仿类似于对植物进行异地移植。从作品的角度看，独创性既指作品整体上的有机统一，也指作品在题材、人物形象等方面的新颖性、奇异性；而模仿指作品整体上的机械式的统一与对古典作品的复制。

最后，独创性只属于天才。独创性只能在天才的光芒的照耀下才会生长出来，"因为在别的太阳光下，没有什

---

① ［英］锡德尼、扬格：《为诗辩护 试论独创性作品》，钱学熙、袁可嘉译，北京：人民文学出版社，1998年版，第87页。
② ［英］锡德尼、扬格：《为诗辩护 试论独创性作品》，钱学熙、袁可嘉译，北京：人民文学出版社，1998年版，第82~83页。

么独创性的东西能够生长，没有什么不朽的东西能够成熟的"①。什么是天才呢？在大多数情况下，我们"所谓天才不正是指不用一般认为达到某种目的所必需的手段，而完成巨大业绩的力量吗？天才者不同于聪明人，就如魔术家不同于优秀建筑师；那个靠隐秘手段建造房屋，这个靠巧妙使用普通工具。因此，人们一向认为天才总有神圣之处。缺乏神圣的灵感谁也成不了伟人"②。由此看来，扬格的天才主要有以下三种含义：（1）这是一种能够随心所欲地突破规则、超越权威束缚的力量；（2）这种力量具有神秘性；（3）这种力量是先验的、内在的，是无法从学问中获得的，即使有时需要学问的扶助。所以，"成为天才特征的不能规定的优美和没有先例的卓越，存在于学问的权威和法则的藩篱之外，天才者必须跳越这个藩篱才能获得它们；若是缺乏天才，那么一跳，我们就会把头颈跌断，把本来可以享有的那么一点本钱也丢了。因为法则正如拐杖，对跛者是有用的帮手，对强者却是一种障碍。荷马式人物把法则丢开，而且像他的阿喀琉斯一样，'否认法则是为他制订的，遇事他无不自作主张'，靠他头脑的内在力量"③。

扬格对创造与模仿的区分，以及将天才与独创性联系

---

① [英]锡德尼、扬格：《为诗辩护 试论独创性作品》，钱学熙、袁可嘉译，北京：人民文学出版社，1998年版，第86页。
② [英]锡德尼、扬格：《为诗辩护 试论独创性作品》，钱学熙、袁可嘉译，北京：人民文学出版社，1998年版，第89页。
③ [英]锡德尼、扬格：《为诗辩护 试论独创性作品》，钱学熙、袁可嘉译，北京：人民文学出版社，1998年版，第90页。

起来在 18 世纪的欧洲尤其在英国显然具有重要的理论意义。通过这个区分及联系,扬格否定了当时流行于英国的"模仿古人就是模仿自然"的模仿观,把人们的思想从盲目崇古的教条中解放出来。但是,他并没有把这种区分提升到美学的高度,使之成为区别艺术与非艺术(或艺术与现实)的本体性特征。

创造与模仿的分离,某种意义上也出现在狄德罗的戏剧表演理论中。狄德罗认为戏剧演员有两种:模仿性的演员和依靠自然禀赋的演员。模仿性的演员是根据她想象中的理想范本来表演的,"这个范本是她从戏剧脚本中取来的,或是她凭想象把它作为一个伟大的形象创造出来的,并不代表她本人"①。因而,模仿性演员的表演就是凭着理智、想象和记忆尽可能地去接近这个理想范本。依靠自然禀赋的演员,就是演员受自己的感情支配,只凭一时的感情激动表演,所以依靠自然禀赋的演员的表演总是缺少某种一致性,好坏无常。狄德罗对表演艺术中的模仿与创造的区分是粗糙的、技术性的,而且表现出贬低创造性表演、高扬模仿性表演的倾向,但至少说明了当时的戏剧演员已经表现出某种程度的独立意识、创造意识,并不完全是受诗人操纵的"一种奇妙的傀儡"。

二、现代知识型中的创造观

18 世纪末 19 世纪初,随着一个新的知识型——现代

---

① [法]狄德罗:《狄德罗美学论文选》,张冠尧等译,北京:人民文学出版社,1984 年版,第 282 页。

知识型的确立，将不同的艺术形式统一为一个总类的现代美的艺术概念也得以构建，并开始深入人心。艺术开始脱胎换骨，一反先前的世纪那种不敢承认创造性为其本质的面貌。现在，它不仅被当作创造性看待，而且唯独它被如此看待。"'创作者'于是变成了艺术家和诗人的同义词。"[①]

在这个新的知识空间，人们不再根据同一与差异原则，以摹仿为中心来讨论艺术与现实的关系（艺术与非艺术的本质性区别），而是依照一种间断性的有机结构原则，在放逐摹仿观念后开始重新审视艺术与现实的本质性区别。按照福柯的说法，依照一种间断性的有机原则架构起来的现代知识型的知识不仅与世界相分离，成为一个自足的独立体，而且知识本身也开始分裂了，各有自己的方向。因而，这种根据间断性的有机结构原则建立起来的新的艺术理论，也必然认为艺术与现实无关，它不再是对现实的摹仿，而是自足的、自由的、理想的创造；它也不再是类似于客观存在的认知实体，而是人的一种主体性的意志行为；艺术家和诗人也不再是摹仿者，而是"美"的创造者。

（一）艺术是创造

扬格宣扬文学必须有独创性的观点，经过康德的重新诠释，创造不再是创作主体的一种内在的神秘力量，而成

---

① ［波兰］瓦迪斯瓦夫·塔塔尔凯维奇：《西方六大美学观念史》，刘文潭译，上海：上海译文出版社，2006年版，第256页。

为艺术区别于自然的本质性特征。在康德看来，艺术之所以是艺术，而不同于自然，就在于它是"人的一个创造物"①，而不是一种本能的自然作用的结果。"人们只能把通过自由而产生的成品，这就是通过这一意图，把他的诸行为筑基于理性之上，唤作艺术。"②虽然人们喜欢把蜜蜂的成品（合规则地造成的蜂窝）称为艺术作品，这只是因为后者类似于前者；只要人一思考，就会发现蜜蜂的劳动无须经过真正的理性的思虑，蜂窝是蜜蜂的本能的天性的成品，所以，作为艺术只能意味着是创造者的产品。接着通过与科学的区别，康德进一步指出艺术是技巧而非知识；通过与手工艺的区别，指出艺术是自由的创造，是自身令人愉快的。因此，康德在回答人类为什么要创造出另一自然，以及它对人类生存的意义时，幽默地说：当经验对我们显得太平淡无味时，我们就创造艺术（指第二自然）来消遣取乐。

席勒认为，艺术与自然的关系实乃人与自然的关系。这种关系不是静态的，而是发展的、变化的。在他看来，人与自然的关系有两种："古代人自然地感受，而我们感受自然。"亦即说，在古希腊罗马社会，人性是统一完整的，人与自然是和谐一致的，人即是自然，自然即是人。"在自然的素朴状态中，由于人以自己的一切能力作为一

---

① 李醒尘：《十九世纪西方美学名著选》（德国卷），上海：复旦大学出版社，1990年版，第51页。
② 李醒尘：《十九世纪西方美学名著选》（德国卷），上海：复旦大学出版社，1990年版，第51页。

个和谐的统一体发生作用，因而他的全部天性都完全表现在现实中，所以诗人就必定尽可能完美地摹仿现实。"①进入近代社会，人通过文明的发展获得了自由，却与自然分裂，即人性产生了异化。人与自然和谐统一即人性的和谐由此成为过去时代的"神话"，在现实中它只能作为人们追求的理想，概念性地存在于人们的心灵之中。"在文明的状态中，由于人的全部天性的和谐协作仅仅是一个观念，所以诗人就必定把现实提高到理想，或者换句话说，就是表现理想。"席勒由此指出，艺术与自然的关系有摹仿与表现②两种。而西方艺术的发展史也表明，古代诗人以摹仿现实的素朴为主，现代诗人则更多地倾向于表现理想的感伤。

艺术是创造的观念，也为谢林的艺术哲学所认可，但对某些问题的诠释，他又提出了自己的见解，其中最重要的是运用"意识"和"无意识"对艺术创造过程进行心理学解释。所有的艺术家都说："他们是心不由主地被驱使着创造自己的作品的，他们创造作品仅仅是满足了他们天赋本质中的一种不可抗拒的冲动，从这些言论中即可正确推知，一切美感创造活动都是以活动的一种对立为依据

---

① ［德］席勒：《秀美与尊严》，张玉能译，北京：文化艺术出版社，1996年版，第285页。

② 按照表现主义美学家克罗齐和科林伍德的说法，表现就是创造。科林伍德就明确说过，对我们非常熟悉的艺术活动而言，"我们通常给它取的名字就是'创造'"。而席勒对表现的理解，也表明他的表现观近似于创造观。"感伤的"诗是反思性的、有自我意识的、带个人色彩的、音乐性的，"感伤的"诗人面临着现实与理想的鸿沟，因而他可以从理想的高度俯视现实，采取讽刺的态度；也可以悲叹现实，去写哀挽诗；还可以想象过去或未来的理想是现实的，去写田园诗。

的，这是因为，如果一切冲动都以矛盾为出发点，以至矛盾设置起来了，自由活动就会成为不由自主的活动，那么，艺术家的冲动也只能是起源于对内在矛盾的这样一种感受。……激起艺术家的冲动的只能是自由行动中有意识事物与无意识事物之间的矛盾，同样，能满足我们的无穷渴望和解决关乎我们生死存亡的矛盾的也只有艺术。"①在谢林看来，艺术创造是有意识活动和无意识活动的统一。艺术家在创造过程中对材料的处理，对形式的选取，除了要受到自己明显的创作意图的制约外，还要接受本能冲动的引导。"艺术家在自己的作品中除了表现自己以明显的意图置于其中的东西以外，仿佛还合乎本能地表现出一种无限性，而要完全展现这种无限性，是任何有限的知性都无能为力的。"②

"在艺术里，感性的东西是经过心灵化了，而心灵的东西也借感性化而显出来了。因此，只有通过心灵而且由心灵的创造活动产生出来，艺术作品才成其为艺术作品。"③黑格尔认为，摹仿就是完全按照本来的自然形状来复写，对现实的单纯的形式的摹仿在任何情况下都只能产生技巧方面的巧戏法，而不能产生艺术作品，所以摹仿不能成为艺术区别于自然的本体性原则。那么区别艺术与

---

① 转引自魏庆征：《介绍弗·威·谢林及其〈艺术哲学〉》，见［德］谢林：《艺术哲学》，魏庆征译，北京：中国社会出版社，2005年版，第17页。
② 李醒尘：《十九世纪西方美学名著选》（德国卷），上海：复旦大学出版社，1990年版，第186~187页。
③ ［德］黑格尔：《美学》（第一卷），朱光潜译，北京：商务印书馆，1996年版，第49页。

自然的新原则是什么？是创造。艺术的内容也不再像以前一样是自然，而是理想（或黑格尔所谓的实体性）。这些抽象的、概念性的东西与自然的并没有多大的关系或直接的联系，它们要呈现在艺术作品中，艺术家就只有创造。因此，黑格尔说："艺术的要务并不止于这种搜集和挑选，艺术家必须是创造者，他必须在他的想象里把感发他的那种意蕴，对适当形式的知识，以及他的深刻的感觉和基本的情感都熔于一炉，从这里塑造他所要塑造的形象。"①

德国早期浪漫派的精神领袖和理论家弗·施莱格尔尤为推崇艺术的创造观念，他在《雅典娜神殿断片集》中提出："现代诗人必须从自己的内心来创造艺术，许多诗人也卓有成效，然而迄今为止他们仅仅是在孤军奋战，每一件作品仿佛是一个从头到尾从虚无中新创造出来的。"由此看来，艺术尤其是现代艺术必须创造，并非"造物主式"的创造，而是类似于上帝的无中生有的创造。施莱格尔认为现代神话只能从精神最内在的深处产生出来，就好像自己创造自己一样。现代神话"将循着与古代神话完全相反的路来到我们这里。古代神话里到处是青春想象初放的花朵，古代神话与感性世界中最直接、最生动的事物联系在一起，依照它们来塑造形象。而现代神话则相反，它必须产生于精神最内在的深处；现代神话必须是所有艺术作品中最人为的，因为它要包容其他一切艺术作品，它将

---

① ［德］黑格尔：《美学》（第一卷），朱光潜译，北京：商务印书馆，1996年版，第222页。

成为载负诗的古老而又永恒的源泉的容器，它本身就是那首揭示所有其他诗的起因的无限的诗。"① 其兄 A. W. 施莱格尔也赞同艺术的创造说，认为艺术的创造理论有哲学上的与技巧上的两种，技巧上的艺术理论说明的是怎样才能完成一件艺术品，哲学上的艺术理论说明的是应当创造什么作品。

歌德认为艺术是创造，只是艺术创造并不是像上帝那样的无中生有的创造，而是"造物主式"的创造。这种创造尽管起因于生活，却终究是由人的自由大胆的精神创造出来的。艺术家与自然有着双重关系：他既是自然的主宰，又是自然的奴隶。他是自然的奴隶，因为他必须用人世间的材料来开展工作，才能使人理解；同时他又是自然的主宰，因为他使这种人世间的材料服从他的较高的意旨，并且为着较高的意旨服务。"艺术要通过一种完整体向世界说话。但这种完整体不是他在自然中所能找到的，而是他自己的心智的果实，或者说，是一种丰产的神圣的精神灌注生气的结果。"②

就大多数西方思想史而言，作为一种无中生有的创造能力，通常被上帝所独占或主要地归于上帝，只是在严格限制的或隐喻的意义上，它才被归于人类制作者或艺术家。但是在 18 世纪末以后，随着浪漫主义运动的最初鼓

---

① ［德］弗·施莱格尔：《雅典娜神殿断片集》，李伯杰译，北京：生活·读书·新知三联书店，2003 年版，第 230~231 页。
② 李醒尘：《十九世纪西方美学名著选》（德国卷），上海：复旦大学出版社，1990 年版，第 100~101 页。

动,诗人和艺术家开始被认为是出类拔萃的创造者,享有与上帝类似的创造能力,此后这种强势观念不仅随着浪漫主义运动在西方其他国家(如英国和法国)①传播,而且贯穿了整个 19 世纪直至 20 世纪。

(二)艺术创造美

毫无疑问,康德不是美的艺术(艺术的独立性)这一思想的首倡者,但他对自他以后所有的德国(甚至整个西方)艺术思想产生的巨大影响,在于他首次条理分明地阐述了这种论点,替美学范畴的界限辩护,反对它跟一切方面的关联,即反对感觉论及其把艺术降为娱乐,反对道德伦、理智伦、教训论。后来,驳斥康德结论的尝试屡见不鲜,感觉论和理智论诚然还有许多信徒,但是无论康德的解决办法如何困难重重,他毕竟指出了美学的核心问题。没有自己的明确对象,就不可能存在科学。假如艺术不外乎娱乐、沟通、感受或低级推理,艺术便不再是艺术,而

---

① 创造观念在 19 世纪英法两国得到了广泛的传播。英国诗人纽曼在《论诗——兼评亚里士多德的〈诗学〉》中说:"事实上希腊戏剧并不是依照一定的科学原则创作的。它纯粹是想象的再创造,除了表演之外没有其他的目的和意义。"托马斯·卡莱尔在《作为诗人的英雄:但丁、莎士比亚》中认为创造是无意识的,莎士比亚的艺术不是技巧;它的最崇高的价值不是有计划或预先设计出来的。它是通过这个崇高的真诚的灵魂,即自然的声音,从自然的深处成长起来的。法国作家雨果在《〈克伦威尔〉序》中写道:"戏剧应该是一面集聚物像的镜子,非但不减弱原来的光辉和光彩,而且把他们集中起来、凝聚起来,把微光变成光彩,把光彩变成光明。只有到了这个地步,戏剧才能称之为一种艺术。"雨果说的是镜子,但这种聚集物像的镜子所反映的事物,实际上与原型相比发生了质的变化,已等同于创造。所以"艺术的目的差不多是神圣的,如果他写历史,就是起死回生,如果他写诗歌,就是创造"。

变成了一种取代他物的代用品。①

　　康德认为，不同于自然、科学和手工艺的不一定是严格意义上的美的艺术，如宗教艺术、巫术。于是通过对艺术的进一步离析，分离出了机械的艺术和审美的艺术。其中机械的艺术与美的艺术无关，因为它是与"关于某一可能对象的知识"相关的活动，譬如，知道了黄金分割比后制作的相框。审美的艺术是以快感为直接目的的艺术，与美的艺术相关，它还不是严格意义上的美的艺术。因为审美的艺术还可以区分为快适的艺术和美的艺术，其中快适的艺术仅仅是为了单纯的享乐而创造的，如宴会上的有趣故事、游戏等，它也不是美的艺术；而美的艺术"是一种意境，它只对自身具有合目的性，并且，虽然没有目的，仍然促进着心灵诸力的陶冶，以达到社会性的传达作用"②。按照康德的观点，主观合目的性的是美，客观合目的性的是善，而这种美的艺术显然是主观合目的性的，所以只有它才是康德所谓的美的艺术。

　　席勒也认为艺术是独立自主的。在致哥特弗里德·克尔纳的信中，他自信地写道："我确信，每部艺术作品仅仅是它自己本身，亦即应当说明它自身的美的法则，并不服从其它要求。"艺术的独立自主性就在于它只遵循自身的美的法则，而不服从其他任何要求。因而席勒不但认为

---

① ［美］雷纳·韦勒克：《近代文学批评史》（第一卷），杨岂深、杨自伍译，上海：上海译文出版社，1987年版，第303页。
② 李醒尘：《十九世纪西方美学名著选》（德国卷），上海：复旦大学出版社，1990年版，第53~54页。

"艺术必须摆脱现实,并以加倍的勇气越出需要,因为艺术是自由的女儿,它只能从精神的必然性而不能从物质的欲求领受指示"①,而且认为艺术与科学是两个各自独立的领域,"美的艺术的本质就是假象。因此,要防范知性对实在性的追求发展到一种偏狭的程度,以致仅仅因为美的艺术是假象就对全部美的假象的艺术下一个轻蔑的判断"②。也就是说不能用科学的标准来判断艺术,艺术的本质是审美假象,而科学的本质是真理。审美假象与真理有严格的界限,艺术与科学是两个各自独立的领域。

如果说康德、席勒通过对艺术与自然或其他人类产品的离析确定了艺术的审美价值的独立性,那么黑格尔则是从艺术必须被当作艺术来对待的出发点来认识艺术本身的独立价值的。黑格尔指出,如果艺术的目的被狭化为教益、净化、改善、谋利、名位追求之类,这就等于说,艺术没有定性,也没有自己的目的,它只是作为手段而服务于另一种东西,而它的概念也要在另一种东西里去找。对于艺术作品之为艺术作品,这是毫不相干的,也是不能决定艺术作品概念的。"因为在诗的艺术里应该作为明确目的而起统治作用的只有在本质上是诗的东西,而不是诗以外的东西。事实上旁的目的用旁的手段去实现,结果会更

---

① 李醒尘:《十九世纪西方美学名著选》(德国卷),上海:复旦大学出版社,1990年版,第149页。
② [德]席勒:《席勒精选集》,冯至、范大灿译,济南:山东文艺出版社,1998年版,第798页。

完满些。"① 那么究竟什么是艺术自身的目的呢？黑格尔说："诗的艺术作品却只有一个目的：创造美和欣赏美；在诗里，目的和目的的实现都直接在于独立自足的完成的作品本身，艺术的活动不是为着达到艺术范围以外的某种结果的手段，而是一种随作品完成而马上就达到实现的目的。"

艺术的独立性观念在 A. W. 施莱格尔那里却是这样说的："艺术除了美之外不应也不能创造什么，美就是艺术自身的宗旨和本质。"② 美是艺术的本质，那么艺术学说和诗学的作用，在他看来，"必须创造出艺术，或美。它必须阐明美的独立性，本质上多样性以及对道义上的善的非从属性：艺术性学说将坚持艺术的自主性"。弗·施勒格尔也说："诗的哲学通常始于美的自主性，始于这样一个定理：美有别于也应该有别于善和真，与真和善有同等的权利。"③ 其他的浪漫主义哲学家如谢林、施莱尔马赫等也以指出审美的艺术的自身独特的审美本质为己任，此处不再展开论述。

艺术因美而获得的独立与自由却在 19 世纪遭遇了危机。这种危机不是指艺术的独立性受到了普遍的质疑，而是说对艺术之美的理解出现了严重的分歧。黑格尔等唯心

---

① ［德］黑格尔：《美学》（第三卷·下册），朱光潜译，北京：商务印书馆，1996 年版，第 50 页。
② 李醒尘：《十九世纪西方美学名著选》（德国卷），上海：复旦大学出版社，1990 年版，第 303 页。
③ ［德］弗·施莱格尔：《雅典娜神殿断片集》，李伯杰译，北京：生活·读书·新知三联书店，2003 年版，第 99 页。

主义者表示，"美乃是绝对的理念显现在感觉的外表之中"，美是理性与感性的完美结合。而浪漫主义理论家主张，美实际上包含在缺少规则性的气韵生动的丰富内涵之中，并且也包含在热情的表现之中，它们与比例并无多少关系。叔本华在将作为感性实在的意志（生命意志）视为第一性之后指出，美不在形式或形象，而在内涵和意味，更进一步说在本质和真理，即美是理念，是多。尼采说："没有什么是美的，只有人是美的；在这一简单的真理上建立了全部美学，它是美学的第一真理。我们立刻补上美学的第二真理：没有什么比衰退的人更丑了，——审美判断的领域就此被限定了。"[①] 所以，尼采认为艺术美学就是艺术生理学，就是反映人自身的丰盈生命力。显然，这种对美的理解的分歧（或曰泛化），必将使人们对艺术之美的追求遭遇危机，或再次出现泛化的趋向。

（三）美的艺术是天才的艺术

美的艺术既是创造，而它又不能按某些既定的规则如法炮制，也不能由逻辑推理而产生，单纯的"学而知之"的才能也无法创造出来，那么美的艺术是怎样创造的呢？"美的艺术只有作为天才的作品才有可能。"[②] 换言之，美的艺术的创造需要的是天才，而"天才就是那天赋的才能，它给艺术制定法则"。

[①] [德]尼采：《悲剧的诞生》，周国平译，太原：北岳文艺出版社，2004年版，第315页。

[②] 李醒尘：《十九世纪西方美学名著选》（德国卷），上海：复旦大学出版社，1990年版，第55页。

天才（一）是一种天赋的才能，对于产生出的东西不提供任何特定的法规，它不是一种能够按照任何法规来学习的才能；因而独创性必须是它的第一特性。（二）也可能有独创性的，但却无意义的东西，所以天才的诸作品必须同时是典范，这就是说必须能成为范例的。它自身不是由摹仿产生，而它对于别人却须能成为评判或法则的准绳。（三）它是怎样创造出它的作品来的，它自身却不能描述出来或科学地加以说明，而是它（天才）作为自然赋予它以法规，因此，它是一个作品的独创者，这作品有赖于作者的天才，作者自己并不知晓诸观念是怎样在他心里成立的，也不受他自己的控制，以便可以由他随意或按照规划想出来，并且在规范性诗里传达给别人，使他们能够创造出同样的作品。（四）大自然通过天才替艺术而不是替科学订立法规，并且只是在艺术应成为美的艺术范围内。①

天才是一种天赋才能，是艺术家天生的创造机能。这种才能不仅是自然的，而且是和摹仿精神完全对立的，是无法通过学习来获得的，因此科学领域里没有天才，只有艺术领域里才有真正的天才。因为科学技术是能够被人们学会的，而"人不可能学会巧妙地做诗，虽然可能有详尽

---

① 李醒尘：《十九世纪西方美学名著选》（德国卷），上海：复旦大学出版社，1990年版，第55~56页。

的作诗法和优秀的诗歌典范"①。康德在此强调的美的艺术是天才的创造的观点，以及关于天才的几点概括性描述，不但完全突破了古典知识型时期人们对艺术天才的认识，而且成为西方现代美学天才理论的经典论述。

此后，无论是德国的谢林、歌德、施莱格尔兄弟、黑格尔、叔本华和尼采等，还是德国以外的其他西方国家的诗人、理论家，如英国的柯勒律治、雪莱，法国的斯塔尔夫人、雨果等在这方面的论述，即使在某些方面有所修正与发展，但大都没有超越康德的艺术天才观念。譬如，黑格尔的天才论祛除了艺术创造的神秘性，使得艺术创造既需要想象、才能、天才、灵感，又需要技巧和长期的辛勤劳作，他却仍然说："一种真正有生命的诗歌兴起来了——人们把天才的权利、天才的作品以及天才作品的效果捧出来，反对那些规则的专横和理论的空泛。"②

现代知识型的确立，首先使艺术家只为自己本身写作，即可以按照自己心目中的"美"的理想进行创造，由此一种脱离实际考虑的，以自由创造美为核心的现代艺术观念便应运而生。其次，随着这种现代艺术观念的确立，在关于现代艺术的认识上，人们不再像古典知识型时期的亚里士多德及其信仰者那样从摹仿媒介、摹仿对象和摹仿方式等方面来全面完整地认识审视艺术及其真善美，而是

---

① 曹峻峰等：《西方美学通史·德国古典美学》（第四卷），上海：上海文艺出版社，1999年版，第156~157页。

② ［德］黑格尔：《美学》（第一卷），朱光潜译，北京：商务印书馆，1996年版，第25页。

把原创和独特性的自我作为审视、研究和鉴定悲剧艺术及其历史的最高准绳。从此,悲剧艺术获得了一种新的自己的存在,它不再是一种普遍性的命名,不再是一种毫不顾及自身深度的表象,而变成了一种有深度、有厚度、有自主性和有意志的知识。它自身就成了一个谜,需要从各个方面进行自我探索和解释。最后,随着现代艺术的审美价值的自主,现代艺术自身内部的诸门艺术为确证自己的个体身份与价值(如文学性、戏剧性、悲剧性等)而提出的各种问题也相继浮出历史地表。

第二章　悲剧性

　　悲剧性作为一种审美经验,如今是任何艺术形式都可以具有的。但是,从它的起源及其在诸门艺术形式中的典型表现来看,悲剧性与戏剧形式中的悲剧艺术的关系最为密切、特殊,因此悲剧性应该是悲剧理论中的基本概念和范畴。在古典知识型时期,亚里士多德及其追随者通过摹仿范畴将悲剧艺术与非悲剧艺术分立,并没有进行美学沉思,他们关注的是悲剧组成成分及悲剧功效。进入现代知识型时期,悲剧艺术本身成了一个需要思考的谜,它不再是对现实生活的悲剧的表现,而是作为一种美学现象,开始具有了自己独特的存在及历史。于是,人们普遍关心起悲剧思想即悲剧之所以是悲剧的本体性理念,企图由此打开通向悲剧艺术奥秘的大门,将悲剧艺术从非艺术的生活"悲剧",从非悲剧艺术中分离出来,使之成为一种纯粹的审美艺术。所以,司聪迪(Szondi)说:"亚里士多德之后,有悲剧诗学(a poetics of tragedy)。但只有在谢林之后才有悲剧哲学（a philosophy of the tragic）。"① 以此来看，悲剧性就不可能是古典悲剧理论的基本范畴，它只能是现代美学的重要范畴，是现代悲剧理论中的基本概念和范畴。

第一节　悲剧的反目的性与目的性

有人认为，悲剧性这一概念早在亚里士多德的《诗学》中就已出现。如果说《诗学》涉及了悲剧性的某些内涵，这是很有道理的，譬如悲剧摹仿的好人应该是那种遭受了不该遭受之不幸的人。如果说《诗学》中就有悲剧性这一概念或者说其中的解释达到了"悲剧哲学"的高度，这显然是一种误读。

悲剧性这一术语最初出现在何处，难以考证。就笔者所掌握的资料来看，最早触及悲剧性及其核心内涵的是德国美学家席勒。"按照上面《论悲剧题材产生快感的原因》一文的论述，任何悲剧性的感动，都含有一种违反常理的观念，而这种观念如果要使感动产生快乐，又必须过渡到一种更高级的合情合理的观念。"② "悲剧是一个完整无缺的情节行动的模仿。一件个别的事故，无论它多么含有悲

---

① Peter Szondi, *An Essay on the Tragic*, Stanford: Stanford University Press, 2002, p.1.
② ［德］席勒：《论悲剧艺术》，张玉书译，见《古典文艺理论论丛》（第六册），北京：人民文学出版社，1963年版，第90页。

剧性，还不能够成悲剧。"①席勒在《论悲剧艺术》中两次提到了这个术语，却没有对之进行界定或解释，没有把反目的性的合目的性与悲剧性直接联系起来，也没有把悲剧性视为悲剧存在的本源，因此说席勒主观上尚未意识到悲剧性为现代悲剧理论的逻辑起点，确实是有说服力的。但是，他提出以反目的性与目的性这两个概念来论述悲剧快感的本源这一诠释本身，即表明席勒关于悲剧之所以是悲剧的理解，在某种意义上还是突破了亚里士多德《诗学》对悲剧所作的经典性规定，也就是一种"神力"的悲剧命运观点的传统②，并开启了现代悲剧理论史上对悲剧性这一基本范畴的讨论之门。

1791年，席勒在对康德美学进行专门研究后，写下了《论悲剧题材产生快感的原因》和《论悲剧艺术》两篇论文。在这两篇论文中，席勒借用康德的一些说法，阐述了自己原有的悲剧观念，现析之如下：

悲剧艺术是一种以快感（不能与美截然分开）为目的的艺术。"悲剧的目的是诗意的目的，这就是说，它表现一个行动，为的是感动别人，并且通过感动使人快乐。"③悲剧的快感问题，以及这种快感具有的矛盾性，古典悲剧理论已经注意到并试图作出解释（参见本书第六章悲剧反

---

① [德]席勒：《论悲剧艺术》，张玉书译，见《古典文艺理论论丛》（第六册），北京：人民文学出版社，1963年版，第99页。
② 张玉能：《席勒对美学的原创性贡献》，载于《吉首大学学报》（社会科学版），2005年第7期。
③ [德]席勒：《论悲剧艺术》，张玉书译，见《古典文艺理论论丛》（第六册），北京：人民文学出版社，1963年版，第100页。

应的相关内容)。但是在席勒的论文中,他首次将悲剧的快感和美的问题视为一个独立的、根本性的问题并进行专题讨论,提出判断悲剧的原则是艺术,是快乐,而非真实性:"悲剧诗人顾名思义,只负责使人感动、使人快乐。甚至于如果诗人有时候畏惧地屈从于历史真实性,放弃了他艺术家的特权,默不做声地承认历史有裁判他的作品权利,这时候艺术就完全有权利把诗人叫到它的审判席前……倘若经受不起艺术的考验,不管服装如何丝毫不差,民族性格和时代特点如何正确无误,仍然是平庸的悲剧。"[①] 而且更重要的是,席勒提出以反目的性与目的性的矛盾关系来诠释悲剧的快感和美的原因,这是一种新解释,是在他之前的悲剧理论所没有涉及的。

那么,悲剧的反目的性与目的性的矛盾是如何给予我们快感的呢?席勒认为,任何快感的一般源泉都是目的性,悲剧快感的源泉也是目的性,但它是以某一反目的性为前提的。因为悲剧受难或"痛苦不是人的命运,而人却在受苦,这像是自然界一件违反目的的事,这种反目的性使我们感到痛苦,但是这种反目的性给与我们的痛苦,对我们的理性的天赋来说,却是有目的的,同时它要求我们行动,因而对于人类社会也是有目的的。这样,无目的的事物在我们心里激起的不快本身必然会使我们感到快乐,

---

① [德] 席勒:《论悲剧艺术》,张玉书译,见《古典文艺理论论丛》(第六册),北京:人民文学出版社,1963年版,第100页。

因为这种不快之感是具有目的性的"①。所以,悲剧所给予的快感,必然是利用反目的性的合目的性来实现的,或者说是利用混合的感情,即通过痛苦产生的快乐。

悲剧艺术是否感人以及感人的程度如何,完全取决于悲剧冲突即反目的性与目的性之间关系的平衡。"这两种相反的观念,彼此的关系如何;决定着感动的时候,突出的究竟是快感,还是不快之感。"②席勒据此提出,悲剧的反目的性与目的性的矛盾关系是判断悲剧艺术是否完美的一项原则。莎士比亚的悲剧《李尔王》之所以"大大损害了我们对他的同情",就在于导致李尔王不幸的事件的原因所带来的不快之感过分强烈。希腊舞台上最杰出的悲剧,我们也感到美中不足,就在于悲剧性的灾难是由不幸的邪恶意志或是由于缺乏理智造成的,而不是由环境或是道德引发的。因为"对于自由的、自己主宰自己的生物来说,向命运盲目屈服,总是使人耻辱、有伤尊严的"。然而"现代艺术有这样的好处:它从经过提炼的哲学,获得更为纯净的素材,能实现这最高的要求,因而就能发展艺术的全部道德尊严"③。席勒还认为,根据它们之间的几种关系④,可以把各种快感从低到高排列出来,并且根据

---

① [德]席勒:《论悲剧题材产生快感的原因》,孙凤城等译,见《古典文艺理论论丛》(第六册),北京:人民文学出版社,1963年版,第77页。

② [德]席勒:《论悲剧艺术》,张玉书译,见《古典文艺理论论丛》(第六册),北京:人民文学出版社,1963年版,第90页。

③ [德]席勒:《论悲剧艺术》,张玉书译,见《古典文艺理论论丛》(第六册),北京:人民文学出版社,1963年版,第93页。

④ [德]席勒:《论悲剧题材产生快感的原因》,孙凤城等译,见《古典文艺理论论丛》(第六册),北京:人民文学出版社,1963年版,第78页。

目的性原则，先验地确定愉快的感动或者痛苦的感动的程度，甚至于还可以从这一目的性原则出发，对悲剧艺术进行分类或归为几类，并且先验地把悲剧所有的种类画成一张完整的表格，使人一看就能把任何一部悲剧搁在适当的位置，并且预先料到感动的程度和方式。

席勒提出的反目的性与目的性矛盾的概念，尽管尚未与悲剧性联系起来并加以解释，也没有将它们与"改造自然与社会的历史实践"联系起来，但是这种观念某种意义上已触及悲剧性的审美特征，由此可将席勒关于悲剧的本质概括为：道德的目的性与另外一种目的性的矛盾冲突（反目的性的合目的性），应是合理的，也是可行的，即使他本人并没有作出这样的界定。而且这种触及也可视为对悲剧美学特征和本质的捕捉，为悲剧理论由古典向现代的转向提供了一条新路径，即运用矛盾冲突论来诠释悲剧性这一现代悲剧理论中的本体范畴。

第二节　悲剧性冲突

席勒的悲剧理论即使触及了悲剧性范畴的实质，然而这毕竟是从悲剧"效果"这个前提来谈的。因而，席勒的悲剧理论在某种程度上仍残留着亚里士多德的"气味"。但是这一讨论前提在谢林的悲剧理论中却遭到了彻底的颠覆，谢林抛弃悲剧"效果"，转而从"悲剧性自身"来讨论悲剧。从此以后，悲剧性就成为现代悲剧理论的安身立命之所。

一、谢林：自由与必然的冲突与调解

"悲剧的本质（Wesen），在于主体中的自由与作为客观者的必然之实际的斗争；这一斗争的结局，并不是此方或彼方被战胜，而是两方既成为战胜者，又成为被战胜者——即完全的不可区分。"谢林在《艺术哲学》中"论悲剧"一节开篇写下的这句话，如孤立地看，似乎仅仅是他对悲剧本质的新见，如将它与整个西方悲剧理论联系起来，谢林的新见就是一次意义重大的事件。

这种情态是唯一真正悲剧性的，——除非依附于意志和自由本身的厄难外，任何他者均不可与之相比拟，而提出这样的问题：希腊人如何承受其悲剧中这些骇人听闻的矛盾。劫数注定某人难逃罪愆和罪过；此人（犹如奥狄浦斯）可与劫数相抗衡，以摆脱罪愆，最终仍然因罪过而遭到骇人听闻的惩罚，——一切皆为命中注定。人们提出这样的问题：这一矛盾如此彰明较著，希腊人如何仍然在其悲剧中臻于如此之美？——其回答如下：据信，自由与必然的斗争见之于世，只有在下述情况下，即：罪者因命运而成为犯罪。让罪者只是听凭不可抗拒的命运摆布，惩罚仍然是不可避免的，以便显示自由的胜利；自由的权利以及有自由所应有的荣誉从而被承认。主人公应与劫运抗争，否则根本不会存在斗争，不会存在自由的显示；主人公应被制服，即从属于必然性；然而，为了让必然性成为战胜者，又不同时被战胜，主人公应甘愿赎却命运所注定之罪。最壮伟的情思以及自由之最高的胜利，便在于此，即：甘愿忍受因不可避免的罪愆而招致的惩罚，以期以其自由之丧失正是证实这一自由，并以捐生显示其自由意志。①

当谢林提出以悲剧性（tragic）——自由与必然的矛盾斗争——来诠释希腊悲剧的本质，而不是运用过失说（hamartia）来解释希腊悲剧的原因，也不是以怜悯与恐惧（甚至快感）来揭示悲剧的效果时，这不仅意味着悲剧研究方向的转换完成，也宣告了现代悲剧理论的出世。

悲剧性尽管源于自由与必然的斗争，但谢林并不认为自由与必然之间必然会构成悲剧性的斗争，那么自由与必然之间在哪种情况下才会形成悲剧性的斗争呢？谢林认为："只有在必然预先决定厄难时，必然始可确实呈现于同自由的斗争。"悲剧性冲突只有在以下情况才会发生：（1）必然预先决定了人的厄难，而且这种厄难不是外在于人的，即那种能够借助于人的体魄、理智和机敏之力来反抗的厄难并不属于必然预先决定的厄难。（2）自由对必然的屈服必须是在激烈斗争之后的屈服，而这种屈服恰好反过来又证明了自由的存在和尊严，即以失去自由的方式来证明人的自由。此外，自由与必然的悲剧性斗争的结局必须是调解性的与和谐性的。悲剧性冲突解决时，人的自由

---

① ［德］谢林：《艺术哲学》，魏庆征译，北京：中国社会出版社，2005年版，第307~308页。

意志与外部世界的必然性重新达成了完美的和谐，两者之间的冲突"不以一方或者另一方的失败而告终，而是两者同时既是征服者又是被征服者这样完美无缺的无差别状态"①。

谢林认为，悲剧之所以为悲剧的关键并不在于悲剧的形式或是悲剧的效果，而在于悲剧的本质即悲剧性自身。

悲剧讨论的重点从悲剧的效果转到悲剧性自身，谢林的这轻轻一转，不但表明了一直笼罩在亚里士多德《诗学》影响之下的整个西方悲剧理论开始了对自身的切割，即从古典悲剧范畴转为现代悲剧范畴，而且宣告了现代悲剧理论在"长大成人"。但由于他是"一个不可靠的向导，急躁、没有条理、轻信，对艺术不能下权威的判断，经常倾向于感伤的东西和迷信的东西"②，因而他的《艺术哲学》（尽管是一部拥有着丰富的思想和光辉的发人深思的见解的著作）或他的悲剧理论新见，在很大程度上看，仅仅是为黑格尔的《美学》或黑格尔的悲剧理论铺平了道路。

二、黑格尔：实体性力量之间的冲突与解决

将悲剧性作为一个本体性的戏剧概念，并与斗争、矛盾联结起来，在谢林等人那里只有初步的解释或使用，在

---

① Peter Szondi, *An Essay on the Tragic*, Stanford: Stanford University Press, 2002, p.10.
② ［英］鲍桑葵：《美学史》，张今译，北京：商务印书馆，1985年版，第430页。

黑格尔这里，悲剧性的内涵得到了深入、清晰的解释，与冲突相联系的悲剧性真正成为现代悲剧理论的支点或中心。正如雷蒙·威廉斯所说的，黑格尔将悲剧定义的中心落在一种特殊的精神运动之上，而不是一些具体的事件之中，即把悲剧看作一种特殊的实质是罕见的行动和反映，它标志了现代悲剧观念的主要来源。①

首先，黑格尔在《美学》中第一次把悲剧与冲突联系起来，所以布拉德雷说："在讨论悲剧的时候往往使用冲突这个观念，我想，这主要是由于受了黑格尔悲剧理论的影响的缘故。"②

其次，黑格尔认为悲剧的本质与世界的本质相同。他说整个世界就是由一个绝对精神③派生出来的。这个绝对精神在外化成现实世界之前是完整的、和谐的、抽象的，"作为既不能在时间中发生，又不能在空间中出现的精神性存在，绝对精神仅只是一种本质、一种潜能"④，因而

---

① ［英］雷蒙·威廉斯：《现代悲剧》，丁尔苏译，南京：译林出版社，2007年版，第23页。

② 周靖波：《西方剧论选》（下），北京：北京广播学院出版社，2003年版，第493页。

③ 黑格尔哲学体系的基本概念或基础指作为宇宙万物共同本质和基础的精神实体。黑格尔认为它的存在是一个自我演化的过程，在自然界和人类社会产生之前，它是纯粹逻辑概念的推衍过程，之后外化为自然界，再后又自我否定，转化为精神并返回自身。在这种广泛的意义上，绝对精神和绝对理念是同义语。狭义的绝对精神仅指精神阶段上以人类意识形式出现的、通过艺术直观形式、宗教表象形式和哲学概念形式自己认识着自己的精神，黑格尔把它规定为主观精神（个人意识）和客观精神（社会、国家、世界历史）的统一。黑格尔的这个概念直接来自谢林关于最高本原是主体和客体的绝对同一性的客观唯心主义原则，是剔除其非理性主义成分和加以辩证改造的结果。

④ 蔡美丽：《黑格尔》，桂林：广西师范大学出版社，2004年版，第41页。

绝对精神在外化之前是不具有悲剧意义的。只有当这个完整的、和谐的、抽象的绝对精神"分化为许多独立自足的神"并通过自我否定的辩证运动进一步外化为具体的多样化的（即具有时空特性的）物质世界之后，才可能因绝对精神的现实分裂而导致悲剧性的冲突。但是多样性的物质世界所导致的（悲剧性）冲突"却又会通过辩证法发展消除、调和一切矛盾、对立，重建和谐的'伦理的整体性'（Ethical totality），令致绝对精神真正具体实现"①，而形成悲剧动作情节的真正意蕴：

> 即决定悲剧人物去追求什么目的的出发点，是在人类意志领域中具有实体性的本身就有理由的一系列力量：首先是……亲属爱；其次是国家的政治生活……；第三是……宗教生活。……

> 追求某一种人类情致所决定的某一具体目的，导致动作情节，从而使自己获得实现。在这个过程中，所涉及的各种力量之间原有的和谐就被否定或消除掉，它们就转到互相对立，互相排斥：从此每一动作在具体情况下都要实现一种目的或性格，而这种目的或性格在所说的前提之下，由于各有独立的定性，就片面孤立化了，这就必然激发对方的对立情致，导致不可避免的冲突。这里基本的悲剧性就在于这种冲突中对立的双方各有它那一方面的辩护理由，而同时每一方拿来作为自己所坚持的那种目的和性格的真正内

---

① 蔡美丽：《黑格尔》，桂林：广西师范大学出版社，2004年版，第51页。

容的却只能是把同样有辩护理由的对方否定掉或破坏掉。因此，双方都在维护伦理理想之中而且就通过实现这种伦理理想而陷入罪过中。……

这就是说，通过这种冲突，永恒的正义利用悲剧的人物及其目的来显示出他们的个别特殊性（片面性）破坏了伦理的实体和统一的平静状态；随着这种个别特殊性的毁灭，永恒正义就把伦理的实体和统一恢复过来了。①

其实，黑格尔在这里除确立悲剧性（悲剧冲突）与绝对精神（的分裂外化回归）相同外，还认为悲剧冲突是伦理实质的冲突，是两实体性力量的冲突。悲剧性冲突中的每一对立面"必须带有理想的烙印，因此不能没有理性，不能没有辩护的道理"②。因为像家庭、祖国、教会、名誉、友谊、社会地位和价值这些永恒的宗教的和伦理的关系，它们本身是符合理性的，是心灵性事物的普遍永恒的力量。即使它们不是绝对神性本身，也是某一绝对理念的儿子，即分有了绝对神性。同时，它们也是人心的力量，人就其为人来说，即必须承认他们在他身上体现和活动。所以，这些包含人性和神性的真正内容的实体力量由于它们不是从外面规定的力量，而是属于本身真实的力量，在动作中就不但是推动的力量，而且最后还是完成动作的

---

① [德]黑格尔：《美学》（第三卷·下册），朱光潜译，北京：商务印书馆，1996年版，第284~287页。

② [德]黑格尔：《美学》（第一卷），朱光潜译，北京：商务印书馆，1996年版，第279页。

力量。

从这一前提出发,黑格尔认为冲突有三类,不过只有第三种才是真正本质性的冲突,才是符合真正的艺术理想的冲突:第一种,物理的或自然的情况所产生的冲突,这些冲突本身是消极的、邪恶的,因而是有危害性的。这类冲突和(悲惨的)结局本身不具有严肃的悲剧意义,因而它不是理想的戏剧冲突,只是作为冲突的基础。第二种,由自然条件所产生的心灵冲突,这些自然条件本身是积极的,但对于心灵却带有差异对立的可能性。这类冲突具有一定的必然性和合理性,但未能充分展现人类普遍的生活理想和行为准则,因而它们仍然不属于理想的戏剧冲突,多多少少还是"形成更进一步冲突的枢纽"。第三种,由心灵的差异而产生的分裂,这才是真正重要的矛盾,因为它起于人所特有的行动。换言之,在这种性质的冲突中,既包含动机与效果的矛盾(如《俄狄浦斯王》),又包含意志与客观情境之间的矛盾(如《罗密欧与朱丽叶》)。

而且,冲突双方只有都是属于这些包含人性和神性的真正内容的实体力量,他们的冲突才具有真正的必然性,他们在冲突中才能坚定地站在片面的立场上力图维护自己,破坏对方,毁灭对方,"双方都在维护伦理理想之中而且就是通过实现这种伦理理想而陷入罪过之中"。显然,这样的罪过才是有理由的犯罪、正义的犯罪,即罪过中包含道理,不正义之中包含正义。"真正的悲剧苦难却不然,它落到剧中人物身上,只是作为他们自己所作所为的后果,他们是全心全意投入这种动作的,既有辩护的理由,又由于导致冲突而有罪过。"① 所以黑格尔说:"恶魔本身是一种很坏的,不适用于艺术的角色。"

最后,黑格尔的悲剧性(悲剧冲突)是一个动态或辩证的概念。悲剧冲突作为一种能动的运动过程,是一种有目的的运动。因此黑格尔的悲剧性冲突概念主要有两层含义:(1)悲剧性冲突的过程是一个能动的过程;(2)悲剧性冲突必须是一种有目的的冲突,即最终实现"永恒的正义"。这种有目的的运动就是悲剧冲突要实现自身,也即最终认识到自身,达到对自身的自觉意识,它"只有作为矛盾而否定自己,才能获得它的存在权"。也就是说,悲剧冲突要"把伦理的实体和统一恢复过来",以显示"永恒的正义",就必须通过代表伦理片面性要求的人物的毁灭即悲剧冲突的和解,使破坏伦理实体和统一的片面的特殊因素遭到否定,才能最终实现。悲剧性冲突和解的方式通常有两种:一是双方都遭到毁灭,如《安提戈涅》;二是冲突的双方中有一方实行退让,如《复仇女神》和《俄狄浦斯王》。"因为冲突一般都需要解决,作为两对立面斗争的结果,所以充满冲突的情境特别适宜于用作剧艺的对象,剧艺本是可以把美的最完满最深刻的发展表现出来的。至于建筑却不能充分表现出可以显现伟大心灵力量的分裂与和解的那种动作,就连绘画,尽管它的范围是广阔

---

① [德]黑格尔:《美学》(第三卷·下册),朱光潜译,北京:商务印书馆,1996年版,第289页。

的，也永远只能把动作的某一顷刻呈现在眼前。"① 悲剧冲突之所以最适宜于用作悲剧艺术的对象，其实就在于悲剧冲突是一个有内在目的的发展过程，在于悲剧的冲突与和解既是相互平等的，又是相互联系相互依存的。黑格尔在论及动作或冲突时，就反复指出："引起冲突的动作破坏了一个对立面，它在这矛盾中也就引起被它袭击的那个和它对立的力量来和它抗衡，因此动作与反动作是密切联系在一起的。只有在这种动作和反动作的错综中，艺术理想才能显出他的完满的定性和运动。因为在这种情况之下，两种从和谐中分裂出来的旨趣在相互对立和斗争着，它们的这种相互矛盾就必然要求达到一种解决。"②

三、歌德：人自身之内冲突的不可调和

"悲剧的关键在于有冲突而得不到解决，而悲剧人物可以由于任何关系的矛盾而发生冲突，只要这种矛盾有自然基础，而且是真正悲剧性的。例如埃阿斯由于荣誉感受损伤而终于毁灭，赫拉克勒斯由于妒忌而终于毁灭。在这两个事例里，都很难见出家庭恩爱和国家忠贞之间的冲突。可是按照亨利克斯的说法，家与国的冲突却是希腊悲剧的要素。"③ 如果说谢林、黑格尔所设定的悲剧性是一

---

① ［德］黑格尔：《美学》（第一卷），朱光潜译，北京：商务印书馆，1996年版，第260~261页。
② ［德］黑格尔：《美学》（第一卷），朱光潜译，北京：商务印书馆，1996年版，第275页。
③ 陈洪文、水建馥：《古希腊三大悲剧家研究》，北京：中国社会科学出版社，1986年版，第140页。

种必然走向调和的冲突,那么歌德在此所强调的悲剧性却是一种不可调和、不可解决的冲突,因为"一切悲剧都是建立在不可调和的冲突之上,一旦调和产生或者变得可能,悲剧就消失了"①。由此可见,强调悲剧性冲突必然走向调和的思想,在歌德这里发生了方向性的偏移,悲剧的重心不再是自由与必然或实体性力量之间经过激烈的冲突而趋向于调和、同一,而是由于任何关系的矛盾而发生的冲突的不可调和(即悲剧性)。

此外,歌德还认为悲剧性冲突可以是由于任何关系的矛盾而引发的,只要这种矛盾具有自然基础,具有不可调和性。因而,这种冲突并不一定非是黑格尔派所说的家与国的冲突,它还可以是由于其他任何关系的矛盾所发生的冲突。"人所能遭受的最大的和大部分的苦恼,产生于每个人胸中存在的天命与愿望②,或者天命与完成,愿望与完成之间的不调和的关系;这些不调和的关系使人在生命的道路上时常陷入窘境。轻微的、意外地没有损失地解决得了的错误所产生的微小的窘境是可笑的情况的依据。而

---

① Peter Szondi, *An Essay on the Tragic*, Stanford: Stanford University Press, 2002, p. 25.

② 歌德认为,天命与愿望在人身上不能截然分开,因此总是两个侧面同时存在,虽然其中之一处于优势,其中一面则处于从属地位。天命是加在人身上的东西,必要是一服难以忍受的苦药;愿望是人加在自己身上的东西,人的意志是他的天国。此外,天命总是专制残暴的:无论是属于理智的领域也好,比如道德律,城市法律;或者属于自然的领域也好,比如变化、成长和消亡的规律,生和死的规律。愿望是自由的,但只是表面的,它对个体是有利的。愿望奉承我们,人们和它相识以后,它就占领了我们的心灵。参见李醒尘:《十九世纪西方美学名著选》(德国卷),上海:复旦大学出版社,1990年版,第79页。

解决不了或没有解决的极甚的窘境给我们带来悲剧的因素。"① 在歌德看来，悲剧不可调和的冲突，既不是发生在悲剧英雄和外在的世界之间，也不是发生在神圣或者命运的超越人的力量与人之间；相反，它只应发生在人的自身之内。因为冲突源于每个人自身所具有的天命与愿望之间的距离，当人的愿望超过了它的自然限定，欲求了他不应欲求的，还自以为是应当欲求之物，就使两者之间产生距离，错把不恰当的"愿望"当作无法实现的"天命"。这样，悲剧就产生了。所以，悲剧的根源在于盲目性，在其中人被其应该有的目标所欺骗。在名为《柏林剧院开幕序言》的诗中，歌德就说："从悲剧性的纯粹之中我们展现给你/强大的人，充满着/追逐与欲望，/他没有自知，他不知道他应该要什么。"②

四、克尔凯郭尔：悲剧是灾难性的冲突

克尔凯郭尔所说的"悲剧性"（the tragic）既不是一种通常的人类经验，也不是任何艺术形式所具有的审美素质，而是一种与发源于公元前6世纪希腊的戏剧艺术体裁"悲剧"（tragedy）直接相关的审美经验。因此，在他看来，无论现代悲剧与古代悲剧在表现核心（比如动作和性

---

① 李醒尘：《十九世纪西方美学名著选》（德国卷），上海：复旦大学出版社，1990年版，第78页。

② Peter Szondi, *An Essay on the Tragic*, Stanford: Stanford University Press, 2002, p.26, 译文参考了秦露的翻译。参见秦露：《文学形式与历史救赎》，北京：华夏出版社，2005年版，第89页。

格）和所引发的悲剧效果方面有多少差异，但既然都称为悲剧，那么它们共同拥有的悲剧性概念在本质上就应是不变的。"世界的变化再大，悲剧性概念在本质上仍然没有多大变化，正如哭泣对于一切人仍然是那样情动于中而发乎自然一样。"①

悲剧性是从古今悲剧艺术中抽象出来的审美经验，那么克尔凯郭尔认为，悲剧性概念究竟是什么呢？"悲剧（the tragic）是灾难性（suffering）的冲突。"②悲剧性在克尔凯郭尔这里依然是冲突，但它既不是谢林的自由与必然的冲突，也不是黑格尔的实体性力量间的冲突，还不是歌德所说的人自身之内不可调和的冲突，而是"苦难"（suffering）的冲突，即悲剧冲突的根源在于苦难。

但是，克尔凯郭尔的苦难不是纯粹的苦难，而是一种有"罪"（guilt）——遗传的罪过——的苦难。"悲剧罪过是一种比仅属于主观的罪过更大一些的遗传的罪过；但遗传的罪过，像遗传的罪孽一样，是一个实在的范畴，导致悲哀加深的东西，正是这种实在性。"③换言之，这里的"罪"（guilt）决不是"原罪"（sin），此处的"罪"具有一种"美学的模糊性"（esthetic ambiguity）。因为假如这"罪"就是"原罪"的话，那么悲剧主人公的"痛苦"就

---

① ［丹麦］索伦·克尔凯郭尔等：《悲剧：秋天的神话》，程朝翔、傅正明等译，北京：中国戏剧出版社，1992年版，第4页。
② Peter Szondi, *An Essay on the Tragic*, Stanford: Stanford University Press, 2002, p,34.
③ ［丹麦］索伦·克尔凯郭尔等：《悲剧：秋天的神话》，程朝翔、傅正明等译，北京：中国戏剧出版社，1992年版，第15页。

转化为"悔恨",而这种情致其实已超出美学的范畴而具有伦理的意味。"悔恨中有一种神圣性,这使它逃避了美学的性质。"① 这种属于遗传的罪过的苦难,由于"包含着既有罪又无罪这样一个二律背反",因而使得悲剧主体不仅勇于行动,也使得悲剧性冲突变得不可避免、不可更改或不可调和。克尔凯郭尔就指出安提戈涅违抗禁令、埋葬哥哥的行动在某种程度上不能视为她的自由行动,而应将它看作一种命中注定的必然性——当父亲作孽,儿女受罪时对父亲的罪过加以惩罚的必然性。相反,现代悲剧中的苦难是以另外一种形态出现的,它不再是属于遗传的罪过的苦难,而转换为"道德上的或决策上的失误"。这种道德上或决策上的失误引发的悲剧尽管也是必然的,但这显然是由于悲剧主体明显缺乏强有力的行动(能力)所为。否弃了遗传的罪过的哈姆莱特的悲剧就在于他缺乏强大的行动能力,即沉湎于反思行动的意义和结果之中,终于使他因延误时机而走向毁灭。

克尔凯郭尔还认为悲剧冲突的两种撞击力量必须是类似的、相当的,因为只有这样悲剧性才是彻底的、深刻的。"冲突的力量愈是势均力敌,悲剧性就愈深刻,双方也就愈具有同等的性质,对于冲突来说也就愈显得重要。"② 而且也只有这样的悲剧性冲突才是真正不可调和

---

① 《外国美学》编委会编:《外国美学》(第十七辑),北京:商务印书馆,1999年版,第161~162页。
② [丹麦]索伦·克尔凯郭尔等:《悲剧:秋天的神话》,程朝翔、傅正明等译,北京:中国戏剧出版社,1992年版,第29页。

的、对立的。因此,克尔凯郭尔如歌德一样以"对立""冲突"来界定悲剧性,实际上强调的却已不是谢林和黑格尔的"冲突的被解决",而是"要解决的冲突"。

五、黑贝尔:"生命"的整全与个体之冲突

就像叔本华和后来的尼采(下文再谈)一样,黑贝尔也接过了黑格尔的悲剧性话题。但黑贝尔并没有完全接受黑格尔的悲剧观念,反而在否弃黑格尔的悲剧和解说的基础上提出了自己的看法:"愚蠢的是要求诗人表现就连上帝自己也未提供的结局:和谐以及融合不和谐者。但是我们可以要求诗人向我们揭示不和谐者而不要介入偶然和必然之间。允许他使人物个个夭折,但同时他必须证明毁灭是无可避免的,如同死亡一般,是由诞生本身所安排的。"不论生活还是艺术,其中都不存在诗的公正。"惟独存在着一条必然性——世界存在;至于个人在世界上是沉是浮,没有任何两样。"而且"其(指悲剧主体,引者注)命运决定于他们是人而且仅仅是人这个事实"[①]。

黑贝尔的悲剧性概念仍是以冲突为中心,但悲剧冲突的根源不是黑格尔两片面的实体性力量,而是人的个体化(individuation)。不过这种"个体化"也不是谢林那里的个人的"自由意志",或者是歌德那里人之不恰当的"愿望",而是人自身理性膨胀的结果。所以,"他被其自然摧

[①] [美]雷纳·韦勒克:《近代文学批评史》(第三卷),杨自伍译,上海:上海译文出版社,1997年版,第273~274页。

毁，被其所是的存在所摧毁"①。黑贝尔认为个人遭到的惩罚或毁灭并非由于他的邪恶或错误的判断、他的反抗或狂妄抑或不知进退，相反，他所以夭折无非因为它是区区个人，是已经脱离了"整全"的个人。"面对命运即世界意志，一切行动都化为苦难。"② 换言之，在黑贝尔看来，个人（即人的个体化）就是一种错误、一种罪过。所以黑贝尔说拿破仑的错误就在于他相信他的权力能够使他自己或凭他一个人就可以实现一切。悲剧中的罪过即是个体化过程的必然结果，但它与关注人类意志倾向（the direction of the human will）的基督教原罪不同，它只是意志的纯粹工作（the mere working）。不过此"罪行乃是原罪，与人之概念不可分割。它几乎与自觉意识无关，而是生命本身使然"③。

因而，悲剧主角为善还是作恶，无辜还是有罪，逆来顺受还是英勇反抗，这都无关紧要。他只要是人（个体化的），他的悲剧性命运就是必然的、先验的。这样一来，悲剧冲突也就是无法避免的，而且也是不可调解的。在《戏剧之管见》中，黑贝尔就是这样写的："生活是一条巨流，个体是水珠；但是悲剧性的个体却是必然融化而且是

---

① 秦露：《文学形式与历史救赎》，北京：华夏出版社，2005年版，第91页。

② Marvin Carlson, *Theories of the Theatre*, New York: Cornell University Press, 1984, p. 252.

③ Peter Szondi, *An Essay on the Tragic*, Stanford: Stanford University Press, 2002, p. 37.

由于相互摩擦相互排斥才导致融化的冰块。"① 换言之，人类是世界之流中的冰球，解冻之后它将继续静静地流动。黑贝尔对《安提戈涅》的分析就把安提戈涅的毁灭看作是背叛生命的整全，从而造成生命个体与整全之间冲突之不可和解的结果，而不是她所代表的家族法则反抗国家法则的结果，因为她将自己看作是可以从整全中取出来的个体。因而，一部悲剧之中无所谓和解的问题，只有一种和解总是"超出特定戏剧的范围"，那就是"自身和解"，即着眼于总体，而非个别英雄。

"生命是可怖的必然，人必须在坚信中接受它，但是没有人理解这个必然。"②

六、马克思、恩格斯：社会新旧势力的冲突

毫无疑问，与谢林、黑格尔诸人相比，马克思、恩格斯没有直接明确地阐述过悲剧性问题，而且已有的论述也是比较零散的，但这些并不妨碍马克思、恩格斯就悲剧性问题提出自己的看法。马克思、恩格斯关于悲剧性问题的论述主要有三次：1843年马克思在《〈黑格尔法哲学批判〉导言》中所作的讨论，1851年马克思、恩格斯两人就路易·波拿巴的雾月政变发表的看法中涉及了这个问题，1859年就历史题材悲剧《济金根》的评价问题在给拉萨尔

---

① Peter Szondi, *An Essay on the Tragic*, Stanford: Stanford University Press, 2002, p. 37.

② Peter Szondi, *An Essay on the Tragic*, Stanford: Stanford University Press, 2002, p. 38.

的信中提出的悲剧观念。其中第三次的论述尤为详细和充分，通常被认为是典型地体现了马克思、恩格斯的悲剧观念。其实马克思、恩格斯关于悲剧性问题的三次解释，相互之间确实有些差异，但从总体上看还是具有一致性的。

第一，他们认为悲剧的根源就是新旧社会两种制度、两种社会力量的矛盾冲突。在《〈黑格尔法哲学批判〉导言》之中，马克思写道："当旧制度是自古以来就存在着的世界权力，而自由反倒是个别人忽然想到的思想，——换句话说，当旧制度自身相信而且也应当相信自己是合理的时候，旧制度的历史就是悲剧性的。当 ancien régime（指旧制度，引者注）作为现存的世界制度同刚刚产生的世界进行斗争的时候，这个 ancien régime 所犯的就不是个人的谬误，而是世界历史的谬误。因而它的灭亡就是悲剧性的。"① 恩格斯 1851 年 12 月 3 日在给马克思的信中也说过类似的话："真好像是老黑格尔在坟墓里把历史当作世界精神来指导，并且真心诚意地使一切事件都出现两次，第一次是作为伟大的悲剧出现，第二次是作为卑劣的喜剧出现……"② 由此可见，马克思、恩格斯都是从社会（发展）的观念来认识悲剧性的根源和本质的。

第二，悲剧冲突双方所代表的势力，在黑格尔那里是平等的片面的理想（伦理力量），在马克思、恩格斯这里

---

① ［德］马克思、恩格斯：《论艺术》，曹葆华译，北京：人民文学出版社，1960 年版，第 76 页。
② ［德］马克思、恩格斯：《马克思恩格斯全集》（第二十七卷），北京：人民出版社，1972 年版，第 403 页。

便成了不平等的新事物和旧事物（旧势力），或旧事物中的进步力量与反动力量。马克思在批判拉萨尔的历史悲剧《济金根》时指出："济金根（而胡登多少和他一样）的覆灭并不是由于他的狡诈。他的覆灭是因为他作为骑士和作为垂死阶级的代表起来反对现存制度……"按当时的形势，骑士（贵族）起义只有"在一开始发动时就直接诉诸城市和农民"才能胜利，可是，当时的骑士阶层已经腐朽，他们对市民的搜刮和对农民的压榨早已使他们成为城市和农民的敌人，他们反对诸侯和代表诸侯利益皇帝的起义虽然客观上符合市民和农民的愿望和利益，但他们起义的目的并不是为了解放市民和农民，而是为了恢复以皇帝为首领、以骑士为支柱的贵族民主制，用马克思的话说就是"在他们的统一和自由的口号后面一直还隐藏着旧日的帝国和强权的梦想"[①]。恩格斯也提出："悲剧的因素恰好在于：与农民联盟——这个基本的条件——是不可能的，于是贵族的政策必然变得无足轻重；在贵族要取得国民运动中的领导的时刻，国民大众，农民，就起而反对这个领导，于是贵族就不可避免地一定要垮台了。"

第三，在新旧势力之间发生的悲剧冲突是不可调和的，也就是说，历史的必然要求实际上是不可能实现的，恩格斯在致拉萨尔的信中说，"贵族的国民革命只有同城市和农民结成联盟，特别是同后者结成联盟才能实现"，

---

① 杨柄：《马克思恩格斯论文艺和美学》（上册），北京：文化艺术出版社，1982年版，第412页。

可是"当时广大的皇室贵族并没有想到同农民结成联盟；他们必须压榨农民才能获得收入这样一种情况，不容许这种事情发生。同城市结成联盟的可能性倒是大一些，但是这种联盟并没有出现或者只是小部分地出现了"。① 历史要求贵族与农民和城市结成联盟，可是事实上这是不可能的，这就构成了"历史的必然要求与这个要求的实际上不可能实现之间的悲剧性的冲突"。此外，代表了历史发展趋势的新生事物（进步力量），之所以在与旧事物或旧势力的冲突中最终以自己的毁灭而告终，不仅在于先进的新生事物自身弱小，旧势力过分强大，还可能在于新生事物本身也存在着本质性的缺点。

黑格尔的悲剧冲突与和谐论即使获得了某些古典悲剧的有力佐证，但它并不适合一切悲剧，尤其是在解释现代悲剧时表现出严重的困难，"黑格尔的悲剧观念使英雄黯然失色，而且掩盖了命运的不合理与残酷"②，因而突破黑格尔的努力就一直存在。在这些努力中，马克思、恩格斯关于悲剧的解释或者说对黑格尔悲剧理论所作的改造，在某种程度上可以说是具有较大的价值和意义的。雷蒙·威廉斯就说："很明显，'永恒正义'的绝对精神在古典悲剧中要比在现代悲剧中更容易解释，前者的公开背景是形而上的，而后者则关注个人的命运。因此，人们要做的不

---

① 杨柄：《马克思恩格斯论文艺和美学》（上册），北京：文化艺术出版社，1982年版，第417页。

② ［美］雷纳·维勒克：《近代文学批评史》（第二卷），杨自伍译，上海：上海译文出版社，1989年版，第399页。

是将孤立的个人命运与整体的行动等量齐观,而是应该考察各种不同类型的行动,弄清楚它们因不同本质内容而产生的悲剧影响和问题。"① 马克思、恩格斯的悲剧观显然就是从黑格尔定义现代悲剧时的困难切入的,洞察到这些冲突在根本上就是社会的和历史的。

第三节　生命的悲剧意识

J. C. 麦克斯韦(Maxwell)在《悲剧的预设》中说,他相信有一种"对事物的悲剧眼光",从而将悲剧毫无道理地放在"一种与其他重要的文学形式不同的特殊地位上"。② 麦克斯韦所谓的悲剧眼光,其实应该说早在席勒、A. V. 施莱格尔、谢林和黑格尔那里就有些迹象,只是不明确罢了。与此类似的一个术语"生命的悲剧意识",也已出现在 18 世纪的批评家中,但并没有被作为一个正式的批评概念提出来,直到 19 世纪的黑格尔、叔本华、克尔凯郭尔那里,才为新的态度奠定了基础。不过,在这些人之中,只有当叔本华提出生活即是悲剧,生活即是原罪时,"生命中的悲剧意识"才真正脱离了"诗的正义"的观念,悲剧的大门才向整个人生完全敞开了,普通人的普

---

① [英]雷蒙·威廉斯:《现代悲剧》,丁尔苏译,南京:译林出版社,2007年版,第 26 页。

② [英]克利福德·利奇:《悲剧》,尹鸿译,北京:昆仑出版社,1993 年版,第 32 页。

通生活——人的生存就是一种悲剧性的努力,"生命的悲剧意识"于是在现代悲剧理论中正式形成。

一、叔本华:生命意志的悲剧性

"只有乏味的、乐天的、新教理性主义的或者专属犹太民族的世界观才会要求诗学正义,并从中得到满足。真正的悲剧意识是一种更加深刻的见解。这就是说,悲剧主人公所赎的罪孽不是他自身的,而是原罪,即生存本身的罪过。"[①] 在这里,叔本华扬弃了黑格尔始终关注"如何通过混乱达到秩序,并把悲剧解决与悲剧苦难看得同等重要,进而寻求积极而确定的具体意义"[②] 的悲剧观念,而是认为悲剧意识是一种关于罪孽的认识,或者说与感性、生命表象相连的生命意志才是悲剧的本质。所以叔本华强调说,生命皆斗争,所谓反对命运的斗争其实也是意志不同表象间的无意义冲突。换句话说,叔本华的悲剧思想源于他对意志悲剧性的认识,对悲剧本质特性的认识是从主体的内心经验而来的,是对生命基本状况的深刻感悟。而意志的悲剧性,叔本华认为有两层含义:(1)本源上意志的无止境,经验中生命(欲求)的无止息;(2)对生命(欲求)本质(痛苦)的清醒认识。痛苦由认识而来,又由认识而得到化解,或者说人类因认识产生悲剧,又因认

---

① [英]雷蒙·威廉斯:《现代悲剧》,丁尔苏译,南京:译林出版社,2007年版,第27~28页。
② [英]雷蒙·威廉斯:《现代悲剧》,丁尔苏译,南京:译林出版社,2007年版,第28页。

识化解悲剧。① 悲剧既然是一种生命意识，即对生命意志的认识，那么悲剧艺术的悲剧性其实就是意志的悲剧性，也就是生命的悲剧意识。

因此，叔本华说悲剧即冲突，但这种矛盾或冲突不是发生在谢林那里的自由与必然之间，也不是黑格尔的两片面的伦理实体性力量之间，而是在意志和其自身之间。"意志自身在本质上是没有一切目的、一切止境的，它是一个无尽的追求。"② 而这种无尽的欲求不论是否实现，都将引发不同个体之间的对立冲突，从而造成了意志的自我斗争和自我分裂。而否定他者同样是否定自身，因为他们共有一个统一的意志。同时，作为"意志"本体的承载者，每一个人的生活欲望都是盲目的、没有止境的；而作为具有"表象"的存在形式，每个人又都生活在有限的、具体的时空之中。这种有限条件与无限欲望之间的矛盾，便注定了人生所不可避免的悲剧性。③ 所以，"这种最高成就的诗艺（指悲剧，引者注）的目的在于描写生活的可怕方面；莫名的痛苦，人类的悲叹，恶行的胜利，命运的傲然统辖，正直无辜的人们的一败涂地，都在悲剧中呈现于我们眼前；在这里对世界和人生的本质可以获得意味深长的一瞥。这是意志与意志之间的斗争。在这里，在意志

---

① 黄文前：《意志及其解脱之路——叔本华哲学思想研究》，南京：江苏人民出版社，2005 年版，第 141～147 页。
② ［德］叔本华：《作为意志和表象的世界》，石冲白译，北京：商务印书馆，1982 年版，第 235 页。
③ 《外国美学》编委会编：《外国美学》（第十四辑），北京：商务印书馆，1997 年版，第 243 页。

客观化的最高阶段上，最充分地展开，惊心动魄地显露出来"①。

悲剧的（冲突）过程，也就是盲目的意志的无限欲求，即因为事物的因果关系使这种欲求得不到满足或不可能实现的过程，同时也对生命意志或生命的罪孽有了清醒认识的过程。就像加尔德隆所说的："人的最大罪恶就是：他诞生了。"叔本华认为，生命即是原罪。原罪就是意志自由，就是欲望，是对生命的欲求，是一种逃脱不了的罪责。这样，人的诞生不仅本身就意味着痛苦的诞生、不幸的诞生、悲剧的诞生，而且意味着人从此就在盲目的意志支配下，注定一生活在永无休止的追求中，而其欲望又永远得不到满足。所以，在人类赖以生存的这个世界上，根本没有什么正义可言，有的只是难以言说的痛苦和不幸，有的只是有价值的冲突双方在无辜地相互摧残，有的只是悲剧。"我们必须从这样的噩梦中醒来……世界和人生不可能给我们真正的快乐，因而也就不值得我们留恋。悲剧的实质就在这里：它最后引导到退让。"② 要彻底摆脱痛苦，摆脱悲剧命运，就得否定生存意志，消除一切欲望，绝对忘却自我，实行"退让"精神，杜绝生命之源，乃至达到人类的最后寂灭。

悲剧的（冲突）过程的结束不是意志的和解，而是意

---

① 章安琪：《缪灵珠美学译文集》（第二卷），北京：中国人民大学出版社，1987年版，第402页。

② 转引自余秋雨：《戏剧理论史稿》，上海：上海文艺出版社，1983年版，第529页。

志的自我毁灭或自我放弃。"我们在悲剧中看到那些高尚人物，在长期斗争备尝艰苦之后，终于放弃他们所一向热烈追求的目的，永远抛弃人生的欢乐，甚至有意欣然舍身以成仁。加尔德伦所写的不屈不挠的帝王是如此，《浮士德》中的甘泪卿也是如此，哈姆莱特是如此……"① 悲剧中所以带有这种性质，是因为它产生"世界和人生并不真能使我们满足，也没有让我们沉迷的价值"的认识。悲剧的精神正在于此，也由于这一点，而引导我们走向"绝望"。② 也就是说，悲剧人物经过一系列冲突与长时期的斗争，终于看破一切现象的形式——个体化原理——从而以这原理为根据的利己主义也一起随之而消失；所以从前是这么强烈的动机现在已丧失了力量，对世界的本质的充分认识取代了它，这就对意志产生一种镇静作用，而招致了断念绝欲的决心，不仅是委弃人生，而且是委弃一切生存意志。

既然悲剧本质的根源在于生命意志和其自身的分裂，那么在悲剧艺术中，最能充分地揭示人生悲剧性的既不是恶人肇祸一类的悲剧，如《奥赛罗》等，也不是盲目的命运之类的悲剧，如《俄狄浦斯王》《罗密欧与朱丽叶》等，而是"情境"式悲剧，"灾难也可能由于剧中人物在关系上处于彼此对立的地位；所以既不需要闻所未闻的偶然遭遇，也不需要其恶行达到人性极限的一种性格；但是德性

---

① 章安琪：《缪灵珠美学译文集》（第二卷），北京：中国人民大学出版社，1987年版，第402~403页。
② ［德］叔本华：《叔本华论文集》，陈晓南译，天津：百花文艺出版社，1987年版，第34~35页。

普通的性格，在常有的环境之中，处于彼此对立的地位，所以他们的处境迫使他们明知而显见地彼此加害而招致最大的不幸，但是不能完全归咎于任何一方"①。前两种悲剧的威慑力离我们比较远，而且把不幸当作一个例外，因而由这两种悲剧所造成的恐怖一般来说是可以避免的；第三种悲剧对普通人的威慑力很大，由于这类悲剧将不幸"当作一种轻易而自发的，从人的行为和性格中产生的东西，几乎是当作［人的］本质上要产生的东西"②，所以这类悲剧的威慑力"光临到我们这儿来的道路随时都是畅通无阻的"。因此，叔本华认为第三种"情境"式悲剧最为可取，因为它使我们"看到最大的痛苦，都是在本质上我们自己的命运也难免的复杂关系和我们自己也可能干出来的行为带来的"，从而唤醒人们迷途知返，赶快走出误区，自愿放弃一切欲求，否定一切生存意志和生殖意志。

二、尼采：酒神状态（酒神精神）

"从通常依据外观和美的单一范畴来理解的艺术之本质，是不能真正推导出悲剧性的。只有从音乐精神出发，我们才能理解对于个体毁灭所生的快感。因为通过个体毁灭的单个事例，我们只是领悟了酒神艺术的永恒现象，这种艺术表现了那似乎隐藏在个体化原理背后全能的意志，

---

① 章安琪：《缪灵珠美学译文集》（第二卷），北京：中国人民大学出版社，1987年版，第404页。

② 周靖波：《西方剧论选》（上），北京：北京广播学院出版社，2003年版，第284页。

那在一切现象之彼岸的历万劫而长存的永恒生命。对于悲剧性所生的形而上快感，乃是本能的无意识的酒神智慧向形象世界的一种移置。"① 在尼采之前，黑格尔在《精神现象学》中已经用酒神崇拜来标志艺术发展的一个阶段，雅科比、布克哈特、荷尔德林、弗·施莱格尔、瓦格纳也都谈到过作为一种审美状态的酒神现象或醉的激情。尼采的独特之处在于：将酒神精神和日神精神视为悲剧艺术的根源（本质），"悲剧的本质只能被解释为酒神状态的显露和形象化，音乐的象征表现，酒神陶醉的梦境"②。换言之，悲剧的本质或悲剧性就是酒神精神（酒神状态）。

酒神又有希腊人的酒神和野蛮人的酒神，"我们不必凭推测就可断定，在酒神的希腊人同酒神的野蛮人之间隔着一条鸿沟"③，在尼采看来，悲剧的本质或悲剧性应从两个层面理解：其一，与野蛮人的酒神相连的悲剧性，这是世界和人生的悲剧性，也可说是生命的悲剧意识。正如国内学者陈剑澜所说的："最初的酒神（指野蛮人的酒神，引者注）不是尼采的'神'，而是叔本华'神'——作为一切痛苦源泉的生命意志。"④ 在关于世界和人生的本质的认识上，与叔本华一样，尼采认为世界的本质是无目的

---

① ［德］尼采：《悲剧的诞生》，周国平编译，太原：北岳文艺出版社，2004年版，第65~66页。

② ［德］尼采：《悲剧的诞生》，周国平编译，太原：北岳文艺出版社，2004年版，第57页。

③ ［德］尼采：《悲剧的诞生》，周国平编译，太原：北岳文艺出版社，2004年版，第7页。

④ 《外国美学》编委会编：《外国美学》（第十四辑），北京：商务印书馆，1997年版，第218页。

的意志，生命的本质是无止境的欲望；同时也认为在这无目的的意志和无止境的欲望的驱遣下，人不可避免地面临无限的追求与幻灭、苦难与不幸……在关于意志和欲求的关系上，叔本华认为"欲求是表象世界的存在物，统一的意志自由则在表现之外"①，或者说在叔本华那儿有两个世界：一个意志的世界，一个表象的世界，它们既对立又统一。在尼采看来，意志就是感性的欲求，欲求和意志同一，即"这里缺少一个真实世界与一个虚假世界的对比，只有一个世界。这个世界虚伪、残酷、矛盾、有诱惑力、无意义……这样一个世界是真实的世界"。但是，尼采还说："只有作为审美现象，生存和世界才永远有充分理由的。"生存是痛苦的，世界是混乱的，但尼采并没有像叔本华那样以道德的眼光看待世界，而是以审美的态度看待生存和世界，因而尼采的悲剧性除了是一种生存经验，还是一种审美经验，即与希腊人的酒神相连的悲剧性，这是悲剧艺术的悲剧性，此其二。

由此看来，悲剧艺术的悲剧性或酒神精神显然超越了生活的悲剧性，成为一种审美现象。它并不回避痛苦和毁灭，而且它不但不回避，反而通过个体的痛苦与毁灭来肯定与"万物根本上浑然一体"的生命，肯定生命悲剧性的正当权利。

在酒神的魔力下，不但人与人重新团结了，而且

---

① 黄文前：《意志及其解脱之路——叔本华哲学思想研究》，南京：江苏人民出版社，2005年版，第181页。

疏远、敌对、被奴役的大自然也重新庆祝她同她的浪子人类和解的节日。……此刻,贫困、专断或"无耻的时尚"在人与人之间树立的僵硬敌对的藩篱土崩瓦解了。此刻,在世界大同的福音中,每个人都感到自己同邻人团结、和解、款洽,甚至融为一体了。摩耶的面纱好像被撕裂,只剩下碎片在神秘的太一之前瑟缩飘零。人轻歌曼舞,俨然是一更高共同体的成员,他陶然忘步忘言,飘飘然乘风飞飏。……此刻他觉得自己就是神。①

尼采所说的酒神显然是指那个幼年被泰坦众神肢解,在死亡的黑夜里漂泊,最终经由希腊意志的"形而上的奇迹行为"得以再生的酒神,而所谓的酒神状态(酒神现象),其实也就是"酒神在艺术中的新生"②。所以他接着说:"悲剧主角,这意志的最高现象,为了我们的快感而遭否定,因为他毕竟只是现象,他的毁灭丝毫无损于意志的永恒生命。悲剧如此疾呼:'我们信仰永恒生命。'"③换言之,悲剧主角只有通过个体的毁灭,才能够与"族类创造力乃至大自然创造力合为一体"。就像法国学者吉尔·德勒兹在《尼采与哲学》中所指出的:"从一开始,酒神就是作为肯定的神和好肯定的神同时出现的。他并不

---

① [德]尼采:《悲剧的诞生》,周国平编译,太原:北岳文艺出版社,2004年版,第6页。
② 《外国美学》编委会编:《外国美学》(第十四辑),北京:商务印书馆,1997年版,第220页。
③ [德]尼采:《悲剧的诞生》,周国平编译,太原:北岳文艺出版社,2004年版,第66页。

满足于在更高的超个人快乐中'解除'痛苦，相反他肯定痛苦，并将其化为快乐。这就是酒神在多重肯定中得以自我转变，不至于在本原存在中消融，也不至于使多元性再次被并入原初之深奥的原因。他肯定成长的痛苦，却不复制个体化历程中的痛苦。他是肯定生命的神灵，对他而言，生命必须被肯定，而不是得到辩护或救赎。"①

三、舍勒：积极价值载体的运动

"悲剧性是宇宙本身的基本要素。"② 德国哲学家马克斯·舍勒（Max Scheler）认为，悲剧性并非对世界和世间大事解释的结果，而是一种固定的、深刻的印象。某些特定的事物唤起了它，人们又对它给予各种解释。仅根据这一点，我们就可以认定对悲剧性所作的形而上学的、宗教的及其他思辨的说明不但没有说明，反而否定了悲剧性的本质。因而悲剧性既不能从悲剧性的作用、反应中去寻找，也不能到理解悲剧性的各种精神活动中去捕捉，而应在"作为现象的悲剧性本身"上去挖掘。"'悲剧性'首先是我们在各种事件、命运和性格等等本身觉察到的一种特征，这些事件、命运和性格的意义就是其存在。悲剧性特征是从上述这些存在本身散逸出来的一股浓重而清凉的气

---

① [法] 吉尔·德勒兹：《尼采与哲学》，周颖等译，北京：社会科学文献出版社，2001年版，第18页。
② Robert W. Corrigan, *Tragedy Vision and Form*, New York: Harper & Row, Publishers, 1981, p.17.

息,是辉映着它们的一株暗淡的微光。"① 因此,"一切可称为悲剧性的事物均包括在价值和价值关系的领域中。在一个无价值的宇宙中,如机械物理构成的宇宙中,就没有任何悲剧可言。只有存在着高、低、贵、贱的地方才有悲剧性的事件"②。

如果说唯心主义理论假定了悲剧性是某个最高价值自我毁灭或通过自我毁灭以确证自我的辩证过程,譬如谢林的自由、黑格尔的永恒正义、叔本华的意志或尼采的酒神精神,那么舍勒在这里虽然也认为悲剧性包含在价值和价值关系领域中,但他的价值领域中却没有设置一个最高价值,只有积极价值和消极价值、高级价值和低级价值的差别。③ 因此,对舍勒而言,虽然存在高、低、贵、贱的地方才有悲剧性事件,但这并不意味着美、丑、善、恶及诸如此类的一种价值都是"悲剧性",或曰价值的毁灭并不都具有悲剧性。舍勒认为:"悲剧性首先是相当高的积极价值的载体(如处于同一婚姻、同一家庭或同一国家的若干贤德高位者)之间爆发的矛盾。悲剧性是在积极价值及其载体内部起支配作用的'冲突'。"④

这就是说,悲剧性首先是通过价值载体呈现出来的。

---

① 刘小枫:《舍勒选集》(上卷),上海:上海三联书店,1999年版,第251~252页。
② Robert W. Corrigan, *Tragedy Vision and Form*, New York: Harper & Row, Publishers, p. 19.
③ Peter Szondi, *An Essay on the Tragic*, Stanford: Stanford University Press, 2002, pp. 47—48.
④ Robert W. Corrigan, *Tragedy Vision and Form*, New York: Harper & Row, Publishers, 1981, p. 20.

在舍勒看来，悲剧性是作为一种价值现象存在的，它并非事物后面的一种本质，也不是对世界即世间万物解释的结果，因而人、物、事的悲剧性必须通过它们身上附着的价值这个载体显现出来。

其次，悲剧性是发生在价值载体之间的冲突。在价值领域中，价值载体只有不断运动、相互作用才会产生悲剧性。"在静止的世界中可能存在着愉悦、悲哀、崇高和庄严——但是决不会有悲剧。悲剧性只在价值运动的领域中出现；悲剧性出现之时，必定有什么事情发生。"[①] 换言之，没有积极价值的冲突，就没有悲剧性。所以舍勒说悲剧性现象一旦出现，就必定有什么事情发生。

而且，这种价值载体的运动或冲突必须具有方向性。悲剧性现象的出现，必定有某一高度的积极价值的毁灭。舍勒认为："某种价值必须遭到破坏，这样才能属于悲剧性的范畴。……当一种具有纯粹价值的那个对象产生一种力量去破坏更高贵的纯粹价值时，悲剧性才能显而易见。再则凡是具有同等高贵价值的对象互相摧残和毁灭时，悲剧性就表现得最纯粹最鲜明。悲剧如果描写矛盾双方都有同样理由，而且在冲突中的每一个人或每种力量同样都有较高权利或努力实现较高职责的悲剧性现象，那么这种悲剧就最富于效果。倘若一个具有较高纯粹价值的对象，例如一个善良正直的人被一个微不足道的恶人所征服，那么

---

① 刘小枫：《舍勒选集》（上卷），上海：上海三联书店，1999年版，第255页。

这种悲剧性就毫无意义而且最不合理。……悲剧性是在积极价值及其载体内部起支配作用的'冲突'。伟大的悲剧艺术在于最充分地显示双方的价值，并使双方固有的权利完全得到发展。"[1]

最后，悲剧性即价值冲突所导致的毁灭是必然的和不可避免的。在舍勒看来，悲剧性内含价值的毁灭的必然性是一种特定的必然性，即"内在的必然性"。这种必然性是不以外来事件为基础的，而是存在于经历悲剧性命运的人、物等持久的本性之中。但是，悲剧性的必然性也不是那种自然进程的必然性——自然进程的必然在自由之下，在意志力量之上，自由本质通过意志力量便能干涉自然进程，使其朝好的方向发展。悲剧性的必然性是位于自由之上的必然性；即使自由行动或"自由原因"进入全部因果领域——在此领域里也存在着非自由原因，即本身作为另一后果的原因——悲剧的必然性也依然故我。[2] 也就是说，悲剧性的必然性及悲剧性的毁灭力量本身来源于积极的价值载体，是意志力所无法干涉和左右的；同时，悲剧性的毁灭力量在某种程度上又是意志力自由选择的结果。因而，"在悲剧性中却存在着一种似是而非的佯谬现象：价值毁灭——如这一旦成为事实——虽然好像是完全'必

---

[1] Robert W. Corrigan, *Tragedy Vision and Form*, New York：Harper & Row, Publishers, 1981, p. 21. 译文采用陈瘦竹先生的翻译，并有修改，参见《陈瘦竹戏剧论集》（上卷），南京：江苏教育出版社，1999年版，第337~338页。

[2] Robert W. Corrigan, *Tragedy Vision and Form*, New York：Harper & Row, Publishers, 1981, p. 24.

然的',但依然是完全'无法估计的'"①。

舍勒关于悲剧性的看法,尽管是通过假定存在一个独立的价值世界,并通过对它们进行现象学的区分提出来的,但他得出的结论即使有一些自己的独立见解,在某种程度上看也并没有突破谢林和黑格尔所提出的"悲剧性是一种辩证的结构"②的观念。

四、弗洛伊德:俄狄浦斯情结

弗洛伊德认为,俄狄浦斯的命运之所以感动我们,只是因为我们的命运也就是如此——因为我们在出生之前像他一样,神示已将灾祸降落在我们头上。我们将最初的性欲冲动向着母亲,而将最初的仇恨和杀人欲念向着父亲,这或许就是我们大家的命运。我们做的梦使我们确信就是如此。"如果《俄狄浦斯王》感动近代观众不亚于感动当时古代希腊观众,我们只能作这样的解释:它的悲剧效果不在命运和人类意志的对照,而应该从这种对照赖以显示的题材的特殊性质去寻找。这必然有某种东西,使得我们内心发出呼声,准备去承认《俄狄浦斯王》的命运的强迫力量。"③弗洛伊德在此讨论的是《俄狄浦斯王》的悲剧效果,但他对其悲剧效果的根源的解释、寻找却表明他所

---

① 刘小枫:《舍勒选集》(上卷),上海:上海三联书店,1999年版,第265页。

② Peter Szondi, *An Essay on the Tragic*, Stanford: Stanford University Press, 2002, p. 48.

③ 朱栋霖、周安华:《陈瘦竹戏剧论集》(上卷),南京:江苏教育出版社,1999年版,第491页。

找到的俄狄浦斯情结——杀父娶母的欲念（我们每一个人身上都有的性的冲动），其实是一个关于悲剧本质（悲剧性）的问题。

其实在《释梦》中，弗洛伊德提出儿童就有性欲冲动："显而易见，儿童在幼年时期——说的直率一些——就有性欲偏向：男孩将父亲看作情敌，女孩将母亲看作情敌，除掉这种情敌对自己很有利。"① "我的这个发现得到古代希腊流传下来的传说的证实；这个古代传说的深刻而普遍的感人力量，只有承认我在儿童心理方面所提出的假设具有普遍根据时才可以得到真正的理解。我想到的是关于俄狄浦斯王的传说以及索福克勒斯的同名悲剧。"② 后来的法国心理分析学家安德莱·格林在《悲剧效果——悲剧中的俄狄浦斯情结》之中说得更为直截了当：悲剧就是俄狄浦斯情结。悲剧的根源在于无法满足的欲望。

在弗洛伊德看来，悲剧性的第一个条件即悲剧中的痛苦、受难必定是由俄狄浦斯情结引发的，也就是说力（里）比多欲望受到压抑后出现的（神经症）。同时，悲剧中的痛苦、受难并不是肉体上的，而是精神上的。即使悲剧中的痛苦、受难是属于肉体方面的，它也必定能使悲剧人物的"精神活动成为可能"，否则这种痛苦、受难就不是悲剧性的。在《心理分析工作中遇到的一些性格类型》

---

① 朱栋霖、周安华：《陈瘦竹戏剧论集》（上卷），南京：江苏教育出版社，1999年版，第490页。

② 朱栋霖、周安华：《陈瘦竹戏剧论集》（上卷），南京：江苏教育出版社，1999年版，第490页。

一文中，弗洛伊德指出：

> 心理分析使我们相信，人们患神经症是挫败所致。这里所说的挫败是指人们的里比多欲望没有得到满足。……只有当人的里比多欲望与其个性中的我们称之为自我的那一部分发生冲突时，才会引发神经症。"自我"是人自我保护的本能表现，而且包括人们对自己个性的理想化要求。只有当里比多所渴望的恰恰是自我一贯克服和谴责，因而永远禁止的东西时，才会发生这种致病的冲突；而只有当满足完美地与自我谐调的可能性被剥夺之后，里比多才会去做那些被禁止的东西。因此，对于真正满足的剥夺及挫败，虽然不是引发神经症的惟一条件，却是其发作的首要条件。[①]
>
> 如果里比多借以从中获得满足的东西在现实中被抑制，就是一种外在的挫败。外部挫败本身不起什么作用，也不会致病，只有当内在的挫败加入进来才会有效。内部挫败一定由自我发生，争夺里比多要获得满足所必经的渠道。只有这时才会发生冲突，才可能引发神经症，也就是说，通过被压抑的潜意识迂回地到达一种替代满足。因此，内在的挫败总是潜在的，只有当外在的现实的挫败为其准备了条件之后才真正产生作用。在那些由成功导致病症的特殊情形中，是

[①] [奥]弗洛伊德：《论文学与艺术》，常宏等译，北京：国际文化出版公司，2001年版，第235页。

内部挫败独自发挥了作用；只有当外部的挫败被愿望的实现替换之后，它才显现出来。①

这就是说，神经症还可以在力（里）比多欲望得到满足后显现。因为"杀父娶母是人类的两大罪恶，也是惟一被原始社会的人们憎恨和雪耻的罪孽"，而且压抑这种性的冲动是我们个人和文明发展的必要部分，因而"俄狄浦斯情结"的解决不但不能带来心理上的解脱，反而激发了病人的良知，禁止他"去享有现实变化而带来的他们期盼已久的幸福"，并使他陷入"负罪感"。弗洛伊德认为，莎士比亚《麦克白》中的麦克白和麦克白夫人、易卜生《罗斯莫庄园》中的丽贝卡这类特殊人物之所以患有神经症（或具有悲剧性），就是因为"俄狄浦斯情结"解决后导致的。所以我们还必须记住：人类的良知来源于"俄狄浦斯情结"，是可以遗传的精神力量。②

悲剧性的第二个条件是，它必须包含冲突性事件和包含抵抗与抑制的努力。在《戏剧中的精神变态角色》中，弗洛伊德提出在命运悲剧和社会悲剧之外，还有一种尚未被我们认识的"心理悲剧"。在这种心理悲剧中，"导致忍受痛苦的斗争是在主角的头脑中展开争论，直到解决为止的——一种在不同的冲突之间进行的斗争，并且是其中的一个冲动必须以灭绝的形式来结束这场斗争。不是主角，

---

① [奥]弗洛伊德：《论文学与艺术》，常宏等译，北京：国际文化出版公司，2001年版，第236～237页。

② [奥]弗洛伊德：《论文学与艺术》，常宏等译，北京：国际文化出版公司，2001年版，第252页。

而是其中的一个冲动，它必须在自我否认中自我结束"①。弗洛伊德认为悲剧性同样在于冲突，只是这种冲突不是发生在人与外在的力量之间，而是发生在主角的头脑中即精神上。而且发生冲突的双方既可以是势力相当的意识冲动力，也可以是力量完全不对等的意识冲动，只是"当我们参与其中并希望从中获得快乐的痛苦的源泉不在两个几乎相等的意识冲动之间的冲突时，而是意识冲动与被压抑的冲动之间的冲突时，心理悲剧就变成了精神病理悲剧了"②。此外，这种心理悲剧的冲突不是以和解结束的，而是以一方意识冲动灭绝的形式来结束这场战斗的。

因此，在弗洛伊德的眼光中，悲剧不是来自"神意"与"人力"的矛盾冲突，而是来自悲剧主人公"恋母妒父"心理，或者在于原始本能的或爱和死的本能的无法实现。

五、塞华尔：悲剧眼光

"我们注定要失败，我们生下是要死的。"③ 当西勒诺斯刺耳的笑声在20世纪上半叶再次长久地响起时，西班牙作家和思想家乌纳穆诺在《个人与民族中的人生悲剧感》（又译为《生命中的悲剧意识》，1913）中首创的"人

---

① [奥]弗洛伊德：《论文学与艺术》，常宏等译，北京：国际文化出版公司，2001年版，第94页。
② 程孟辉：《西方悲剧学说史》，北京：中国人民大学出版社，1996年版，第462页。
③ [美]罗伯特·W.柯里根：《悲剧与悲剧精神》，颜学军、鲁跃峰译，载于《文艺理论研究》，1990年第3期。

生悲剧感"理论，也在悲剧艺术界迅速产生影响。但幸运的是，20世纪上半叶的欧美悲剧理论家并没有依样画葫芦，而是在这基础上有所发展，并提出了自己的看法，其中美国的批评家塞华尔和剧作家阿贝尔就是这样的。至于哲学界就更不用说，哲人们关于悲剧人生感的理解不仅远离了乌纳穆诺，甚至持一种批判姿态。

塞华尔（Richard B. Sewall）认为："就我们所知道的莎士比亚的生平事迹来说，他的许多悲剧是在某一段时期内集中问世，那是因为，他的'心灵倾向'正好朝着这个方向。"歌德却不是这样的，他在技巧上无所不精，但"他深知关于世界和人类命运的悲剧感非其所长，因此就退避三舍"[①]。换句话说，歌德缺乏悲剧所必需的悲剧眼光。

> 悲剧眼光的根本或要义，首先在于从深处提出一切问题中最初的（最后的）一个问题，这就是关于生存的问题。生存的意义在哪里？……悲剧眼光将人看作寻根究底的探索者，赤裸裸的，无依无靠，孤零零的，面对着他自己天性中和来自外界的各种神秘的和恶魔的势力，还面对着受难和死亡这些无可回避的事实。[②]

[①] Robert W. Corrigan, *Tragedy Vision and Form*, New York: Harper & Row, Publishers, 1981, p. 49.

[②] 朱栋霖、周安华：《陈瘦竹戏剧论集》（上卷），南京：江苏教育出版社，1999年版，第332页。

塞华尔认为人存在于苦海之中，受到各种神秘力量和邪恶势力的袭击，许多问题无法解决，而且到头来逃不脱死神的手掌心，这就是用悲剧眼光来观察的人生景象。

因此在塞华尔这里，悲剧眼光并非"宇宙本身的基本要素"，而是一种悲剧性的人生观，一种对世界、对人生的悲剧性描述和解释。他在《悲剧形式》中就是这样写的："悲剧肯定这样一个世界，人是这个世界上有意义的部分"，因而"悲剧的地点不在缥渺的天空，悲剧在根本上以人为本"。但是他又认为："悲剧所思考的是这样一个世界，人在其中不是衡量一切事物的尺度。他所面临的是一种神秘力量。"[1] 也就是说，在有悲剧眼光的人看来，人被一种神秘的力量所支配，其悲剧性命运先验地决定了他在这个世界上无论怎样挣扎，总难以改变自己的被动处境，而且迟早都是要死亡的。

"所有的人的命运都是同样不可摆脱的。拒绝生命和高兴地接受生活，两者通过同样的途径都导致无可避免的失败以及彻底的毁灭。"[2] 但是，人生的悲剧感并不是来自思想和观念，相反是它们决定着思想和观念。它产生于人的气质和直觉，是一种涵盖人的洞察力、直觉、感受力的综合素质，因此人各有不同，对世界对人生的看法也就有不同，有的比较敏锐，有的比较迟钝。"在那些爱思索

---

[1] 朱栋霖、周安华：《陈瘦竹戏剧论集》（上卷），南京：江苏教育出版社，1999年版，第264页。
[2] ［美］罗伯特·W. 柯里根：《悲剧与悲剧精神》，颜学军、鲁跃峰译，载于《文艺理论研究》，1990年第3期。

的人看来,世界是一大喜剧,在那些重感情的人看来,世界是一大悲剧。"英国作家华波尔爵士(Horace Walpole)的警句尽管只有相对的真实性,但是它的意义表明这个术语很容易变成一个描述人生看法的形而上的比喻,一种思想或气质倾向。[①] 所以,悲剧眼光是一种不成体系的悲剧性人生观。

悲剧不是让人逆来顺受,清静无为,听天由命的,恰恰相反,它要求不屈不挠地抗争。"如果承认人间有许多未曾解决的问题而现实生活又存在着罪过、忧虑和苦难,于是变得清静无为一筹莫展,那么这样一种人就缺乏悲剧眼光。悲剧眼光促使人们采取行动,敢于以卵击石,向命运作斗争,敢于把自己的情况公开摆在上帝和同伴面前。"[②] 换言之,就艺术家而言,创作悲剧就是他们采取行动、对抗命运的方式,这就是为什么伟大的悲剧艺术总让人感到艺术家似与剧中人声气相通。而且关于悲剧起源的人类学发现也表明:"悲剧发生于宗教仪式——本身就是行动,是对情境的反应,对存在问题的一种回答。正是这种依据举止和动作,而不依据语言作出的回答,表现了人们首次尝试对痛苦与恐惧的创造性处理。有动作总比没

[①] Robert W. Corrigan, *Tragedy Vision and Form*, New York: Harper & Row, Publishers, 1981, p. 49.

[②] Robert W. Corrigan, *Tragedy Vision and Form*, New York: Harper & Row, Publishers, 1981, p. 49, 译文引自陈瘦竹先生的翻译,但根据原文作了一些订正。参见朱栋霖、周安华:《陈瘦竹戏剧论集》(上卷),南京:江苏教育出版社,1999年版,第333页。

动作好。"①

塞华尔还认为："悲剧作家的目的与哲学家和神学家的目的一致，其区别在于艺术家的辩证法并不是观念中的思想，而是行动中的思想，活生生的思想，他的辩证法与其说是言词还不如说是生活，他的关注中心与其说是人的思考，还不如说是人的行动，'在路上'的人。"② 因此，哲学家和道德家将经验抽象化，从多样性中找出同一性，并把经验抽象为一种能够自我衍生或演化的种类（categories）和规定（prescription），悲剧艺术家则直接探索每一种经验，尽可能多地呈现出与命运对抗的人的丰富性和多样性。

每个时代都有自己的紧张（tension）和恐惧，但是，"它们都通向同一个深渊"③。这就是艺术家必须不断面对的"存在主义问题"（the existential question）。

六、阿贝尔：悲剧人生观

在《是否真有悲剧人生观?》之中，美国剧作家莱昂内尔·阿贝尔（Lionel Abel）提出了与塞华尔相左的看法，他认为悲剧人生观并不是产生于人的气质或直觉，也不是对人迟早要死的恐惧，而是来自对悲剧艺术的领悟。

---

① Robert W. Corrigan, *Tragedy Vision and Form*, New York: Harper & Row, Publishers, 1981, p. 50.
② Robert W. Corrigan, *Tragedy Vision and Form*, New York: Harper & Row, Publishers, 1981, p. 50.
③ Robert W. Corrigan, *Tragedy Vision and Form*, New York: Harper & Row, Publishers, 1981, p. 51.

"没有一个人能够真心实意地说,他渴望看到的悲剧除了在舞台上,也在世间的任何一个地方演出。因为对于一个社会或是一个文化来说,如果主要的价值相互冲突,这是一场灾难。但在另一方面,悲剧,那种呈现出了价值的冲突而不是和谐的艺术,本身也是一种积极的美学的善,但是这种善,这种审美的善却是通过对人类不幸这一基本事实的描写来获得的:人类的价值应该是互相冲突的而不是互相支持的。"① 因此,对悲剧眼光的恰当的理解,应该意味着发现适合于悲剧的必然性,承认它而不是创造它。悲剧眼光源于一个直接的观看(seeing)行动,而不是源于拥有一种特殊的眼光,也不是来自对现实的悲剧性解释的嗜好,这是我们必须理解的一种事物,以便估价这种眼光和判断它的真正价值。现实生活中没有悲剧人生观,悲剧人生观只存在于悲剧艺术中。

在阿贝尔看来,人生悲剧感是在艺术作品中表现出来的看待人生的一种可能性,这种可能性既不是乐观主义的,也不是悲观主义的。"主张乐观主义是由我们的生命结构所决定的。如果我们打算做一个乐观主义者,那么,我们至少不会自己跟自己过不去;但是如果我们打算做一个悲观主义者——因为我们生活在当下,做一个悲观主义者就意味着想要成为悲观主义者,那么我们就会与自己过不去;我们就会深信这种观念——一切都是不可信赖的;

---

① Robert W. Corrigan, *Tragedy Vision and Form*, New York: Harper & Row, Publishers, 1981, p.59.

我们就会论证失败就是失败，而且也只能是失败。"① 所以阿贝尔认为，在社会生活中只有乐观主义和悲观主义。人生需要乐观主义，因为它是本能的、自然的，但乐观主义忽视了对痛苦、挫折和死亡的解释，也完全鄙弃了它们，因而这样的乐观主义从理智上讲是肤浅的。悲观主义是深刻的，也必然是戏剧性的，但它在肯定"生存的非神性"的同时，却又"审判生命，使它变为某种该受谴责的、该承担责任的或错误的东西。我们把意志变为某种恶劣的、陷入基本矛盾的东西：宣称要对它进行矫正、抑制、限制甚至否定和压制"②。

人生悲剧感（即悲剧性）还是一种与悲剧艺术紧密相关的审美经验，它不是日常生活经验。阿贝尔之所以认为悲剧感并不是生活经验，仅仅是一种审美的艺术经验，就在于：

（1）"悲剧感既不是剧作家天才的一部分，也不涉及心灵（mind）中的高级能力，它必须是经验的结果。它是人们通过受难悲剧'获得'（arrives）的人生悲剧感。相反，'获得'一词在此的使用可能引起误解，因为人们不可能获得或发展悲剧感，它不是现实的但可以是强加的；一个人从不会拥有它，人却可以被它所占有。"③

---

① Robert W. Corrigan, *Tragedy Vision and Form*, New York：Harper & Row，Publishers，1981，p. 53.

② ［法］吉·德勒兹：《尼采与哲学》，周颖等译，北京：社会科学文献出版社，2001年版，第54页。

③ Robert W. Corrigan, *Tragedy Vision and Form*, New York：Harper & Row，Publishers，1981，p. 54.

(2) 悲剧性这一术语经常被用来指任何一种思想，而不只是悲剧作家的思想，这是一种经常出现的错误用法。西班牙作家和思想家乌纳穆诺应该对此负责。因为他首创了"人生悲剧感"这一概念，还"尝试着将它解释为哲学态度，把它转换为一个精致的迷人的（即使又是悲伤的）乐观主义形式"①。乌纳穆诺的悲剧感应该说是一种误称（用词不当）；这里没有任何悲剧性，因为他不但不极力主张我们把某些东西置于生命之上，相反他强烈要求我们关注生命，因为除了生命、生命的永恒和灵魂的不朽以外什么都不存在。而且他认为我们确定的存在只能建立在不朽的灵魂之上。

(3) 没有悲剧，就不会有悲剧感。"有一些东西我们不需要借助艺术之力也能拥有，这样就使许多人误解或混淆了悲剧感，以为它就是那种需要辩护的（justified）悲观主义情感。"② 那些并不成功的悲剧艺术给予我们的就是这种悲观主义情感，但对伟大的悲剧艺术而言，即使其中存在着悲观主义情感，它们也不是悲剧获得成功或是获得悲剧性的原因。这样，"在悲剧中，最终导致悲剧的既不是消极的事实（the negative facts），也不是出错的乐观主义（rendering optimism invalid）。通常是这样一些威胁我们的消极的事情经由悲剧这个机制转化为积极的好事

---

① Robert W. Corrigan, *Tragedy Vision and Form*, New York: Harper & Row, Publishers, 1981, p. 55.

② Robert W. Corrigan, *Tragedy Vision and Form*, New York: Harper & Row, Publishers, 1981, p. 56.

了。譬如：盲目是邪恶的，但是俄狄浦斯故意刺瞎眼睛；我们认为死亡是要不惜一切代价去避免的，然而安提戈涅却选择死亡，等等"①。在剧场里，我们不会鄙视痛苦、挫折和死亡，事实上我们全神贯注，当然它们也不能使我们变得悲观，它们反而给我们快乐。因此在悲剧领域，消极的事实最终是不重要的，在日常生活中引导我们的悲观主义从来也不是悲剧的原因。

悲剧性是善与善的冲突。只有当悲剧不可避免时，它才是真实的。如果悲剧性命运是可以理性选择的话，那么就不可能有像悲剧这样的事情。"悲剧的原因是什么呢？黑格尔早已肯定，那是两种互相冲突的善与善之间斗争，彰明较著的恶，从来不会产生悲剧。只有纯粹的积极因素和纯粹的积极因素发生冲突，才能毁灭悲剧主角。"阿贝尔认为在希腊悲剧中表现的就是两种"价值"的冲突，例如《安提戈涅》描写的是"家庭与国家两种价值的"斗争。至于莎士比亚的悲剧同样是呈现善与善的冲突。"像在希腊悲剧中一样，我们在《麦克白》中看到善与善之间的冲突，而主人公则是这种冲突的牺牲者。"② 在关于悲剧性的根源上，阿贝尔的见解并没有什么新的东西，基本上是对黑格尔悲剧冲突说的再次阐释，无须多说。

---

① Robert W. Corrigan, *Tragedy Vision and Form*, New York: Harper & Row, Publishers, 1981, p. 57.
② 朱栋霖、周安华：《陈瘦竹戏剧论集》（上卷），南京：江苏教育出版社，1999年版，第337页。

七、雅斯贝尔斯：存在与超越

在德国哲学家雅斯贝尔斯看来，悲剧（或悲剧性）无论是作为审美概念，还是作为哲学问题，它只存在于艺术作品中，或者说现实生活中没有悲剧（或悲剧性）。"悲剧也有它的局限，它并没有达到对世界的综合解释。它无法把握普遍的苦难；它也无法把握人生存中的全部恐怖和不能解决的问题。这已由事实清楚地表明。尽管每天的现实——像疾病、死亡、意外、苦难以及怨恨——很可能成为悲剧得以表现自身的媒介，但这些现实从一开始就没有被加以思考，因为它们本身并不是悲剧。"① 因此，"假如把它定为泛悲剧主义，不管是取什么形式，那都是错误的"②。

悲剧是展现人的存在的一种方式，即"超越的存在"。"悲剧隐隐为我们表现出了生存的恐怖方面，但生存仍然是人的生存。悲剧还表现出与未知的人性背景有关。但无论如何人在面对悲剧时，他从中解脱了自己。这是一种得到净化与赎罪的方式。"③ 这就是说，雅斯贝尔斯的悲剧性是与人的存在密切相关的，而人的存在是一种分裂性的存在，但是人又不能满足于这一分裂性的生存，他必须克

---

① ［德］雅斯贝尔斯：《存在与超越——雅斯贝尔斯文集》，余灵灵、徐信华译，北京：生活·读书·新知三联书店，1988年版，第160页。
② 刘小枫：《德语美学文选》（下卷），上海：华东师范大学出版社，2006年版，第110页。
③ ［德］雅斯贝尔斯：《存在与超越——雅斯贝尔斯文集》，余灵灵、徐信华译，北京：生活·读书·新知三联书店，1988年版，第92页。

服这一分裂，并从中解脱出来。所以，他接着又说："没有超越就不存在悲剧。甚至在与神和命运对抗的绝望的战斗中，对死亡的挑战也是一个超越的行为：这一超越行为是向人的特有本质的迈进，人是在面对毁灭时才认识到他自己的本质的。"①

但是人的本质并非不变的，而是一个生命过程。在这个生命发展的过程中，他有意志自由，他要主宰自己的行动，按照自己的愿望塑造自身。因而，展现人的超越的存在的悲剧又必须是行动，并且是一种人的精神上的向上运动。"名副其实的悲剧意识不仅仅是对苦难与死亡、流逝与毁灭的沉思。要让这类事情成为悲剧，人必须行动。只有当人通过他的行动深深地卷入注定要毁灭他的悲剧之中，才会有悲剧。在这里要被毁灭的东西不仅仅是作为具体的生存物的人的生命，而且是他所追求的一切至善至美的东西。人的精神的每一种可能性都失败了、崩溃了。任何一种可能性在其付诸实践时都激起并获得灾难。"② 就是说，悲剧性只有在战争、在胜利与失败、在犯罪中通过毁灭某些具有高度价值的东西才能充分地显示出来。

悲剧性是一种审美经验，不是生活经验，因此它并不是像疾病、死亡、意外以及怨恨这样的现实，而是对这些现实的"思考"。为此，雅斯贝尔斯从以下三个方面对悲

---

① ［德］雅斯贝尔斯：《存在与超越——雅斯贝尔斯文集》，余灵灵、徐信华译，北京：生活·读书·新知三联书店，1988年版，第92页。
② ［德］雅斯贝尔斯：《存在与超越——雅斯贝尔斯文集》，余灵灵、徐信华译，北京：生活·读书·新知三联书店，1988年版，第93页。

剧性进行了厘清:

(1) 悲剧气氛不是一种自然的心境,而是一种甚至先于任何特定行为或事件而支配一切事物的心理紧张,一种对厄运发出警告的心理紧张。

> 生与死、盛衰循环、瞬间的事实,它们本身并不具备悲剧气氛。旁观者能平静地注视着这一他自身被卷入的过程。悲剧气氛表现为笼罩着我们的不可思议的险恶命运,存在着威胁我们而我们又无从逃避的异己的东西。无论我们到哪里,无论我们看见了什么,无论我们听见了什么,冥冥中存在着将会摧毁我们的东西,无论我们做什么或祈望什么都是无济于事的。①

(2) 严格说来,现实生活中没有悲剧,现实生活中的事件本身也并不具有悲剧性,它们可能是灾难性的、令人震惊的、可怜的或是恐怖的,但不经过"思考"就不具有悲剧性。譬如现实中的灾难唤起我们心中的怜悯、恐惧或惊愕的同时,常常要求我们采取行动。而存在于艺术中的悲剧性事件,"存在于崇高的氛围中;它作为灾难的幸运的后果给我们提供个人的完善,使我们超越现实"②。所以,"悲剧与不幸、受苦与毁灭,悲剧与疾病或死亡,悲

---

① [德]雅斯贝尔斯:《存在与超越——雅斯贝尔斯文集》,余灵灵、徐信华译,北京:生活·读书·新知三联书店,1988年版,第96页。
② [德]雅斯贝尔斯:《存在与超越——雅斯贝尔斯文集》,余灵灵、徐信华译,北京:生活·读书·新知三联书店,1988年版,第160页。

剧与罪恶是截然不同的。悲剧知识之所以如此独特是因为有赖于悲剧知识的本质；悲剧知识是普遍的而不是特殊的；悲剧知识是探询而不是接受、责备、哀悼。悲剧知识凭借真理与灾祸之间的紧密联系而更加清楚：当冲突的力量按比例增长，它们冲突的必然性不断深化时，悲剧变得越来越强烈。一切不幸只有通过它发生于其中的，或者我们将它与之联系起来的前后关系，通过受苦与爱的人们的意识和知识，通过依靠悲剧知识对不幸的意味深长的解释才成为悲剧"①。

（3）无辜遭受灾祸固然令人痛心，但不能称作悲剧性，因为这种灾祸"并不赎罪，而且这和生活的意义没有联系"。这就是说，当悲剧充分理解人物的命运就是罪过所产生的结果以及命运本身的内在作用时，悲剧才会变为自觉。悲剧就是赎罪。所以，雅斯贝尔斯认为："这个罪过问题不限于个别人的行为和生活。这还涉及全人类，我们每一个人都是其中一分子。……世界上邪恶势力到处横行，我们应该负责，除非我们已经竭尽全力加以制止，甚至为此而牺牲我们的生命。当邪恶势力正在猖獗的时候，我还活着，而且能够继续活下去，那我就有罪过。"② 这样的罪过有两种：首先，生存就是罪过。因为只要我存在，我就侵害了别人的生存。我消极地或积极地犯了生存

---

① ［德］雅斯贝尔斯：《存在与超越——雅斯贝尔斯文集》，余灵灵、徐信华译，北京：生活·读书·新知三联书店，1988年版，第159页。
② 朱栋霖、周安华：《陈瘦竹戏剧论集》（上卷），南京：江苏教育出版社，1999年版，第346~347页。

的罪过。其次，动作就是罪过。"如果我没有看到一个人具有在赎罪之上的伟大品质，那么悲剧知识的广度和深度就不可能扩大。"①

至于悲剧的斗争，雅斯贝尔斯将之概括为两种：悲剧（的斗争）可以是内在于万物的，如存在于个人与整体之间的斗争或存在于不同生活方式之间的斗争，这些生活方式在历史上曾相互继承着；悲剧（的斗争）也可以是超验的，如存在于人与神之间的斗争，或存在于诸神之间的斗争。比起前人在这个问题上的论述，雅斯贝尔斯的概括当然要系统深入一些，但从总体上看，并没有多少新的东西。譬如他对不同生活方式之间的冲突，应该说与马克思、恩格斯关于新旧社会势力之冲突是相似的，仅仅是在概念的使用上比较温和些。"这些生活方式并不突然互相取代。正当新的生活方式一旦出现时旧的还继续活着。当旧的生活方式的经久的力量和粘性还未耗尽的时候，新的生活方式在斗争中的强大突破最初必然遭到失败。这种转变就是悲剧地带。"②

八、胡克：悲剧性是道德现象

乌纳穆诺将"人生悲剧感"理解为人终有一死的意识，这在实用主义哲学家胡克（Sideny Hook）看来，是

---

① 朱栋霖、周安华：《陈瘦竹戏剧论集》（上卷），南京：江苏教育出版社，1999年版，第347页。
② 朱栋霖、周安华：《陈瘦竹戏剧论集》（上卷），南京：江苏教育出版社，1999年版，第340页。

完全错误的。"如果我们对怜悯感与悲剧感加以区分,那么,疾病、衰老乃至各种形式的死亡尽管会使人不寒而栗,也无需视为悲剧感。"[①] 既然人终有一死的意识不是人生的悲剧感或悲剧性的,那么胡克所理解的人生悲剧感究竟是什么呢?

悲剧性是一种道德现象。伟大的波斯王泽克西斯在看到自己统帅的浩浩荡荡的大军向希腊进攻时,想到再过一百年后,这支浩荡的大军不存一人,不免潸然泪下,哀痛不已。因而,疾病、衰老、死亡从古至今一直使人不寒而栗,而且还会使乌纳穆诺这样的诗人和哲人困惑不已。但在胡克看来,疾病的出现"只能算一个悲剧的时刻,而其本身还不足以展示悲剧产生的全部过程。何况与自然力量相比,人的命运似乎值得怜悯,但却并不因而具备悲剧性"[②]。生物学意义上的衰老也只能带来痛苦和悲哀,但无法酿成悲剧;"只有在计划失败、希望落空时,只有当我们认识到巨大的悲哀并未给我们带来足够的智慧,时间的推移也未减少我们的愚蠢和残忍,悲剧性才会油然而生。"[③] 而疾病与衰老,借助外力如体力、科学技术等手段在一定程度上是可以得到较好的解决的,所以这些都不应是悲剧的。

---

① [丹麦] 索伦·克尔凯郭尔等:《悲剧:秋天的神话》,程朝翔、傅正明等译,北京:中国戏剧出版社,1992年版,第78页。

② [丹麦] 索伦·克尔凯郭尔等:《悲剧:秋天的神话》,程朝翔、傅正明等译,北京:中国戏剧出版社,1992年版,第78页。

③ [丹麦] 索伦·克尔凯郭尔等:《悲剧:秋天的神话》,程朝翔、傅正明等译,北京:中国戏剧出版社,1992年版,第79页。

第二章　悲剧性

死亡确是不可避免的，但伍德布里奇却说有的时候，人类应该害怕生存更甚于死亡。古希腊的苏格拉底宁愿选择死，也不相信"好死不如赖活着"，悲剧艺术中也有安提戈涅；近代悲剧中的托马斯·斯托克曼医生（易卜生《国民公敌》中的悲剧人物）也是如此。所以胡克补充说："在某些情况下，由于活命所附加的种种条件，一个人幸存下来倒是最不幸的事了。这种不幸时时处处都有，而且将来也会降临。"反过来说，即使我们的世界消除了一切不公、残忍和肉体痛苦，与世长辞的可能性不仅不会使世界变得丑恶荒诞，反而使世界变得更为美好和自由。因为"只要我们身体的各种官能依然健全，我们继续生存的决定本身就意味着我们要对世界上与我们有关的各种事情承担责任。如果人类不会死亡，那么他们在那方面也就没有自由。人类与世上万物，或至少与一切有知觉的生物，共有一种渴求生存的本能。但正是由于人类能够理智地放弃生存，选择死亡，就显得他与自然界中的其它生物截然不同"[①]。所以，这种死亡并不是一种悲剧现象，它的出现不会赋予这个世界和我们的经验以悲剧性。把一个欲死不能的世界称为悲剧性的似乎才更为确切。因此，悲剧感只是一种植根于道德经验的本质和道德选择现象之上十分简单的事物。

悲剧感是一种发生在各种道德价值观念之间的对立冲

[①] ［丹麦］索伦·克尔凯郭尔等：《悲剧：秋天的神话》，程朝翔、傅正明等译，北京：中国戏剧出版社，1992年版，第81页。

突。胡克认为:"善是一种情境中全部道德价值的总和,而道义则指一切责任和义务。善的概念与道义的概念通常不能互换。我们常常确信我们必须履行某种职责,即使我们并不相信这种职责所要求的行动或展示的原则会取得最大的善。'善'反映了对于某种利益的思辨性满足;而'道义'则与履行社会所制定的法规或原则休戚相关。"[1]在各种纷繁复杂的具体情境中,各种道德价值观念之间总是处于矛盾中,因而,无论我们怎样从理论上解决正义的原则与善的价值之间的冲突,总会导致某种原则的丧失或者某种价值的毁灭。概括起来,道德价值之间的对立冲突有三种:善与善,善与道义,道义与道义。

一切道德冲突中最富于戏剧性的首先是道义与道义之间的冲突。"这一冲突的最赤裸裸的形式表现为索福克勒斯悲剧的主题,但其悲剧情境主要出现在生活、法律和历史上,而不是在戏剧中。"[2] 胡克认为在这个世界上,"各种不言而喻的职责之间也会产生冲突,而且每一个重要的道德行动都会同时显示出一系列特征,致使这一行动既不言而喻的正确又不言而喻的错误"[3]。这样一来,无法逃避的悲剧性选择就普遍地存在于个人事务和政治事务中。其次是善与道义之间的冲突。如果善与道义感所追求的目

---

[1] [丹麦]索伦·克尔凯郭尔等:《悲剧:秋天的神话》,程朝翔、傅正明等译,北京:中国戏剧出版社,1992年版,第83页。
[2] [丹麦]索伦·克尔凯郭尔等:《悲剧:秋天的神话》,程朝翔、傅正明等译,北京:中国戏剧出版社,1992年版,第86页。
[3] [丹麦]索伦·克尔凯郭尔等:《悲剧:秋天的神话》,程朝翔、傅正明等译,北京:中国戏剧出版社,1992年版,第87页。

标或利益一致，相吻合，那么道德问题就不存在了，但由于这两者事实上常常是相互独立矛盾的，当它们发生冲突时，人们常常被迫对此作出选择。"无论我们如何选择，我们都得作出牺牲，不是放弃对大善的追求，就是抛弃道义和公正的理想。对我们来说，选择是一种痛苦的煎熬"①，就是一种罪过，一种悲剧。最后是善与善之间的冲突。它不是这个动荡不安的世界里的主要冲突，而前人如黑格尔也已作了较为细致深入的探讨，这里不再多说。

悲剧性是人类选择的结果。"只要悲剧性境况没有导致死亡，这种态度就会促使人们产生一种求生的欲望。……何况我们有这种态度，就不会认为悲剧是命中注定的灾难，而会认为悲剧在某种程度上是由我们自己造成的，因而我们就是自己的悲剧历史的创造者了。我们可以把自然灾害的降临归咎于宇宙，但决不可能把悲剧性的后果归咎于宇宙。"② 而且这种在各种价值观念之间，尤其是在道德上的两难之境的选择，对我们本身以及他人发生的影响愈重要，悲剧性表达便愈充分。一旦涉及爱情、友谊、职业等最基本的选择时，悲剧性就显得更加强烈。此外，胡克还指出人生悲剧性冲突的解决方法有三种：一是以黑格尔为代表的历史的方法；二是以基督教为代表的用爱的方法；三是运用创造性的智慧寻求调和的实用主义方

---

① [丹麦]索伦·克尔凯郭尔等：《悲剧：秋天的神话》，程朝翔、傅正明等译，北京：中国戏剧出版社，1992年版，第85页。

② [丹麦]索伦·克尔凯郭尔等：《悲剧：秋天的神话》，程朝翔、傅正明等译，北京：中国戏剧出版社，1992年版，第92页。

法，这是胡克所要着力探讨解决的。但由于这三种方法都与悲剧艺术中的冲突的解决关系不大，本书不作过多阐释。

  人生的悲剧性是一种道德现象，所以胡克实在无法认同，也实在无法相信这种将死亡看成是人生中各种悲剧性的终极的源泉的观念，"死亡的本质及其在人生中的意义竟要等到基尔凯郭尔、海德格尔和他们的当今门徒来发现"①。

---

① ［丹麦］索伦·克尔凯郭尔等：《悲剧：秋天的神话》，程朝翔、傅正明等译，北京：中国戏剧出版社，1992年版，第79页。

第三章　悲剧情节

悲剧是对一个严肃、完整、有一定长度的行动的摹仿。亚里士多德借助摹仿概念不单是创造了一个著名的悲剧定义,更为重要的是在对悲剧与悲剧的摹仿原型作出相似与差异比较的基础上,创造了关于悲剧构成的基本元素及悲剧功用的知识。从此之后,"对戏剧形式诸基本要素的一切认真研究,都是以亚里斯多德的《诗学》为依据的"①。换言之,一切后来者的关于悲剧的看法,无论是什么,也不论它是积极地建设,还是消极地解构;也不论它是膜拜与修正,还是反抗与重构,这一切都与亚里士多德对悲剧的第一次创造息息相关。

悲剧作为一个整体,包括决定其性质的六个成分,即情节、性格、言语、思想、戏景和唱段,其中情节是根本。现在就来谈谈它,其他的下文再论。

---

① [英]阿·尼柯尔:《西欧戏剧理论》,徐士瑚译,北京:中国戏剧出版社,1985年版,第2页。

第一节 亚里士多德的情节中心论

情节①即事件的组合是悲剧成分中最重要的,因为悲剧摹仿的不是人,而是行动和生活。没有行动即没有悲剧,但没有性格,悲剧却依然能够成立。情节比性格、言语和思想更容易实现悲剧的功效,而思想、言语、唱段、戏景要么是诗艺的装饰,要么与诗艺关系不大。悲剧中最能打动人心的成分突转和发现也属于情节的部分。因此情节是悲剧的根本,是悲剧的灵魂。

亚里士多德的情节中心论,尤其是他对此解释的前两个原因,引起了后世学者的激烈论争。米斯勒(K. S. Misra)认为不能从字面去理解亚里士多德情节比性格重要的观点,它仅仅是暗示行动很重要,而性格紧随其后。因为亚里士多德的意思也许是悲剧很难描写具有个别性的德性,却很容易描写行动的发展。② 沃尔特·考夫曼认为亚里士多德之所以把情节看作是最重要的,在于他认为诗人的目的是处理故事。埃斯库罗斯、索福克勒斯、欧里庇

---

① 日常生活中,情节等同于故事,实际上这两者的含义不同:故事仅仅是讲述戏中发生了什么,而情节指的是讲故事的手法。亚里士多德所说的情节:一是指"神话""传说""战事",是诗人创作悲剧的原始题材;二是指根据与"正史"相对照的"野史"改编的剧中故事或本事,用戏剧术语来说,就是情节。亚里士多德往往将情节与剧情并称:"情节是剧情的安排。"
② K. S. Misra, *Modern Tragedies and Aristotle's Theory*, New Delhi (India): Caxton Press (P) Ltd, 1981, p. 3.

得斯和其他诗人创作的题材都是出自同一个神话系统，甚至是同一个原型，因而不同的诗人是怎样处理同一个神话的比较就变得非常重要了。①国内学者程孟辉认为亚里士多的情节中心论是由时代和社会原因造成的，因为古希腊悲剧中的那些来自神话史诗中的人物，其性格无须过多刻画，他们既然来自神话，自然有其较为固定的性格面貌。此外，欧里庇得斯的作品虽然比较关注人物的性格，但是亚里士多德却没有予以足够的重视。②

从戏剧范畴的角度来解释亚里士多德情节中心说是恰当的，但他毕竟不是单从戏剧形式这个角度来研究悲剧的，而是从自然科学和逻辑学的角度来全面审视悲剧的，因此单从戏剧形式这个角度是不能深刻地解释亚里士多德的情节中心说的（其实，对其《诗学》的研究也应如此）。

亚里士多德认为人之所以是人，在于人的目的是追求"至善"，即最大的幸福，但人的幸福只能体现在行动之中，而不是由他们的性格决定的。而且"人与植物和其他种类的东西共有吸取营养和发育的能力，与动物共有感觉和意识的能力。但惟有运用理性的活动才是人类独有的"③。再者，性格只是一种潜能，而行为是实现，性格必须通过行为才能表现出来，所以悲剧摹仿人（的性格）

---

① Waiter Kaufmann, *Tragedy and Philosophy*, Princeton：Princeton University Press, 1992, pp. 55—56.

② 程孟辉：《西方悲剧学说史》，北京：中国人民大学出版社，1994年版，第28～30页。

③ ［美］阿拉斯代尔·麦金太尔：《伦理学简史》，龚群译，北京：商务印书馆，2003年版，第98～99页。

最终都要落实在行动和生活上。此外，情节之所以是悲剧成分中最重要的观念既与亚里士多德解释一切事物形成与发展的四因说或形式—质料说相吻合，也是四因说在《诗学》中的实际应用。亚里士多德在《气象学》和《论动物的部分》等著作中反复强调：

> 认识一个事物是其所是并不仅仅是认识它是由什么构成的，把这一事物进行分解去观察它，也就是说，并不仅仅追溯它的成分在符合它的过程中所进行的运动，而是把这个事物作为一个当下的整体来认识。就工艺品而言，我们要弄明白它是用来干什么的，即它的目的因。就一个生物而言，我们要力图知道它是怎样才能生存和繁衍。①

因此，亚里士多德的情节中心说实际上也是他运用同一与差异知识型来理解悲剧情节的必然结果。

亚里士多德认为，生物的灵魂②与身体是相关联的，就像"形式"和质料相关联一样。灵魂就像一种结构，以质料形式存在的身体按这种结构被有序地组合出动物或植物。灵魂和肉体并不是两个互相独立的不知何故暂时结合在一起的实体，它们就像一般意义上的形式和质料的关系

---

① ［美］大卫·福莱：《从亚里士多德到奥古斯丁》，冯俊等译，北京：中国人民大学出版社，2004年版，第29页。
② 灵魂自身是一个实体，而不是生物拥有的一组能力或功能。对任何特定的动物或植物种类而言，如果没有发挥这些能力或功能的身体器官，我们就根本不可能理解"灵魂"。"灵魂不是身体，但它是与身体相关的某种东西，这就是为什么他在身体之中，并且在某种特定种类的身体之中。"

一样，是一个单一实体即整个复杂生物的两个方面。①动物的"灵魂"是它生命体的"形式"，即这一动物种类的成年成员所具有的各种力量，这些力量决定着它的生理构造和它发展的每一个阶段。亚里士多德不但把悲剧摹仿看作是一种类似于生物的结合，而且把情节看作是悲剧的灵魂，这样，悲剧的情节也就像动物的"灵魂"决定着它的生命形式一样决定着在其中发生的每一件事情，形成了从头到尾的全部行为，而性格、思想、言语、唱段和场景要么受制于情节，要么作为情节的一部分。

一切事物中最重要的是目的，而情节即对行动的摹仿是悲剧的目的，那么对行动的摹仿即情节显然就是悲剧最重要的。情节即事件的组合既然是悲剧中的第一，也是最重要的成分，那么如何编织事件？或依据什么样的原则组合情节才能创作出优秀的诗作？

一、有机整一性

亚里士多德说，根据定义，悲剧其实"是对一个完整划一，且具有一定长度的行动的摹仿，因为有的事物虽然可能完整，却没有足够的长度"。而且"无论是活的动物，还是任何由部分组成的整体，若要显得美，就必须符合以下两个条件，即不仅本体各部分的排列要适当，而且要有

---

① ［美］大卫·福莱：《从亚里士多德到奥古斯丁》，冯俊等译，北京：中国人民大学出版社，2004年版，第110页。

一定的、不是得之于偶然的体积,因为美取决于体积和顺序"①。亚里士多德就情节安排所提出的"有机整一性"原则,从某种意义上说就是他在《形而上学》中提出的"美的主要形式是秩序、匀称与明确"的观念在《诗学》中的应用。

亚里士多德是从两个方面即客体(审美对象)与主体(审美主体)来处理情节组合的"有机整一性"的。从客体亦即审美对象方面来看,情节的组合必须是"完整的"或"完全的",因为"诗人再现的是生活的一个片断,而为了使这种再现具有快感并显得美,它必须是完整的"②。什么是完整呢?完整是指一个事物有起始,有中段,有结尾,同时这三者互相依赖,合成为一个在形式上或在意义上相对完整的整体。所谓"起始",指不必承继它者,但要接受其他存在或后来者的出于自然之承继的部分。所谓"结尾",指本身自然地承接它者,但不再接受承继的部分,它的承接或是出于必需,或是因为符合多数情况。所谓"中段",指自然的承上启下的部分,因此组合精良的情节不能随便地起始和结尾,它的构合要符合以上要求。此其一。

其二,情节的组合必须是有机统一的。亚里士多德说:"有人以为,只要写一个人的事,情节就会整一,其

---

① [古希腊]亚里士多德:《诗学》,陈中梅译,北京:商务印书馆,2005年版,第74页。

② K. S. Misra, *Modern Tragedies and Aristotle's Theory*, New Delhi (India): Caxton Press (P) Ltd, 1981, p. 5.

实不然。在一个人所经历的许多，或者说无数的事件中，有的缺乏整一性。同样，一个人可以经历许多行动，但这些并不组成一个完整的行动。"① 因此，情节组合的有机统一要求悲剧的三部分起始、中段和结尾的安排既要能表现其连贯的想象力，三大部分的各小部分又要能贯穿一气，从而使悲剧的各部分互相呼应、互相联系，形成一个具有内在秩序的有机整体，一个"活东西"。他接着写道："在诗里，情节既然是对行动的摹仿，就必须摹仿一个单一而完整的行动。事件的结合要严密到这样一种程度，以至若是挪动或删减其中的任何一部分就会使整体松裂和脱节。如果一个事物在整体中的出现与否都不会引起显著的差异，那么，它就不是这个整体的一部分（罗念生先生将之译为'有机部分'，引者注）。"② 此外，情节组合的有机统一性还意味着"必有复杂而且互相关联的各部分"③的整体统一。亚里士多德《政治学》中有段话即可以看作是对此的绝妙说明：一个国家达到某种统一性，可能不再是一个国家，因为，国家的本质是多元性，当它获得极高度的统一性时，国家便会变成家庭，由家庭复变为个人……再者，一个国家不只是许多人组成的，而是许多不同类型的人组成的。完全相同的人不能构成一个国家，国

---

① ［古希腊］亚里士多德：《诗学》，陈中梅译，北京：商务印书馆，2005年版，第78页。
② ［古希腊］亚里士多德：《诗学》，陈中梅译，北京：商务印书馆，2005年版，第78页。
③ ［美］卫姆塞特、布鲁克斯：《西洋文学批评史》，颜元叔译，北京：中国人民大学出版社，1987年版，第30页。

家更不像军事同盟。军事同盟的功用建筑于数量上。但是形成统一性的各个元素,均等于不同的类型。

因此,与其说诗的创作者是"韵文"的创作者,毋宁说是情节的创作者。在各种情节类型中,复杂情节优越于简单情节,而简单情节中又以穿插式的为最次,像埃斯库罗斯的悲剧《被缚的普罗米修斯》的情节那样,河神的访问与伊俄的出现没有联系,伊俄的出现与神使的前来没有联系。最好的情节安排是单一的结局,主人公由顺境转入逆境,像索福克勒斯的悲剧《俄狄浦斯王》的情节那样。情节曲折,又环环相扣,最后的结局也与整个情节一致。

以上论述的两点,同样包含审美主体的观察。在悲剧中,情节的完整和有机统一常常也是审美主体感受的完整性和一致性。

其三,组合的情节必须有一定长度,即要求事物必须有"合适的规模或适合于特定对象的尺度"①。根据事物本身的性质决定其限度的观点看,只要剧情清晰明朗,篇幅越长越好,因为只有长才显得美。就悲剧而言,由于它是对一种圆满、完整又颇有规模的行为的摹仿,因而,作品的长度就要以能够容纳所表现人物从败逆之境转入顺达之境,或从顺达之境转入败逆之境的一系列按照可然或必然的原则组织起来的事件为宜。长度若能以此为限,也就

---

① [波兰]塔塔科维兹:《古代美学》,杨力译,北京:中国社会科学出版社,1990年版,第200页。

足够了。① 如果为了比赛去写戏，故意把情节写得很长，使其超出了本身的负荷能力，那么这种所谓"穿插式"的冗长情节不仅排列混乱，也是最次的。

亚里士多德还说："动物的个体太小了不美（在极短暂的观看瞬间里，该物的形象会变得模糊不清），太大了也不美（观看者不能将它一览而尽，故而看不到它的整体和全貌——假如观看一个长一千里的动物便会出现这种情况）。所以，就像躯体和动物应有一定长度一样——以能被不费事地一览全貌为宜，情节也应有适宜的长度——以能被不费事地记住为宜。"② 显然，这是从主体即审美主体方面来解释的，悲剧情节的长度是否适宜要以主体的观察为准绳。因为只有适宜的长度，才使人易于观看与记忆，便于感受。亚里士多德在《论灵魂》中论述感觉对象的感觉时也指出，对感觉对象的感觉必须足够强烈，又不能过于强烈。因为对感官的刺激太弱，感官就不会有所反应；如果对感官的刺激太强，反而会破坏该感官的感觉功能，犹如琴弦弹得过猛，就会破坏琴的音调与和谐。因此，审美对象必须有适合感觉的规模，必须恰到好处，才能容易被感觉为美："正像物体和动物为了成为美的而必须具有一个一眼看去就很容易被认识的合适的规模一样，一出悲剧的情节同样必须具有能够在记忆中加以保留的这

---

① ［古希腊］亚里士多德：《诗学》，陈中梅译，北京：商务印书馆，2005年版，第74~75页。

② ［古希腊］亚里士多德：《诗学》，陈中梅译，北京：商务印书馆，2005年版，第74~75页。

样一种长度。"①

总之,"有机整一性",不论从客体方面还是从主体方面看,都必须具有美的效果。

善,是"中道",在过多与不及之间,而过多和不及属于恶。"事物的规模与体积的大小,不仅是指事物本身一定的形状、位置,更与善恶相关,与中道关联。正因为如此,美、整一性与善紧密关联。"② 以此看来,"有机整一性"对悲剧情节组合所要求的"完整",即有头、有中间、有尾,部分与整体的安排,以及对悲剧长度所提出的要求,实际上都是在追求"中道",即善。另外,对悲剧来说,"恐惧和怜悯可以出自戏景,也可出自情节本身的构合,后一种方式比较好,有造诣的诗人才会这么做"③。既然悲剧效果以出自情节本身的构合为最佳,那么一个完整的情节,只有其自身包蕴了产生此种效果的动因,或者是取得了引发恐惧和怜悯的效果,才是出色的。因此,从某种程度上看,亚里士多德所论的情节"有机整一性"本身就是一种向善或求善的表现。

其实,"有机整一性"不仅与善紧密相关联,而且也与真相关联。"有机整一性"观念不但是建立在对有机体的认知之上,而且是对生物学的有机体观念的借用。因

---

① 方珊:《美学的开端——走进古希腊罗马美学》,上海:上海人民出版社,2001年版,第187页。
② 方珊:《美学的开端——走进古希腊罗马美学》,上海:上海人民出版社,2001年版,第179页。
③ [古希腊]亚里士多德:《诗学》,陈中梅译,北京:商务印书馆,2005年版,第105页。

此，对于悲剧情节组合的认识，虽然涂上了创造性、想象或理想化的色彩，但它毕竟是与事物的科学认识相联系的。所以，亚里士多德说动物的个体太小了不美，太大了也不美，只有"像一个完整的动物个体一样"，它才能给人一种特有的快感。此外，情节安排的"有机整一性"也是与事物的发展规律——可然律或必然律相联系的，因为"有机整一性"不仅是内部的联系而且是发展的规律。

一个完整的事物由起始、中段和结尾组成；起始指不必承继它者，但要接受其它存在或后来者的出于自然之承继的部分。与之相反，结尾指本身自然地承继它者，但不再接受承继的部分，它的承继或是出于必需，或是因为符合多数情况。中段指自然的承上启下的部分。①

在简单情节和行动中，以穿插式的为最次。所谓"穿插式"，指的是那种场与场之间的承继不是按可然或必然的原则连接起来的情节。

这些（指悲剧中的复杂行动，引者注）应出自情节本身的构合，如此方能表明它们是前事的必然或可然的结果。②

情节的解显然也应是情节本身发展的结果，而不应借"机械"的作用，例如在《美狄亚》和《伊里亚

---

① ［古希腊］亚里士多德：《诗学》，陈中梅译，北京：商务印书馆，2005年版，第74页。
② ［古希腊］亚里士多德：《诗学》，陈中梅译，北京：商务印书馆，2005年版，第82~88页。

特》的准备归航一节中那样。①

总之，只有组织有序和完整的情节才能够反映出现实世界的必然或或然的联系，只有根据可然律或必然律发生的悲剧，才能真正解释那些关于人类特性或行为的一般真理。

二、突转与发现

亚里士多德在分析悲剧构成成分中的六个元素时，认为情节是悲剧构成成分中最重要的。其理由是悲剧中两个最能打动人心的成分是属于情节的，即突转和发现。

突转与发现，根据吉伯特·穆瑞的研究，这两个戏剧成分最初是从古希腊纪念"谷物丰收"的季节的逝去和复归的仪式演变而来的。后来，由于在希腊纪念狄奥尼索斯的逝去和再生的仪式和英雄的葬礼混在一起，于是"突转"这个术语就和一种从顺境到逆境的突转有了特殊的联系。② 在亚里士多德《诗学》中，突转不仅指一种从顺境到逆境的加速转变，而且常常与发现连用。因此，突转与发现不仅被亚里士多德看作是悲剧中最能打动人心的成分，也是判断一出悲剧优劣与否的重要标准。

悲剧没有性格，甚至在思想、言语、唱段、戏景的处理上都有欠缺，但只要有情节，即只要是由事件组合而成

---

① ［古希腊］亚里士多德：《诗学》，陈中梅译，北京：商务印书馆，2005年版，第112页。

② ［英］威廉·阿契尔：《剧作法》，吴军燮、聂文杞译，北京：中国戏剧出版社，1984年版，第211～212页。

的，它就能够取得好得多的悲剧功效，它就是好的。相反，即使悲剧表现了性格，在言语和思想等方面处理得都十分妥贴，但如果没有情节或情节安排不当，它就不能够较好地实现悲剧的功效，它就不是优秀的。所以，悲剧的优劣与否，能否打动人心，在于悲剧能不能够较好地或完美地取得或实现悲剧效果。那么悲剧功效的取得依赖什么呢？

悲剧功效取得的关键在于情节，情节有简单型与复杂型两种。最完美的悲剧的结构是复杂型，不是简单型的。复杂型的悲剧情节之所以是最完美的，一是出自此种情节的发展变化有发现或突转，或是同时有突转与发现，"复杂剧，其全部意义在于突转与发现"①。恰如卫姆塞特和布鲁克斯所言："在一个具备一定长度，发展完整，有开头，中腰，结尾，善恶转变有适当配合的情节中，这三者是戏剧形式所必备的。"② 因为突转与发现（尤其是发现与突转同时发生）是情节中能够最大限度地刺激观众，引发怜悯与恐惧的成分，如《俄狄浦斯王》中的发现就是与突转同时发生的，并引发了怜悯与恐惧。二是此种类型的情节能够充分地容纳、展现悲剧人物从顺达之境转入败逆之境，而且这种表现悲剧人物从顺达之境转入败逆之境的情节能较好地引发怜悯与恐惧，实现悲剧的功效。因为在

---

① ［古希腊］亚里士多德：《诗学》，陈中梅译，北京：商务印书馆，2005年版，第131页。

② ［美］卫姆塞特、布鲁克斯：《西洋文学批评史》，颜元叔译，北京：中国人民大学出版社，1987年版，第42页。

这种悲剧主人公由顺达之境转入败逆之境的逆转之中,往往凝聚着整个悲剧的精华,同时又能最充分地体现出主人公崇高的品格(比如宁死不屈,或不惜牺牲自己以往的幸福接受厄运的挑战,或是勇敢地负起他的错误行为所造成的——惊人却自然——的后果),从而震动观众的灵魂,使之得到某种净化,同时也显示出悲剧的道德力量和教育意义。此外,通过"突转",情节打破了观众理解的连贯性,在其认知中出现了断裂,因为迷惑而感到了恐惧,"脱离场景的一个词,一句话,一个争论,或者一个整个的场景,突然我们就被震惊,并充满着不安"。通过"发现",观众则对悲剧人物命运的理解重新建立了连贯性,获得了整一的知识,从而解开了"突转"所系上的结。而这个结越出乎意料,解开结的过程就越曲折,中间所拖延的时间就越长,那么相应地,解开结所获得的快乐就越大。① 所以,"悲剧摹仿的不仅是一个完整的行动,而且是能引发恐惧和怜悯的事件。此类事件若是发生得出人意外,但仍能表明因果关系,那就最能〔或较好地〕取得上述效果。……所以,此类情节一定是出色的"②。

因此,亚里士多德依据突转与发现来进行悲剧价值判断的审美原则,依然紧紧联系着真与善,而且在这三者之中,善是最重要的。

---

① 秦露:《文学形式与历史救赎》,北京:华夏出版社,2005年版,第57页。

② [古希腊]亚里士多德:《诗学》,陈中梅译,北京:商务印书馆,2005年版,第82页。

突转必须符合可然或必然的原则。突转指动作的发展从一个方向转到相反的方向。这种情节发展的突转虽是"出自戏剧事件本身的一种不可预见的转变"[1],并逸出了悲剧人物的控制,但它并非一种剧作家的强制行为,或者是偶然的、外在于情节的,而是内在于情节本身的、合乎逻辑的并符合必然或可然原则的,它应该发生在行动的自然发展之后。而发现指从不知到知的转变,即使置身于顺达之境或败逆之境中的人物认识到对方原来是自己的亲人或仇敌。发现有六种:第一种是由标记引起的发现,第二种是由诗人牵强所致的发现,第三种是通过回忆引起的发现,第四种是通过推断引出的发现,第五种是一种复合的、由观众的错误推断引起的发现,第六种是出自事件本身的发现。亚里士多德认为最好的是第六种,即出自事件本身的发现,因这种发现同样是按照可然原则组合起来的。换句话说,出自情节本身的发现(尤其是与突转连在一起的发现)是最佳的,因为它不仅能显示艺术的内在真实性,而且也联系了现实的真实性与规律性,更重要的是它还会引发怜悯与恐惧,产生震撼人心的效果。

合乎可然或必然原则的突转,虽然是发生在行动的自然发展之后,但毕竟突转所产生的结果与行动的预期目的相反。突转"是不符预期的逆转,或目的之挫折,一个非

---

[1] K. S. Misra, *Modern Tragedies and Aristotle's Theory*, New Delhi (India): Caxton Press (P) Ltd, 1981, p. 8.

预期的突临灾祸出于无意做成的事实。"① 因而，面对这样一种不可预见的变化或者说期望的受挫，不但处于突转中的剧中人物将被激动，情感上受到感染，而且悲剧的观众也会激动、惊奇、感动乃至引发同情。具体来说，就是突转（以及紧随其后的发现）发生时，悲剧主人公的恐惧之情将被引发，但随着主人公认清事实的真相，意识到这是自己的过错，被引发的恐惧之情不但会被悲剧主人公消解，同时悲剧主人公会显示出一种善的伟力，勇敢地站起来接受厄运的挑战，负载起自己的差错所铸成的惊人却自然的后果。对悲剧观众而言，悲剧行动的突转以及随之而来发生在悲剧人物之间的发现，在刺激、震惊观众之后，也同样会引发他们的恐惧与怜悯。不过，由于观众在现实中也有许多痛苦郁结在心中需要宣泄，因而，悲剧激发的怜悯与恐惧不但不会使观众养成爱怜癖，反而能够净化爱怜癖，使那些郁结在心中的情绪得到恰当的宣泄，使人获得幸福。

亚里士多德说，突转和发现这两个情节成分能使人吃惊或惊奇。但惊奇只会发生在事情的发生与我们的预期相反时。因此，对于那些运用观众早已熟悉的故事的悲剧，如《俄狄浦斯王》，惊人的效果又是怎样取得的呢？米斯勒（K. S. Misra）认为，在这个熟悉的故事中，观众的期望并不是建立在那些他们在悲剧情节发展中所了解的事件

---

① ［古希腊］卫姆塞特、布鲁克斯：《西洋文学批评史》，颜元叔译，北京：中国人民大学出版社，1987年版，第42页。

的基础上。在这样的优秀作品中，突转并不会显而易见，而是情节按照可然律自然发展的结果。准确地说，观众的审美反应与观众已经耳熟能详的那些故事的原始素材并无多大关系。最重要的并不是原始素材本身，而是对原始素材的艺术处理，因为它们才能真正牵涉"突转与发现引发的惊人"的情感效果，也恰好是这种负载着情感的素材制造了差异，而这种差异就艺术地表现在根据我们所熟知的原材料所创作的艺术作品中。① 其实，对于那些运用观众早已熟悉的神话故事创作的悲剧，古希腊剧场的观众更容易进入舞台幻境，发生"魔变"，并"怀着这种感觉看见被呼唤到舞台上的那个他准备与之共患难的神灵"在受苦，在毁灭，在"为人类的罪过辩护，也为因此而蒙受的苦难辩护"②。

  出自情节本身的发现可能是在两个人之间的发现，但由于人物之间的发现预先存在着一种血缘（血亲）关系，所以这样的发现，对那些处于败逆之境的悲剧人物而言，不论那个可怕的行动是已经发生或者是将要发生，都会取得发现的普遍效果。因为这种效果与两种可怕的矛盾关系的解除密切相关：一方面是深厚的血缘关系，另一方面是已经发生或者是将要发生的偶然的或真正的敌对关系。也就是说，悲剧的效果主要取决于这种矛盾关系的内在的紧

---

  ① K. S. Misra, *Modern Tragedies and Aristotle's Theory*, New Delhi (India): Caxton Press (P) Ltd, 1981, pp. 8—9.
  ② ［德］尼采：《悲剧的诞生》，周国平编译，太原：北岳文艺出版社，2004年版，第37页。

张,但最终还是取决于反对家族相互残杀的根深蒂固的古老禁忌的力量。① 因此,亚里士多德认为突转与发现"是具一定长度的戏剧情节所必备——这情节的长度要能显示悲剧人物整个发展,从自信到差错,到认清真相,到痛苦的惩罚。这两个技巧是产生道德后果——加上惊人成分——的必要规格,而这种道德后果予亚里士多德的形式理论———个相互关联的开头,中腰,与结尾的组织——一种完整性与纯一性。"②

总而言之,亚里士多德的悲剧情节论,不论是从美还是真来论述"有机整一性"、突转与发现,但最终都要在悲剧效果"善"上着陆。

第二节 古典主义的情节论

对处在古典知识型之下的批评家来说,他们关注的或需要思考的不是繁复多样的当下文学及其问题,评价它的种种价值,而是通过对亚里士多德《诗学》的研究和诠释力图去发现、把握适用于一切艺术和一切文学的结论。就悲剧情节而言,只要古典知识型之下的悲剧艺术与现实世界的关系依然是摹仿与原型的关系,那么关于悲剧情节的

---

① K. S. Misra, *Modern Tragedies and Aristotle's Theory*, New Delhi (India): Caxton Press (P) Ltd, 1981, pp. 9—10.
② [美]卫姆塞特、布鲁克斯:《西洋文学批评史》,颜元叔译,北京:中国人民大学出版社,1987年版,第42页。

认识不论是什么,从某种程度上看都是以亚里士多德的情节中心论为出发点的。

一、贺拉斯论情节

在贺拉斯看来,悲剧情节的合理性首先在于情节的"真实性"。当然,这个"真实性"从某种程度上看,既是对亚里士多德合乎"或然性或必然性"的情节论的继承,但又有所发展,这就是贺拉斯的情节"真实性"更加强调其要合乎人们的常情常理,即观众的心理真实。因而,"他总是尽快地揭示结局,使听众及早听到故事的紧要关头,好像听众已很熟悉故事那样;凡是他认为不能经他渲染而增光的一切,他都放弃;他的虚构非常巧妙,叙事参差毫无破绽,因此开端和中间,中间和结尾丝毫不相矛盾"①。

然而,这种情节的"真实性"首先表现在情节的长度上。贺拉斯认为这种具有开端、中间和结尾的完整情节并非越长越好,而是说"如果你希望你的戏叫座,观众看了还要求再演,那么你的戏最好分为五幕,不多也不少"。对于情节的长度究竟以多长为合适,他并没有进行具体的说明,也没有作出解释,只是说分为五幕,合乎观众的欲求。此外也表现在情节的广度上(或空间概念上),也就是说情节必须与其他因素构成一个整体,"歌唱队应该坚

---

① [古希腊]亚里士多德、贺拉斯:《诗学 诗艺》,罗念生、杨周翰译,北京:人民文学出版社,1982年版,第145页。

持它作为一个演员的作用和重要职责。它在幕与幕之间所唱的诗歌必须能够推动情节,并和情节配合得恰到好处"①,等等。

所以,贺拉斯认为作家的情节即使可以虚构、可以创新,也必须"注意从头到尾一致,不可自相矛盾"。换言之,贺拉斯并没有像亚里士多德那样将悲剧当作一种有机的生命体来看待,而是从观众的"审美"心理出发,认为它是一种类似于机械组织的整体,即情节的各部分安排不得相互矛盾,而应构成一个整体。

其次,情节的合理性乃是情节在舞台上的呈现是否恰当,即情节的舞台表现是否能够达到美的效果。"情节可以在舞台上演出,也可以通过叙述。通过听觉来打动人的心灵比较缓慢,不如呈现在观众的眼前,比较可靠,让观众自己亲眼看看。……例如,不必让美狄亚当着观众屠杀自己的孩子……你若把这些都表演给我看,我也不会相信,反而使我厌恶。"② 在贺拉斯看来,情节只有照这样的方式才能给人"益处和乐趣",即既打动观众,又使他们获得审美的快感。

亚里士多德的《诗学》尽管在那时已经散逸,但贺拉斯通过希腊化的新诗学,还是间接地受到了亚里士多德诗学的一些影响。其中关于情节的整一性原则,应该说就是

---

① [古希腊]亚里士多德、贺拉斯:《诗学 诗艺》,罗念生、杨周翰译,北京:人民文学出版社,1982年版,第147页。

② [古希腊]亚里士多德、贺拉斯:《诗学 诗艺》,罗念生、杨周翰译,北京:人民文学出版社,1982年版,第146~147页。

亚里士多德的情节整一性原则的延续。但贺拉斯更强调从观众（的心理）这个视点来论述他的关于情节整一性的看法，亚里士多德则主要是从他的"或然性或必然性原则"出发的。因而相对于亚里士多德而言，应该说贺拉斯对悲剧艺术的看法更合乎悲剧艺术自身的特性，也更容易被人们所理解和把握。

二、文艺复兴时期的情节说

文艺复兴时期，"人类的作为不再使人感到与神的计划相比，被缩小得微不足道，史学思想又一次把人放在它的画面上的中心地位"①。恩格斯在《自然辩证法》中也说，文艺复兴"是一个需要巨人而且产生了巨人——在思维能力、热情和性格方面，在多才多艺的学识渊博方面的巨人的时代"②。伴随着人的解放和文艺的复兴，人们对诗和诗人的认识也发生了某些意味深长的变化。薄伽丘在《异教神谱系》中就辟专门章节，旁比神学而为诗辩护，最后得出结论，"从此可见，不仅诗是神学，而神学也就是诗"③；斯卡利格在其《诗学》中也说，诗人"像另一位上帝，创造万物"。但由于他们的诗论在总体上还是把诗看作是摹仿或是创造性的摹拟，因而他们对悲剧情节的

---

① [英]R.G.柯林武德：《历史的观念》，何兆武、张文杰译，北京：中国社会科学出版社，1986年版，第65页。
② 转引自陆扬：《西方美学通史·中世纪文艺复兴美学》（第二卷），上海：上海文艺出版社，1999年版，第323页。
③ 董学文：《西方文学理论史》，北京：北京大学出版社，2005年版，第69页。

认识依然囿于亚里士多德的情节说。除此之外，他们相信诗是"一些高度幻想的东西"，并且很看重诗的寓教于乐或只在于娱乐的功能，因而他们在某些方面对亚里士多德的情节说又作了引申和发展，其中时间、空间和行动的三个整一性规则是最有影响的。

最先对这三个整一性原则作出比较全面阐释的是斯卡利格，但是他对这个问题的理解相对于后来的卡斯特尔维特罗来说，则要显得自由、灵活、通透。他说，戏剧的任务在于给人以教育、感动和快乐，因此戏剧的中心问题在于要把情节安排得那样连贯和井然有序，以至与真事相差无几，使人信以为真，借以达到戏剧的目的。另外，如果把时空限制看得过于死板，不仅会转移戏剧的真正目的，而且还会影响戏剧的丰满感。因此剧本的内容既需简单明了，又需复杂多样。尽管由于几小时的表演时间的客观限制不得不删除不少事件，以使剧情高度集中，但并不排斥复杂多样。[①] 此外，他还从演出与观众的生理、心理条件之关系提出悲剧必须有时间限制："相当长度"一语，意即不是太长也不是太短，因为几首诗是不能满足渴望的观众的，他们准备有几个小时的娱乐来补偿许多日的单调无聊的生活。然而，冗长也同样是不妥的，就像普劳图斯所说的："我的脚坐到发麻，我的眼看到发痛了。"[②]

---

① 余秋雨：《戏剧理论史稿》，上海：上海文艺出版社，1983年版，第160页。

② 周靖波：《西方剧论选》（上），北京：北京广播学院出版社，2003年版，第40页。

第三章　悲剧情节

其实，在斯卡利格之前，钦齐奥根据亚里士多德的"悲剧尽量把它的时间限制在'太阳的一周'或稍长于此的时间内"这段话提出过时间的整一性。在《论喜剧与悲剧的创作》中，他就说剧情的时间应只限于一天或稍稍超过一点，所谓"太阳运行一周"是指一个昼夜的二十四小时。后来还有罗伯泰罗（Robortell）、塞尼（Segni）和明图尔诺等人对此发表了自己的看法。罗伯泰罗认为，"太阳运行一周"是指白昼的十二小时，因为悲剧的情节需要连贯不断，而夜间是休息和睡眠时间，人们什么事也不做，所以无甚情节可言。① 塞尼（Segni）却说，"太阳运行一周"是指昼夜二十四小时，因为悲剧所写的多半是奸淫、阴谋、暗杀等罪行，而这些罪行往往是在夜间发生的，所以悲剧的情节不可能只限于白昼，还应包括夜间。明图尔诺说，戏剧行动的时间以一天为限，至多不超过两天，戏剧表演的时间则以三小时为限，至多不超过四小时。

卡斯特尔维特罗在此基础上对悲剧的情节、时间和地点的整一性问题作了更为严格的规定。在他看来，戏剧体之所以有此三方面的限制，在于：（1）戏剧体是一种特殊的摹仿，即是面对观众在舞台上演出的。这种舞台演出的局限性本身就决定了戏剧不能同时表现出几个相距很遥远的地方。（2）舞台演出不能同时表现几个在不同时间中发

---

① Michael J. Sidnell, *Sources of Dramatic Theory*, 1: *Plato to Congreve*, Cambridge: Cambridge University Press, 1991, pp. 89—90.

生的行动，同时"它既不能表现某些被拉长到几个小时的行动，也不能表现那些包括了众多行动的某些行动"①，所以戏剧应该是原来的行动需要多少小时，就用多少小时来表现。(3) 戏剧需要的特殊真实感也不允许在几小时演出时间里讲述许多小时发生的事情，"不可能叫观众相信过了许多昼夜，因为他们自己明明知道实际上只过了几小时；他们拒绝受骗"。这样一来，剧情时间就自然受到了限制。而且戏剧演出要照顾观众的方便和舒适，如果演出超过几小时就会影响观众过正常的人类生活。(4) 情节的单一性并非情节本身不适于容纳更多的行动，而是因为"至多不能超过十二小时的时间和地点的限制不允许搬演为数过多的行动或者甚至于一个家族的行动，即使只是一个行动，如果相当长，也无法在舞台上完全演出"②。所以，卡斯特尔维特罗最后归结为："悲剧应当以这样的事件为主题：它是在一个极其有限的地点范围之内和极其有限的时间范围之内发生的，就是说，这个地点和时间就是表演这个事件的演员们所占用的表演地点和时间；它不可在别的地点和别的时间之内发生。"③

与意大利的诸诗学家比起来，英国学者锡德尼为时间、地点和情节的三个整一性所作的阐释也有其独到之处。一

---

① Michael J. Sidnell, *Sources of Dramatic Theory*, 1: *Plato to Congreve*, Cambridge: Cambridge University Press, 1991, p. 133.
② 刘小枫、陈少明：《诗学解诂》，北京：华夏出版社，2006年版，第247页。
③ 伍蠡甫：《西方文论选》（上卷），上海：上海译文出版社，1988年版，第188页。

方面他认为:"舞台应当常常代表一个地方,而舞台上所预定的最多时间,根据亚里士多德教训和寻常的道理应当不超过一天"。所以,凡是不合乎这一艺术原则的悲剧都是有毛病的,"一切古代的实例也证明过这一点,而且今天意大利的平常演员也不肯在这方面犯这种错误"①。

另一方面他又认为情节的一致性并不必然意味着情节的纯粹的单一,它应该是一个包含了许多地方又包含了许多时期的故事。因为一个悲剧是由诗的规律而不是由历史的规律所制约的,这样,它没有必要去跟随故事,而有自由去虚构完全新的内容,或去把历史安排得最合乎悲剧的方便。再者,许多事情是可以叙述而不可以表演的——如果他们懂得报告和再现的不同。换句话说,诗人所具有的创造性权利或虚构权利,首先意味着他不应该被"许多地方""许多时期"束缚住手脚,而应根据艺术规律来选择、归并地方和时间;其次应根据戏剧表现手段的特殊性,充分地发挥叙述、言谈与扮演的各自作用,即"让地点和时间转移频繁的内容用叙述、言谈的方法交代过去,而在舞台上实实在在地进行表演的内容则必须凝缩、一致"②;最后,决不可以"从蛋开始",而应像《俄狄浦斯王》那样选取行动的主要点或突破点,以此回溯过去。这样一来,悲剧情节不但包含了许多地方又包含了许多时期,也

---

① [英]锡德尼、扬格:《为诗辩护 试论独创性作品》,钱学熙、袁可嘉译,北京:人民文学出版社,1998年版,第57页。

② 余秋雨:《戏剧理论史稿》,上海:上海文艺出版社,1983年版,第192页。

不违反艺术的原则。

如果认识到"三一律"的思想背景是"戏剧的本体——认识论基础上的摹仿的真实问题"①，如果对"三一律"的理解没有抛开舞台演出（或当时的舞台演出的情况、条件），"它仅仅适用于演员在舞台上演出的事情；因为上面已经讲过，借助信使或者预言，戏剧可能表现同时在不同地点发生的事情"②；如果对它的认识顾及了那个时代人们对时空关系的看法，那么从亚里士多德那里半是引申半是有意误解出来的时间、地点和情节"三一律"，就决不是戏剧的教条，而应是某些戏剧成功的支点。因此，对文艺复兴时期多数诗学家而言，符合"三一律"规则的悲剧才是好的悲剧，就像新柏拉图的精神领袖马西尼奥·菲奇诺（1433—1499）指出的，"这种合规则性的吸引人之处就是美"③。

其实，时间、空间和情节"三一律"不但合乎美的原则，而且也合乎真善的原则。"三一律"不但建立在对外在时空和舞台演出的真实的理解之上，还建立在观众的生理、心理真实需求的认识之上。卡斯特尔维特罗认为事件的时间不能超过十二小时，理由之一就是演出的时间不能超越观众的方便。此外，在文艺复兴时期的诗学家看来，

---

① 周宁：《想象与权力》，厦门：厦门大学出版社，2003年版，第152页。
② 刘小枫、陈少明：《诗学解诂》，北京：华夏出版社，2006年版，第266页。
③ [美]门罗·C.比厄利斯：《西方美学简史》，高建平译，北京：北京大学出版社，2006年版，第94页。

悲剧的目的是娱乐和教育，而"为了实现寓教于乐的目的，诗人的目的就必须依照某些原则"。那么，这些原则究竟是什么呢？斯卡利格认为，其中重要的一条就是"他的诗章必须经过深思默想，而且始终首尾一致。所以他必须不辞劳苦务使一切章节丰富多彩"①。换言之，"三一律"是实现悲剧目的的基本前提之一，用马西尼奥·菲奇诺的话说，就是"由于美而引向至善"。

突转与发现，亚里士多德认为是悲剧中最能打动人心的两个情节成分，但在文艺复兴时期，它们似乎并没有获得应有的重视。据笔者目前掌握的资料，只有罗伯泰罗、吉拉尔蒂（Giambattista Giraldi）和卡斯特尔维特罗等少数人对之作过一些简略的诠释。

罗伯泰罗认为发现是悲剧艺术所独有的因素。这是因为，第一，在悲剧中，调查主体（即悲剧主角）并不了解他的行动与其自身的关系。但对法庭上需要辩护的那个人来说，他对自己的行动完全知情又往往矢口否认。第二，在悲剧中，调查主体主动要求查清事实真相，以保证自己的清白，索福克勒斯悲剧中的俄狄浦斯就是这样的。在法庭的辩护中，那个人往往会避开有关犯罪行为的一切盘问，因为他清楚自己做了什么没做什么。在悲剧中，如果悲剧主角被认定有犯罪的迹象，观众就会对他在命运的驱使下、在无知中所犯的罪过感到震惊。相反，当辩护人和

---

① 周靖波：《西方剧论选》（上），北京：北京广播学院出版社，2003年版，第42页。

法官相信某个人有罪时，他才不得不接受这些因对手的精明而被揭发出来的犯罪事实，所以在这样的事件中，听众没有任何震惊可言。第三，在悲剧中，突转总是伴随着发现（即发现主人公是否犯罪）。而在法庭上，当罪行被揭露时，情况却并非如此，因为在某种意义上，整个辩论就是指向一个直接目的的。① 第四，法庭辩护是从那些可能的情况中得出结论，以证明某人是否有罪，悲剧却是从主体自身的某些迹象引出发现的，如在《俄狄浦斯王》中，就是从伤疤、瘸腿、十字路口、随从及其他的事情等来发现悲剧主角的罪过的。

吉拉尔蒂却认为发现是指心理或精神上的变化。"发现就是对未知事情的认识；通过这种认知敌人变成了朋友，那些幸福之人转眼间变成了不幸之人；对于那些以幸福结局的悲剧而言，不幸之人都变成了幸福之人。"② 所以，吉拉尔蒂说，如果发现有效，那么发现一定会伴随着心理状态上的变化。当然，这种发现同样也总是与突转连在一起的，因为亚里士多德说，这种发现比其他发现更能打动观众。因此这种发现出现时，它是如此有力以至于可以克服怜悯和恐惧，甚至观众的软弱。另外，"突转和发现不仅是属于悲剧的，也是属于喜剧的"③。在喜剧中，

---

① Michael J. Sidnell, *Sources of Dramatic Theory*, 1: *Plato to Congreve*, Cambridge: Cambridge University Press, 1991, p. 94.

② Michael J. Sidnell, *Sources of Dramatic Theory*, 1: *Plato to Congreve*, Cambridge: Cambridge University Press, 1991, p. 128.

③ Michael J. Sidnell, *Sources of Dramatic Theory*, 1: *Plato to Congreve*, Cambridge: Cambridge University Press, 1991, p. 128.

突转或发现引发的不是恐惧和怜悯,而是使那些焦虑的人们变得平静和幸福;当然,它也没有使人物的命运(就他们所处的幸与不幸的情况来说)发生本质的变化,从好到坏,从邪恶到高尚。

卡斯特尔维特罗则认为,悲剧艺术中最重要的发现是人的发现。人的发现之所以最适合于悲剧艺术,乃是"对人的无知比起对事实的无知更为少见。因为人们一般都不会丧失掉认知他们家庭成员中其他人的能力,因而当他们失去了这种能力,或者碰巧无法认出他们,这几乎是一种奇迹。因为在这个只有数千人的世界上,在同一个家庭中,竟然发生了两个人互不相识这样的恐怖事件"[①]。相反,如果他们最终偶然相认了,或者碰巧因为其他一些细节性的因素相认了,那就毫无惊奇可言。这也就是亚里士多德说人的发现比其他发现更为优越的所在。

三、新古典主义的情节法则:"三一律"

关于行动、时间和地点的一致原则,尽管在文艺复兴时期已得到了初步的阐释,但只有在新古典主义时期,当笛卡尔的理性成为艺术的支点(或本源)时,在国家(主要是指法国,作者注)意识形态这只无形之手的提携下,早已潜藏在艺术家意识中的"三一律"才演化为戏剧艺术的律条。"每一门艺术都具有某种规则,通过可靠的手段,

---

[①] Michael J. Sidnell, *Sources of Dramatic Theory*, 1: *Plato to Congreve*, Cambridge: Cambridge University Press, 1991, p.139.

达到所要达到的目的。"① 换句话说，新古典主义理论家认为，既然诗的目的已经得到了严格的规定，那么从原则上讲，"应该可能发现和制定一套一般性的规则，参照这套规则，就可以成功地打造一首好诗，而不完善的诗也可以据此证明其不足"②。

对新古典主义理论家而言，这一套一般性的原则中最重要的一个就是"三一律"。沙坡兰的《关于〈熙德〉的感想》应该是法国最早对"三一律"作出回应的文章。沙坡兰在该文中对"三一律"进行了阐述，认为时间、空间与情节的一致应是相互依存的，不能为了求得时间的一致而尽量挤压情节，也不能为了地点的一致，导致剧本在观众心目中产生混乱和不解。同时沙坡兰也意识到情节的丰富性与时间、地点一致的矛盾是内在的、必然的，但他是这样回答的，在诗中，"作者所考虑的是事实的可能性而不是真实的经过，因此，只要几件事情有分别发生，或同时发生的可能，诗人便可以把它们结合起来，只要他这样做能使作品更臻完美"③，也就是说，沙坡兰通过舍弃客观的真实来维持剧情的假设时间、假设地点。

高乃依的悲剧《熙德》因为违反"三一律"遭到了沙坡兰等古典主义者的批判，然而他在《戏剧三论》中不但

---

① ［美］门罗·C.比厄利斯：《西方美学简史》，高建平译，北京：北京大学出版社，2006年版，第122页。
② ［美］门罗·C.比厄利斯：《西方美学简史》，高建平译，北京：北京大学出版社，2006年版，第121页。
③ 缪朗山：《西方文艺理论史纲》，北京：中国人民大学出版社，1985年版，第365页。

第三章 悲剧情节

没有否定"三一律",在《论戏剧的功用及其组成部分》中他反而说:"必须遵守艺术的法则,并按照一定的规则去满足人们的心意。既然艺术是存在的,这种规则显然也是存在的……没有人怀疑应当遵守行动、地点、时间三者的一致。"为什么呢?因为"戏剧作品是一种摹拟,说得确切些,它是人类行为的肖象;肖象越与原形相象,它便越完美,这是不容置疑的"①。不过,他在更早时候给《女仆》写的献辞中却又说,"我喜爱服从规则,但远不是他们的奴隶,我按照我的主题的要求扩充或收缩它们",甚至为了美的目的而"毫不犹豫地打破它们"。由此看来,高乃依是以一种矛盾的态度来处理"三一律"的。

与沙坡兰相比,高乃依对于按可能性来处理情节与时间、地点一致之间的内在矛盾有着更深刻的体会。"我们应当遵守单一的时间和地点,可这样一来,我们就照顾不了可能性。"② 不过,面对"地点、时间和演出上的种种牵制",高乃依的处理方法也是不同于沙坡兰的:"与其违反各类的可能性来装饰他的戏,不如完全割舍为是。为了按照法则使人喜欢,他需要遵守时间的单一和地点的单一;这既然有绝对和决不可少的必要,他在这两条法则上,比在美化上,自然就有更多的变通权利。……"因此,高乃依的建议是"不要事先固定戏里的时间,也不要

---

① 伍蠡甫:《西方文论选》(上卷),上海:上海译文出版社,1979年版,第264页。
② 《古典文艺理论论丛》(第六册),北京:人民文学出版社,1963年版,第45页。

决定安置人物的地点。观众的想像不受这些标志的限制,随着剧情的发展,驰骋自如。如果这些标志不提醒观众,不让观众在这方面多加注意的话,他们也就不会觉察到这种陷入不可能的形势的"①。在《论三一律,即行动、事件、地点的一致》中,他一方面坚持将空间和时间的一致当作基本的戏剧原理②(具有合理性),另一方面又认为当单一的时间、地点与题材发生冲突时,应该变通的是时间、地点的一致性原则,而不是情节。"有些题材很难容纳在如此短促的时间片断中,所以我不仅让这种题材占用整整二十四个小时,甚至还利用这一哲人所制定的规则而少许超过这段时间,不受拘束地把时间延长到三十个小时。"③ 他还指出,严格要求遵守"三一律"对"批评家来说容易做到;但是,如果他们要向公众提供十部到一打的戏,通过经验而知道他们的严格要求会带来什么样的限制,以及有多少美的事物会因之而被逐出舞台的话,他们就会将标准放得比我还要宽了"④。

---

① 《古典文艺理论论丛》(第六册),北京:人民文学出版社,1963年版,第52页。

② 将对空间和时间的一致当作基本的戏剧原理,无疑受这样一个事实的影响,即空间和时间的间隔可以在量上加以限定(用笛卡尔的术语说,有对它们清楚和明晰的观念)。然而,"空间的整一"的一般原则仍是模糊的,当剧作家发现一种狭义的阐释迫使他们违反"行动的整一"的要求时,就会做灵活处理。参见[美]门罗·C.比厄利斯:《西方美学简史》,高建平译,北京:北京大学出版社,2006年版,第121页。

③ 伍蠡甫:《西方文论选》(上卷),上海:上海译文出版社,1979年版,第263页。

④ [美]门罗·C.比厄利斯:《西方美学简史》,高建平译,北京:北京大学出版社,2006年版,第121~122页。

至于"行动的一致",高乃依尤为重视。在他看来,对悲剧来说,行动的一致首先是指危局的一致,它并不以主人公战胜了危局或在危局斗争中死亡为转移。其次是指悲剧行动给予观众印象的一致。高乃依在《论三一律,即行动、事件、地点的一致》中就说,行动一致不应被理解为悲剧应当对观众表演一个孤立的行动。选择的行动有开头、中间和结尾,这三个部分之间不但具有必然性的关系,而且每个部分本身还包含处于从属地位的行动。因而,"应当只有一个能够抚慰观众心灵的完整的行动;但是,观众总是乐于等待其他若干行动,来使戏剧情节继续发展,因此只有借助于这种等待心情的唤起,才可能使剧中行动成为完整的"[1]。

高乃依就"三一律"所作的论述,对官方在17世纪认可"三一律"起了很大的作用,但最终只有在布瓦洛《诗的艺术》那里才变成艺术规律,作为不容置疑的法则颁布出来。

> 剧情发生的地点也需要固定,说清。
> 比利牛斯山那边诗匠能随随便便,
> 一天演完的戏里可以包括许多年:
> 在粗糙的演出里时常有剧中英雄,
> 开场是黄口小儿,终场是白发老翁
> 但是我们,对理性要服从它的规范,

---

[1] 伍蠡甫:《西方文论选》(上卷),上海:上海译文出版社,1979年版,第262页。

> 我们要求艺术地布置着剧情发展；
> 要用一地、一天内完成的一个故事
> 从开头到末尾维持着舞台充实。①

应该说，布瓦洛在《诗的艺术》中对"三一律"的解释并无新意，只是概括得更为精练，更具教条气息而已。即便如此，布瓦洛所制定的"三一律"与此前意大利学者所解释的"三一律"仍然有所不同，那就是布瓦洛提出的"三一律"既有"以笛卡尔为代表的理性主义作为理论上的依据，又有高乃依和拉辛在悲剧艺术上的卓越实践所获得的成功的证明，还有来自路易十四为首的宫廷政治势力的支持和相呼应"②。恰如他自己所说的，我绝对不能欣赏一个背理的神奇，感动人的决不是人所不信的东西。

如果说法国新古典主义所倡导的"三一律"因具有天时地利人和的条件，从而上升为国家意识形态层面的文艺法规的话，那么在英国的古典主义者那里，"三一律"从传播进来的那一天起，就因遭到莎士比亚戏剧的强烈抵抗而发生了变形。正如德莱顿在《论诗剧》中总结的那样："我们不曾从法国借用什么东西，我们的情节是地道的英国货。"③

德莱顿指出："如果自然要被模仿，那么就有一个正

---

① 伍蠡甫：《西方文论选》（上卷），上海：上海译文出版社，1979 年版，第 297 页。
② 范明生：《西方美学通史·十七、十八世纪美学》（第三卷），上海：上海译文出版社，1999 年版，第 581 页。
③ 《文艺理论译丛》（2），北京：中国文联出版公司，1984 年版，第 95 页。

确地模仿自然的规则,否则的话就会只有目的而没有导向目的的手段。"① 模仿既然要有规则,那么这些规则只应是法国古典主义所提出的规则,而且最重要的一项是"三一律"。在《悲剧批评的基础》中他说:"让新的法则破坏旧的权威是不公正的。""在情节的机械美,即遵守时间、地点和行为的三一律方面,他们都有缺点,莎士比亚尤其如此。"② 德莱顿又认为法则不是建立在权威之上的,而是建筑在明快的感性和正确的理性之上,或者说法则"不过是将自然缩成方法,亦步亦趋地追随着自然"③ 而已。所以"规则本身就只是可能性,最终还是要依赖于经验,尽管经验已被分析,合作和提炼"④。法则既然只是可能性,并最终要依赖于经验,那么它也就是可以变形的(或是发展的)。

所以在德莱顿这里,遵守"三一律"有必要性,但没有必然性,也并非不可逾越的法规。德莱顿说,许多需要有延续几天时间的生动事件,强按在一昼夜的限制之内是不合情理的,而且这种事件所包含的主旨也不能在短促的时间内阐发完毕;至于限定在一个地点上演出各场,既限制了内容,又会产生许多荒谬。此外,法国戏剧的情节之

---

① 转引自[美]门罗·C.比厄利斯:《西方美学简史》,高建平译,北京:北京大学出版社,2006年版,第123页。

② 杨周翰:《莎士比亚评论汇编》(上),北京:中国社会科学出版社,1979年版,第20页。

③ 余秋雨:《戏剧理论史稿》,上海:上海文艺出版社,1983年版,第283页。

④ [美]门罗·C.比厄利斯:《西方美学简史》,高建平译,北京:北京大学出版社,2006年版,第123页。

所以贫乏、想象狭隘，就在于受到了"三一律"的束缚，因此，"创造可能的情节而又使它奇异引人就成为诗歌艺术中的最艰巨的任务"。

在这种精神的指引下，后来的约翰逊除了肯定情节一致性外，对于时间和地点的一致性则持反对态度。约翰逊认为，戏剧本来就是一种假定（或虚拟）的艺术，它要求观众去幻想。"既然容许幻想，就不可能把它限制在固定的范围内。"① 所以，一旦观众相信亚历山大和凯撒是老相识，相信被蜡烛照耀的剧场是法尔塞里平原，"他们就已处在一种超越理性或真实的约束的崇高境界，从诗歌的高空他们有权利轻视尘世间事物的一切局限性"②。

观众既然清楚地知道"那个地方既不是西西里，又不是雅典，而是一个现代剧院罢了"，通过想象既然可以引入不同的地点，那么通过想象，时间同样可以加以引申。因而在约翰逊看来，行动和时间的一致显然来自对戏剧经验的"错误假定"，毫无必然性。

抛开关于"三一律"的非议和批评不论，"三一律"显然体现了古典的形式美。但是，"只有真才美，只有真可爱，真应该统治一切，寓言也非例外"③。新古典主义认为，不论是和谐之美还是规律之美，其源泉都是真（即

---

① 杨周翰：《莎士比亚评论汇编》（上），北京：中国社会科学出版社，1979年版，第53页。
② 杨周翰：《莎士比亚评论汇编》（上），北京：中国社会科学出版社，1979年版，第53页。
③ 范明生：《西方美学通史·十七、十八世纪美学》（第三卷），上海：上海译文出版社，1999年版，第583页。

理性）。依此理解，"三一律"显然来源于真，高乃依在解释时间的一致性时就是这么说的："如果这条规则仅仅是以亚里士多德的威望为基础的，那么他们的反对意见便是正确的；但是，使人接受这一规则的，却正是这一规则所依据的合理的根据。"换句话说，在新古典主义时期，人们依然认为关于摹仿的知识应该是通过对其摹仿原型的认识得来的，所以，"三一律"不是凭空产生的，而是对客观真实的反映，更是对理性（亦自然和人性）的反映，同时也是人们要求艺术能够极其成功地完成娱乐和教化功能的结果。

四、启蒙时期的情节观

将情节组合简化为"三一律"并以之来规范悲剧创作，某种程度上确实促进了悲剧在法国的复兴，但随着时间的推移（以及生产方式的变革、市民悲剧的出现），"三一律"走向了反面。就像在《〈太太学堂〉的批评》中，莫里哀通过剧中人物道琅特之口所说的那样："如果照法则写出来的戏，人不喜欢，而人喜欢的戏不是照法则写出来的，结论必然就是：法则本身很有问题。"[①] 法则确实存在问题，但是在新的知识型出现之前，"三一律"并没有被否定，仅仅是处在激烈的争论之中。

既是新古典主义后期最优秀的代表，又是启蒙思想公

---

① 伍蠡甫：《西方文论选》（上卷），上海：上海译文出版社，1979年版，第286页。

认的领袖和导师的伏尔泰一方面声称，"几乎一切的艺术都受到法则的束缚，这些法则多半是无益而错误的。指导写作的书比比皆是，而切实可行的范例却很少见到"[①]。另一方面却又为"三一律"辩护，说"三一律"仅仅是旨在防止不近情理之处。所以要求情节一致是"因为人的精神无法同时接受几样东西"；要求地点一致是因为自然规律即"一个单整的行动不能同时在几个地点发生"[②]；要求时间一致是因为只有决定性的时刻才会有趣味，因为超过二十四小时，幻觉的效果就会大打折扣。

对狄德罗来说，生活是丰富多彩的，因而戏剧的色彩也应该是多种多样的。在它的范围之内，既应该有悲剧和喜剧，也应该有界乎悲剧与喜剧之间的"严肃喜剧"（或称为"正剧""严肃剧"等）；即便对于悲剧，他认为它除了以大人物的不幸为对象外，也有以大众的灾难和家庭的不幸事件为对象的。但是狄德罗在修正、突破新古典主义规则之余，仍然保持了对它的歆羡之情，在谈到戏剧的情节规则时他就说：

> 如果事实的经过长达十五天，你认为表演也应该进行十五天吗？如果在这些事件中曾经穿插其他的事件，难道如实地表述这种混乱是适宜的吗？如果事件发生在一所房子里的不同几处，我们也应该照样把事

---

① 伍蠡甫：《西方文论选》（上卷），上海：上海译文出版社，1979年版，第318页。

② [美]雷内·韦勒克：《近代文学批评史》（第一卷），杨岂深、杨自伍译，上海：上海译文出版社，1987年版，第54页。

件分散到不同的地点？

三一律是不易遵循的，但却是合理的。①

在狄德罗看来，"三一律"之所以是合理的，是因为：其一，戏剧表演的仅仅是真实生活中特殊的片刻，因此我们必须全神贯注于一件事。其二，要是没有严格的地点统一，"一出戏的安排大约一定是杂乱无章，模糊不清的。啊！要是我们能有这样的剧院，舞台上的地点改变的时候，布景就随着改变！"这样，观众就"可以毫不费力地跟上剧中的全部动作：表演会因而更多样化，更有趣，更清楚。现在只有当舞台空出来的时候才能更换布景，而只有在一幕终了的时候，舞台才能空出来。因此，每当两个情节要求更换布景的时候，它们必须分别纳入不同的两幕"②。其三，无数不同的事物会分散我们的注意力，而且"戏剧情节是丝毫不能中断的，把两个情节穿插起来，就等于轮流将它们打断"③。也就是说，戏剧情节应该是简单明了的。但是，情节的简单明了并非纯粹的单一，而是"纵向单纯，横向繁茂"。即在情节的单线条的发展中，一个事件本身还应该充满很多的小事件（或小枝节），而且这些小枝节之间还应该有一种几乎不可或缺的联系。

此外，狄德罗对情节的长度也作了富有创见的解释。

---

① ［法］狄德罗：《狄德罗美学论文学》，张冠尧译，北京：人民文学出版社，1984年版，第44~45页。

② ［法］狄德罗：《狄德罗美学论文学》，张冠尧译，北京：人民文学出版社，1984年版，第45~46页。

③ ［法］狄德罗：《狄德罗美学论文学》，张冠尧译，北京：人民文学出版社，1984年版，第48页。

"如果人们要求按照各幕所包括的剧情范围的比例来决定它有多长,这将更为合理。"① 因为在一幕当中,如果内容空虚而台词充斥,观众总是会嫌它太长了;如果台词和事件使观众忘记了时间,那么它就是够短的了。因为没有人手上拿着表看戏,所以剧情的长度是由观众的感觉决定的,而不是由页数和行数来计算的。

当法国的同行在一边批判新古典主义的法则,一边为新古典主义的某些法则(如"三一律")辩护或寻求合法性时,德国的莱辛却对此展开了不留情面的激烈批判。

莱辛认为,"三一律"其实应该有两种理解:一种是古人的,一种是法国人的。古人按照自己的演出条件和演出特点,提出事件和时间、地点的一致是合理的,而且他们主要是强调事件一致。对时间和地点的一致采取一种灵活的态度,很少有严格的限定。"他们承受这种限制是有原因的,是为了简化行动,慎重地从行动中剔除一切多余的东西,使其保留最主要的成分,成为这种行动的一个典型(Ideal)。这种典型,恰恰是在勿须附加许多时间和地点的繁文缛节的形式中最容易塑造成功的。"② 而法国人并"不把时间和地点的整一律视为行动整一律的延续,而是视为一个行动的表演本身不可缺少的必需品"。也就是说,他们提出的是时间、地点和事件的一致,他们并不真

---

① [法]狄德罗:《狄德罗美学论文学》,张冠尧译,北京:人民文学出版社,1984年版,第188页。

② [德]莱辛:《汉堡剧评》,张黎译,上海:上海译文出版社,2002年版,第237页。

正喜欢行动的整一律。因而，法国人为了时间的一致，"不管发生多少事情，他们也算为一天"；为了地点的一致，"用一个不确切的地点来代替一个唯一的地点。对于这个不确切的地点，人们可以忽而想象成这里，忽而想象成那里；……每一个地点也不需要特殊的布景，而是同样的布景大体上既适用于这个地点，也适用于另一个地点"①。因此莱辛说，法国人听任规则摆布，古人则重视规则。

莱辛也对悲剧情节的成分给予了高度重视。他认为，悲剧性行动中包含了三种主要成分：突转、发现和灾难。

突转和发现使复杂情节区别于简单情节，它们不是情节的主要成分，它们只是使行动更加绚丽多彩，从而更美、更有趣。但是，一个主要行动没有它们可以是充分统一的，圆满的和重要的。相反，没有第三种成分，悲剧性行动是根本无法想象的；不论一出悲剧的情节是简单的还是复杂的，每一出悲剧则必须具有灾难形式，因为它直接关系到悲剧的目的，关系到引起恐怖和怜悯；相反，不是每一个突转，不是每一个发现，而只是这些成分的某些形式帮助达到这个目的，帮助它们达到一个较高的程度，其余对于它们来说只能有害无益。②

---

① [德]莱辛:《汉堡剧评》，张黎译，上海：上海译文出版社，2002年版，第238页。

② [德]莱辛:《汉堡剧评》，张黎译，上海：上海译文出版社，2002年版，第197~198页。

换句话说，悲剧中的每一种成分都是悲剧的一种特殊成分，它不能代表悲剧的全貌，因而在达到悲剧目的的过程中，它们互相之间既可能或多或少地发生影响，也可能根本不发生影响。譬如，《俄狄浦斯王》里的突转在第四幕结尾时已出现，但结尾又添加了某些灾难，这出戏便是以这些灾难结尾的。而在欧里庇得斯的第二部悲剧《伊菲革涅亚》里，当俄瑞斯忒斯在第四幕被企图杀害他的姐姐认出来时，灾难得以避免，戏也就结束了。不过，对悲剧性行动而言，无论是否伴随着发现或突转，灾难却是必不可少的。

　　悲剧情节在亚里士多德那里本是一个涉及很多命题的范畴，但从文艺复兴时期开始，渐渐被简化为"三一律"的问题，最终在新古典主义时期的布瓦洛那里成为艺术的最高法则。启蒙主义时期，"三一律"尽管仍被一些理论家墨守着，但毕竟在莱辛那里遭到了较为彻底的批判（不过，莱辛的理论资源还是亚里士多德的《诗学》，因而在某种程度上他的悲剧观还是古典主义的），人们关于悲剧情节的认识开始寻求理论与实践的结合了。此后，随着新的知识型的出现，以及浪漫主义思潮在19世纪席卷整个戏剧领域，反对"三一律"不仅成为时代的倾向，而且关于悲剧情节的再认识也重新开始了。

第三节　悲剧情节的"边缘化"

在接近18世纪的最后岁月里，随着莱辛的逝世，康德的《纯粹理性批判》尤其是《判断力批判》的问世，标志着一个新的知识空间的来临。就像席勒所说的那样："事变的运行给时代的天才一个方向，它迫使他越来越远离理想的艺术。这种理想的艺术必须脱开现实，必须堂堂正正地大胆超越需要；因为，艺术是自由的女儿，它只能从精神的必然，而不能从物质的最低需求接受规条。"[①]

首先，在现代知识型时期，随着创造、天才和想象等观念被运用到悲剧研究上，人们逐渐摆脱了在古典知识型时期亚里士多德所建立起来的情节中心主义，悲剧情节不再是悲剧的灵魂，而仅仅是悲剧的一个有机成分；悲剧（情节）也不再是按规则的组合或编排，而是一种自由的创造。歌德在谈到艺术创作活动时就表示强烈反对"构成"这个法国术语："怎么能说莫扎特构成［componiert］他的乐曲《唐·璜》呢？哼，构成！仿佛这部乐曲像一块糕点饼干，用鸡蛋、面粉和糖掺合起来一搅就成了！它是一件精神创作，其中部分和整体都是从同一个精神熔炉中熔铸出来的，是由一种生命气息吹过的。它的作者并不是

[①] ［德］席勒：《席勒精选集》，张黎选编，济南：山东文艺出版社，1998年版，第669页。

在拼凑三合板，不是只凭偶然的幻想，而是由他的精灵去控制，听他的命令行事。"① 既然创作是一种精神创造，而其作品又是一种有生命的有机整体，因而再像在古典知识型时期那样讨论悲剧情节的组合构成及其规则，就有些不合时宜，而且也背离了艺术的创造精神。

其次，情节剧的兴起，不仅使悲剧在情节的组合构造上大为逊色，而且使得人们对于精心设计的情节渐渐感到索然无味。就像萧伯纳所说的，拼版的人觉得趣味无穷，但旁观者感到索然无味，所以"结构谨严剧（佳构剧）的制造不是艺术，而是工业"②。

最后，对真善美的离析，使得悲剧理论不再是一种实现着真善美尚未区分开来的知识，一种完成着真善美的（文本）诗学理论，而可能是一种以美为中心联系着真善的知识，也可能是美（即真）的知识。这样，悲剧理论也就开始被细分为悲剧美学理论、悲剧（文本）诗学理论或创作理论、悲剧接受理论和悲剧艺术的表演理论。就悲剧情节而论，它不再是美学问题，而是剧作法（或创作理论）的问题，因而即使偶尔有一些关于悲剧情节的美学沉思，但它显然已不是悲剧美学理论中的命题了。

---

① 转引自［美］门罗·C.比厄利斯：《西方美学简史》，高建平译，北京：北京大学出版社，2006年版，第233页。
② 转引自刘涛：《是艺术的解读还是非艺术的解读——对萧伯纳戏剧理论的反思与批判》，载于《珞珈艺林》，2004年第2期。

一、对"三一律"的清算

在新古典主义时期,人们认为剧作家只要遵循规则,便能生产出好的悲剧。但是在浪漫主义时期,人们开始认为"美的艺术只有作为天才的作品才有可能",而天才是有能力设立自己的规则和法条的,所以雨果说:"什么规则、什么典范,都是不存在的。"①

其实,歌德在18世纪60年代末写作的《诗与真》中就提出诗是精神产品,是无法找到规则的。"直到今天还没有人能够发现诗的基本原则;它是太属于精神世界,太缥缈了。"后来在《莎士比亚纪念日的讲话》(1771)中表现出更加强烈的反"三一律"的要求,他说,读完莎士比亚的第一部作品以后,就像先天的盲人突见天光,不但清楚地体会到自己的生活被无限地扩展了,而且清醒地认识到那些讲究规格的先生们从他们的巢穴里给我硬加上了多少障碍,也看到了还有无数的自由的心灵被围困在里面,因此我毫不犹豫地向他们宣战,并寻找每一个机会以击碎他们的堡垒,"我没有踌躇过一刹那,去放弃那遵循格律的戏剧。地点的一致对我犹如牢狱般地可怕,情节的统一和时间的一致是我们想象力的沉重桎梏。我跳进自由的空气里,这才感到自己(生长了)手和脚"②。歌德在此既

---

① 周靖波:《西方剧论选》(下),北京:北京广播学院出版社,2003年版,第322页。

② 伍蠡甫:《西方文论选》(上卷),上海:上海译文出版社,1979年版,第454页。

否定了时间地点的一致性,又否定了情节的一致性。布罗凯特在评述歌德《浮士德》的情节结构和布局时也认为:"剧本主要的统一性,在思想而不在事件。"① 1825 年,经过古典主义洗礼的歌德再次提及"三一律"时,尽管语气温和,但坚决反对的态度并没有改变。他说,"三一律"的根由是为了便于理解(Fassliche),"只有在达到这一目的时,三一律才是好的。如果对三一律的遵守妨碍了对作品的理解,那么还把它当作法律来看待便是愚蠢的。……法国诗人却试图十分严格地遵循三一律,但是违背了便于理解的原则,因为他们不是通过演戏而是通过叙述来解决一个戏剧规律带来的困难"②。

此后的浪漫主义早期理论家 A. W. 施莱格尔在其《戏剧艺术和文学讲稿》(1808)中提出,浪漫主义戏剧获得真美的保证并不是"三一律",而恰恰是时间和地点的变化。"时间和地点的变化,条件是戏剧家还要表现这种变化对情感的影响;……严肃性和娱乐性的对比,但是两者要保持这类型和程度方面的关系;最后还有对话和抒情部分的混合,赋予诗人不同程度上把人物改造成诗的手段;在我看来,这些即浪漫主义戏剧获得真美之保证,而非简单的许可证。"③ 此外,他还认为有机统一性指的是"内

---

① [美]布罗凯特:《世界戏剧艺术欣赏·世界戏剧史》,胡耀恒译,北京:中国戏剧出版社,1987 年版,第 254 页。

② [德]爱克曼辑录:《歌德谈话录》,吴象婴等译,上海:上海社会科学院出版社,2001 年版,第 128 页。

③ [法]让·贝西埃等:《诗学史》(下册),史忠义译,天津:百花文艺出版社,2002 年版,第 558 页。

形式",是一个理念,犹如希腊悲剧中的命运主题,而不是"三一律"。换言之,"作品的形式应该是有机的而非机械的,源自主题的自然性及其内在的发展和各个部分之间的关系,各个部分亦将自然地找到自己的位置,而没有外界模式的痕迹"①。

而意大利的曼佐尼在1820年出版的《卡马尼奥伯爵》中的长篇论文《关于悲剧中时间与地点的统一性答M. C…的信札》,也表达了与施莱格尔相似的看法,认为时间地点的整一性并不依赖于情节的统一性,甚至相信时间和地点的多样性更有助于突出性格的发展变化。"哎哟!天哪!莎士比亚有可能这样回答你们:那么迁移又作何论呢?旅行又作何论呢?我推到观众面前的是逐渐展开的情节,是由相互孕育相继诞生发生在不同场合的情节;是听众的精神在追踪这些事件……"

> 二十四小时!他可能这样说,然而为什么?阅读一部编年史为我的精神提供了一部简单而又庞大、统一而又庞杂、趣味盎然教育意义丰富的情节的想法;而这种情节,我完全有可能出于纯粹的心血来潮而扭曲它,而断章取义!②

作为新古典主义大本营的法国,对"三一律"的清算

---

① [法]让·贝西埃等:《诗学史》(下册),史忠义译,天津:百花文艺出版社,2002年版,第557页。
② [法]让·贝西埃等:《诗学史》(下册),史忠义译,天津:百花文艺出版社,2002年版,第560~561页。

则是姗姗来迟，而且还有些拖泥带水（也就是说法国的浪漫主义只反对时间和地点的整一性，不反对情节的一致性）。1823年，司汤达在《拉辛与莎士比亚》中明确提出要反对古典主义的陈规"三一律"时便是持这样的观点。其后的雨果在1827年的《克伦威尔·序言》中也展开了对古典主义及"三一律"的批判和清算。与司汤达一样，雨果认为"情节一致"很久以来就证明是正确而又有根据的；而地点的一致违背了剧情发生的地点的具体规定性，时间的一致违背了剧情发展过程的特定长短，因而都导致了戏剧的不真实，是必须反对的。雨果对"三一律"的清算尽管比较详尽完备，但他的观点总体上仍然没有超出施莱格尔、曼佐尼和司汤达等前人的认识，或者说是对他们某些观点的巧妙总结。

在雨果看来，首先，时间和地点的一致并不是建立在"逼真"的基础上，恰恰是违反了真实，这是因为：（1）剧情地点的准确性是悲剧真实性的一个首要因素。准确的地点是不说话的历史见证人，没有它，最伟大的历史场面也要为之减色。许多历史事件与发生地点都有着密切的联系，而古典主义悲剧却为了地点的一致，强制性地把各种事情都安排在过道、回廊和前厅这些公式化的场景里发生，这不但可笑，也不合乎情理。（2）把任何剧情都纳入二十四小时之内，就好像鞋匠为大小不同的脚制作同样大小的鞋一样好笑。因此，"关在'一致'律笼子里的，常常是一具枯骨"。

其次，时间和地点被严格限定之后，必然会使许多行动场面只能在后台处理，或以叙述的方式进行。这样的解决方法显然是违背戏剧表演本质的。这就像歌德指出的那样，法国诗人严格地遵守"三一律"后，不仅违反了便于理解的原则，而且他们不是通过戏剧表演而是通过追述来解决戏剧的困难的。

至于"情节一致"，雨果认为它并不与悲剧特征相背离，而且恰恰是这个一致的存在否定了时间和地点的一致，"戏剧中不能有三个一致，正如绘画中不能有三条地平线一样"。此外，情节的一致是不能与情节的单调混为一谈的，"整体的一致在任何意义上并不排斥那些烘托主要情节的次要情节。只要这些部分巧妙地从属于整体，始终归向中心情节，并且在不同阶段，或者不如说在戏剧的各个层次上都围绕着中心情节"①。

经过浪漫主义者的分解、清算，"三一律"似乎已经被赶跑了。但几乎与此同时的、已然站在了现代悲剧理论的门槛之内的黑格尔，对于三种整一性原则依然没有断然地否定、拒绝，反而从悲剧的创作实践、悲剧表演、悲剧接受的立场三个方面对之进行了辩证的分析。

从悲剧尤其是近代悲剧的创作实践看，地点整一性并非普遍性规则，而是人为的外在强制；但从观众的易于理解和方便合适上却是值得推荐的。对于时间整一性原则，这种中庸之道同样也是适用的。至于动作的整一性原则，

---

① 周靖波：《西方剧论选》（下），北京：北京广播学院出版社，2003年版，第317页。

黑格尔从戏剧冲突出发，认为"动作的整一性的关键就在动作目的的实现，这个目的本身是确定的（具体的），是在特殊的环境和情况之中具体地达到终点目标的"①，因而它才是戏剧整一性中真正不可违反的规则。换言之，每个动作都有它要实现的具体目标，人物在实现具体目标的过程中必然要受到对立人物目的的阻碍、干扰，引发反动作，于是这种对立就产生相互冲突和纠纷。

>戏剧的动作在本质上须是引起冲突的，而真正的动作整一性只能以完整的运动过程为基础，在这个运动过程中，按照具体的情境，人物性格和目的的特性，这种冲突既要以符合人物性格和目的的方式产生出来，又要使它的矛盾得到解决。②

黑格尔的动作整一性实质上是戏剧动作引起了冲突并最终导向冲突解决的一个完整的必然的过程。反过来说，冲突从引发、发展到解决也就是构成戏剧动作、情节发生、发展的三个阶段。所以，黑格尔最后归结说："戏剧作品发展过程的划分要很自然地依据戏剧运动这个概念本身所划分出的主要阶段。"③ 此外，黑格尔还认为，动作的整一性是谨严还是松散，这要根据发出动作的各种人物

---

① ［德］黑格尔：《美学》（第三卷·下册），朱光潜译，北京：商务印书馆，1996年版，第251页。
② ［德］黑格尔：《美学》（第三卷·下册），朱光潜译，北京：商务印书馆，1996年版，第252页。
③ ［德］黑格尔：《美学》（第三卷·下册），朱光潜译，北京：商务印书馆，1996年版，第255页。

之间的差异和矛盾是简单还是复杂来决定。例如，古典悲剧的人物关系简单，动作就紧凑；浪漫悲剧人物众多，关系复杂，动作就显得松散。客观地说，黑格尔的动作整一性原则在某种程度上确实承继了亚里士多德及其古典主义者的遗产，但他用冲突论（并根据具体的创作实践）来解释它，不但表明他与亚里士多德一样深悉戏剧艺术的特殊规律，而且意味着他对这一特殊规律的把握实质上超越了亚里士多德（更不用提那些古典主义者）。

黑格尔关于"三一律"的辩证认识，在20世纪的吕加斯的《论悲剧》中也得到了回应。他在书中写道："近代戏剧家很少像伊丽莎白时期的戏剧家那样，他们不顾时间与地点的规则，而且形式的魅力越来越增强。因此，当我们把行动延伸到许多年时，我们感到一出戏的紧张程度相应地受到削弱，魔术般地幻觉也随之破灭了……在悲剧中，必然发生的可怕事件是在开始时安排好的，有时不是在一开始，而恰恰是在悲剧结局之前。当主人公已经犯下悲剧性的错误时，上帝也无法挽回。"[①] 由此看来，由于悲剧本身展示的是生活的集中，所以，就时间与地点（甚至情节）来说，一定程度的限制是需要的，也是有益的。

二、悲剧情节的"边缘化"

对"三一律"的清算，不同的理论家（或剧作家）尽

[①] ［英］阿·尼柯尔：《西欧戏剧理论》，徐士瑚译，北京：中国戏剧出版社，1985年版，第51页。

管持有不同的看法，但在这些不同的看法背后却蕴含着一种共同性的倾向，那就是在现代知识型时期，这些具有强烈的自我意识的理论家（或剧作家）不再漠视理论与实践之间始终存在的巨大鸿沟，也不再用既定的规则来规范悲剧的摹仿活动，而是要求创立一种跟创作实践紧密联系甚至有助于创作实践的理论。很清楚，在这种新的视悲剧为创造的理论中，由于"悲剧不再是某种特殊而永久的事实，而是一系列经验、习俗和制度。我们不是根据永恒不变的人性来解释以上种种，而是根据变化中的习俗和制度来理解各种不同的悲剧经验"①。

因而，在抛弃了古典悲剧理论那一套一般性的规则之后的悲剧思考竟呈现出一种多元化的态势。具体说来，现代悲剧理论在以下三个方面进行了开拓：（1）悲剧之为悲剧的本质（已在第二章作了详细的阐述）；（2）悲剧是一种历史范畴，它不再被视为"某个永恒形式在历史中的实现"②；（3）过去一些不被强调的范畴，即使没有占住压倒性的地位，现在也变得非常突出，并根据这些重要的观念来重新思考悲剧艺术。过去被看作第二位的悲剧人物（性格）进入了悲剧研究的中心，"诗对想象力提出形象；因此诗中的各种形象，首先要受到注意"③，过去与诗艺

---

① ［英］雷蒙·威廉斯：《现代悲剧》，丁尔苏译，南京：译林出版社，2007年版，第37页。

② ［德］彼得·斯丛狄：《现代戏剧理论》，王建译，北京：北京大学出版社，2006年版，第2页。

③ 伍蠡甫：《西方文论选》（上卷），上海：上海译文出版社，1979年版，第445页。

关系最疏的戏景（悲剧演出）也转换为悲剧理论的重要范畴，曾经被视为悲剧灵魂的情节现在则被"边缘化"。下面仅对悲剧情节的"边缘化"进行论述，其他的后面再论。

情节本是古典悲剧理论的支点和灵魂，因为没有情节就没有悲剧，没有性格悲剧依然成立。进入现代知识型空间后，随着人们对悲剧之为悲剧的本质（即"生命中的悲剧意识"）的日益欣赏和重视，以及人们对此前一个世纪的最好的悲剧艺术的喜爱程度的减弱（尽管其中的许多作品并不是不再能被欣赏），人们观看到一幅新的审美图景。在这幅新的审美图景中，是人或性格而不是情节占据着中心地位。福柯在《词与物——人文科学考古学》中也指出，只有进入19世纪，人才被真正地建构起来，或是人类存在才建构为可能的知识对象。[1] 换言之，现代悲剧理论认为，悲剧审美价值的源泉是人物，而不是情节；是新异性，而不是一致性。

歌德天才式地洞察到这一新的理论趋向，指出诗对想象力提出形象，因此诗的各种形象是首先要注意的，但他并未把它与情节联系起来思考。席勒没有像歌德那样明确地提出这一看法，但他关于悲剧的定义及解释却同样表明他已抛弃了情节是悲剧的灵魂的观念，情节仅是"悲剧有别于抒情的文学形式"。在席勒看来，情节并非悲剧的目

---

[1] ［法］米歇尔·福柯：《词与物——人文科学考古学》，莫伟民译，上海：上海三联书店，2001年版，第428~447页。

的，悲剧的目的是激起同情的激情，而能激起我们的同情的激情的只能是像我们自己这样的有感情有道德的生物，因此悲剧看似是对一系列彼此联系的事故（一个完整无缺的行动）进行的诗意的模拟，其实是对人的感受与激情的表现。

必须要有一系列彼此联系的事件，才能使我们产生心灵活动的变化，这种变化刺激注意力，唤起我们精神的一切力量，鼓舞逐渐衰疲的行动的冲动，这种冲动由于迟迟得不到满足，就燃烧得更为猛烈。心灵如想克制感情的痛苦，只能乞助于道德。悲剧艺术家必须延长感情所受的折磨，才能更迫切地向道德提出要求；但是他也必须使感情得到满足，才能使道德得到的胜利更为艰巨、更为光荣，上述二者只有通过一系列的行动才可能得到，这些行动是经过明智的选择，为这一目的连接起来的。①

席勒在此所说的情节其实就是指悲剧行动在外部情况的作用下，从产生这个行动的人的灵魂里，逐步自然而然地、层层推进地涌现出来，从萌芽、发展，到完成。但在他这里，情节不再是悲剧的目的或灵魂，而是手段，也就是将"若干互为因果的事件，按照目的，构成一个整体"以去充实下列两端间的距离：从一个无辜灵魂的平静心情发展到犯罪后的良心谴责的距离，从一个幸福的人的骄傲

---

① 《古典文艺理论译丛》（第六册），北京：人民文学出版社，1963年版，第99页。

自信发展到可怕的毁灭之间的距离。所以在《论崇高（Ⅰ）》中，席勒通过对崇高的论述指出，一切悲剧艺术的两条基本法则是：第一，表现受苦的自然；第二，表现在痛苦时的道德主动性。

在谢林看来，情节的"边缘化"表现在两个方面：第一，表现在对古典悲剧的理解上。根据初始概念来看，古典悲剧是一种以情节为中心的艺术，因为它"并非叙述，而是现实的、客观的情节本身"①。但另一方面，谢林又认为性格并不是为情节而存在的，相反情节必须是从性格中产生的，因此"无论外在的质料如何，情节始终应来自主人公本身"②。或者说，"情节不仅应外在地完成，而且应内在地完成，完成于心灵之中，因为内心的愤懑正是悲剧之所在。惟有在这一内在的调和中，始可产生结局所不可或缺的和谐。不高明的诗人，似乎完全可以外在地结束那并非轻而易举地展开的情节。这是不允许的；同样，不可借助于某种异己者、异乎寻常者、并非在于内心和剧情中者，而臻于调和"③。既然情节的发生、发展、完成必须是在人物的心灵之中，那么谢林在此恪守的情节中心论，实际上已经突破了亚里士多德对情节的理解。换言之，谢林的悲剧情节脱离了人的心理活动（或性格）也就

---

① ［德］谢林：《艺术哲学》，魏庆征译，北京：中国社会出版社，2005年版，第314页。
② ［德］谢林：《艺术哲学》，魏庆征译，北京：中国社会出版社，2005年版，第311页。
③ ［德］谢林：《艺术哲学》，魏庆征译，北京：中国社会出版社，2005年版，第313页。

不存在了。

第二，表现在对悲剧发展史的理解上。悲剧从古到今的发展其实可以看作是从情节中心论转换为性格中心论（当然，这不是说现代悲剧没有情节，而是说它对性格的重视远远超过了情节）。谢林认为，现代悲剧由于描述的是现实世界，并将悲剧成分与喜剧成分混糅在一起，这样它就突破了戏剧的形式限制，趋向于叙事诗。而悲喜成分的混糅使得悲剧作家不仅要把握整体，而且要深入细节，甚至最微不足道者、偶然事件都要予以关注，并加以运用，因而现代悲剧所要着力把握的是性格，而不是情节。情节虽然存在，但它是为性格服务的，或是性格选择的结果。在论述现代悲剧的经典作家莎士比亚时，谢林之所以称莎士比亚为"最伟大的性格描述创始者"，在于：

> 他无力描述那种崇高的、可与命运相抗衡的、似乎是纯净的和空灵的、与伦理的善（sittliche Güte）相融合的美，——甚至他所描述的美，他也无力将其呈现于整体中，并使每一作品的整体带有其属性。他熟知的最高的美（höchste Schönheit），无非是作为个人的性格。①

黑格尔关于情节"边缘化"的看法，总体上与谢林的观点相近，但表达得更为深刻系统。首先，黑格尔系统地阐述了动作情节与人物性格的关系是一种相互依存、相互

---

① ［德］谢林：《艺术哲学》，魏庆征译，北京：中国社会出版社，2005年版，第330页。

照应的关系。在他看来，能够把个人的性格、思想和目的最清楚地表现出来的是动作，人的最深刻方面只有通过动作才能见诸现实，而动作起源于人的心灵，也只有在心灵性的表现即语言中才能获得最大限度的清晰和明朗。换句话说，引发动作的普遍的有实体性的力量，需要人物的个性来达到他们的活动和实现，在人物的个性里这些力量显现为感动人的情致。但是这些力量所含的普遍性必须在具体的个人身上融会成为整体和个体。这种整体就是具有具体的心灵性及其主体性的人，就是人的完整的个性，也就是性格。因此，"性格就是理想艺术表现的真正中心，因为它把前面我们作为性格整体的各个因素来研究的那些方面都统一在一起"①。

其次，动作情节和人物性格之间虽然是一种两相靠近、各自制约的关系，但在悲剧历史发展的不同阶段还是显现出不同的情态，发挥着不同的作用。"希腊戏剧对内心状态和人物性格特征的详细描绘以及错综复杂的情节都不能充分发挥作用；戏剧的兴趣也不在个别人物的命运，不在个别特殊细节，而首先在于对不同的人生本质力量之间，即人性中各种神性之间的单纯的斗争和结局的同情共鸣。"② 这就是说，在古典悲剧阶段，由于悲剧片面地侧重以伦理的实体和必然性的效力为基础，主体性在动作情

---

① ［德］黑格尔：《美学》（第一卷·下册），朱光潜译，北京：商务印书馆，1996年版，第300页。
② ［德］黑格尔：《美学》（第三卷·下册），朱光潜译，北京：商务印书馆，1996年版，第298页。

节中发挥的作用非常有限，这样，动作情节就成为悲剧的中心。现代悲剧从一开始就采用主体性原则，即以人物的主体方面的内心生活作为悲剧的对象和内容，而不像古典悲剧那样体现一些伦理力量，于是人物性格发挥的作用远远超出于动作情节之上，"在近代戏剧中所看到的不是古代戏剧中的那种简单的冲突，而是丰富多彩的人物性格，离奇的错综复杂的纠纷，令人迷惑的曲折情节，突如其来的偶然事故，这一切都到处有权发挥作用"①。所以，布拉德雷说："把悲剧看成是冲突，这着重指出了行动是悲剧故事的中心；至于在更伟大的戏剧中，把兴趣集中在内心的斗争上面，这着重指出了这种行动根本上是性格的表现。"②

希腊悲剧的魅力通常不产生于严格、合乎情理的情节，这肯定是事实。剧情也不引人入胜；它不是渐进的，连贯的，它只不过是戏剧不可或缺的条件，或是表达比自身更为重要的主题的手段。它常常是静止的——常常无定规——要么引不起悲剧结局，要么达到这个结局时动作收不住。埃斯库罗斯的剧本中，剧情简朴自然——七个剧本中有四个剧几乎没有什么情节；虽说在索福克勒斯的剧中，情节的作用较为显著，而他的《俄狄浦斯在科罗诺斯》仅仅是一系列事

---

① ［德］黑格尔：《美学》（第三卷·下册），朱光潜译，北京：商务印书馆，1996年版，第300页。

② 周靖波：《西方剧论选》（下），北京：北京广播学院出版社，2003年版，第495页。

件的串联,《埃阿斯》中兼收了两个互不相干的故事;《菲罗克忒忒斯》表面上很热闹,但剧情和结局没有多大关系。欧里庇得斯在情节设计方面的马虎是众所周知的。由此看来,应当把情节看成是引进戏剧人物的手段,而不应是诗人艺术的首要目的。剧本的特点、诗意并不寓于情节之中,而是体现在人物、情感和辞令方面。①

英国评论家约翰·亨利·纽曼在此不仅否定了亚里士多德的"悲剧本身分明是情节的展现"的观点,而且进一步通过对《阿伽门农》《俄狄浦斯王》和《酒神的伴侣》的分析,指出"情节最完美的剧是最缺少诗意的",从而将悲剧情节彻底边缘化。所以,纽曼认为,亚里士多德更多的是将戏剧创作视为展示天工的技艺,而不是自由奔放地抒发天才灵感。

纽曼的观点在梅特林克的《日常生活中的悲剧》得到了进一步的发展。梅特林克所提出的"静止的戏剧"实现了对情节的彻底否定。他认为,"静止的戏剧"既有历史基础——"埃斯库勒斯的大多数悲剧都是没有动作的悲剧,《普罗米修斯》和《乞怜人》都没有事件;而且,《奠酒人》的整个悲剧——确实是最可怕的古代戏剧——仅仅是像噩梦一样地围绕着阿伽门农的坟茔而展开;谋杀得手以后,从祈祷者的人群中发出一道雷电的闪光,反过来又

---

① 《十九世纪英国文论选》,北京:人民文学出版社,1986年版,第28~29页。

降落在这些祈祷者的头上。根据这样的观点,试看在精彩的古代悲剧中有多少这样的情况;《报仇神》《安提戈涅》《伊列克特拉》《在科罗耐斯的俄狄浦斯》"①,又有现实基础——"我们今日不是生活在野蛮时代,激动起来也不再受最基本的情感支配,最基本的情感并不是人身上唯一有吸引力的东西。可以好好看一看休憩中的人。这不再是生活中不同寻常的激烈的时刻,而是生活本身。这里有千百种法则,较之情感法则更强有力,更值得尊重;不过,这些法则是缓慢地,细密地,默默地起作用的,就像一切具有不可抗拒的力量的东西,只能在朦胧和生活的寂静时刻的沉思默想中才看得到和领略得到"②。因而梅特林克深信,一位坐在椅子里耐心等待着,下意识地谛听着所有那些君临他的房屋的永恒法则的灯下老人,才是悲剧的真正秘密所在。他纵然没有动作,但与那些扼死了情妇的情人、打赢了战争的将领或"维护了自己荣誉的丈夫"相比,他经历着的是一种更加深邃、更加富于人性和更具有普遍性的生活。或者说,与那些巨大的冒险事件的悲剧性相比,日常生活中所具有的悲剧性更加真实、深刻,也更符合我们真正的存在。

既然情节已不再是悲剧的中心和灵魂,甚至被彻底地否定,那么对情节成分——突转与发现——的探讨也就失

---

① 周靖波:《西方剧论选》(下),北京:北京广播学院出版社,2003年版,第482~483页。

② 余秋雨:《戏剧理论史稿》,上海:上海文艺出版社,1983年版,第588页。

去了动力。所以,现代知识型时期的悲剧理论基本上没有(或者说很少)对此再进行讨论与研究,更不用说去超越了。如果说有的话,也仅仅是出现在有关《诗学》的诠释和研究或在剧作法中。根据克利福德·利奇在《悲剧》中的相关考察,从19世纪末开始才有约翰内斯·瓦赫伦、瓦特尔·洛克、F. L. 卢卡斯、汉弗雷·豪斯、D. W. 卢卡斯等古典学者对突转与发现作了一些拓展性的研究,此外有克利福德·利奇尚未提到的威廉·阿契尔和戴维斯(Michael Davis)等人。其中约翰内斯·瓦赫伦和瓦特尔·洛克认为,突转涉及在一个人的行动中发现了一种与动机或期望直接相反的结果时所出现的情况。阿契尔在《剧作法》中认为"突转"理论其实是一种"伟大场面"的理论,也就是说在一个精心设计、异常吸引人的伟大场面中,人物将要经历的一种内在精神状态或外在命运的显然转变。豪斯在《亚里士多德的〈诗学〉》中却说:"在语言中,陡转包含着自食其果或者一个人自己的行为所产生出来的既害人更害己的反效果,他掉进了为别人挖掘的陷阱中。"[①] 戴维斯认为,突转包含了出乎意料,但这种出乎意料不是指出乎剧中人的意料,而是指出乎观众的意料,或是观众的发现。D. W. 卢卡斯在指出瓦赫伦、洛克、F. L. 卢卡斯、豪斯和其他人关于突转的解释常常不

---

① 转引自[英]克利福德·利奇:《悲剧》,尹鸿译,北京:昆仑出版社,1993年版,第88页。

适合现代悲剧①后，将人们对突转的解释归结为三种：（1）在悲剧中，未来的变化是基本的，（2）一种突然的变化很可能会产生一种更大的冲击，（3）具有一种特殊的讽刺力量的效果。至于发现和灾难这两个情节成分的解释，则几乎没有多少拓展。

在现代知识型时期（尤其在20世纪以后），已没有多少人谈论统一性甚至情节的重要性了。不过在悲剧的基本理论中，没有多少人谈论并不意味着它们不存在，它们只是被转移到了剧作法这个领域，作为一种编排情节的技术性理论——结构技巧理论——而存在。

当然，随着情节问题从悲剧美学领域转移到剧作法领域，现代人关于情节这一概念的理解也发生了较大的变化。在古典悲剧中，人们认为情节的安排组合必须遵循以下原则和要求：剧情要有逻辑性，并且充满悬念。剧情必须是真实可信的，事件的安排必须按照可然律或必然律一个接一个有机地发生，而不是胡编臆造。剧情需要能够启发观众对接下来将要发生什么有所揣测，充满期待，带着观众进入情节，让故事以一种势不可挡的力量朝着一个似乎隐约感到，却又不能完全预料的结局发展。而在现代悲剧中，情节指的是讲故事的手法，包括人物出场和退场的先后顺序、时间发展的

---

① D. W. 卢卡斯认为，现代悲剧中的悲剧主角，从一开始就对自己行动所引发的灾难性后果有所察觉。比如麦克白斯"堕落了"，但他从一开始就完全明白他杀死邓肯是一个危险的举动，在离戏结束时很早以前，他就意识到他获得王位是没有价值的。参见［英］克利福德·利奇：《悲剧》，尹鸿译，北京：昆仑出版社，1993年版，第89页。

节奏,以及在"情节推进"的过程中,舞台上展开的初露端倪、突转、争吵、真相大白等剧情的具体安排。而且,随着人们对情节概念的理解的变化,一些相关的新的概念、术语也出现了。在现代剧作法中,亚里士多德所说的突转与发现已少有人使用,取而代之的是"高潮""悬念"或"激变"等;情节虽然仍在使用,但在具体的论述中,也常常以"动作"或"结构"等来替换。

  此外,在现代悲剧理论中,由于悲剧之为悲剧的本质在于悲剧性,而不在于悲剧摹仿的媒介、对象和方式上的差异,关于悲剧情节编排技术的独特性在某种程度上也就失去了,因而关于悲剧情节的技术理论,实际上是关于戏剧情节的技术理论。所以,谈论戏剧写作技巧及其规则的论著不论有多少,基本上都大同小异,此处不再详论。

第四章　悲剧人物

亚里士多德认为，悲剧没有性格依然成立，但是悲剧摹仿的行动毕竟是"好"人的行动，而且在悲剧的六大构成成分中，性格也终究是紧随情节之后，排在第二位的成分，因而由亚里士多德所开创的古典悲剧理论对此还是作了较为详细的讨论和研究。

在古典知识型的知识空间中，由于人们对悲剧的认识是借助于对摹仿原型的认识来实现的，而摹仿原型"好"人作为现实中的人是可以从真、善、美这三个视角来认识的，或者说会发挥真善美的作用，所以在关于悲剧人物的认识上，实际上可说是从真善美这三个视角来认识悲剧的摹仿对象"好"人。进入现代知识型空间后，随着人们将悲剧艺术视为一种独立自由的艺术，以及人们对悲剧之为悲剧的本质属性（或生命中的悲剧意识）的日益欣赏与重视，人们观看到了一幅新的审美图景。在这幅新的审美图景中，是人（或性格）而不是情节占据着中心地位。"在18世纪末以前，人并不存在。生命力、劳动多产或语言的历史深度也不存在。"① 它完全是新近的创造物。其实，人早就存在于知识之中，但只有进入 19 世纪，人才被真正地建构起来，人类存在才被建构为可能的知识对象。

第一节　古典悲剧人物的"高贵性"与"类型化"

"希腊悲剧在其最古老的形态中仅仅以酒神的受苦为题材，而长期内惟一登场的舞台主角就是酒神。但是，可以以同样的把握断言，在欧里庇得斯之前，酒神一直是悲剧主角，相反，希腊舞台上一切著名角色普罗米修斯、俄狄浦斯等等，都只是这位最初主角酒神的面具。"② 把德国哲学家尼采对希腊悲剧主角的巧妙论述稍作修改，同样也可以用在古典悲剧理论关于悲剧人物的认识上。在古典知识型时期，由于古典悲剧理论整体上是围绕亚里士多德《诗学》旋转的，因此这一时期关于悲剧人物的认识基本上可以说是对亚里士多德悲剧人物论的阐释、评判、引申和丰富。

---

① ［法］米歇尔·福柯：《词与物——人文科学考古学》，莫伟民译，上海：上海三联书店，2001 年版，第 402 页。
② ［德］尼采：《悲剧的诞生》，周国平编译，太原：北岳文艺出版社，2004 年版，第 38 页。

一、亚里士多德的悲剧人物论

在《诗学》中亚里士多德开宗明义:"史诗的编制,悲剧、喜剧、狄苏朗勃斯的编写以及大部分供阿洛斯和竖琴演奏的音乐,这一切总的说来都是摹仿。它们的差别有三点,即摹仿中采用不同的媒介、取用不同的对象,使用不同的、而不是相同的方式。"① 既然各门艺术之间的差别不是摹仿,而是摹仿的媒介、对象和方式,那么单就悲剧艺术的摹仿对象而言,亚里士多德认为悲剧摹仿的人物应是"比今天的人好的人",即"好"人。

首先,亚里士多德认为悲剧摹仿的对象尽管是人的行动,但行动的人只有三种:好人、坏人(或小人)和不好不坏的人(或如同我们这样的一般人,即"好"人)。由于行动见出性格,而悲剧摹仿的行动是一个严肃的行动,所以悲剧摹仿的人物只能是"好"人,即如同我们一样的一般人(不好不坏的人),而不可能是好人或坏人。

其次,悲剧摹仿的对象之所以应该是"好"人,在于悲剧的起源和发展与酒神颂密切相关。按照亚里士多德的说法,悲剧起源于狄苏朗勃斯歌队领队的即兴口诵,而此种活动至今仍流行于许多城市。换句话说,悲剧是从酒神颂的临时口占中发展出来的,酒神颂却是以讲述酒神狄奥尼索斯的出生、经历和所遭受的苦难为主的。依此可推

---

① [古希腊]亚里士多德:《诗学》,陈中梅译,北京:商务印书馆,2005年版,第27页。

知，悲剧的源头酒神颂摹仿的对象本来就是神（而希腊的神是人格化的神）。也正是凭着悲剧起源于酒神狄奥尼索斯这一点，尼采在《悲剧的诞生》中断言：在欧里庇得斯之前，酒神一直是悲剧的主角，希腊舞台上一切著名角色普罗米修斯、俄狄浦斯等，都只是这位最初的主角酒神的面具。在所有这些面具下藏着一个神，这就是这些著名角色之所以具有如此惊人的、典型的"理想"性的主要原因。

此外，亚里士多德还从摹仿者与摹仿对象的关系这个层面指出悲剧的摹仿对象应是"好"人。

> 诗的发展依作者性格的不同形成两大类。较稳重者摹仿高尚的行动，即好人的行动，而较浅俗者则摹仿低劣小人的行动，前者起始于制作颂神诗和赞美诗，后者起始于制作谩骂式的讽刺诗。①

亚里士多德的这段话无疑包含了许多我们今天难以追踪的信息，它虽然至今没有得到应有的重视，但至少可以肯定的一点是悲剧不论在起源还是在发展过程中，摹仿者的高贵性（包括身份地位）是至关重要的。

最后，亚里士多德又说："介于上述两种人之间还有另一种人，这些人不具十分的美德，也不是十分的公正，他们之所以遭受不幸，不是因为本身的罪恶或邪恶，而是因为犯了某种错误。这种人名声显赫，生活顺达，如俄狄

---

① ［古希腊］亚里士多德：《诗学》，陈中梅译，北京：商务印书馆，2005年版，第34页。

浦斯、苏厄斯忒斯和其他有类似家庭背景的著名人物。"①在他看来，悲剧要实现其引发怜悯与恐惧并使这些情感得到疏泄的目的，只有摹仿高贵、显赫和更具英雄气概（包括敢做和能做"可怕之事"的）"好"人。因为在古代，只有这样名声显赫的"好"人才会有一种优势，才会"显示出一种特殊的力量来引起我们注意。……这种特殊的力量就在于他是替代我们的牺牲品"②。同时，悲剧诗人取材的总体倾向也证实了这一看法，"起初，诗人碰上什么故事就写什么戏，而现在，最好的悲剧都取材于少数几个家族的故事，例如，取材于有关阿尔克迈恩、俄狄浦斯、俄瑞斯忒斯、墨勒阿格罗斯、苏厄斯忒斯、忒勒福斯以及其他不幸遭受过或做过可怕之事的人的故事"③。

确定悲剧摹仿的对象是"好"人后，亚里士多德接着就悲剧人物性格的塑造提出了自己的看法。在悲剧的六个构成元素中，性格是仅次于情节的构成元素，占第二位。"所谓'性格'，指的是这样一种成分，通过它，我们可以判断行动者的属类。"④ 而"性格展示抉择（无论何种）

---

① ［古希腊］亚里士多德：《诗学》，陈中梅译，北京：商务印书馆，2005年版，第97页。

② ［英］克利福德·利奇：《悲剧》，尹鸿译，北京：昆仑出版社，1993年版，第51页。

③ ［古希腊］亚里士多德：《诗学》，陈中梅译，北京：商务印书馆，2005年版，第98页。

④ ［古希腊］亚里士多德：《诗学》，陈中梅译，北京：商务印书馆，2005年版，第63页。

的性质［在取舍不明的情况下］……"① "德性是一种选择的品质,存在于相对于我们的适度之中"②,这样一来,我们是被称为好人、坏人还是一般人(即"好"人)全是因为我们的德性。因而,当亚里士多德在《诗学》中总是用"严肃的人""高尚的人""轻浮的人""低劣的人""好人""坏人""善良的人""公正的人""卑鄙的人"或"易怒""顽固""勇敢""能言善辩"等一类的说法来表明人物的性格特征时,实际上意味着《诗学》中所讨论的性格这一术语,并非现代人所说的那种富于个性的性格,而是指性格类型,即代表各种道德品质的性格类型。鲍桑葵的《美学史》对此有精彩的论述:

> 在我看来,亚里士多德美学中的ēthos(性格,引者注)不是指我们在近代艺术中可以找到的那种富于个性的性格,那种既神秘又可以理解的具体的活生生的创造,而是指更带有类型和种属意味的、并非和道德无关的某种东西,就像我们说"好的"或"坏的"性格时一样。③

亚里士多德在《诗学》中所论述的性格既然是一种代表了各种道德品质的性格类型,或者说是"哪一种人",

---

① ［古希腊］亚里士多德:《诗学》,陈中梅译,北京:商务印书馆,2005年版,第65页。
② ［古希腊］亚里士多德:《尼各马可伦理学》,廖申白译注,北京:商务印书馆,2003年版,第47~48页。
③ ［英］鲍桑葵:《美学史》,张今译,北京:商务印书馆,1985年版,第97页。

那么，讨论悲剧中的人物性格其实就是讨论悲剧中的人物类型。在亚里士多德看来，悲剧人物的类型或者说这个"种"其实只有三种：好人、坏人、既不是好人又不是坏人的人（即"好"人），而悲剧所模仿的又应该是能引发恐惧和怜悯的事件，所以悲剧应该表现的悲剧人物类型（或性格）也就只能是那种既不具十分的美德，也不是十分公正的不好不坏的人。由此看来，亚里士多德提出的关于性格刻画的首要条件，也是最重要的一点是性格要好（或必须是善良的）也就有了出处。不过要注意的是，性格要好的"好"与好人中的"好"意思有本质的差异。按照亚里士多德在《尼各马科理论学》中的说法——理性的完美的好人是永远不会犯错误的，一个永远有德性的好人也是不会有羞耻感的，因为羞耻感来自卑劣的行为，而他是不会去做这样卑劣之事的，所以他不应该感到羞耻。换言之，"好人"是按照理性办事的人，而按理性来办事的人是永远不会犯错误的，因此"好人"是不可能犯错而走向悲剧性命运的，既然不可能有"好人"犯错这样的事发生，悲剧当然也就不能模仿了，否则就不真实了。性格要好的"好"，显然不是指理性的人，完美的人，或者是永远有德性的人，而应是有德性的人，有缺点的"好"人（即不能总是按照理性办事的人）。而德性是指选择或是包含选择的，所以这种有德性却又不是有理性的人，如果其抉择是好的，也就表明其性格是好的。因此，亚里士多德的理想悲剧人物或人物类型，确实不是道德理想的悲剧人物或人物类型——理性的完美的好人，但又并非与道德

(指广义的道德，相当于亚里士多德的"善"）无关的"好"人。

其实，除此之外，亚里士多德所说的第三点"性格应该相似"也是偏重于道德的考虑。因为悲剧人物的性格只有与现实中的我们相似，也就是说，在性格上与我们相似的悲剧人物不但和现实中的我们一样有七情六欲，而且他们也像我们当中的任何一个人一样是在特定的环境中行动的，悲剧人物由福转为祸的命运才能引发我们的爱怜，才能引起我们怕因小错而得大祸的恐惧。但是相似毕竟不是相同，所以"性格应该相似"的言外之意是悲剧人物的性格除了要与我们相似外，还要比我们更好、更美。悲剧人物的性格比我们更好、更美应该也有两层意思：一是悲剧人物的性格虽然有缺陷，但这种缺陷无损于他们的英雄形象。"他们画出了原型特有的形貌，在求得相似的同时，把肖像画得比人更美。同样，诗人在表现易怒的、懒散的或性格上有其它缺陷的人物时，也应既求相似，又要把他们写成好人。"① 二是悲剧人物的性格具有神性的因素或者比我们更为高贵和伟大。由此看来，悲剧人物的性格既要与我们相似，又要比我们好，显然主要是亚里士多德自身思想体系内在逻辑推导的结果，而不完全是对现实世界的摹仿。

性格还应该适宜。人物可以是具有男子汉气概的性

---

① ［古希腊］亚里士多德：《诗学》，陈中梅译，北京：商务印书馆，2005年版，第113页。

格，但让女人表现男子般的勇敢或机敏却是不合适的。还有一点是性格应该一致。即使被摹仿的人物本身性格不一致，而诗人又想要表现这种性格，他就应做到寓一致于不一致之中。亚里士多德的性格论既然是一种代表了各种德性的性格类型，那么悲剧人物性格的刻画要求与悲剧人物所代表的性格类型一致，无疑是必然的。这种一致显然有内外两个方面：从外在的方面讲，性格应该与悲剧人物的性别、年龄、身份、地位和阶层等一致；从内在的方面讲，性格应该与悲剧人物的行动、言语、思想等一致，而这种内在的一致，必定"就像组合事件一样，必须始终要求其符合必然或可然的原则。这样，才能使某一类人按必然或可然的原则说某一类话或做某一类事……"[①] 换个角度看，悲剧性格的这种内外一致性也是一种秩序的显示，而秩序、匀称和确定性是美的主要形式，所以性格不论是要求适宜，或者是要求一致，都须合乎美。

由此可见，亚里士多德的悲剧人物性格论不单是"道德的"，它还是"逻辑的"和"审美的"，或者说它是这三种考虑的辩证统一。但与性格应该要好比起来，其余的三个条件终究都是次要的。所以，亚里士多德的悲剧人物性格论虽是真善美的辩证统一，但善毕竟是首要之点。

二、《诗学》之后的古典悲剧人物论

亚里士多德的弟子忒奥夫拉斯特（Theophrastus）死

[①] ［古希腊］亚里士多德：《诗学》，陈中梅译，北京：商务印书馆，2005年版，第112页。

后,《诗学》便长期埋没于地窖之中,但其主要观点经过亚里士多德学派学者的引证、绍介和阐释,对包括西塞罗、贺拉斯等在内的罗马学人产生了不同程度的影响。据珀耳夫里俄斯(Porphurios)记载,贺拉斯《诗艺》中所表述的大部分观点就是取自亚里士多德学派的尼奥托勒密(Neoptolemos)所著的《诗论》,所以贺拉斯即便没有直接读过《诗学》,他的观点在某些方面与亚里士多德的见解一致或相近也是合乎情理的。其中贺拉斯关于人物性格(主要是指悲剧人物的性格)的阐述就是这样,既是对亚里士多德悲剧人物论的继承,也是一种发展。

在《诗艺》中,贺拉斯并没有讨论哪种人适合于悲剧人物,他关注的是人物性格的"合式"问题。在贺拉斯看来,塑造人物(性格)就像画像一样,必须"合式",因为只有合乎情理、相互一致的人物性格或画像才是和谐的、美的,才能感染人、教育人。假如画家画了这样一幅画像:上面是个美女的头,长在马颈上,四肢是由各种动物的肢体拼凑起来的,四肢上又覆盖着各色羽毛,下面长着一条又黑又丑的鱼尾巴。这样的一幅画像不但不美,反而是丑的,是让人捧腹大笑的,而"有的书就像这种画,书中的形象就如病人的梦魇,是胡乱构成的,头和脚可以属于不同的族类"①。

既然只有"合式"才是美的,才能感染人,那么塑造

---

① [古希腊]亚里士多德、贺拉斯:《诗学 诗艺》,罗念生、杨周翰译,北京:人民文学出版社,1982年版,第137页。

怎样的人物性格才是"合式"的呢？贺拉斯认为，人物性格都是固定的、类型化的，因此无论你是遵循传统，还是追求独创性，你所要塑造的人物性格都必须"合式"（自相一致）。而要"合式"，首先就在于人物性格要切合年龄，合乎那种年龄的人所常有的性格特征，合乎其共性。

> 你必须（在创作的时候）注意不同年龄的习性，给不同的性格和年龄以恰如其分的修饰……口上无髭的少年……一味挥霍，兴致勃勃，欲望无穷，而又喜新厌旧。到了成年，兴趣改变；他一心只追求金钱和朋友，为野心所驱使，作事战战兢兢，生怕作成了又想更改。人到了老年，更多的痛苦从四围袭击他：或则因为他贪得，得来的钱又舍不得用，死死地守着；或则因为他无论做什么事情，左右顾虑，缺乏热情，拖延失望，迟钝无能，贪图长生不死，执拗埋怨，感叹今不如昔，批评并责骂青年。①

这就是说，每个年龄段的人物及其言词、行为都有一定的特点，诗人不能乱写，否则就不会博得观众的赞赏和掌声。

其次，人物性格还必须切合其身份地位（或遭遇），合乎他的阶层特征。"你想在舞台上再现阿喀琉斯受尊崇的故事，你必须把它写得急躁、暴戾、无情、尖刻，写他拒绝受法律的约束，写他处处要诉诸武力。写美狄亚要写

---

① ［古希腊］亚里士多德、贺拉斯：《诗学 诗艺》，罗念生、杨周翰译，北京：人民文学出版社，1982年版，第145~146页。

得凶狠、剽悍……写伊俄要写她流浪；写俄瑞斯忒斯要写他悲哀。假如把新的题材搬上舞台，假如你敢于创造新的人物，那么必须注意从头到尾一致，不可自相矛盾。"①最后，人物性格（的台词、动作）还要与其民族的性格相称。譬如克尔库斯人说话，亚述人说话，底比斯人说话……都是大不相同。

总之，固定的、类型化的人物性格必须合乎其年龄性、阶层性和民族性。因为"如果剧中人物的词句听来和他的遭遇（或身份）不合，罗马的观众不论贵贱都将大声哄笑"。换句话说，人物性格一旦不得体（即违反了"合式"），它就远离了和谐，远离了美，也失去了感染人的魅力。

在中世纪，由于戏剧活动曾经被长期严厉禁止，从而使得"悲剧"不再被看作表演艺术，而被视为故事。公元4世纪的狄俄墨得斯说，[悲剧是]对处在灾难中的英雄人物（或神）的不幸的叙述。公元6—7世纪的西多尔也认为，国家和国王的悲惨故事[构成了悲剧]。最有名的悲剧定义是乔叟在《僧侣的故事》前言中所写的："正如古书要我们记住，悲剧就是讲一个故事，关于一个非常幸运之人，从高位上陨落，陷入苦难，悲惨而终。"② 在这些定义（尤其是乔叟的定义）中，其实除了强调悲剧是故

---

① [古希腊]亚里士多德、贺拉斯：《诗学 诗艺》，罗念生、杨周翰译，北京：人民文学出版社，1982年版，第143~144页。

② [英]雷蒙·威廉斯：《现代悲剧》，丁尔苏译，南京：译林出版社，2007年版，第10页。

事外，还对悲剧人物作了引人注目的解释——非常幸运和高位，这和亚里士多德关于悲剧人物的看法惊人的相似，却又具有中世纪的特色，即对人的地位和命运沉浮的强调。

　　文艺复兴时期，人的重新发现①使得诗学家对悲剧人物（性格）表现出浓厚的兴趣，并给予更多的关注，甚至将性格置于情节之上（尽管这是极个别的看法）。当然，这种引人注目的关注确实提升了悲剧人物的重要性，但毕竟还是在亚里士多德的思想框架中活动，因而从根本上讲这仍是一种古典悲剧人物论。

　　戏剧史上被称为第一个"现代"悲剧作家（也是一位批评家）的特里西诺，不但在悲剧创作上完全摆脱了中世纪"圣迹剧"的影响，还在其《诗学》中对悲剧人物等理论问题进行了讨论并有所发扬。在悲剧摹仿的对象上，特里西诺就没有遵循亚里士多德的看法，他认为悲剧摹仿的并非"最伟大最显赫人物"的行动，而是"最伟大最显赫的人物"。按照特里西诺对恐惧与怜悯的解释，"能加害于我们的人们的敌意与暴怒是恐怖的，因为他们既与我们为敌或者恨我们，那显然他们可能并且意欲伤害我们"②。可以推知特里西诺所说的"最伟大最显赫的人物"显然是

---

　　① 文艺复兴时期所说的人，并不是像古代哲学家所刻画的那样根据自己的智力作用在控制自己的行为和创造自己的命运，而是像基督教思想所刻画的人，是一种具有激情和冲动的生物。

　　② 章安祺：《缪灵珠美学译文集》（第一卷），北京：中国人民大学出版社，1987年版，第343页。

指帝王、将相、公侯和权贵。由于悲剧摹仿的对象是人，而不是行动，因而在悲剧的要素中，特里西诺首次将人物的"性格"提到了重要地位。为了使人物的性格塑造得真实感人，他认为要坚持两个原则——"美化原则和激情原则"[1]。美化原则就是悲剧诗人在模拟愤怒者、怯弱者、懒惰者等人物之时，还得把他们的精神面貌描写得更好些，也就是说更温和、更慈祥，而不是更骄傲、更凶恶，正如荷马笔下的阿喀琉斯是愤怒的，但也是仁爱而且善良的[2]。而激情原则就是要充分注意表达悲剧主人公感染观众的激情。

罗伯泰罗表述了与特里西诺相近的观点，他提出悲剧摹仿的必须是帝王和英雄，尤其是他们中的著名人物，更重要的是他首次明确提出"悲剧摹仿的确实不是行动，只应是人"这一观念并作了比较详尽的解释。他认为，悲剧摹仿的对象是人，而不是行动，其原因就在于：（1）悲剧摹仿的是行动中的人。（2）悲剧的目的显然不是摹仿行动，而是为了表现人生中的幸与不幸。而幸与不幸是根据人们对所做的高尚或卑劣之事的态度来确定的。（3）悲剧摹仿的是人物的性格，而不是人的行动。因为人与人的区别并不是通过人的行动，而是通过人的性格。[3]

---

[1] 田俊武：《西方悲剧理论的发展历程》，载于《广西社会科学》，2006年第9期。

[2] 章安祺：《缪灵珠美学译文集》（第一卷），北京：中国人民大学出版社，1987年版，第340页。

[3] Michael J. Sidnell, *Sources of Dramatic Theory*, 1: *Plato to Congrev*, Cambridge: Cambridge University Press, 1991, pp. 90—91.

斯卡里格却认为，悲剧是模仿现实生活的，"悲剧选用帝王将相的角色，他们的事迹是城市、要塞、军营中的事情。……一切事都带有一种不安的外观，劫运难逃之感笼罩着一切，剧情中有流浪和死亡的事情。据传说，马其顿王阿刻劳斯是欧里庇得斯的挚友和恩主，曾要求诗人把他写成一出悲剧的英雄，但欧氏答道：'我确实做不到呀；你的生平没有足够的不幸。'"① 在斯卡利格这里，悲剧主角确实是帝王将相，但也只有那些生平具有足够不幸（或最后落个悲惨结局）的帝王将相才能成为悲剧人物。明图尔诺也比较细致地阐释了自己对悲剧人物的看法，他认为悲剧应该"描写伟大有名的人物和显著稀奇的事迹，因为它告诉我们古代英雄豪杰的际遇，叙述他们的所作所受，但也不是一切际遇，而仅仅是那些结局可怕而且悲惨的事情。……所以，悲剧诗人要在那些荣华富贵的人中，挑选既非大德至善亦非一无可取的人物来描写，其实这种人是善多于恶，他所以不幸，与其说是由于有意为非作歹，不如说是由于人性所难免的错误，例如，俄狄浦斯、忒耶斯提斯、克瑞翁"② 。但他的看法基本上是对亚里士多德悲剧人物论的复述。钦齐奥在悲剧人物这一问题上采取了较为灵活的态度：其一，他尊重并赞同亚里士多德在悲剧人物上的观点，要求悲剧人物至少是具有显赫的地位或门第

---

① 章安祺：《缪灵珠美学译文集》（第一卷），北京：中国人民大学出版社，1987年版，第365页。
② 章安祺：《缪灵珠美学译文集》（第一卷），北京：中国人民大学出版社，1987年版，第393页。

的人，最好是名人和帝王。"我们称道悲剧的光辉的事迹，并非因为它们值得赞美，或者是合乎道德，而是因为它们是最上流的人们行为。"① 其二，悲剧人物必须是"好"人，因为"善恶参半的人物（处于善与恶之间状态的），如果遭遇到可怕的灾难，便惹起我们的莫大怜悯"。其三，他明确提出可以用妇人作为悲剧主人公，这在悲剧理论上还是第一次。亚里士多德在《诗学》中虽然也涉及了这个问题，但他既没有明确提出来，甚至认为让女人表现出男子般的勇敢或机敏是不适合的。钦齐奥却认为"一个妇人可以像男子一样具有理性的光辉"，"她的大智大慧足以证明：一个贵妇人不但能有许多可贵品质，而且精明谨慎可以媲美世间最聪明的男子"②。

在悲剧人物（性格）的问题上，卡斯特尔维特罗既是谨慎的，又是大胆创新的。在承认情节为悲剧中心这一前提下，他重新解释了情节与性格的关系，指出没有性格，动作就不能完成；并首次提出没有性格的悲剧不是好悲剧。"人们在多数行动中，不是隐藏而是展露他们的性格。悲剧如果不表现人物的性格和思想，就不能认为是尽了悲剧摹仿人类行动的职责。因为人在行动时，总是展露自己的性格、思想的，只是各有多少不同而已。没有性格的悲

---

① 章安祺：《缪灵珠美学译文集》（第一卷），北京：中国人民大学出版社，1987年版，第414页。
② 章安祺：《缪灵珠美学译文集》（第一卷），北京：中国人民大学出版社，1987年版，第401页。

剧还能算是好的悲剧,这是我所不可理解的。"① 其次,他指出悲剧人物必须是高贵的。"悲剧里的人物是地位显贵,意气风发,心性高傲,勇于追求自己的目标。"这就是说,卡斯特尔维特罗认为只有地位显赫,心性高傲之人才会以自己的行动为法律,才敢于追求自己的目标,并为了追求自己的目标而不惜以生命为代价。所以,当他们"受到伤害或者认为将要受到伤害的话,他们决不跑到衙门去告状,也决不忍气吞声来忍受,而是听从情感的驱使,把自己的行为当作法律,为了报复,杀死外人或者近亲,甚至在绝望之余,不但杀死近亲,而且有时候杀死自己。这样的人,一旦身居高位(普遍认为这是人类幸福的顶峰),就睚眦必报,不许可细微的伤害或者侮辱,也决不会容忍或者遭遇财产方面的轻微损失"②。在卡斯特尔维特罗这里,悲剧人物的高贵不是指出身高贵,而是指身居高位、精神高贵之人。

最后,他还认为并非所有身居高位、精神高贵的人都适宜于充当悲剧主角。那么究竟何种高贵人物适合于悲剧,并充当主角呢?亚里士多德将人分为三种:好人、坏人和不好不坏的一般人(即"好"人),然后根据悲剧目的指出适合于充当悲剧主角的是"好"人。卡斯特尔维特罗批驳了亚里士多德的这一观点,认为好人同样适宜于悲

---

① 转引自余秋雨:《戏剧理论史稿》,上海:上海文艺出版社,1983年版,第166页。

② 《古典文艺理论论丛》(第六册),北京:人民文学出版社,1963年版,第10页。

剧主角，因为对好人受难的反感、愤怒并没有压制、排斥怜悯与恐惧这两种情感。① 譬如，一个普通人遭到了另外一个人极为不公的伤害，我们对后者的反感、愤怒，决不会因此而妨碍我们怜悯和恐惧这个受难者所不应遭受的苦难。卡斯特尔维特罗认为悲剧里的人物有三种：行动的人们、受难的人们、同时行动又是受难的人们。这三种人的行动和受难都可"构成逆境，至于悲剧效果是大是小，就要看产生行动和受难的原因合乎情理的程度了"②。通过对悲剧行动和悲剧受难的具体分析，他最后得出结论：(1) 努力采取某种手段，避免可怕的处境，由于不了解对方，结果适得其反的行动者，特别值得怜悯，引起的恐怖也最大，如俄狄浦斯。(2) 无辜的不该受难的受难者，且宜于激起怜悯与恐惧的为最佳。如希波吕托斯，而像柯替欧斯虽然也可以做悲剧主角，但在效果上就不如希波吕托斯（因为为国捐躯的柯替欧斯，首先是爱国英雄，不该死，因而最能引发怜悯之情；其次他自愿牺牲，这样的受难不容易发生在自己身上，因而难有恐惧之心）。

以上所论表明，文艺复兴时期的诗学并不认为所有的帝王将相或英雄豪杰都可以充当悲剧主角，而一般认为其中最著名的人物或生平具有足够不幸的人物才适宜于做悲剧主角。这一选择实际上已意味着出现在悲剧艺术中的悲

---

① Michael J. Sidnell, *Sources of Dramatic Theory*, 1：*Plato to Congreve*, Cambridge：Cambridge University Press, 1991, p. 143.
② [意] 卡斯特尔维特洛：《亚里士多德〈诗学〉疏证》，见《古典文艺理论论丛》（第六册），北京：人民文学出版社，1963年版，第10~11页。

剧人物，不仅源自现实生活的原型，具有真实性，而且也高于现实生活的原型，具有美和善的价值。换言之，现实生活中的原型人物只有经过美化原则和激情原则的加工、提升后才能真正成为悲剧艺术中的悲剧人物。

在理性①之光的普照下，结合了本国的见解和创作实践的新古典主义在论证悲剧人物的特征时呈现出一种与意大利文艺复兴时期悲剧人物论有所不同的色彩。也就是说在情节与人物（性格）的关系上，新古典主义的认识不但没有超过文艺复兴时期的见解，反而显得保守；然而在关于悲剧人物（性格）的论证上，却出现了一些新的（或是令人惊诧的）亮点。

高乃依认为，悲剧人物既可以是地位极为高贵的帝王，也可以是其他阶层的人。"舞台上也不必只演国王们的灾难，其他人们的灾难，只要相当显著、相当奇特，值得写成悲剧，历史对他们也相当留意，有所记载，就可以搬演。"② 在高乃依看来，悲剧与喜剧的区别首先不在于摹仿的方式，也不在于摹仿对象的身份地位，而"在于悲剧的题材需要崇高的、不平凡的和严肃的行动；喜剧则只需要寻常的、滑稽可笑的事件"③，也就是说在于摹仿对

---

① 理性是一种可以离开感性知觉而独立存在的判断力、理解力。换言之，理性是一种先天的认识能力，是一种良知，是普遍的、永恒的，人人生而具有的，人凭借它自能判别是非、明辨真伪，所以理性认识比感性认识更真实可靠。

② 周靖波：《西方剧论选》（上），北京：北京广播学院出版社，2003年版，第90页。

③ 伍蠡甫：《西方文论选》（上卷），上海：上海译文出版社，1979年版，第255页。

象（行动）的高贵性、崇高性。所以，国王们的行为如果不能高出于喜剧的境界，不能表现出某种巨大的国家利益和某种比爱情更高尚、更强烈的情欲（如争取权力和复仇），不能表现出比失去情妇更严重的不幸，那么他们就不是悲剧人物，而是喜剧人物。其次，作为悲剧人物的国王即使地位显赫（更何况当时的雅典根本就没有国王），但他和观众同样是人，而不是神，他同样有七情六欲，同样会陷入厄运，所以"促使国王遭到灾难的那种情欲的冲动，也往往是观众所不能摆脱的"①。换言之，国王由于无止境地沉溺于虚荣、爱情、仇恨和报复而陷入使我们怜悯的深重不幸，同样也会发生在普通人身上。最后，悲剧的目的是引发怜悯或恐惧使情欲净化，如果国王和公侯以外的其他各种人物也能激起怜悯或恐惧，净化观众类似的激情，那么其他各种人物同样可以作为悲剧人物。高乃依关于悲剧人物可以由其他阶层的人物来充当的观点，尽管在当时既没有人呼应，也没有引起人们的重视，但它所具有的革命性或先锋性意义显然被后来的狄德罗和博马舍凸显出来了。

同时，高乃依结合自己的创作实践和舞台经验申述了他对悲剧人物性格塑造的看法。他认为亚里士多德就性格刻画所提出的四点要求——善良（good）、适宜（suitable）、相似（lifelike）和一致（consistent）是恰当

---

① 伍蠡甫：《西方文论选》（上卷），上海：上海译文出版社，1979年版，第257页。

的，但他的解释过于简单，且有许多可疑之处。

在高乃依看来，"善良"不应该被解释为有德行，而应被"理解为某种有德行的或者有罪的倾向的光辉而崇高的性格，这种倾向要么是上述人物独有的东西，要么便是巧妙地加在他身上"①。因为这种将"善良"解释为有德行的说法暗示着一种道德目的（而高乃依主张悲剧的唯一目的是合乎观众的心意）。另外，人都有为善也有为恶的自然倾向，世间没有理想的完人，在人的心中总有善念与恶念的斗争，有理性与感性的矛盾。概言之，每一个人身上都可能隐藏着某种与那些恶性相类似的缺点，所以说如果"善良"意味着有德行，那么大多数古代和现代的悲剧便都是有毛病的，在这些悲剧里有许多坏的和邪恶的人物，他们身上至少有一种与德行不相容的弱点。

高乃依将某些恶都归于"善良"麾下显然是一种有意的误解，但正是这一有意的误解包含了高乃依对人物性格这一问题的远见卓识。高乃依认为，人物的性格首先"必须尽可能是有德行的，我们不要将恶毒的和有罪的人物表现在舞台上，如果这并不是我们所处理的题材所需要的话"②。其次，即使人物性格丧失了大部分德行，最好也

---

① Michael J. Sidnell, *Sources of Dramatic Theory*, 1: *Plato to Congreve*, Cambridge: Cambridge University Press, 1991, pp. 241—242. 译文参考了张黎的翻译，参见［德］莱辛:《汉堡剧评》，张黎译，上海：上海译文出版社，2002 年版，第 418～419 页。

② Michael J. Sidnell, *Sources of Dramatic Theory*, 1: *Plato to Congreve*, Cambridge: Cambridge University Press, 1991, p. 242. 译文参考了余秋雨的翻译。参见余秋雨:《戏剧理论史稿》，上海：上海文艺出版社，1983 年版，第 243 页。

不要让它荡然无存。这并非美化坏人坏事，而是为了使坏人坏事更有悲剧性，更有真实感，更能与现实生活相连。最后，如若坏人坏事没有点滴德行可言，在表现上也要尽量保持住起码的格调，至少要富有艺术吸引力，而不能在舞台上展露丑恶，袒示污秽。高乃依在此关于悲剧人物性格"善良"的阐述，其目的只有一个，那就是论证悲剧人物不仅可以是帝王将相及其以外的其他人物，甚至可以是坏人，把悲剧人物失败的原因归结为人物性格的缺陷：

> 人性的弱点，以期说明过分的激情会导致人物心理、行为、性格的偏激而引起冲突而陷入不幸。这一看法，接近了莎士比亚尽力揭示悲剧人物"性格"中的悲剧因素的创作原则。如果说莎士比亚以其悲剧创作来表明他以揭示人物性格和情感为中心的近代悲剧的特征的话，那么，高乃依则从理论上阐明了这一特征。①

高乃依这一结合了自己的创作经验②的石破天惊之论，虽然从理论上揭示了悲剧创作的必然走向（即以揭示人物性格和情感为中心的近代悲剧的特征，在某种程度上

---

① 邱紫华：《高乃依的悲剧美学思想》，载于《华中师范大学学报》（人文社会科学版），2002年第7期。

② 高乃依从1644年创作《雷多居娜》开始，转向了"第二种风格"的悲剧创作。在具有这种风格的悲剧作品中，悲剧主人公不是暴君匪徒，就是意志薄弱和孤立无援的人物。因为高乃依不再相信人类的理性可以战胜情欲，所以这些人物已没有了高乃依所认为的理想的高尚品质，他们自私自利的情欲也远不是理性所能束缚的。参见廖可兑：《西欧戏剧史》（上卷），北京：中国戏剧出版社，2002年版，第156页。

也早已以其《雷多居娜》等悲剧作品来表明这一点），却不但没有获得时代的共识，反而在后来遭到了莱辛的激烈批判。

适宜指性格须合乎年龄、地位、身份、职业、国度。这主要是针对"实际上并不存在而只存在于作者思想中的人物"[①]而言的。高乃依认为，诗人如果使人物性格与他的身份和环境相吻合，与他的社会关系相吻合，这样他就能够恰当地刻画出观众喜欢或厌恶的人物性格。他接着又说，毫无顾忌地根据贺拉斯所说的那样去处理人物的性格也是不妥当的。因为"少年好挥霍，老人性贪婪"，这只是就一般情况而言的，实际上每日都有与此相反的反常情况发生，这是不足为奇的，譬如老人也会去追求爱情，只是他们获得爱情的方式不同于年轻人。由此看来，与贺拉斯相比，高乃依开始注意到人物性格类型中出现的个人的差别。

相似主要是指对观众已知的历史和寓言人物（性格）的再现，应该与观众心目中对该历史人物的印象相吻合或相像，譬如写美狄亚就要写得凶狠、彪悍。

一致指诗人所摹仿的人物性格要始终一致，具体来说就是开头是怎么写的，结尾还应那样写。然而，由于人在实践活动中常常会发生思想斗争和意志的动摇，所以人物性格的不一致也会在悲剧中经常出现，当然这不是什么缺

[①] Michael J. Sidnell, *Sources of Dramatic Theory*, 1: *Plato to Congreve*, Cambridge: Cambridge University Press, 1991, p. 243.

陷，而是正常的。"在性格的一致中也可能有行为的不一致，不但一个性情轻佻意志薄弱的人是这样，甚至一个坚定的性格，在保持其内在的一致的同时，也可能因情况不同而有外在的不一致，施曼娜在爱情的事件中就是这样的。她的心始终强烈地爱着罗狄克，但她的这种爱情在国王面前是一种样子，在公主玉拉克面前又是一种样子，在罗狄克面前又是另一种样子。而这显然就是亚里士多德所说的'寓一致于不一致'。"①

高乃依在悲剧人物与性格（尤其是对"善良"的解释）问题上所作的大胆探索、深入认识，不但已经危及了情节的核心地位，而且初步显示出悲剧观念由古典向现代转换的征兆，但在唯理性是从的布瓦洛那里，这种转换的征兆再也没有出现，悲剧的人物（性格）也反而以一种更为确定明晰的定型（类型）法则被规定出来。

布瓦洛在全盘继承贺拉斯人物性格论的基础上，明确地提出了人物性格的定型化（类型化）理论，并以法则的形式规定下来。布瓦洛认为，所有的悲剧人物性格（无论是传统的，还是作者凭自己新创的）都应该是类型化的，同时又要具有一定的个性。"不过，伟大的心灵也要有一些弱点。阿什尔不急不躁便不能得人欣赏；我到很爱看见他受了气眼泪汪汪。人们在他肖像里发现了这种微疵，便感到自然本色，转觉其别饶风致。"

---

① Michael J. Sidnell, *Sources of Dramatic Theory*, 1: *Plato to Congreve*, Cambridge: Cambridge University Press, 1991, p. 242.

对于传统悲剧人物及其性格，诗人必须保持其本性，即必须按照神话传说（或人们心中）已有的样子去刻画，"写阿伽曼侬就该写他骄蹇而自私，写伊尼就该写他对天神畏敬之情。凡是写古代英雄都该保存其本性"。对于新创的悲剧人物，诗人则必须使其性格表现得始终如一。那么怎样才能做到使那人物处处符合他自己呢？按照布瓦洛对人性的认识，新创的悲剧人物要表现得始终如一，应作如下理解：一方面，由于新创的悲剧人物仍然是取自历史传说，因而诗人所刻画出来的性格大体上还是要合乎历史传说中的样子；另一方面，历史传说中的悲剧人物还没有完全定型，这样诗人在刻画悲剧人物性格时，可以虚构，也可以创造，但这种虚构或创造并不是随心所欲的，而要遵循类型化的原则，即他的性格必须与他的年龄特征、民族特征等保持一致。就民族性来说，"你对各国、各时期还要研究其习俗，往往风土的差异便形成性格特殊。因此你千万不要象那小说《克莱梨》，把我们风度精神加给古代意大利"[①]；就年龄来说，

> 光阴改变着一切，也改变我们性情。
> 每个年龄都有其好尚、精神与行径，
> 青年人经常总是浮动中见其躁急……
> 中年人比较成熟，精神就比较平稳……

[①] ［法］波瓦洛：《诗的艺术》，任典译，北京：人民文学出版社，1959年版，第55页。

第四章 悲剧人物

老年人经常抑郁，不断地贪财谋利；……①

布瓦洛提出的关于悲剧人物性格的定型化（类型化）理论（加上"三一律"等），尽管没有多少创造性，而且后来还转化为戏剧家创造性的桎梏，但对于澄清和规范法国当时混乱的戏剧创作，无疑具有重要的认识意义。

因此，当法国的这一关于悲剧人物性格定型化或类型化的见解（加上"三一律"等法则）传播到当时同样混乱的英国剧坛之后，它很快就在英国的土壤中扎下了根，其中戏剧诗人兼批评家托马斯·赖默就以一种极端礼赞的态度表述了他对新古典主义法则的虔诚信念。在他看来，新古典主义的合式说（decorum）之所以值得赞同，在于它不仅与可能性、普遍性相一致，而且维护着具有普遍道德寓意的诗学正义。"如果历史上的国王（kings）道德败坏又嗜血如命，那么剧诗中的他们必须是公正的、高贵的和英勇的。如果美德总是有报偿，'所有的英雄（Heroes）都应是国王（Kings）就没有必然性，而根据诗学正义所有登上王位的人毫无疑问都是英雄'。"② 从这种极端的人物类型论出发，托马斯·赖默表达了他对莎士比亚在《奥瑟罗》中创造的伊阿古这个人物的极端不满和反感。他认为不可能有伊阿古这样的人物。为什么呢？因为大家都公认这样的两个事实：所有的军人都是忠诚的，所有的人都

---

① ［法］波瓦洛：《诗的艺术》，任典译，北京：人民文学出版社，1959年版，第38页。

② Marvin Carlson：*Theories of the Theatre*，New York：Cornell University Press，1984，p. 119.

应该感激善待自己的好人。

德莱顿却以一种"与时俱进"的态度阐述了他对悲剧人物（性格）的观点。"仅仅提出亚里斯多德曾经这样说过，是不够的；因为亚里斯多德只是从索福克勒斯和欧里庇得斯那里汲取了他的悲剧模式。如果他能看到我国的悲剧，就很可能会改变他的意见的。"①

结合英国文学的伟大传统和自己的创作实践，德莱顿提出，悲剧人物不一定非是帝王，但必须是伟大的人物。当然，这种伟大既指身份地位上的高贵、显赫，更是指品质德行上的高贵、神圣（不是完美无缺）。同时，悲剧人物可以有坏的一面或缺点，只是决不要让坏的一面超过好的一面。德莱顿虽然在此不再将悲剧人物的身份地位看作是唯一标志，而将重心转移到了悲剧人物的品德上面，但在某种程度上，他还是把两者绑在一起来思考的。所以，德莱顿说，悲剧"必须是伟大的行为，包含伟大的人物，以便与喜剧相区别，喜剧中的行为是琐屑的，人物是微贱的"②。而且悲剧人物必须是一个有德行的人，或者必须具有某种程度的美德，因为有德行的人才能激发我们的怜悯。对于坏人，我们不但不惋惜，反而会憎恨他，所以我们乐于看到他的罪行得到惩罚；对于好人，即有完美德行的人物，自然界并不存在，所以也就不能模仿。

---

① ［英］阿·尼柯尔：《西欧戏剧理论》，徐士瑚译，北京：中国戏剧出版社，1985年版，第15页。
② 周靖波：《西方剧论选》（上），北京：北京广播学院出版社，2003年版，第118页。

德莱顿对性格所作的界说，可以说是亚里士多德之后最重要的系统性诠释：其一，他首次明确地指出性格是人物身上先天获得的一种倾向，而这种倾向又不是单一的，而是复杂的，是由许多因素形成的①；同时指出是人物的性格决定人物的行为。所谓性格是指人物身上先天获得的某些倾向，那些倾向在暗中推动和带动我们去做好的、坏的或者不好不坏的行为，或者那种使得人物去做这种或那种行为的东西。简洁地说，性格就是"把一个人和其他所有的人区别开来的东西"。所谓这种"东西"，不能认为只包含某一种特殊的美德、恶行或激情，他是在同一人物身上许多不互相矛盾的因素的综合。

其二，德莱顿根据自己对性格的看法，提出了塑造人物性格的四项原则：第一，性格必须很明显；第二，性格必须与人物适合、相符；第三，性格必须相似；第四，性格必须是经常的、平衡的。德莱顿的这四项原则显然受到了亚里士多德、贺拉斯等有关性格理论的启发，因而他的提法及阐释既有与前人一致的地方，也有独具匠心的地方。相同的地方不必多说，这里就说说他对第一项原则的独特见解。（1）德莱顿提出了一个新的术语"明显"，以此说明人物性格的塑造必须表现出一些倾向性。（2）从舞台演出的角度，德莱顿指出性格不鲜明，不能引起观众的关心，也不能作用于观众。"只有恶行和美德能够引起怜

---

① 德莱顿认为，性格是由许多原因形成的：它们可以靠脸色来区别，例如胆汁质和粘液质的；或者根据性别、年龄、气候、人物的品质、他们目前的处境来区分。它们同样也可以从某些美德、恶行或激情以及其他许多常识来测知的。

悯或恐惧；因此没有恶行和美德的人物在戏中谁也无事可做。要是人物身上的倾向是隐潜的，这就表明诗人无知，不晓得他想对你表现何种性格的人物；因此你对那个人物无法认识或者只有不明确的认识，你也不能判断他应当下什么样的决心，什么样的言行对他合适。"① （3）德莱顿在悲剧理论史上第一次提出：在情节与性格发生冲突时，宁可舍弃情节，也不能舍弃人物性格，甚至连情节影响到人物性格的鲜明也是不可容忍的。而性格的不鲜明，也往往是过分追求惊险曲折情节的后果，"因为当命运的奇迹主宰全部舞台之际，当诗人更致力于告诉你某个人物的遭遇，而不是他本人之际，人物的性格就不会鲜明"②。其实，此论早在《论诗剧》中就有所涉及。在该文中，德莱顿不仅将诗剧定义为"关于人性的正确而生动的反映，它要表现的是人的激情与个性……"，而且指出法国的诗剧缺少生命力，就在于"他们的诗剧缺少灵魂，缺少个性与激情"③。相较之下，在本·琼森一出戏里可以找到的个性，要多于所有法国戏剧里可能找到的。因此，在悲剧的诸成分中，性格虽然还是第二位的，但德莱顿对其认识的深刻性和充分性却表明性格的重要性实际上重于情节。

因此，德莱顿对悲剧人物的性格所作的创造性阐释和

---

① 周靖波：《西方剧论选》（上），北京：北京广播学院出版社，2003年版，第124页。

② 周靖波：《西方剧论选》（上），北京：北京广播学院出版社，2003年版，第124页。

③ ［英］德莱顿：《论剧诗》，《文艺理论译丛》（2），北京：中国文联出版公司，1984年版，第87页。

发挥，使得由亚里士多德建构起来的，经过古罗马的贺拉斯、文艺复兴时期意大利的诸诗学家、法国新古典主义（高乃依和布瓦洛等）的诠释和发展的"类型化"的古典悲剧人物性格论达到了一种相对完美的状态，如果说在此之前的类型化性格理论是一种"扁平状的"，那么现在则是一种"圆形的"。就像余秋雨先生在《戏剧理论史稿》中所说的，德莱顿的戏剧人物论，有着相当完整的自足结构。换言之，德莱顿之后，对悲剧人物性格的进一步认识，如果没有知识型的突破，就将难以为继了。

新古典主义关于悲剧人物（性格）的阐述，不论是积极地追求创新，还是一味守成，都假定悲剧人物是以真善美的统一体呈现出来的。就像新古典主义理论集成者布瓦洛所说的："只有真才美，只有真才可爱，真应该统治一切，寓言也非例外；一切虚构中的不折不扣的虚假，也只为使真理现得格外显眼"[①]；"作者们，我有忠言，请为我侧耳静听。你那丰富的虚构是否想受人欢迎？那么，你的缪斯要多发些谠论鸿言，处处能把善和真与趣味融成一片。一个贤明的读者不愿把光阴虚掷，他还要在欣赏里获得妙谛真知。"[②] 换言之，人物形象要塑造成功，必须将社会伦理行为的善与审美的"趣味"及获得"妙谛真知"的"真"结合起来；如果片面地追求欣赏异常的人物性格

[①] 北京大学哲学系美学教研室：《西方美学家论美和美感》，北京：商务印书馆，1980年版，第81页。

[②] ［法］波瓦洛：《诗的艺术》，任典译，北京：人民文学出版社，1959年版，第64页。

和关系,那就破坏了逼真的规律,而且也不美了。

三、古典悲剧人物论的衰落

进入18世纪,当英伦三岛的约翰逊(和法兰西的伏尔泰)还在为新古典主义理论,尤其是其中的人物"类型"理论鼓噪时,"诗人的任务不是考察个别事物,而是考察类型;是注意普遍的特点和注意大体的形貌。他不数郁金香的纹路或描写森林的深浅不同的绿荫"①。欧洲大陆上法德两国的一些启蒙思想家却在为一种与新古典主义大异其趣的市民悲剧制造舆论。

就像克拉克(B. H. Clark)所说的那样:"狄德罗吹响了反对新古典主义的错误观念的号角,这个时代是为他而准备的。"② 反对新古典主义毫无疑问不是从狄德罗这里开始的,但他是自觉要求变革新古典主义的第一人,他不仅创作与新古典主义悲剧大异其趣的市民悲剧,而且还进一步从理论上对其进行系统的阐述。

在狄德罗看来,资产阶级戏剧的目标在于描绘人的责任,那么现在谁将替我们有力地描绘人的责任?对那些把这个任务担当起来的诗人应作何要求?"他应该是一个哲学家,深入研究过自己的内心,从而看到人的本性,他还必须深入地了解社会上的各行各业,明了它们的作用和价

---

① 转引自董学文:《西方文学理论史》,北京:北京大学出版社,2005年版,第102页。
② K. S. Misra, *Modern Tragedies and Aristotle's Theory*, New Delhi (India): Caxton Press (P) Ltd, 1981, p. 56.

值，其麻烦和便利之处。"① 悲剧人物可以是身份地位显赫的大人物，更应该是普通的市民阶层。"不论是什么样的作品，都应该表现时代精神。"② 18世纪的时代精神不是体现在像国王那样的大人物身上，而是表现在新起的市民阶层身上。此外，"喜剧和悲剧在任何等级里都会产生，所不同者只是痛苦和眼泪更经常地出现在臣仆的家庭，而快乐和欢笑则更经常地降临在帝王的宫殿"③。所以人们有时会这么说，宫廷里发生了一件很有趣的轶事，城里发生了一件非常悲惨的事件。

悲剧的主角必须是具有七情六欲的个别人，即在具体情境中表现出正常人的情感和欲望的人，而不是类型化的人。"喜剧中的人物代表类型，而悲剧中的人物只是个人。……悲剧的主角是具体的人：不是雷古鲁斯就是布鲁图斯，或者卡图，他不可能同时又是另外一个人。喜剧的主角恰恰相反，它代表一大群人。"④ 因此，悲剧之所以能感动人，并非由于悲剧主角高贵的社会身份，而是由于他的灵魂在某种突出的情境中发出了人性的声音。狄德罗的这一见解后来又在博马舍的《论严肃戏剧》中得到了强有力的回应：广大观众之所以对悲剧人物发生兴趣、产生

---

① ［法］狄德罗：《狄德罗美学论文选》，张冠尧等译，北京：人民文学出版社，1984年版，第133页。
② ［法］狄德罗：《狄德罗美学论文选》，张冠尧等译，北京：人民文学出版社，1984年版，第85页。
③ ［法］狄德罗：《狄德罗美学论文选》，张冠尧等译，北京：人民文学出版社，1984年版，第96页。
④ ［法］狄德罗：《狄德罗美学论文选》，张冠尧等译，北京：人民文学出版社，1984年版，第94页。

感情，并不是因为这些人物是英雄和帝王，而是因为他们是不幸的人。

狄德罗在阐述了自己对悲剧人物的看法后提出了塑造悲剧人物（性格）的新见解：人物性格的刻画是否成功并不是取决于性格之间的正反对照，而是取决于情境（即性格与情境的对比）。因为每天都有许多不同性格的人遭遇同样的事件。譬如，把女儿当作牺牲品的可能是个野心家，也可能是个弱者，还可能是个残暴的人。为情妇担心的既可能是资产者或英雄，温柔的或嫉妒的，也可能是亲王或随从。另外，"人物的境遇愈棘手愈不幸，他们的性格就愈容易确定。考虑到你的人物所要度过的二十四小时是他们一生中最动荡最严酷的时刻，你就可以把他们安置在尽可能大的困境之中。情境要有力地激动人心，并使之与人物的性格发生冲突，同时使人物的利害互相冲突。应该使一个人不破坏别人的意图就不能达到自己的目的；或者使大家关心同一件事，然而每个人希望这件事按照他的打算进展"①。相反，性格之间的对比一是技巧外露，矫揉造作，而且这种手法还是一个用腻的技巧；二是不真实，因为社会上的一般情况往往只是"各有不同"而非"截然对立"；等等。所以，狄德罗最后总结说，在具体塑造和刻画人物时，"真正的对比是人物性格和情境之间的

---

① ［法］狄德罗：《狄德罗美学论文选》，张冠尧等译，北京：人民文学出版社，1984年版，第179页。

第四章　悲剧人物

对比，是不同的利害之间的对比"①。

德国的莱辛同样被看作是一个将德国悲剧从新古典主义解放出来的先行者。他认为，随着整个历史进程的发展，传统的悲剧和喜剧由于它们在德国已经失去了赖以存在的阶级基础，代之而起的只能是正在和即将成为进步的代表着德国的未来的资产阶级及其前身的市民阶级，而他们要创造反映和代表本阶级利益的民族戏剧，也只有去寻找新的戏剧形式。在莱辛的心目中，"市民悲剧"就是他们所要寻找的新的戏剧形式。

在这种新的"市民悲剧"中，悲剧人物首先不再是王公和英雄，而是代表着德国未来的资产阶级及其前身的市民阶级。其原因在于：一个有才能的作家，不管他选择哪种形式，"总是着眼于他的时代，着眼于他国家的最光辉、最优秀的人，并且着力描写为他们所喜欢，为他们所感动的事物。尤其是剧作家，倘若他着眼于平民，也必须是为了照亮他们和改善他们，而绝不可加深他们的偏见和鄙俗思想"②。王公和英雄人物的名字，可以为戏剧带来华丽和威严，却不能令人感动。我们周围人的不幸自然会审慎地侵入我们的灵魂；倘若我们对国王们产生同情，那是因为我们把他们当作人，并非当作国王之故。因此，"如果有人相信爵位能够感动我们，那是对人类心灵的冤屈，对

---

①　[法] 狄德罗：《狄德罗美学论文选》，张冠尧等译，北京：人民文学出版社，1984年版，第179页。

②　[德] 莱辛：《汉堡剧评》，张黎译，上海：上海译文出版社，2002年版，第9页。

人的本性的误解"。朋友，父亲，情人，妻子，儿子，母亲，总而言之，凡是人的神圣的名字，比一切都能令人感动；他们总是保持着自己的权利。"当一个人不顾自己的幸福和荣誉，由于为一个不值得尊敬的朋友效劳，被坏人牵累，而现在竟呻吟在牢房里，忍受着羞愧和懊悔的折磨的时候，有谁会关心这个不幸的人的官阶、姓氏和出身呢？"① 人民关心的是具体事物，而不是抽象国家，"我们的同情心要求有一个具体对象，而国家对于我们的感觉来说是过于抽象的概念"②。也就是说，作为市民的"人民"不再是一个依附于王公贵族的阶层，而是一个独立于当时封建国家的利益的阶级。

尤为值得注意的是，莱辛通过调和并发挥哈德、狄德罗的主张（悲剧应该表现特殊性格）与亚里士多德的要求（悲剧性格具有普遍性），提出悲剧性格既是个别的，又是普遍的；既是"超载的"，又是"常见的"。具体地说，其一，莱辛认为哈德（和狄德罗）所主张的个别性格，其实是一种包含了类型并不鲜明的个别性格。在引证了哈德在《论戏剧的各种领域》中关于悲剧性格（和喜剧性格）的大段文字后，莱辛说哈德也像狄德罗一样，"主张悲剧表现特殊性格，只有喜剧才表现普遍性格"，但这并不违背亚里士多德要求悲剧性格具有普遍性的看法。因为哈德认

---

① ［德］莱辛：《汉堡剧评》，张黎译，上海：上海译文出版社，2002 年版，第 73 页。

② ［德］莱辛：《汉堡剧评》，张黎译，上海：上海译文出版社，2002 年版，第 73 页。

为："悲剧性格必须具有个别性，或者不像喜剧性格那样具有那么多普遍性，亦即它应该对它所属的类型较少地加以说明；但是性格当中这少许应该表现的特征，必须按照亚里斯多德所要求的那种具有普遍性的事进行处理。"①其二，莱辛认为"普遍的"这个词，可以有两种完全不同的意思：(1)"普遍性的性格是这样一种性格，在他身上集中了人们从许多个别人，或者从一切个别人身上观察来的东西。"也就是说，这是一个"超载性格"，与其说它是性格化的人物，还不如说它是"拟人化的性格观念"。狄德罗在谈到悲剧性格时所提及的"普遍性"即是这个含义。(2)普遍的性格则是这样一种性格，"在他身上有着从许多个别人，或者从一切个别人身上观察来的东西，体现了某种平均值，体现了一种中间比例，简言之，这是一个常见性格"。不仅性格是常见的，而且性格的程度和限度也是常见的。哈德在解释亚里斯多德的"普遍性"一词时，恰好用的就是这种含义。哈德和狄德罗所用的"普遍的"一词尽管含义不同，看似矛盾，但实际上并不矛盾。因为他们所说的性格的"普遍性"，都意味着一种包含了个别性的普遍性，所以莱辛最后得出结论说："假定人们能够在个别人身上想到它，而且也见过它确实同样有力，同样持续不断地表现在许多人身上的例子，尽管如此，它

---

① [德]莱辛：《汉堡剧评》，张黎译，上海：上海译文出版社，2002年版，第474页。

不是比亚里斯多德那种普遍性更不常见得多吗?"①

　　莱辛所论述的这些"思想可能没有多少联系,甚至可能是互相矛盾的"②,但它毕竟高于亚里士多德所说的那种普遍性,而且也比狄德罗的相关论述深入多了。

　　此外,在性格与情节的关系上,莱辛也提出了"性格远比事件神圣"的看法。因为在他看来,如果对性格进行仔细的观察,那么事件只要是性格的一种延续,便不可能有多少走样儿;因为相反,可以由完全不同的性格当中引出相同的事件。还有,因为丰富的教育意义并非寓于单纯的事件,而是寓于认识。这种性格在这种情况下通常会引起这样的事件,而且必须引起这样的事件。③所以,一切与性格无关的东西,作家都可以置之不理。对作家来说,"只有性格是神圣的,加强性格,鲜明地表现性格,是作家在表现人物特征的过程中最当着力用笔之处"④。换言之,事件是偶然的,性格才是本质的、特有的。因为对于前者,作家可以任意处置,只要它们不与性格相矛盾;后者则相反,只许他清清楚楚地表现出来,不容许有任何改变。

　　启蒙时期关于悲剧人物的见解,无论是狄德罗,还是

---

　　① [德] 莱辛:《汉堡剧评》,张黎译,上海:上海译文出版社,2002年版,第475页。
　　② [德] 莱辛:《汉堡剧评》,张黎译,上海:上海译文出版社,2002年版,第475页。
　　③ [德] 莱辛:《汉堡剧评》,张黎译,上海:上海译文出版社,2002年版,第172~173页。
　　④ [德] 莱辛:《汉堡剧评》,张黎译,上海:上海译文出版社,2002年版,第122页。

莱辛等，其实从某种程度上看远远超出了新古典主义关于悲剧人物的看法，但它们只是一种变革的前奏。因为首先是这些观念还没有变成人们的共识；其次，更为重要的是它们只是一种局部的变革，在整体知识的框架上仍然是属于亚里士多德式的，从真善美这三位一体的视角来认识悲剧人物，或者说依然是通过对悲剧原型的认识来获得关于悲剧人物的知识。狄德罗在《论戏剧诗》的开篇"戏剧的题材"中提出的第一个重要观点就是："任何东西都敌不过真实。"在接下来的"严肃的喜剧"这一节又说："当人们写作的时候，心目中应该总是想到道德观念和有德行的人。"由此可见，狄德罗关于悲剧的见解是建立在真善美之上的，就像他在《画论》中所说的："真、善、美是紧密结合在一起的。在真或善之上加上某种罕见的、令人注目的情景，真也就变成美了，善也就变成美了。"[①] 莱辛也是如此，他在《汉堡剧评》开篇就提出，戏剧不仅要表现时代的优秀人物，而且要具有改善人心的意图和效果。

第二节 现代悲剧人物的"尊严"与"自由"

在现代知识型时期，随着悲剧作为一种自由独立的创造性的艺术逐渐成为人们的共识，悲剧之所以是悲剧的支

[①] [法]狄德罗：《狄德罗美学论文选》，张冠尧等译，北京：人民文学出版社，1984年版，第429页。

点不再是建立在对悲剧摹仿的对象（方式、媒介），而是立足于悲剧性或悲剧精神时，关于悲剧人物的认识也就发生了根本性的变化。当然，这种关于悲剧人物认识的根本性转换，并非由于某种明确的事件，如攻克巴士底狱或一声响彻世界的枪声来宣布的，而是在不同的时空中逐渐发生的。在由古典知识型向现代知识型转换的开始阶段，人们对悲剧人物的认识仍然在两者之间摇摆，或者从悲剧性这个本体性原则出发来要求悲剧人物，或者还是从摹仿的原型这个层面来分析他。只有当现代知识型替代了古典知识型，当人完全被建构起来时，对悲剧人物的认识才是从悲剧艺术中的"人"出发的，而不是从现实的人出发的（在现实主义者看来，这一观念依然具有存在的合理性）。

一、浪漫主义时代的悲剧人物论

对浪漫主义时代的诗人和批评家来说，随着整个西方在18世纪由古代社会转变为现代社会，人不但没有朝向和谐全面的方向进步，反而在机器的运转中被撕成碎块，成为附属于机器的一个部件和职业的标志。处处只看得到职工、机械师、商人、学者，而看不到的只是——人。物质享受的膨胀、拜金主义的蔓延、道德的沦丧，使人性不复存在。恢复人的本来面目成了时代的任务。而借用艺术的力量来拯救日益败坏的人的心灵，恢复人的本来面目，或者说通过艺术的审美活动或艺术游戏，促成人的感性与理性的重新统一，显然是这个时代摆脱困境的理想选择。艺术创作被看作是由人的主观精神、人的心灵所决定的，

第四章　悲剧人物

"人心是艺术的基础，就好像大地是自然的基础一样"①。因而人们对于艺术的兴趣"从一个未知的外在世界，移向一个直感与表达的内在世界，即人的心灵"②。所以，狄德罗当年提出的资产阶级戏剧的目标在于描绘人的责任，如今成为人们的普遍认识。

在浪漫主义的大本营德国，歌德在18世纪60年代末的《诗与真》中就领悟到艺术形象是诗歌首先要注意到的，令人遗憾的是他没有深入下去。席勒提出过关于审美形象的理论，"一个人在多大程度上学会重视形象胜于重视（普通的实用的）实在，他也就在多大程度上是一个文明人"③，而且还对悲剧人物作了合乎时代的解释，只是这种解释仍然残留着亚里士多德的印记。席勒认为悲剧艺术选择的对象（主角）必须是崇高的或具有崇高精神的。悲剧人物的崇高并不是指身份、地位的高贵，也不是指人物对激情的压制和超脱，而是指一种能够反抗苦难的自由的、独立的精神④，并通过这种对苦难的反抗来确证人之为人的价值和尊严。席勒还认为，悲剧的审美对象在某种程度上也可以是丑的，因为丑是包含在崇高的范围之

---

① ［法］雨果：《论文学》，上海：上海译文出版社，1980年版，第99页。
② ［美］卫姆塞特、布鲁克斯：《西洋文学批评史》，颜元叔译，北京：中国人民大学出版社，1987年版，第508页。
③ ［英］鲍桑葵：《美学史》，张今译，北京：商务印书馆，1985年版，第379～380页。
④ 席勒曾反复指出：战胜可怕的东西的人是伟大的。即使失败也不害怕的人是崇高的。人在幸福中可能表现为伟大的，仅仅在不幸中才表现为崇高的。参见［德］席勒：《论崇高（I）》，见《秀美与尊严》，张玉能译，北京：文化艺术出版社，1996年版，第191～192页。

内的。

> 事后追悔，自怨自艾，甚至于达到最严重的程度、全然绝望的地步，这在道德上是崇高的，因为倘若在这个罪人的心灵深处不存在一缕区别正确与谬误的正直之感，并对自己的最切身的自私利益做出批判的话，他就永远不会追悔的。……把道德法则看成是最高裁判的心灵状态，在道德上是合情合理的，所以也就成为道德快乐的一个源泉。一个人由于受不了内心法官的谴责的声音，这些声音他不能充耳不闻，绝望之余，把人生中所有的财富，甚至于自己的生命都弃置不顾，还有什么比这种英雄气概的绝望心情更加崇高呢？①

所以，席勒认为悲剧诗人"理想的主人公正是介乎完全堕落和完美无缺的人物之间"，"那些脱离一切道德的物体，像民间迷信或者诗人幻想所描绘的凶恶精灵，以及和这些精灵相似的人，——再有那些摆脱感情束缚的物体，就像我们所设想的纯粹的灵秀之士，以及一些高度地摆脱了感情束缚的凡人……凡此种种，都不宜成为悲剧的人物"②。为什么呢？席勒指出，一个纯粹的灵秀之士是不会痛苦的，一个凡人，要是异乎寻常地接近这种纯粹的灵

---

① ［德］席勒：《论悲剧题材产生快感的原因》，孙凤城等译，见《古典文艺理论译丛》（六），北京：人民文学出版社，1963年版，第80页。
② ［德］席勒：《论悲剧艺术》，张玉书译，见《古典文艺理论译丛》（六），北京：人民文学出版社，1963年版，第101页。

秀之士，那么，在他心里也从来不可能激起巨大的痛苦，因为他从自己的道德本性中很快就能找到力量，抵御脆弱的感性所受的痛苦。一个没有道德的彻头彻尾的感情生物，以及和他们相似的人，能产生可怕的痛苦，因为他们身上的感情占了上风，但是没有任何道德感情作为内心支柱，因而完全成了痛苦的俘虏。① 换言之，这样的人要么仅仅是一个痛苦的动物，要么就像是"古老画册中戴着皇冠躺在床上的国王和皇帝"，但就不是一个受苦的人，就是显示不出人性在受难的过程中所显示出的崇高精神——激烈的道德反抗或争取独立的力量。

因此，席勒说悲剧诗人"理想的主人公正是介乎完全堕落和完美无缺的人物之间"，看似是亚里士多德悲剧人物说的翻版，其实由于席勒对悲剧的审美对象"人"的理解与亚里士多德的理解已有实质性的差异，因而席勒的悲剧人物就不可能是亚里士多德式的"好"人，只应是普罗米修斯式的"受难英雄"（在某种程度上也可能是麦克白式的"罪人"）。

A. W. 施莱格尔由于自觉地将"浪漫的"与"古典的"对立起来，"对于艺术史来说，最有本质意义的是承认现代趣味和古代趣味的对立。那些承认古今对立的人为与古代或古典艺术精神相对立的独特的现代艺术精神找到

---

① ［德］席勒：《论悲剧艺术》，张玉书译，见《古典文艺理论译丛》（六），北京：人民文学出版社，1963年版，第101页。

了浪漫的这个名称"①，将浪漫的意思同进步的和基督教结合起来，因而与席勒相比，施莱格尔关于悲剧（人物）的认识显然更有现代意味。施莱格尔认为，古典悲剧描写的是人与命运的斗争及其解决，因而它关注的必然是一系列的恐怖和痛苦事件，而不可能以悲剧人物为中心。近代的浪漫主义悲剧不谈直接的社会问题，表现的是"更高级的情感"，而且"近代人的情感，一般地说来，是更为内向的，他们的幻想是更为飘忽的，他们更善于沉思默想"②，所以近代的浪漫主义悲剧必然是主观的，注重人物性格的，而不可能以动作情节为主，更何况"在较高级、正确的意义上讲，它（指动作，引者注）是一种受人的意志支配的活动"③。古典悲剧也好，近代的浪漫悲剧也好，悲剧人物的"内在神性"或道德自由只有经过与美感（the sensuous）的激烈斗争，才能得到确证。换言之，悲剧人物要确证自己的道德自由，就必须把尘世间的一切生活看作是毫无价值的，并能承受住所有的痛苦，战胜一切困难。

施莱格尔这一关于古典的与浪漫的之间的对比，也出现在谢林的《艺术哲学》以及法国斯塔尔夫人的《论德国》等书中。在《论德国》第十一章中，斯塔尔夫人所要

---

① 曹峻峰等：《西方美学通史·德国古典美学卷》（第四卷），上海：上海文艺出版社，1999年版，第270页。

② [美] 转引自约翰·霍华德·劳逊：《戏剧与电影的剧作理论与技巧》，北京：中国电影出版社，1961年版，第59页。

③ [美] 约翰·霍华德·劳逊：《戏剧与电影的剧作理论与技巧》，北京：中国电影出版社，1961年版，第60页。

论述的观点之一是浪漫主义悲剧以描写人物及其情感为主，古代的（即以古希腊为主的）则是描写事件的悲剧。而谢林在《艺术哲学》中也指出古代悲剧是情节悲剧，"据始初的概念看来，悲剧并非叙述，而是现实的、客观的情节本身"；现代悲剧则是一种性格悲剧，"如果我们对莎士比亚与古代悲剧的诸高峰相较，并用一句话来评述，我们应称之为最伟大的性格描述创始者"①。

伴随着德国浪漫主义运动而起的对戏剧（或悲剧）人物及其内心世界的普遍关注，黑格尔的《美学》对此有充分的说明。在《美学》中，尤其是在论述戏剧体诗（及其悲剧诗）这一部分，黑格尔借助于辩证法不仅提升了人物性格在悲剧中的地位和作用，而且由此更为详细确切地区分了古代悲剧与浪漫悲剧。

对于悲剧人物，黑格尔没有专门论述，但在论述动作和悲剧原则时，已暗示了他心目中理想的悲剧人物——既有罪又无罪，既"坚持善良的意志"又有"性格的片面性"。在他看来，真正的艺术应该给我们一种本身和谐的印象，而"纯然反面的东西总是呆板枯燥的，使我们觉得空洞无味或是厌恶，无论它是作为一种动作的动力，还是仅仅作为一种手段，去引起旁人的反动作"②。所以，像恶魔、复仇的女神以及后来寓言中许多类似的力量由于本

---

① [德]谢林：《艺术哲学》，魏庆征译，北京：中国社会出版社，2005年版，第330页。

② [德]黑格尔：《美学史》（第一卷），北京：商务印书馆，1996年版，第281页。

身很坏,都不宜作为理想艺术的角色。对悲剧来说,由于它是诗乃至一般艺术的最高层的艺术形式,因而悲剧冲突对立的双方都不应是纯粹的善或恶,而应是既有罪又无罪。或者说悲剧性冲突中的哪一方都有辩护理由,但同时每一方在为自己所坚持的那种目的和性格的真正内容辩护时,却把同样有辩护理由的对方否定掉或破坏掉。黑格尔关于悲剧人物的认识,完全是从人物的主体性及其内在精神(即实体性力量)出发,因而他的悲剧人物说不仅为彻底打破悲剧人物的外在限制奠定了坚实的基础,而且是对亚里士多德的超越、对席勒的扩展。譬如在对悲剧人物受难的理解上,亚里士多德认为是"过失"(hamartia),而席勒认为是道德缺陷,黑格尔则认为是决定人物性格的既片面又合理的实体性力量或主体性本身。

对于人物性格,黑格尔认为它就是理想艺术表现的真正中心。就悲剧而言,它更是如此。在黑格尔看来,动作情节尽管还是悲剧领域中十分重要的概念,但其内容中的本质性因素却不再是实际的(外在的)动作情节(即苦难本身),而是引起这种动作的内在精神(即苦难的原因)。"这有两方面,一方面是在实质上合乎道德的伟大的理想,即在人世中实际存在的那种神性的基础,亦即个别人物性格及其目的中所包含的绝对永恒的内容意蕴;另一方面是完全自由自足的主体性格。"① 换句话说,动作是由普遍

---

① [德]黑格尔:《美学史》(第三卷·下册),北京:商务印书馆,1996年版,第283页。

第四章　悲剧人物

的实体性力量引发的，而这些力量的活动和实现需要人物的个性才能达到。艺术总要能感动人，但艺术中真正能够（长久）感动人的是对人类具有普遍意义的旨趣，或是在本民族中广泛流行的有实体性的情致。而能给普遍旨趣或有实体性的情致以可感的生命的，却正是活生生的人物及其个性。

在黑格尔这里，人物性格虽然已是悲剧艺术表现的真正中心，但这种表现主要是在浪漫型悲剧中。近代浪漫型悲剧由于采用主体性原则，它用作对象和内容的是人物的主体方面的内心生活，不像古典艺术中那样体现一些伦理力量。或者说近代悲剧的动作情节不以实体性力量为基础，而是以主体的意志和性格以及实际和环境的显然外在的偶然因素为基础的。因而，近代悲剧的兴趣在于人物性格的伟大；在于人物置身在复杂的偶然关系和情况之中，他的情欲何去何从，"并不依据某种实体性辩护理由，而是因为他生下来就是那种性格，就必然要服从那种性格"[①]。古典悲剧却不是这样的。因为在古典悲剧中主体性在动作情节中发挥的作用比较有限，它也只要求人的目的中的实体性内容能显出自由和生气就行。也就是说，古典悲剧中起主要作用的是人物所要实现的那个目的所体现出的普遍的实体性因素。同时古典悲剧的兴趣也不在于个别人物的命运，不在于个别特殊细节，而首先在于对不同

---

① ［德］黑格尔：《美学史》（第三卷·下册），北京：商务印书馆，1996年版，第322页。

的人生本质力量之间，即人性中各种神性之间单纯的斗争和结局的同情共鸣。因而作为这些力量的代表人物而出现的悲剧英雄（尤其是悲剧英雄的内心状态和性格特征）并没有得到充分的刻画。

既然人物性格就是悲剧创作的真正中心，那么对黑格尔来说，诗人之所以是诗人，并非因为他善于摹仿或擅长组织情节，而在于他能否彻底洞察到剧中人物主体方面的情欲和个性。因为诗人只有"彻底洞察到人的目的，斗争及其终局是以内在的普遍的力量为根据的"[1]，他才能意识到在那些矛盾和纠纷里，按照事物的本质，会有某种动作出现，即把动作（情节）表现为动作、反动作和矛盾的解决的一种本身完整的运动。

浪漫主义戏剧的提出与倡导源于德国，但在法国的影响（取得的成就）却最大。1827年雨果发表的《〈克伦威尔〉序》就是迟到的法国为浪漫主义戏剧理论提供的一份重要文献。在这篇批评文章中，雨果第一次正式提出"滑稽丑怪是戏剧的一种最高的美。它不仅是戏剧中一种相宜的成分，而且每每是一种必需的要素"[2]。

在雨果看来，人是由两种成分构成的：一种是易于毁灭的，一种是不朽的；一种是肉体的，一种是精神的；一种束缚于嗜好、需求和情欲之中，一种则寄托于热情和幻

---

[1] ［德］黑格尔：《美学史》（第三卷·下册），北京：商务印书馆，1996年版，第247页。

[2] ［法］雨果：《论文学》，柳鸣九译，上海：上海译文出版社，1980年版，第49页。

想的翅翼之上。人既是双重的，因而如果有人禁止它们枝叶交复而要把它们截然分开，那么将产生的全部后果，其一是恶习和可笑的抽象化，其二是罪恶、英雄主义和美德的抽象化。或者说，这两种典型一旦被如此割裂而各行其是，它们就会各自片面地发展，结果把真实扔在中间，使它们一个在左，一个在右。在这里，虽然有了这种抽象化的东西，但人仍然没有被表现出来。而"戏剧的特点就是真实；真实产生于两种典型即崇高优美与滑稽丑怪的非常自然的结合，这两种典型交织在戏剧中就如同交织在生活和造物中一样"①。因为真正的诗，完整的诗，都是处于对立面的和谐统一之中，所以存在于自然中的一切也应存在于艺术中。

人既然是崇高优美和滑稽丑怪这两者非常自然的结合，而存在于自然中的一切也应存在于艺术中，那么塑造人物的时候，无论是为了艺术形象的真实性，还是为了使它能够产生鲜明的效果，艺术家都必须在人物身上造成强烈的、尖锐的对照。雨果的对照原则虽有其局限性，却恰好体现了新兴浪漫主义戏剧（或悲剧）要扩大表现范围的要求。因为雨果的这一原则从另一个层面打破了古典主义戏剧（或悲剧）只表现帝王将相、王公贵族，而排斥生活中平凡粗俗的普通人形象的法则。

---

① ［法］雨果：《论文学》，柳鸣九译，上海：上海译文出版社，1980年版，第44~45页。

二、浪漫主义之后的悲剧人物

浪漫主义尽管在理论上主张悲剧人物的"平民化",主张将塑造人物性格置于悲剧创作的中心,但在现实的悲剧创作中,浪漫主义却并"没有构建起它所许诺的现代戏剧"① (建构现代悲剧就更不用说了)。因而随着浪漫主义的高潮在欧洲各国相继退去,随着"一个'意识形态的时代'","当然也是一个科学时代"或者说现代知识型的来临,以及(人们)对个人自由表现出不断增长的渴望,对悲剧及其人物认识的不同的可能性都得到了探索。反过来说,关于悲剧主角的认识之所以在浪漫主义之后出现不同的可能性,在于现代知识型的完全确立之后,出现了从不同层面探索认识人(与悲剧)的多种不同本质的可能性。

叔本华认为,人的本质并非黑格尔所说的理性或精神,而是意志。这种意志是一种不受理性制约的、盲目的、不可遏制的欲望冲动,求生存是它的基点,因而它也可称为生存意志。世上的人就是在它的刺激和推动下,表现为一种永不满足的状态。不满足就是痛苦,而人的生命是意志的表象,所以人的生命是痛苦的渊薮,也是可怕的悲剧。人要摆脱这种普天之下都面临的困境,沉醉于艺术,尤其是沉醉于悲剧艺术是一条非常重要的途径。

首先,悲剧艺术的目的便是显示人的理念,也就是说

---

① Marvin Carlson, *Theories of the Theatre*, New York: Cornell University Press, 1984, p. 270.

"悲剧的真正意义是一种深刻的认识,认识到［悲剧］主角所赎的不是他个人特有的罪,而是原罪,亦即生存本身之罪。加尔德隆率直地说:人的最大罪恶/就是:他诞生了"①。既然悲剧艺术存在的意义在于认识人(或生活)的本质,使悲剧主角甚至观众向生活妥协,从而放弃生存的意愿,而意志又是人的本质,那么从理论上说,一切人都可充当悲剧人物。不论农人或王侯,只要能够唤起这种认识,都可作为悲剧主角。所以,"平民悲剧"绝对没有什么值得疵议的地方。而且叔本华对日常悲剧(或近代悲剧)的偏爱也清楚地证实了这一点,因为道德上平平常常的人物,在普通的环境中因彼此处于对立地位而造成的悲剧,由于与我们的处境接近到了极为可怕的程度,因而更能唤醒我们。

其次,悲剧艺术所要显示的人的理念,主要是通过塑造人物性格达到的。"在较客观的文学体裁中,尤其是在长篇小说、史诗和戏剧中,［文艺的］目的,亦即显示人的理念,主要是用两种方法来达到的;即正确而深刻地写出有意义的人物性格和想出一些有意义的情况,使这些人物性格得以发展于其中。"② 但人物性格并不是抽象的,而是"来自生活,是善良与邪恶,智慧与愚笨的自然结

---

① 周靖波:《西方剧论选》(上),北京:北京广播学院出版社,2003 年版,第 283 页。
② 周靖波:《西方剧论选》(上),北京:北京广播学院出版社,2003 年版,第 280 页。

合，就好像是人的自然本性"①。因而悲剧诗人不仅要像自然本身一样那么逼真而忠实地展示出有意义的人物性格，更重要的是要把人物置于特定的情况之中，使他们的特性能够在这些情境中充分发挥，能够明晰地在鲜明的轮廓中表现出来，以便让我们充分认识这些人物性格，以及人的本质。

在关于悲剧人物的认识上，与叔本华有一脉相承关系的尼采却认为，酒神才是希腊悲剧的唯一主角，也就是说，希腊舞台上一切著名的角色普罗米修斯、俄狄浦斯等，都只是这位最初主角酒神的面具。尼采与叔本华一样认为人生存于一个永恒生成变化的无目的、无意义的残酷世界中，人生即是一场悲剧。对无目的、无意义的人生，叔本华认为只有放弃生命意志，人才能从其中解脱出来；尼采却提出了截然相反的看法——人只有用强力意志，才能为之进行辩护和肯定，并从中超脱。凡有生命，便有意志，但不是生命之意志，而是强力之意志。按照尼采在《查拉图斯特拉如是说》中的这种说法，既然一切生命皆是强力意志，而悲剧主角又是强力意志的最高现象，那么悲剧主角就应该是一切人。但这只是一种表面的认识，其实尼采所谓的强力不是政治权力，也非指作为物理强制力的武力，而是指力求扩张自身、超越自身、蕴含一切可能的内在生命力，是一个创造者。换言之，强力意志尽管一

---

① Marvin Carlson, *Theories of the Theatre*, New York: Cornell University Press, 1984, p. 192.

切生命都有，但有是往上升、强健和兴旺，还是往下降、衰弱和蜕化之分，前者肯定生命，后者否定生命。悲剧通过展示个体的痛苦和毁灭，"用一种形而上的慰藉来解脱我们：不管现象如何变化，事物基础之中的生命仍是坚不可摧和充满欢乐的"①。悲剧既是"肯定人生的最高艺术"，因而适宜于悲剧主角的不可能是一切人，只可能是那种信仰永恒生命的人。在古希腊艺术中，能使我们相信生存的永恒乐趣的唯有以酒神的受苦为题材的悲剧。

如果说在叔本华、尼采那里，对悲剧人物的关注转向人的意志（非理性）方面，那么到马克思、恩格斯这里，对悲剧人物的确认（定）又转向人的社会和历史层面。在《致拉萨尔》的书信中，马克思、恩格斯就不约而同地明确指出，悲剧人物既可是农民和城市革命分子中的代表（特别是农民的代表，如闵采尔等），也可是作为骑士和垂死阶级的代表（如济金根等）。

"人们的国家制度、法的观点、艺术以至宗教观念，就是从这个基础上发展起来的，因而，也必须由这个基础来解释，而不是象过去那样做得相反。"② 既然艺术现象必须由构成一个时代或民族的经济基础来解释，那么悲剧中的悲剧人物问题也必须由这个基础来解释。换言之，对艺术中悲剧人物的认识必须建立在对社会与历史中的悲剧

---

① ［德］尼采：《悲剧的诞生》，周国平编译，太原：北岳文艺出版社，2004年版，第27页。
② ［德］马克思、恩格斯：《论文学与艺术》（一），北京：人民文学出版社，1982年版，第85~86页。

人物（或人）的认识之上。那么，现实与历史中哪一类人物才具有悲剧性呢？马克思说："当旧制度还是有史以来就存在的世界权力，自由反而是个别人偶然产生的思想的时候，换句话说，当旧制度本身还相信而且也应当相信自己的合理性的时候，它的历史是悲剧性的。当旧制度作为现存的世界制度同新生的世界进行斗争的时候，旧制度犯的就不是个人的谬误，而是世界性的历史谬误。因而旧制度的灭亡也是悲剧性的。"① 马克思还和恩格斯一起指出，以前的阶级，如骑士阶级的没落就能够为悲剧艺术的巨著提供材料。由于现实与历史中的人并不是抽象的、孤立的，而是属于一定社会形式的，是一种社会的、有意识的自然存在物，"人的本质并不是单个人所固有的抽象物。在其现实性上，它是一切社会关系的总和"②。因而他们认为，在现实与历史中，具有悲剧性命运的人物只能是正在走向没落或上升的阶级，而不可能是抽象的、孤立的"一般人"。然而，他们还说过，一切伟大的世界历史事变和人物，可以说出现过两次：第一次作为悲剧出现，第二次作为笑剧出现。

艺术毕竟不是现实与历史，因而认识了现实与历史中的悲剧人物，还是没有完全解决艺术中的悲剧人物问题。那么在马克思、恩格斯看来，现实与历史中的悲剧人物是

---

① ［德］马克思、恩格斯：《论文学与艺术》（一），北京：人民文学出版社，1982年版，第142~143页。

② ［德］马克思、恩格斯：《论文学与艺术》（一），北京：人民文学出版社，1982年版，第5页。

如何转化为艺术中的悲剧人物的呢？如果抛开一些技术性的批评与讨论，马克思、恩格斯对拉萨尔塑造的悲剧人物济金根的批评表明，历史中的悲剧人物济金根之所以适宜于悲剧艺术中的悲剧人物，就在于他们关于悲剧艺术的理念是与悲剧的生活经验相一致的。恩格斯关于悲剧的本质的认识——"历史的必然要求和这个要求的实际上不可能实现之间的悲剧性的冲突"——其实就是如此，它既是对悲剧的生活经验的概括，也是对悲剧艺术的本质的说明。因此，在现实与历史中不是悲剧人物的阶级成员在艺术中也不可能充当悲剧人物，譬如，马克思、恩格斯在指出骑士阶级能够作为悲剧艺术的题材的同时，却认为小市民是没有资格的。

至于具有悲剧性命运的人物还可以是正在上升的阶级（的代表），国内的研究成果颇丰[①]，此处不再赘述。但这里必须强调的一点是，正在上升的阶级或新势力之所以是悲剧性的，不仅在于这个代表历史发展趋势的新生事物还处在力量很弱小的萌芽阶段，更在于萌芽阶段的新生事物本身也有许多致命的弱点，因而面对旧势力的阻碍、镇压和残害，只能以毁灭告终。

其实，在《致拉萨尔》的书信中，马克思、恩格斯除了在悲剧人物的认识上提出了堪与前人比高低的新见外，

[①] 参阅祁志祥：《释"历史的必然要求和这个要求的实际上不可能实现"》，见《外国美学》编委会编：《外国美学》（第十一辑），北京：商务印书馆，1995年版；程孟辉：《西方悲剧理论学说史》，北京：中国人民大学出版社，1998年版，第八章，等等。

在悲剧人物性格的塑造问题上也有自己的看法。"我们不应为了观念的东西而忘掉现实主义的东西，为了席勒而忘掉莎士比亚。"这一经常为人们所引用的观点，实际上主要是针对拉萨尔在塑造悲剧人物济金根的性格时存在的不足而发的。

法国的左拉尽管没有就悲剧（人物）进行专门论述，但由于他的自然主义戏剧理论强调塑造人物性格的重要性，将它视为"衡量戏剧真实性的最佳尺度"[①]，而且他的戏剧观念囊括了悲剧，因而左拉的戏剧人物论在某种程度上也可视为悲剧人物论。

左拉认为，19世纪（下半叶），人不再像17世纪人们所认为的那样是智慧的抽象，"他是能思想的动物，是大自然的组成部分，处于他所生长和生活的土壤的种种影响之下，这就是何以某种气候，某个国家，某个环境，某种生活条件，往往都会具有决定性的重要作用"[②]。就像给左拉以深刻影响的贝尔纳所说的："一个活物，不管它如何复杂而精巧，都可像对待无机物一样用计量的方法进行研究。"[③] 由于戏剧（舞台）可以对人进行（科学式的）调查研究，而促进文艺发展的动力——自然主义思潮，在戏剧舞台也已崭露头角，"自然主义意味着回复到自

---

① ［英］J.L.斯泰恩：《现代戏剧理论与实践》（1），刘国彬等译，北京：中国戏剧出版社，2002年版，第13页。
② 周靖波：《西方剧论选》（下），北京：北京广播学院出版社，2003年版，第438页。
③ ［美］门罗·C.比厄利斯：《西方美学简史》，高建平译，北京：北京大学出版社，2006年版，第265页。

然……相应地在文学方面，自然主义是回到自然和人；它是直接的观察、精确的解剖、对存在事物的接受和描写"①，所以，左拉希望把人重新放回到自然中去，放回到他所固有的环境中去，使分析一直延伸到决定他们的一切自然和社会原因中去，而不是抽象化。"我期望剧作家在舞台上能塑造出取自现实生活、经得起推敲、有血有肉、不说假话的人物。我期望不再看到凭空杜撰的人物，不再看到仅仅作为善恶的象征，而对认识世道人心毫无价值可言的人物。我期望看到描写环境决定人物的作品，而人物的所作所为又能符合事理，符合各自的禀性。"②

由于强调环境和生理遗传对人的影响，由于人的行为并不是像古典主义和浪漫主义所规定的那样，决定于他们的自由意志，而是被环境和生理遗传以及自然法则所制约，所以在左拉看来：其一，悲剧不能被解释为反对某些"永恒的"伦理法则的罪过或个人意志和公民义务之间的冲突等。其二，悲剧的概念不是绝对的，而是相对的，因为善恶的概念本来就是相对的，作家对善恶的概念也有其主观的解释。其三，自然主义戏剧反对按理性原则或个人感情将人物性格抽象化或理想化，主张以观察到的事实对人物面貌作记录式的描写，并要求精确地分析环境和生理遗传对人物性格形成的影响。正如左拉在《鲁贡·马伽》

---

① 转引自吴光耀：《西方演剧史论稿》（上），北京：中国戏剧出版社，2002年版，第303页。

② 《外国现代剧作家论剧作》，北京：中国社会科学出版社，1982年版，第7页。

一书的札记中所说的:"时代很动荡;我所描绘的就是时代的动荡情形。我必须绝对地强调这一点:我并不否认当代进步的巨大,我并不否认我们或多或少是在走向自由和正义。我甚至要使别人了解我是深信自由、正义的,虽然我的信条是:人总是人,好坏是由个人的环境决定的。假如我的人物没有达到完美的地步,那是因为我们才只刚开始走向完美。"① 因为自由和正义并不是当前最急需的东西,而是人类最后达到完美境界的结果。因此,正如19世纪初的浪漫主义者那样,他转向了人心的分析。但他要恢复的是人物性格分析,只不过现在的人物是自然背景下的普通人,而且戏剧要对使人物性格形成的那些生理的和社会的影响进行考察。

弗洛伊德却不这样认为。在他看来,现实生活中存在的具体的个人既不是"理性人""经济人""社会人",而是有着潜在的精神病因素的"性欲人"。② 这是因为:(1)正常和非正常之间的差别并不是种类上的差别,而是程度上的差别,所以每一个人至少都有着潜在的精神病因素。(2)人类行为的本原是性欲,性的本能决定了人的意识和行为;人的心理活动分为意识和潜意识两个部分,前者受社会、道德制约,后者受本能支配。潜意识的本能由于受到意识的压抑和排挤,仍能通过变相的伪装的途径

---

① 转引自〔美〕约翰·霍华德·劳逊:《戏剧与电影的剧作理论与技巧》,邵牧君、齐宙译,北京:中国电影出版社,1978年版,第69页。
② 黄龙保、王晓林:《人性的升华——重读弗洛伊德》,成都:四川人民出版社,1996年版,第31页。

（譬如梦境、艺术等）得到满足。这就是说，这两者处于一种平衡状态，平衡一旦被破坏，就会导致精神病。所以，"我们人人都有病，也就是说，人人都有神经质，因为构成病状的种种条件在正常人身上也是可以表现出来的"①。

既然现实生活中存在的具体的个人是（潜在的）精神病患者，而"一切艺术都是精神病性质的"，那么在弗洛伊德看来，以人的精神痛苦（尤其是以一个意识到的冲动与一个被压抑的潜意识冲动的斗争冲突）为题材的悲剧，其主角同样也应是（潜在的）精神病患者。从创作主体来看，艺术家从事艺术创作，其实就是把无意识中的本能冲动加以升华，而升华作用最终取得的效果就是把"内心的冲突塑造成外部的形象"，主人公的形象通过其自我活动和升华而得到真实的刻画。换言之，在艺术活动中，悲剧诗人之所以成为悲剧诗人，就在于他成功地将自己的精神病通过人物的变态性格和心理具体地表现出来了。从接受主体看，戏剧艺术的价值不在社会性，而在于满足人的欲望和快乐。由于悲剧观众一般是这样一种人（在某种程度上看，其实就是精神病患者），"他阅历不多，经验甚少，感觉自己是个'大事不会降临其身的小人物'。他长期以来被迫压抑或转移其雄踞世界风云浪尖的雄心大志。他渴望按照自己的意志去感觉、去行动、去安排事情。——简

---

① 王宁：《精神分析》，成都：四川文艺出版社，1989年版，第42页。

言之,他渴望成为一个英雄"①,因而他要通过观看悲剧来满足欲望、获取快乐,而不是反感。所以,悲剧主角只能是一个精神病患者。

三、当代思考

罗伯特·W.柯列根说:"当我们想到英雄人物时,首先想到的常常是他们精神的高贵。……我们爱慕悲剧英雄,因他反抗命运的力量。"② 在对悲剧的界定中,悲剧人物一直占有十分重要的地位,但在19世纪中叶之前,却很少有悲剧理论对人物品质的内在价值表示关注或兴趣。相反,绝大多数理论常常都表现为对身居高位的人的关注,把人物当作实现某种目的的手段,或者作为解释更高的宇宙价值的方式。20世纪之后,随着"国王和王子在整个世界上已经变得不那么重要了,君主体制现在几乎完全失去了统治权,其地位完全被降低为只是一种象征,以至于他已经成为许多人认为不应该承受的人们的负担"③,完全与你、我一样的普通人开始进入悲剧人物行列,而关于悲剧人物的思考则进一步转向了人物的内在价值。

20世纪初,A.C.布拉德雷在其《莎士比亚的悲剧》

---

① 周靖波:《西方剧论选》(下),北京:北京广播学院出版社,2003年版,第513~514页。
② Robert W. Corrigan Tragedy Vision and Form, New York: Harper & Row, Publishers, 1981, p.9.
③ [英]克利福德·利奇:《悲剧》,尹鸿译,北京:昆仑出版社,1993年版,第50页。

中指出，莎士比亚悲剧中的悲剧人物都是一些特殊人物。这些特殊人物除了地位很高或在公众中间极为重要外，他们的"天性也是异乎寻常的，一般地总是在某些方面使他大大超出普通人类水平之上。……几乎在所有这些主人公身上，我们看到一种显著的片面性，一种对某一特殊方向的癖性，一种在某些环境下对于朝这个方向靠近的力量的抵拒的完全无能为力，一种使整个存在跟一种兴趣、目标、热情和癖性等同起来的致命倾向"[①]。莎士比亚的悲剧人物之所以是"特殊"的，不仅在于他们的显赫地位，更在于他们的天性（灵魂）或精神上表现出来的伟大或令人敬畏之处。所以，布拉德雷说："悲剧描绘精神的自我分裂和自我消耗，或者说包含冲突与消耗的精神的分裂。这就意味着冲突的双方都有一种精神价值。"

在《生命的悲剧意识》中，哲学家乌纳穆诺没有直接讨论戏剧形式之一的悲剧，但他提出的有血有肉之人的生命的悲剧意识，却对此后的悲剧理论及其悲剧人物的讨论产生了广泛的影响。"人总是不愿意死的，但是人必须否认必须拒绝的死亡，应该是那属于灵魂的死亡。'任何人，若是保全了他的生命，也将会失去它'。"[②] 在他看来，既然生命本身就是缺憾、就是悲剧，那么人为了实现他自己、为了活下去，或者说为了击破与生俱来的矛盾绝望，

[①] 周靖波：《西方剧论选》（下），北京：北京广播学院出版社，2003 年版，第 496 页。

[②] ［西班牙］乌纳穆诺：《生命的悲剧意识》，哈尔滨：北方文艺出版社，1987 年版，第 13 页。

就必须追求灵魂的永恒。

美国批评家塞华尔（Richard B. Sewall）在《悲剧眼光》中说，悲剧（英雄）人物的人性本质只有通过受难才表现出来。悲剧（英雄）人物既不是命运的玩物，也不是完全自由的，却是最有傲气的。由于这股傲气，他不仅相信他自己的自由、他的无罪以及他的不平凡的感觉，而且只要他感到什么错误的东西、压迫的势力或者个人的抗拒，他就奋起斗争。"我受难，我情愿受难，我从受难中学习，所以我存在。"[①] 罗伯特·W. 柯列根也认为，与要求自由又意欲妥协的凡人相比，悲剧主人公则拒不妥协。这种拒不妥协的精神，即"悲剧所显示的'傲慢'正是一个人反对作为凡人的现状的那种性格特征，这是对于作为一个凡人的各种限制的抗争。这不能算作性格缺陷，而是人性的有机组成部分。这是凡有感情和思想的人所必不可少的要素"[②]。如果说悲剧人物（譬如安提戈涅、俄狄浦斯等）真有缺陷的话，那也决不能认为这是坚持个人主义的一种罪过或傲慢的自我表现，而是凡人对我们悲剧性的条件的许多限制的一种反映。哲学家雅斯贝尔斯却说，把悲剧看成是少数显贵人物的殊荣和特权，这是对悲剧的歪曲和滥用，悲剧应该是全体人类的特征。而人类最大的罪过就是降生于世（即存在是罪），所以"当悲剧充分理解

---

① 朱栋霖、周安华：《陈瘦竹戏剧论集》（上卷），南京：江苏教育出版社，1999年版，第348页。

② Robert W. Corrigan Tragedy Vision and Form, New York: Harper & Row, Publishers, 1981, p.9.

人物的命运就是罪过所产生的结果以及命运本身的内在作用，悲剧才会变为自觉。悲剧就是赎罪"①。但如果"悲剧知识不能超出人的赎罪之外，在人身上见出伟大的品性，那么它就无法拓展和深入"②。这就是说，悲剧人物（的性格）是有罪的，其失败甚至毁灭也是罪有应得。但在失败甚至毁灭中，他并非"得以领悟，有所成就，并且功德圆满"③，而是显示了人类的尊严和伟大，即悲剧英雄人物身上具有超越了个体存在的某些质性——能力、天赋、性格和过人的精力。

在《悲剧与情节剧：经验的形式》中，赫尔曼（Robert Bechtold Heilman）指出"悲剧性格是一种分裂性格"④。悲剧主人公身上存在着人性的分裂，因为他们很自然地不受一般逻辑的限制，所以他们的价值观念就为他们创造出一种无法解决的局势。悲剧人物身上的人性分裂，不仅使得人物内心世界中的意识与潜意识、自我与他我、善与恶、美与丑等对立因素激烈厮杀，而且在外在世界的洪波巨浪的冲击下，往往使得他性格中的正面因素遭到否定，从而导致他的失败甚至毁灭。奥斯卡·曼德尔的《悲剧的定义》在论及悲剧人物时则说："在某种意义上

---

① 陈瘦竹、沈蔚德：《论悲剧与喜剧》，上海：上海文艺出版社，1983年版，第50页。
② [德]卡尔·雅斯贝尔斯：《悲剧的超越》，北京：工人出版社，1988年版，第45页。
③ [德]卡尔·雅斯贝尔斯：《悲剧的超越》，北京：工人出版社，1988年版，第24页。
④ Robert W. Corrigan, *Tragedy Vision and Form*, New York: Harper & Row, Publishers, 1981, p.206.

说，所有的悲剧只看重野心（ambition），尤其重视意志（the will）。"① 因而悲剧英雄与普通人的区别不在于受难的轻重多少（还有身份地位），而在于他的意志（purpose），即使这是一个邪恶的意志。

美国剧作家米勒主张以普通人为现代悲剧的主角，"我深信普通人就像帝王一样宜于作为最高意义的悲剧的题材"。米勒认为普通人之所以适宜于作为悲剧人物，在于普通人内在价值的毁灭同样能唤起我们的悲剧感，在过去三十年来遍及全世界的革命中，普通人一再显示出内在的悲剧动力。② 这是因为：（1）从奥瑞斯特斯到哈姆莱特，从美狄亚到麦克白，潜在的斗争就是个人企图在他的社会中获取"公正的"地位。既然悲剧人物是一个全力以赴地要求公正地评价自己而不惜牺牲生命的人，那么为获取他的天地里的公正的一席之地而遭受失败甚至毁灭的普通人，显然也是悲剧人物。（2）"悲剧中的正确性是生活的一种条件，即人性得以成熟并实现其理想的条件。那错误性就是压抑人类、阻碍他的感情和创造本能洋溢的条件。悲剧富有启示性，它必须如此，因为它将英勇的手指指向人类自由的大敌。为自由而进击正是使人意气奋发的悲剧的特性。对稳定的环境提出革命的质疑是使人恐怖的。普通人，在任何情况之下，都不能被排除在这种思想

---

① Ocsar Mandel, *A Definition of Tragedy*, New York: New York University Press, 1961, p. 103.
② ［美］罗伯特·阿·马丁：《阿瑟·米勒论剧散文》，陈瑞兰、杨淮生选译，北京：生活·读书·新知三联书店，1987年版，第40～41页。

或行动之外。"① （3）"只有那种无所作为的人，只有那种接受命运的摆布而没有以牙还牙的人，才是'无瑕疵'的。我们大多数人就属于这个范畴。"② 其实，英雄人物身上的"悲剧性瑕疵"并不是伟大的或崇高的人物所独具的。人物的瑕疵或裂痕实际上不算什么，也不应该算作一回事，不过是在他认为一种敌对势力向他的尊严以及合法地位的观念进行挑衅时他天生不敢逆来顺受而已。克利福德·利奇在其《悲剧》中也提出了类似的看法。他说，从古代直到19世纪，悲剧戏剧常常都表现为对身居高位的人的关注。然而在当代创作中，"悲剧英雄是'我们中的一员'。他不必是高尚的，不必摆脱了深邃的罪恶。他是这样一个人，他能使我们强烈地想到自己身上的人性，他能作为我们的代表被接受"③。由此看来，日常生活中的普通人和小人物即使没有轰轰烈烈的行动，很难见出伟大而崇高的悲剧精神，又缺乏充满矛盾的悲剧性格，但只要他的失败甚至毁灭是"人类个性能够开放花朵并且自我实现"的失败甚至毁灭，他就能成为悲剧人物。从悲剧的角度来说，人类对完美地实现他的理想的需要才是唯一的恒星；无论妨碍并贬低他的本性的事物是什么，都是必须加以攻击并检验的。这倒并不是说，悲剧必须宣讲革命。

---

① ［美］罗伯特·阿·马丁：《阿瑟·米勒论剧散文》，陈瑞兰、杨淮生选译，北京：生活·读书·新知三联书店，1987年版，第41～42页。
② ［美］罗伯特·阿·马丁：《阿瑟·米勒论剧散文》，陈瑞兰、杨淮生选译，北京：生活·读书·新知三联书店，1987年版，第40页。
③ ［英］克利福德·利奇：《悲剧》，尹鸿译，北京：昆仑出版社，1993年版，第64页。

就像别林斯基在其《戏剧诗》中所说的，安提戈涅与伊斯墨涅"两姊妹之间的差别不在于感情，而在于感情的力量、毅力和深度。所以她们一个是善良的平常人，另一个却是女英雄"。因此，在当代的悲剧理论视野中，悲剧（英雄）人物具有一种显赫的地位，尽管这是一种优势，而且这也会显示出一种特殊的力量来引起我们的注意（这种特殊的力量就在于它是替代我们的牺牲品），但真正使观众陷入某种精神沸腾状态即极度紧张的程度，或者说能给观众提供一种独特的异乎寻常的感觉的，却不是名声显赫、受人尊敬的像神一样的人，而是属于"我们中的一员"的悲剧主人公和蒙难者及其品质具有的内在价值和毁灭。

第五章　悲剧演出

剧场，作为悲剧艺术中一个不可或缺的构成因素，早在两千多年前的亚里士多德那里就已被认识到。但由于剧场演出的生命的短暂性，"剧场每晚逝去，而于第二天复活"①，因而它在悲剧艺术中的地位和作用在整个古典时期并没有得到应有的认识和评价，亚里士多德就将悲剧当作"只用语言来摹仿"的诗中的一类，并以剧本为基础讨论悲剧问题；直到现代知识型时期（尤其是在 20 世纪出现了演出录像录音以后）才得到充分的认识和评价，甚至有些矫枉过正了。20 世纪初戏剧理论家克莱顿·汉密尔顿在其《戏剧理论》中指出，戏剧艺术中的主导因素是表演而不是文学。戏剧是由演员在观众面前表演的一段故事。但仅有故事仍不能区分戏剧与文学，因此，必须强调戏剧是在剧场中演出的。

---

① ［美］布罗凯特：《世界戏剧艺术欣赏——世界戏剧史》，胡耀恒译，北京：中国戏剧出版社，1987 年版，第 3 页。

第一节　古典时期的悲剧演出

亚里士多德提出的悲剧六要素尽管包括了属于剧场艺术的言语、唱段与戏景，但他并不看重它们，因为悲剧文本可以脱离它们独立地作为审美对象存在，它们是附属性的。所以，他认为表演的言语"这门学问与演说技巧有关，它的研析者是精通这门艺术的行家"，"不是诗艺的研究范畴"，无须多谈。作为悲剧的摹仿媒介之一的用于唱歌中的唱段，虽然是这三个成分中更为重要的装饰，但亚里士多德在《诗学》中并没有对此作充分的或者说更多更深入的解释。

至于戏景，在那些强调剧场因素的批评家看来，如果悲剧只是在书房里阅读，那它的魅力至少是损失了一半。亚里士多德却认为："戏景虽能吸引人，却最少艺术性，和诗艺的关系也最疏。一部悲剧，即使不通过演出和演员的表演，也不会失去它的潜力。此外，在决定戏景的效果方面，服饰面具师的艺术比诗人的艺术起着更为重要的作用。"①

亚里士多德之所以在《诗学》中把剧本因素置于剧场因素之上，并认为一部悲剧即使不看演出而仅听叙述，也

---

① ［古希腊］亚里士多德：《诗学》，陈中梅译，北京：商务印书馆，2005年版，第65页。

不会失去它的悲剧效果，就在于以下原因：

其一，事物的潜力是属于事物本身的东西，因而，即使事物没有进入运作状态，它的潜力也依然存在。从这个意义上讲，悲剧，即便躺在书架上，没有通过演出和演员的表演，也是不会失去它的潜力的。

其二，戏景所产生的视觉效果或音响效果（即视觉美或听觉美）主要来源于舞台布景的更换，而舞台布景并不是文学批评的要项。因为戏剧的诗，才是最稳定、最能持续接受批评与欣赏的文学成分。此外，舞台演出追求某种与众不同的视觉效果也是必需的，但这种由戏景产生的视觉效果虽然能吸引观众，引发他们的怜悯与恐惧，却因为它们不是由戏剧的内在结构来引发，而是由扮演、舞台布景和其他这样的外在因素来引发的，它最少艺术性。传说埃斯库罗斯的《报仇神》第一次演出时，当复仇女神狰狞恐怖的面目一出现在剧场，有的观众就因恐惧而晕倒，有的孕妇则因恐惧而竟致流产。

其三，戏景效果更多地依赖于舞台创作人员的技术而不是诗人的艺术。在剧场上，戏剧家并没有掌握控制权，因而增加任何不明智的外在的因素都会偏离戏剧效果。而舞台创作者把那些未经检验的（有时也是愚蠢的）戏景因素搬进来，就可能会毁坏来自悲剧自身的效果，从而损坏悲剧印象的整一性。卢卡斯（Lucas）就说，戏剧已经遭到了三个最重要的敌人——清教徒、书呆子和剧场管理人员（theatre-manager）的折磨，其中对戏剧毁坏最大的便是剧场管理人员。①

然而，亚里士多德并没有完全否定戏景的地位和作用，否则他就不会将它看作是悲剧的构成元素了。其实，他在某种程度上还是重视戏景的。在讨论悲剧情节的组合时，就要求它要适宜于演出。在《诗学》中他不是不重视剧场因素，而是因为即使就舞台演出而言，戏剧仍是一剧之本，戏景不论怎样设计，都是不能完全偏离剧本的。因为"每一次演出仅仅是对剧本的一次阐释——也许是卓越的，也许是糟糕的。但要评判它，我们还得依赖于剧本"②。

与亚里士多德相比，贺拉斯对剧场艺术的认识更到位，也表现出了应有的重视，但从整体上看，依然简单而零散，依然是附属于剧本的。贺拉斯认为，(1) 与叙述相比，表演更容易打动人心，也更为真实可靠。"情节可以在舞台上演出，也可以通过叙述。通过听觉来打动人的心灵比较缓慢，不如呈现在观众眼前，比较可靠，让观众自己亲眼看看。"(2) 悲剧是由忒斯庇斯发明的，但他的悲剧是在大车上演出的。其后，埃斯库罗斯创始了面具和华贵的长袍，用小木板搭起了舞台，并且教导演员如何念台词才显得高贵，穿高底厚靴如何举步才显得优美。(3) 歌队应该坚持它作为一个演员的作用和重要职责。它在幕与

---

① K. S. Misra, *Modern Tragedies and Aristotle's Theory*, New Delhi (India)：Caxton Press (P) Ltd, 1981, p. 23.
② Walter Kaufmann, *Tragedy and Philosophy*, Princeton：Princeton University Press, 1992, p. 53.

幕之间所唱的诗歌必须能够推动情节，并和情节配合得恰到好处。它必须赞助善良，给以友好的劝告；纠正暴怒，爱护不敢犯罪的人。它应该赞美简朴的饮食，赞美有益的正义和法律，赞美敞开大门的闲适（生活）。它应该保守信托给它的秘密，请求并祷告天神，让不幸的人重获幸运，让骄傲的人失去幸运。①（4）一出戏应分为五幕。

在中世纪，来自教会的指责、反对和破坏尽管没有毁灭戏剧艺术，但与古希腊、罗马相比，延续了千年之久的中世纪不仅没有将戏剧艺术传统大大地向前推进一步，反而出现了衰退。现在，悲剧不再被认为是一种戏剧形式（或剧场艺术），而是一个故事，一种叙述。不过，这种衰退是整体上的，在某些方面还是稍有进展的，中世纪初期的奥古斯丁在谈论当时的名演员罗斯鸠斯（Roscius）扮演赫卡柏、普里阿摩斯和赫克托等悲剧角色时，就首次触及了演员本人与角色之间的一真一假的关系。②

衰颓不是消亡，随着文艺复兴运动在意大利等西欧诸国的兴起，人文主义者不但对悲剧创作表现出浓厚的兴趣，而且也将对古典悲剧的研究（尤其对《诗学》的阐释和研究）提到日程上来。令人遗憾的是，这种阐释和研究在重新确定（或坚持）悲剧是为舞台演出而写的这一看法之后，并没有就悲剧演出作进一步研究，譬如斯卡利格在

---

① ［古希腊］亚里士多德、贺拉斯：《诗学 诗艺》，罗念生、杨周翰译，北京：人民文学出版社，1982年版，第147页。
② 范明生：《西方美学通史·十七、十八世纪美学》（第三卷），上海：上海文艺出版社，1999年版，第56页。

重新阐释亚里士多德的悲剧定义时,指出悲剧的本质并非音乐和歌曲,"悲剧的唯一本质成分是表演"后却没有再作任何论述。而紧随其后的以法国为代表的新古典主义悲剧理论,由于其理论的兴趣点完全集中在"发现和制定一套一般性的法则,参照这套规则,就可以成功地打造出一首好诗,而不完善的诗也可以据此证明其不足"①,因而新古典主义时期的剧场艺术尽管有了较大的发展,但在悲剧批评家的视界中却几乎是一个盲点。②

对悲剧演出或剧场艺术的低估和漠视,因启蒙主义戏剧理论的出现终于有了一些较大的改观(由于启蒙主义者打破了悲剧、喜剧这种纯粹的体裁之分,而且提出了一种融合了悲剧因素与喜剧因素的新戏剧——市民悲剧,因而启蒙主义戏剧理论实际上包含了悲剧理论。同时,悲剧演出与喜剧演出并没有本质上的差异,所以在讨论剧场艺术时,如果没有特殊原因,一般都不会特别指出来)。首先,在启蒙主义者看来,一切模仿性艺术的共同目标,就在于帮助法律引导人们热爱道德、憎恨罪恶。戏剧是其中最有效的移风易俗的手段。而这种手段的充分发挥不仅需要剧作家,也需要演员和剧院。所以,狄德罗说:"要产生这

---

① [美]门罗·C.比厄利斯:《西方美学简史》,高建平译,北京:北京大学出版社,2006年版,第121页。

② 据笔者目前掌握的资料,整个新古典主义时期只有法国戏剧理论家德·奥比纳克(François Hédelin, abbé d'Aubignac)在其《戏剧实践艺术》中对表演、场景、幕间、合唱等剧场因素作了初步的探讨,并提出了"演员得像他们扮演的角色,舞台装饰要表现它们被认为的所在"这样一些观点。参见 Michael J. Sidnell *Sources of Dramatic Theory*, 1: *Plato to Congreve*, Cambridge: Cambridge University Press, 1991, pp. 220—234.

种悲剧（指家庭悲剧，引者注），需要有作家、演员、剧院，可能还需要广大的观众。"① 其次，启蒙主义理论家尽管仍然坚持剧本的中心地位，要求演员必须处处跟剧作家一同思想，实际上演员却已取代剧作家成为剧院的中心。"十八世纪时演员取代了剧作家，成为剧院中的主要艺术家。观众多半来看某一特定演员扮演某一特定角色，吸引力可比拟于今日的歌剧。观众早已熟知剧情，百看不厌乃专为欣赏某一演员而来。"② 莱辛的《汉堡剧评》之所以在第二十五篇以后对表演艺术的批评戛然而止，就在于演员不跟他合作。在这样的背景下，剧场艺术不仅成为戏剧理论中不可或缺的部分，而且显得愈来愈重要了，以至于狄德罗还就表演艺术写了一篇专论《演员奇谈》，并以此成为欧洲戏剧史上第一个系统地探讨表演理论的学者。

启蒙主义时期对剧场艺术的探讨，相较于此前的任何一个时期，所取得的进展都是突破性的，但与此后的剧场中心论相比，仍然是粗浅而又简陋的。对于表演艺术，狄德罗认为有两种：一种凭理智表演，一种凭情感表演。前者是模仿性表演，即演员自己事先已塑造出一个范本，然后在表演开始后就设法遵循这个范本，模仿这个范本。后者是本能性表演，也就是演员依靠自然禀赋，在表演的过

---

① ［法］狄德罗：《狄德罗美学论文选》，张冠尧等译，北京：人民文学出版社，1984年版，第74页。
② ［美］布罗凯特：《世界戏剧艺术欣赏——世界戏剧史》，胡耀恒译，中国戏剧出版社，1987年版，第210页。

程中听凭自然（本能）冲动的驱使，与舞台上的角色完全融为一体，真哭真笑，涕泪激情四溢于帷幕之间。由于"舞台上情节的发展并非恰如在自然中那样，而戏剧作品都是按照某种原则体系写成的"①，因而狄德罗指出，能够造就出伟大演员的表演，应该是那种有判断力、不动感情而又掌握了模仿一切的艺术的表演（即凭理智的表演），而不是那种只有自然没有艺术的表演（凭感情的表演）。因为这种只有自然没有艺术的表演方法弊端甚多，如好坏不均、破坏美感、损害平衡等，而戏剧是一门有多人参加的综合艺术，如果仅靠演员的灵感表演，不可能"立起一种平衡来"，"得到一种统一的总体动作"。即使就一个演员自身而论，处于情感激动中的演员显然也掌握不了一个重大角色的全部存在。

但在莱辛看来，演员的艺术"是一种处于造型艺术和诗歌之间的艺术"②，是一种有节制的激情的艺术。所以，真正伟大的演员的表演既不是单凭理智，也不是单凭激情，而应是这两者的结合。"一个只是做到了理解的演员，距离同时还做到了感受的演员是多么远啊！"③ 理解可以导致准确，"但这仍然可能没有感情"。然而，由于感情是某种内在的东西，我们只能根据外在的表现去判断它，如

---

① ［法］狄德罗：《狄德罗美学论文选》，张冠尧等译，北京：人民文学出版社，1984年版，第279页。
② ［德］莱辛：《汉堡剧评》，张黎译，上海：上海译文出版社，2002年版，第29页。
③ ［德］莱辛：《汉堡剧评》，张黎译，上海：上海译文出版社，2002年版，第16页。

果不能兼顾这二者的话,在戏剧舞台上还是以无动于衷的、冷淡的模仿性表演为最佳。因为对一个经过长时间的模仿,终于积累了一系列细小要领,并按照这些要领进行表演的,通过对它们的观察而获得某种感情的演员来说,感情可以借助既定的形体动作和表情引发出来。而对感受性的演员来说,感情的内在性(只能凭着它的表面特征来判断)使得他们为了引起观众对自己的注意,往往会表演得过火,以至于在不必要激动的地方激动起来,从而把一切都糟蹋了。

对于舞台艺术,狄德罗认为当时法国舞台上布景因陋就简、服装竞尚奢华的倾向远离了高尚的趣味、远离了真实,他希望把这种倾向颠倒过来:布景考究一下,把各场戏发生的地点如实呈现出来,而服装却应简朴。在狄德罗看来,舞台布景毕竟是为戏剧诗人而作的(布景虽是次要的,却是戏剧中不可或缺的部分),而戏剧作品又以追求科学理性的真实为第一要义,所以,为了恰如其分地呈现戏剧发生的情景,或者说为了有利于和美化剧情而不是相反,舞台布景必须遵循以下两个原则:其一,它"应该比其他一切类型的图画更严格更真实";其二,在舞台画里,"不应该有分散注意力的东西,同时除了诗人有意激起的印象以外,也不应该有可能在我心中引起其他印象的端倪"。① 至于服装,遵循同样的原则,首先要真实自然,

---

① [法]狄德罗:《狄德罗美学论文选》,张冠尧等译,北京:人民文学出版社,1984年版,第210页。

角色应该根据身份和剧情内容着装,该穿粗布衣服的就穿粗布衣服,该平民打扮的就平民打扮;其次,"越是严肃的戏剧体裁,服装就越要简朴",以让观众把注意力从华丽的服饰上转移到人以及人的内心上来。因为人在心慌意乱之际是不会有闲工夫把自己打扮得跟上剧场或过节一样的,而且"富丽堂皇的景象未必就美……它可以使你眼花缭乱,但不会感动你的心。穿了缀满金饰的外衣,我就只能看到有钱的人,而我所要找的却是一个真正的人"①。

狄德罗、莱辛等启蒙主义者尽管合乎时宜地将剧场艺术纳入了他们的理论视野,并把它提升到了前所未有的高度,譬如,狄德罗就认为"没有场景,人们将什么也想象不出。……你见过里昂的剧场吗?我以为,只要首都有这样一个建筑物,大量的诗便可以涌出来,也许还会有新的类型产生呢"②。但由于布景画是为戏剧诗人而作的,"演员的艺术创造具有时间的局限性。他的得与失转瞬即逝;往往是观众(而不是他自己)当天的情绪,成为这一点或那一点给观众留下生动印象的原因"③,所以剧场艺术在戏剧理论视域中的闪亮登场并没有从根本上撼动剧本中心论的独尊地位,只是为自己在戏剧理论中赢得了重要的一席之地。

---

① [法] 狄德罗:《狄德罗美学论文选》,张冠尧等译,北京:人民文学出版社,1984年版,第211页。

② [法] 狄德罗:《狄德罗美学论文选》,张冠尧等译,北京:人民文学出版社,1984年版,第70页。

③ [德] 莱辛:《汉堡剧评》,张黎译,上海:上海译文出版社,2002年版,第3页。

第二节 现代的剧场艺术

悲剧艺术尽管生来就是为舞台演出而创作的,但直到18世纪剧场艺术才获得戏剧(也是悲剧)理论家的青睐和重视。古典悲剧理论的立法者亚里士多德认为:"一部悲剧,即使不通过演出和演员的表演,也不会失去它的潜力。"在中世纪,悲剧这一术语与所有的表演概念失去了联系,"悲剧"完全就是一个结局不幸的故事。文艺复兴初期,如在意大利,模仿塞内加悲剧的悲剧虽然是在舞台上演出的,却是以这样一种方式出现的:单独一个演员面对着观众在那里背诵,让人们知道,他们一直在其中生活的境遇是多么的危险。只有当英国都铎王朝和伊丽莎白时期的戏剧兴起后,人们才重新认识到悲剧是一种适用于舞台表演的戏剧形式。而对于悲剧表演艺术理论的探讨,则一直没有得到重视和研究,只是到了18世纪启蒙运动时期,有关表演艺术的理论才开始出现在狄德罗和莱辛的戏剧理论研究中。他们的研究颇具独创性,但不论是对剧场艺术实践的批评,还是对表演艺术的专门讨论,都没有将剧场艺术作为一门可以与戏剧文学平等的独立的艺术来处理,或是作为戏剧艺术的中心来讨论。

然而,当历史的脚步迈入19世纪以后(即进入现代知识型空间时期),随着人权平等和行动自由的信念在社会各个阶层的流行,工人和城市居民开始大量涌入剧场,舞台技术不断发展更新，剧场艺术不仅得到了充分的发展，而且具有不断突出自己，要求与剧本平等，甚至要求脱离剧本成为戏剧艺术的中心的特点。

一、19世纪的剧场理论

如果说卢梭（对戏剧艺术）的攻击预示了戏剧艺术从剧本转向剧场的必然性[①]，狄德罗和莱辛重新将剧场艺术纳入戏剧理论研究的视野还只是这种转换的前奏的话，那么当席勒指出，在一个人人异化，艺术已经"沦落"及其价值极为混乱的现代社会初期，剧院（the stage）所具有的道德伦理作用不再是不证自明的，而是一个需要重新提出重新证明的问题时，也就意味着这种转换的初步完成。

由于席勒的剧院研究不再是以亚里士多德的《诗学》为基础，而是以现代知识型的先验法则人"必须成为一个人"[②]为基础，并有着明确的问题意识，因而席勒对剧院的研究并不像狄德罗和莱辛那样既注重它的功用，也注重它的技术，他关注的只是剧院的道德伦理功用。从某种程度上看，席勒的剧院研究是令人遗憾的，但正是在这一进一退之间，席勒不仅把剧院的道德伦理价值提升到一个古典悲剧理论无法想象的高度——"在人间的法律领域终止的地方，剧院的裁判权就开始了"，"具体的表演肯定比僵

---

① Marvin Carlson, *Theories of the Theatre*, New York: Cornell University Press, 1984, p. 152.
② ［德］席勒：《秀美与尊严》，张玉能译，北京：文化艺术出版社，1996年版，第20页。

死的文字和冷淡地讲述更有力地起作用，剧院肯定比道德和法律更深刻和更持久地起作用"①，"如果到有一个民族剧院的那一天，那么我们也就会成为一个民族"，"在这个艺术世界里，我们离开现实的东西去梦想，我们复归于自己本身，我们感觉在苏醒"②，而且使其剧院研究超越了古典悲剧理论，成为现代悲剧（剧场）理论的开端。

既然在一个"国家与教会，法律与道德习俗都分裂开来了；享受与劳动、手段与目的、努力与报酬都彼此脱节了。人永远被束缚在整体的孤零零的小碎片上，人自己也只好把自己造就成一个碎片"③的现代社会，剧院的一切目的（或最终目的）就在于教育人和民族，使人成为一个人，使一个民族成为一个民族，那么在席勒看来，剧院毫无疑问是一种在首要的国家机构之列的道德机构。不过，席勒所说的道德伦理不仅含有我们通常所说的道德伦理的含义，更重要的是它含有"精神的""理想的"意思，"剧院促使娱乐与功课、平静与紧张、乐趣与教育结合起来，不让一种心灵力量损害另一种心灵力量，不让娱乐占用全部精力"④，因此，席勒的剧院道德机构说即使与狄德罗和莱辛的主张、与亚里士多德的悲剧功用说有渊源，那也

---

① ［德］席勒：《秀美与尊严》，张玉能译，北京：文化艺术出版社，1996年版，第12~13页。
② ［德］席勒：《秀美与尊严》，张玉能译，北京：文化艺术出版社，1996年版，第19页。
③ ［德］席勒：《席勒精选集》，张黎选编，济南：山东文艺出版社，1998年版，第688~689页。
④ ［德］席勒：《秀美与尊严》，张玉能译，北京：文化艺术出版社，1996年版，第19页。

只是一种"形式"关系或表面的延续。在这种"形式"关系或表面的延续的背后，对悲剧或剧院道德伦理功能的认识其实已经发生了本质的变化，即在席勒这里，剧院的目的在于使人"成为一个人"，而不是"使人变得更好些"。

此外，席勒对演员表演艺术、悲剧歌队的论述同样是从剧院必须促使人"成为一个人"这个目的出发的。在席勒看来，悲剧歌队"肯定是一堵活生生的墙，这堵墙使悲剧围绕着自身进行，以便完全与现实世界隔绝，并且保持它的理想的基础，维护它的诗的自由"①。而悲剧的目的如果没有完全实现，诗人仍然可能是无辜的，因为"悲剧诗作只有通过舞台表演才成为一个整体"，也就是说，诗人提供的仅仅是语言，它还必须通过演员的表演才能做到真正的生动鲜明，才能对观众的观念、意图和行为等发生真正的影响，所以对伟大演员的表演而言，"他必须在某个时候忘记自己和倾听着的人群，以便生活在角色之中；然后他必须重新想起自我和在场的观众，他必须追求后一种状态的审美情绪并控制自己的天性"②，而不应该为每种激情练就一种特殊的身体动作。

对如席勒一样十分熟悉舞台需要的歌德而言，他没有像席勒那样对剧场作道德上的沉思，但他对舞台重要性的强调却是有过之而无不及（令人惋惜的是这些有益的见解

---

① ［德］席勒：《秀美与尊严》，张玉能译，北京：文化艺术出版社，1996年版，第354页。
② ［德］席勒：《秀美与尊严》，张玉能译，北京：文化艺术出版社，1996年版，第5页。

往往没有作进一步的深入阐释)。歌德首先认为,只有能搬上舞台演出的戏剧才是真正的戏剧艺术,否则它一文不名。"一部写在纸上的剧本算不得是什么回事……每个人都认为一种有趣的情节搬上舞台后也一样有趣,可是没有这么回事!读起来很好乃至思考起来也很好的东西,一搬上舞台,效果就很不一样,写在书上使我们着迷的东西,搬上舞台可能就枯燥无味。"①(1829年2月4日)其次,戏剧诗人是为舞台而存在的,因此他必须了解他用来进行工作的手段,必须拥有才能。为舞台上演而写作是一种非常特殊的工作,如果对舞台没有彻底的了解,没有(亲身的)实践经验,最好还是不要去写戏。因为"一些在密室里迷住我们的东西在舞台上可能索然无味……写舞台剧是个需要对此有了解的行业,还要求拥有才能。这两者都很不凡,而且如果这两者没有兼具,很难产生好效果"②。最后,必须把剧中人物写得完全适应要扮演他们的演员。此外,歌德在其《演员守则》等书中还谈到了演员训练的问题(这里不多说)。

但在戏剧理论史上,真正为剧场理论研究夯实基础的却是奥·威·施莱格尔。在《戏剧艺术与文学讲稿》中,施莱格尔首次提出了剧场概念(the theatre),并对戏剧性(dramatic)与剧场性(theatric)这两个概念进行了细

---

① [德]爱克曼辑录:《歌德谈话录》,朱光潜译,合肥:安徽教育出版社,2006年版,第186页。

② [德]爱克曼辑录:《歌德谈话录》,吴象婴等译,上海:上海社会科学院出版社,2001年版,第396~397页。

致的区别。他认为戏剧（drama）是史诗与抒情的综合（或者说一出戏的精神和结构上的诗意），是用对话来表现动作，剧场则是指舞台上的各种艺术的结合（或是戏剧作品所产生的舞台效果）。但剧场的建立毕竟是伴随着戏剧艺术的发明而来的，也就是说，"人本来生性很喜欢摹仿；当他深深地体察出了别人的境遇、情操、情感，他就情不自禁地在外表上一举一动摹仿他们"①，然而只有当他把社会生活中各方面可摹仿的成分和片段剪裁出来，使它们合成一体，向社会演出时，戏剧艺术才真正地发明出来，所以戏剧艺术虽然是戏剧文学与剧场艺术的有机结合，但戏剧文学终究是主要的，剧场艺术则是非有不可的辅助艺术。"戏剧诗本身的形式，也就是不借助叙述，单单用对话来表现行动，含着非有剧场为辅助不可的意思。"②

既然"演出来给人看，是戏剧形式的前提和人们对它的要求"，那么戏剧作品如何才能产生舞台效果，或搬上舞台而有利于舞台演出呢？施莱格尔认为，从戏剧作品来看，它必须具有强烈的戏剧性，必须一开头就凭强烈的感染力使观众心驰神往，要像控制实体一样控制他们的注意力。从剧场这个角度看，戏剧作品能否搬上舞台，并不在于它是否为剧场而写，也不在于演员的演技，而"常常要看观众的接受能力与性癖，因此，要看一般的民族性和艺

---

① 周靖波：《西方剧论选》（上），北京：北京广播学院出版社，2003年版，第267页。

② 周靖波：《西方剧论选》（上），北京：北京广播学院出版社，2003年版，第267页。

术修养的现有程度"①。此外，施莱格尔还对前人所不曾涉及的剧场史问题进行了较为专门细致的研究。他认为古希腊剧场有两个明显的特征：其一，建筑在宽敞地区的露天剧场，而且演出活动均在白天进行，不用灯光，因而布景极其简陋。其二，与我们今天的规模较小的室内剧场相比，古希腊的圆形剧场为了容纳从四面八方涌来参加宗教仪式的所有群众，为了与表现他们的伟大戏剧相称，并使远离演员的观众也能看得见，建得十分巨大（当然，为了使距离演员很远的观众也能看得见、听得着，一些必需的人工设置也发明出来了，如面具、扩音器材、增高演员身高的高底靴）。②

在关于戏剧艺术的认识上，黑格尔接受了亚里士多德的剧本中心论，倾向于认同戏剧艺术的主导力量是诗的语言，但在实际的论述中，尤其是从戏剧所要达到的效果来认识戏剧时，他又看到了剧本中心论在现代受到了严重的挑战和怀疑，指出剧场中心论才是戏剧理论发展的必然趋势。"戏剧体诗也是如此，它一方面借助于姊妹艺术来烘托出感性基础和环境，起自由统治作用的中心点还是诗的语言（台词），但是另一方面，起初只作为助手和陪伴发生作用的姊妹艺术后来就发展成为本身就是目的，自成一种独立的美。宣讲变成歌唱，动作变成表情的舞蹈，而表

---

① 周靖波：《西方剧论选》（上），北京：北京广播学院出版社，2003年版，第273页。

② Michael J. Sidnell, *Sources of Dramatic Theory*, II: *Voltaire to Hugo*, Cambridge: Cambridge University Press, 1991, p. 197.

演场面凭它的富丽堂皇的绘画式的吸引力也就有权利要求独立达到艺术的完美。"①

黑格尔认为，悲剧作为一种戏剧艺术，与观众发生关系的方式只有两种：阅读与朗诵，演员的表演。前者可称为文本接受，后者可称为剧场接受。从文本接受的角度即暂时抛开舞台表演，单就悲剧作品的阅读和朗诵来看，只要悲剧作品本身有生气，即：（1）悲剧冲突及其解决的目的必须是以人类具有普遍意义的旨趣，或是在本民族中广泛流行的一种有实体性的情致为基础。（2）悲剧作品表现了观众也应该有的那种生命意识，自身也成为一种有生命的实际存在，只要悲剧是见出了创作主体的艺术本领和熟练技巧的独创性产品，能不能演出并不会贬低诗的价值。但是"提供内在的戏剧的价值主要是一种便于上演的动作情节"，而且"戏剧所描绘的是可以感官接受的近在目前的情景，它在内容和形式的其它方面都和听众有远较直接的关系"②。这就是说，戏剧是最易于为广大观众接受的最有群众性的艺术，剧本本来就是为观众为演出而写的。因此，从剧场接受的角度来看，黑格尔认为从来就没有演出过的剧本根本就不是戏剧。阅读与朗诵不能代替演出，因为从戏剧所要达到的效果看，"舞台表演确实就是作品

---

① [德] 黑格尔：《美学》（第三卷·下册），朱光潜译，北京：商务印书馆，1996年版，第270页。

② [德] 黑格尔：《美学》（第三卷·下册），朱光潜译，北京：商务印书馆，1996年版，第261页。

好坏的试金石"①。

其实，从观众角度研究悲剧接受的问题，古典悲剧理论已经有所触及。亚里士多德说："在组织情节并将它付诸言词时，诗人应尽可能地把要描写的情景想像成就在眼前，犹如身临其境……"文艺复兴和新古典主义时期也不时有人提出一些新的观点，譬如意大利的钦齐奥指出："戏是为观众的娱乐上演的，与其以更壮丽的戏使观众不快，不如以稍差些的戏使观众满足。"但从整体看，古典悲剧理论并没有专门从观众角度来论述悲剧（甚至戏剧）接受这个问题。黑格尔却在继承席勒、歌德传统的基础上专门研究了悲剧与观众的关系，提出悲剧是为观众上演的，"艺术作品尽管自成一种协调的完整的世界，它作为现实的个别对象，却不是为它自己而是为我们而存在，为观照和欣赏它的听众而存在"②，而且还指出，"我们近代戏剧作品大多数都没有上演，原因很简单，它们根本不是戏剧"③。

尽管黑格尔指出不能搬上舞台演出的戏剧不是戏剧，但是他所说的演员的表演并不是一种本身独立的艺术，而仍然是一种依附于诗的辅助艺术。由于表演艺术和舞台艺术在近代才开始成为本身独立的艺术，单纯的诗的艺术就

---

① ［德］黑格尔：《美学》（第三卷·下册），朱光潜译，北京：商务印书馆，1996年版，第272页。
② ［德］黑格尔：《美学》（第一卷），朱光潜译，北京：商务印书馆，1996年版，第335页。
③ ［德］黑格尔：《美学》（第三卷·下册），朱光潜译，北京：商务印书馆，1996年版，第271页。

降低了地位并且失去了它对这些原来只是陪伴的艺术的统治权。现在,演员不再是"诗人所吹弹的乐器",而是需要发挥其主体性的艺术家;音乐也不再是陪伴性的,而是发展为日渐脱离诗的以音乐为主导因素的近代歌剧。换句话说,随着音乐和舞蹈乃至表演艺术本身从诗的统治中解放出来,真正的艺术(诗)却显现出衰颓的症候,现在费尽全力的是布景、服装、器乐、表演这些艺术,而真正的戏剧内容反倒没有受到认真对待。因此,黑格尔即使在其《美学》中没有强调戏剧艺术中的主导因素是表演艺术或舞台艺术而不是戏剧文学,但表演艺术与舞台艺术在近代的独立发展表明,剧场艺术取代语言艺术(文学)成为现代戏剧艺术及其理论中心的趋势正日趋明朗。

被称为歌剧的那个艺术样式的最大的错误,就在于"音乐的表现手段被弄成了目的,而(戏剧的)表现目的却变成了手段"。在戏剧里,"其最大的魅力是直接作用于感官的,而且只有在它被情感的需要证实是合适的时候才会有意义:在戏剧里,我们是通过感情来认识的。然而,人最深刻的感情却只有通过充实的合唱和协奏所表达的'音调语言',亦即通过音乐形式,才能完满地体现出来"[1]。因而"真正的戏剧应当在纯粹的音乐的基础上创造出来"[2]。后来,瓦格纳又补充了第三个因素——舞蹈。他认为,舞蹈、音乐与诗歌自古以来就是三姐妹,所以只

---

[1] [英]J.L.斯泰恩:《现代戏剧理论与实践》(2),刘国彬等译,北京:中国戏剧出版社,2002年版,第241页。

[2] 陈世雄:《瓦格纳的戏剧理论》,载于《戏剧艺术》,2000年第2期。

第五章　悲剧演出

有将音乐、表演（舞蹈）和语言等艺术因素综合协调起来，真正的艺术才会产生，这种真正的、超越的艺术就是戏剧。作曲家理查德·瓦格纳1851年在《戏剧与歌剧》中提出的音乐（包括舞蹈）与戏剧相结合的艺术理论——"整体戏剧"[亦称"乐剧"（Musikdrama）[1]，与欧美"音乐剧"（Musical）有所区别]，从理论上看，本应是对日益出现的文学、音乐和舞台表演艺术相互脱离、互不相关这一不良倾向的有力反驳，但因瓦格纳所感兴趣的只是那些既有引人入胜的故事，又有很高的音乐潜能的戏剧情节，他的"乐剧"也完全依赖于剧场效果，就像尼采所说的："最糟糕的，是剧场迷信，愚蠢地相信剧场的优先权，相信剧场对于艺术的支配权……然而，应该成百次地直面奉告瓦格纳之徒，剧场曾是什么：它始终只是艺术的下乘，始终只是二等货，粗俗化的东西，适合于群众，为群众制造的东西！在这一点上，瓦格纳也毫无不同之处。"[2]因而瓦格纳的"整体戏剧"不论在理论上还是在实践过程中都没有在剧本与剧场之间实现真正的平衡，反而为20

---

[1] 德语"Musikdrama"，对瓦格纳歌剧的称谓。有人以为这是他本人提出的，实际上他并不赞成这样指称自己的歌剧，认为它容易使人误以为是"以音乐为目的的戏剧"。他指出："它的名称的意义应当理解为：一种安置在音乐中的真正的戏剧。因此，重点应当落在戏剧上，这种戏剧应当跟迄今为止的歌剧剧本完全不同，尤其不同的是，在这种戏剧中，剧情决不仅仅是根据那种传统的歌剧音乐的需求而安排的，恰恰相反，倒是一种真正的戏剧的性格需求支配着音乐的构思。"转引自蒋一民：《音乐美学》，北京：东方出版社，1991年版，第125～126页。

[2] [德]尼采：《悲剧的诞生》，周国平编译，太原：北岳文艺出版社，2004年版，第298页。

世纪的剧场艺术中心论提供了直接的理论冲动。

在布景、服装、器乐、舞蹈和表演这些艺术上的竭尽全力,既使真正的戏剧内容受到了漠视,也使得观众仿佛置身于一个天方夜谭的世界。但对这个借助于服装和灯光的千变万化而布置出来的"把散文性常识和日常生活的忧虑和压力远远抛开的空幻世界"①,随着最初表现出来的浪漫主义激情的衰退,沉思与比较分析(或批判与反思)的时刻开始了。法国戏剧理论家弗朗西斯科·萨塞在《戏剧美学初探》(1876)中就认为:"有助于演戏的任何东西,不管哪一样东西,你都可以取消或替换;但是观众嘛,办不到。"② 也就是说,除了一个没有观众的剧场是无法设想的剧场以外,剧场里其他要素都是可以改变或取消的,而且这种改变或取消并不会使一出戏不成为戏。另外,从戏剧的起源和发展看,无论在哪个国家,哪个时代,用戏剧形式来表现人类生活的人们,总是从聚集观众开始。因此,"没有观众,就没有戏剧。观众是必要的、必不可少的条件。戏剧艺术必须使它的各个'器官'和这个条件相适应"③。简言之,观众才是戏剧艺术的本质或存在的一个必要条件。

萨塞的这一观点虽然否决了音乐、舞蹈、布景或表演

---

① [德]黑格尔:《美学》(第三卷·下册),朱光潜译,北京:商务印书馆,1996年版,第281页。

② 周靖波:《西方剧论选》(下),北京:北京广播学院出版社,2003年版,第418页。

③ 周靖波:《西方剧论选》(下),北京:北京广播学院出版社,2003年版,第420页。

等剧场因素成为戏剧中心的可能性，但他将观众（而不是文学）界定为戏剧的中心，其实还是指向了剧场中心论，只是强调剧场中的观众因素而已。

后起的自然主义戏剧理论家左拉对浪漫主义戏剧艺术同样表现出极端的不满。由于左拉强调环境才是人物和行动的决定因素，而"戏剧是借助物质手段来表现生活的，历来都用布景来描写环境。……今天，自然主义的兴起，对布景的准确程度，要求就越来越高了。这一趋向虽然是逐步演进的，但是势不可挡。我甚至认为，这是自然主义思潮从本世纪初以来在戏剧界悄悄发展的明证"，所以"环境描写（指布景，引者注）在舞台上不仅可能，而且是必不可少的，是戏剧存在的基本条件之一"。[①] 但布景不论如何重要，在左拉看来，布景师却只能根据剧作家的提示，制作出尽可能确实的画面。

在整个19世纪的戏剧（包括悲剧）艺术理论中，作为戏剧艺术的主导因素的文学（或诗）尽管在整体上还是戏剧理论与批评研究的中心问题，实际上却已危如累卵（在某些理论中开始被颠覆）。剧场艺术中各种艺术的独立发展，不仅存在剧场艺术中的某一种艺术总想支配另一种艺术的趋势，而且也已经出现了已得到比较充分的独立发展的剧场艺术总想支配戏剧文学的趋势，更使剧场艺术自身具有越来越独特的生命力，越来越成为值得单独研究的

---

① 《外国现代剧作家论剧作》，北京：中国社会科学出版社，1982年版，第14页。

重要现象。对整体艺术概念的推崇，在弱化文学在戏剧艺术中主导地位的过程中，在可能强化戏剧艺术各种因素的平等性的同时，也有力地促使了一种能够掌控、协调各种戏剧因素的力量的出现。自然主义（及写实主义）在给剧场艺术带来显著变化的同时，既使戏剧艺术的魅力更多地源自剧场艺术——斯坦尼斯拉夫斯基在谈到《黑暗的势力》的演出时就说，"外在的、物质的真实最容易惹人注意；它一眼就能看到，一下子就能抓到……我们的这种艺术真实在当时更多的是外部的，这就是物件、家具、服装、道具、舞台灯光、音响、演员外部形象及其外在形体生活等的真实"[①]，也使得对自然主义（及写实主义）戏剧艺术的反叛开始于剧场艺术，而不是戏剧艺术的文学（诗）。

二、20世纪的剧场理论

如果说19世纪末从理论上关注、强调悲剧甚至戏剧演出的中心地位，还有些犹抱琵琶半遮面，那么进入20世纪以后，对悲剧甚至戏剧演出中心地位的研究与强调不仅是世界性的热门话题，而且终于演变为戏剧艺术理论界的一种共识。

1902年，德国戏剧理论家赫尔曼正式提出要把舞台艺术（剧场艺术）从整个戏剧艺术中分解出来，作为一个

[①] [苏联] 斯坦尼斯拉夫斯基：《斯坦尼斯拉夫斯基全集·第一卷·我的艺术生活》，史敏徒译，北京：中国电影出版社，1958年版，第250~251页。

独立的问题来研究。他认为,"戏剧史不是戏剧文学史,而必须是被上演的戏剧本身的历史"。同时,他把自己对舞台艺术的研究称为"戏剧学"。[1] 赫尔曼的这一正式宣言与后来的剧场中心论即使还有点距离,但它实际上已意味着戏剧艺术理论内部门类间理论关系的真正调整——舞台艺术不仅拥有独立的理论研究价值,而且开始了对戏剧文学的排斥与驱逐。1905年,英国的戈登·克雷在其出版的《论剧场艺术》中提出了创造"独立的剧场艺术"的新概念(或曰梦想)。在他看来,这种艺术既不依附于剧作家的剧本,也不依附于以明星演员或"演员—经理"为中心的表演,更不屈服于商业经理人的意志,而是在导演的统一构思下,通过剧场艺术家的通力合作,创造出完整、和谐而又富于诗意的独立的剧场艺术。五年之后,美国戏剧批评家汉密尔顿则为戏剧下了一个比较完备的定义:"戏剧是由演员在舞台上,以客观的动作,以情感而非理智的力量,当着观众,来表现一段人与人之间的意志冲突。"[2] 在这个还不能算是完善的定义中,汉密尔顿对戏剧的理论界定,最为突出的地方就在于将剧场因素置于戏剧诸因素的首位:剧场是衡量戏剧的尺度,剧本则只起到次要的作用(甚至可以说完全被排斥了)。

汉密尔顿的观点可谓20世纪剧场中心论的一个典型。

---

[1] 余秋雨:《戏剧理论史稿》,上海:上海文艺出版社,1983年版,第595页。

[2] 陈多等编选:《现代戏剧家熊佛西》,北京:中国戏剧出版社,1985年版,第242页。

但真正直接给予后人颠覆戏剧文学性的勇气与灵感的、主张戏剧全力追求一种独立的剧场特性的,是法国戏剧理论家与导演安托南·阿尔托的残酷戏剧理论(在某种程度上看,或许还有布莱希特的史诗剧理论)。自此以后相继出现的格洛托夫斯基的"贫困戏剧"、布鲁克的"空间戏剧"和谢克纳的"环境戏剧"等,不论他们的主张与阿尔托有何不同,其实都可以看作是对阿尔托"纯戏剧"进一步的延伸或提升。

"我们生活的时代也许是世界历史上独一无二的。在这个经过筛分的世界里,旧的价值观纷纷倒坍。生活被烧焦了,从根基上被解体。这一点在精神及社会方面表现为人欲横流、卑鄙本能的肆虐以及过早被噼啪烧焦的生命。"[①] 在阿尔托看来,对于目前这样一个令人焦虑的、灾难性的卑俗时代,我们完全可以用戏剧来击败它。因为戏剧和瘟疫一样能促使人看见真实的自我,撕下面具,揭露谎言、懦弱、卑鄙、伪善,打破危及敏锐感觉的、令人窒息的物质惰性。它使集体看到自身潜在的威力、暗藏的力量,从而激励集体去英勇而高傲地对待命运。也就是说,戏剧是世上仅有的处所,我们仅存的整体手段,从这里我们可以直接达到集体,以至重新安排人类的生活。

但是,如今的西方戏剧已经"僵化",它不再是革命的工具,而且也不适用于我们了〔譬如,当时盛行以娱乐

[①] 〔法〕安托南·阿尔托:《残酷戏剧——戏剧及其重影》,桂裕芳译,北京:中国戏剧出版社,2006年版,第107页。

中产阶级为目的的"大街剧"(Théater de Boulevard)，故事不外乎偷情、金钱纠纷之类的蝇营狗苟，只为满足观众的偷窥心理]。它是一种粗俗的娱乐艺术，一种发泄低下本能的手段，"仅仅使我们进入某些傀儡的内心中，使观众成为看热闹的人"①，因为自文艺复兴以来总是有人对我们说，这就是戏剧，即谎言和幻觉。这种西方戏剧不但认为戏剧与剧本密不可分，而且受制于剧本。"话语就是戏剧中的一切，排除了它便一筹莫展；戏剧是文学的一个分支，是语言的一种有声的变种。即使我们承认口头台词和读到的文字有所不同，即使我们将戏剧局限于台词空隙之间出现的东西，我们仍然无法将戏剧与演出剧本这个概念分开。"② 还将一切为戏剧所特有的东西，换言之，一切不服从于话语和字词表达，或者说一切未被对白（而对白本身是由于它在舞台上可能具有的洪亮度，以及这种洪亮度提出的要求而受到重视）所包含的东西都被贬到了次要地位。③ 其实，对白——文字和口头——并非舞台所特有，它属于书本，在文学史的教材中，就总有戏剧的一席之地，而且它是作为有声语言的历史的一个分支。而且言词也不能使人类的全部经验得到交流，这在戏剧方面尤其做不到。这种"只着眼于娱乐及言词"的戏剧从各方面

---

① [法]安托南·阿尔托：《残酷戏剧——戏剧及其重影》，桂裕芳译，北京：中国戏剧出版社，2006年版，第74页。
② [法]安托南·阿尔托：《残酷戏剧——戏剧及其重影》，桂裕芳译，北京：中国戏剧出版社，2006年版，第60页。
③ [法]安托南·阿尔托：《残酷戏剧——戏剧及其重影》，桂裕芳译，北京：中国戏剧出版社，2006年版，第30页。

都符合西方的艺术观，但由于它不能在我们身上引起回响并使我们的神经和心灵振奋起来，它不再是艺术或说它是无用的艺术。因此，不能"将戏剧固定在一种语言里：书面话语、音乐、灯光、声响，这标志着在短期内它要消亡，因为对一种语言的选择表明人们赞赏这种语言的诸多方便，而语言的干枯则是与它的局限性相伴而来的"①，必须打碎语言以接触生活，以便创造或再创造一种新戏剧——它不仅是能够"不拘一格，利用一切语言：形体、声音、话语、激情、呼喊"的，而且能够激发并影响人们的生活和行动。

  阿尔托认为，这样的一种新戏剧就是残酷戏剧，即"纯戏剧"。一般人听到残酷，立刻想到的是血腥和暴力，但"我们不是自由的。天有可能在我们头上坍下来。而戏剧的作用正是首先告诉我们这一点"②，因而其所说的残酷"是指生的欲望、宇宙的严峻及无法改变的必然性，是指吞没黑暗的、神秘的生命旋风，是指无情的必然性之外的痛苦，而没有痛苦，生命就无法施展。……隐藏的上帝在创世时服从了创造的残酷的必然性，这必然性是强加于他的，他不能不创造，不能不在善的有意识的旋风中容纳一个恶的核心……"③ 更重要的是，这种戏剧"破除一

---

  ① ［法］安托南·阿尔托：《残酷戏剧——戏剧及其重影》，桂裕芳译，北京：中国戏剧出版社，2006年版，第7页。

  ② ［法］安托南·阿尔托：《残酷戏剧——戏剧及其重影》，桂裕芳译，北京：中国戏剧出版社，2006年版，第70页。

  ③ ［法］安托南·阿尔托：《残酷戏剧——戏剧及其重影》，桂裕芳译，北京：中国戏剧出版社，2006年版，第93页。

切,回归本质",而戏剧的本质在于以某种方式去填满舞台上的空间,使之富有活力,在某处引起感情及人性感觉的大骚动,引起悬而未决的情景,而情景是由具体动作来表达的。而在东方戏剧尤其是巴厘戏剧中,一切创造来自舞台,它的表达和源泉在于隐秘的心理冲动,即字词之前的话语。在他们的戏剧中,编剧和演出的价值,其存在与否,都取决于舞台上的客观化程度,他们成功地证明了导演的绝对重要,导演的创造力可以排除一切字句。因此,阿尔托非常愤慨地责问道:"谁说戏剧生来是为了澄清性格,是为了解决人的、感情的、眼前的、心理的种种冲突——正如我们当代戏剧所充斥的那样呢?"[1]

巴厘戏剧既然已经启示我们,戏剧"舞台是一个有形的、具体的场所,应该将它填满,应该让它用自己具体的语言说话……我所指的有形的、具体的语言,只有当它所表达的思想不受制于有声语言时,才是真正的戏剧语言"[2],那么残酷戏剧就是一种以导演为中心的非语言戏剧艺术,或者说是一种纯粹戏剧语言——导演语言的艺术。当然,阿尔托对西方剧场严重依赖语言和对话的激烈抨击,也并非要将语言取消,而是要减少它的分量,跳出语言的功能性,回到语言最原始、最物质的层面,使它具有更大的表现力,并且将重点放在语调、叫喊、歌咏、咒语,重新赋

---

[1] [法]安托南·阿尔托:《残酷戏剧——戏剧及其重影》,桂裕芳译,北京:中国戏剧出版社,2006年版,第34页。
[2] [法]安托南·阿尔托:《残酷戏剧——戏剧及其重影》,桂裕芳译,北京:中国戏剧出版社,2006年版,第31页。

予它震撼身体的力量。因为物体与字词、与思想以及其代表者符号之间断裂了,"信息不是由言词而是由动作和姿势传递的。演员们运用一组象形词汇:眼珠一转,手指一伸,都能不可思议地引出它自己的一首乐曲、一篇'诗歌'来,声音、动作有节奏地交织在一起"①。另外,观众最初是通过感官来思想的,而普通心理剧则首先着眼于观众的理解力,这是十分荒谬的。②所以,残酷戏剧为了引起观众心灵和感官的真正感觉,仿佛是真实的啃咬,仿佛置身于高级力量的旋风之中,必须"排除了剧作者,而强调西方戏剧术语中的导演,而且这个导演成了一位神奇的安排者,某种神圣仪式的司仪"③,换句话说,残酷戏剧即是以突出导演的中心地位和能动作用为目的的艺术。

波兰戏剧家耶日·格洛托夫斯基也如阿尔托一样,以剧场艺术颠覆了戏剧文学,但是他提出的"质朴戏剧"(又译为"贫困戏剧")却认为演员和观众才是戏剧真正必不可少的两个因素,其余的都可看作是戏剧的"附加物"而被排除掉。"没有服装和布景,戏剧能存在吗?是的,能存在。没有音乐配合戏剧情节,戏剧能存在吗?能。没有灯光布景,戏剧能存在吗?当然能。那么,没有剧本呢?能,戏剧史上证明了这一点。在戏剧艺术的演变中,

---

① [英] J. L. 斯泰恩:《现代戏剧理论与实践》(2),刘国彬等译,北京:中国戏剧出版社,2002年版,第385页。

② [法] 安托南·阿尔托:《残酷戏剧——戏剧及其重影》,桂裕芳译,北京:中国戏剧出版社,2006年版,第74页。

③ [法] 安托南·阿尔托:《残酷戏剧——戏剧及其重影》,桂裕芳译,北京:中国戏剧出版社,2006年版,第52页。

剧本是最后加上去的一个成分。……但是，没有演员，戏剧能存在吗？据我所知，没有这样的例子。……没有观众，戏剧能存在吗？至少得有一个看戏的人，才能使戏得以演出。因此，我们只剩下演员和观众了。"[1] 也就是说，剧本本身还不是戏剧，只有通过演员使用剧本，剧本才变成戏剧——就是说，多亏语调，多亏音响的协调，多亏语言的音乐性能，剧本才能变成戏剧。

在格洛托夫斯基看来，能够清楚地阐明什么是戏剧，阐明这种活动与其他种类的演出或表演的区别的尽管只有演员和观众这两个因素，但戏剧艺术的核心或本质却是"演员的个人表演艺术"。也就是说，一部戏剧作品没有了表演，戏剧作为一种艺术形式就无法存在了。在他自己的导演实践中，格洛托夫斯基将那些他认为不必要的成分从戏剧的演出中删掉了。他不用化装，不用服装，不用布景，不用灯光，不用音乐，甚至也不用剧本，强调由演员进行即兴表演。在这样的实验以后，他得出一个结论：去掉上述因素，戏剧仍然可以存在，只不过其面孔有些难看。他还认为"贫困戏剧"实现的唯一途径就是成功的演员训练，一切都集中于使演员"成熟"起来。因此他通过对演员的形体表演进行的艰辛训练和实验，除了形成一套行之有效的演员形体训练的方法以外，还就演员的"心理力量"的激发进行了探讨，指出"对演员的教育不是教给

---

[1] ［波兰］耶日·格洛托夫斯基：《迈向质朴戏剧》，魏时译，北京：中国戏剧出版社，1984年版，第22页。

他什么东西的问题；我们要消除他的身体器官对他的心理作用的阻力"[1]。任何真理都是相对的。格洛托夫斯基从反抗当时欧洲戏剧中的奢靡雕饰的演出风气出发，强调"质朴戏剧"，强调演员在戏剧艺术规律中的决定性作用，强调演出的自由和自发性，这当然具有极其积极的意义，但是，如果将"质朴戏剧"绝对化，最终受到伤害的还是戏剧艺术自身。

总而言之，戏剧文学与剧场艺术是戏剧研究（也是悲剧研究）的两个领域，但并非互不相关，文本的深入阐释可以为剧场演出提供可靠的启发，而剧场演出又往往会发掘戏剧文学研究者忽略了的隐含意义。正如俄国戏剧家乌·哈里泽夫在《作为文学之一种的戏剧》中所说的："戏剧有两个生命，它的一个生命存在于文学中，它的另一个生命存在于舞台上。"[2] 但这两个生命在悲剧艺术甚至戏剧艺术中并不是互不相关或可以独立存在的，而应是有机统一的，所以强调剧场而放逐文学在为剧场艺术（也是技术）——丰富戏剧的表现手段、拓展戏剧的表现空间、重视观演关系以及发挥表导演的创造性方面——获得充分的支配权、主导权时，也因过分地挤压悲剧甚至戏剧文学的表现空间，最终不仅没有使悲剧艺术甚至戏剧艺术走向复兴，反而使它们陷入了更深的困境。

---

[1] 周靖波：《西方剧论选》（下），北京：北京广播学院出版社，2003年版，第617页。

[2] 董健、马俊山：《戏剧艺术十五讲》，北京：北京大学出版社，2006年版，第66页。

第六章　悲剧反应

亚里士多德认为，认识一个事物是其所是并不仅仅是认识它是由什么构成的，把这一事物进行分解去观察它，也就是说，并不仅仅追溯它的成分在符合它的过程中所进行的运动，而是把这个事物作为一个当下的整体来认识。就工艺品而言，我们要弄明白它是用来干什么的，即它的目的因。依此来看，我们已有的关于悲剧的理解仍是不完整的，我们并不处在一个对所研究的事物作了充分的限定的位置之上。而且悲剧艺术只有在"审美"活动中才能获得现实性，没有接受者的悲剧"审美"活动，最美的悲剧也是毫无意义的。此外，悲剧演出机构的持续存在也显示出它提供了一种特殊类型的功用。所以我们在此还需要做的是说明其功能或目的即它们的最后因——悲剧反应。

在古典知识型时期，由于悲剧既是真实的现实又是摹仿的实体，因而人们要求悲剧具有实用的道德的价值。现代知识型时期，根据间断性的有机结构原则建立起来的新的悲剧理论，认为悲剧艺术与实际的行动无关，它不再是对实际的行动的摹仿，而是自足的、自由的、理想的艺术创造；它也不再是类似于客观存在的认知实体，而是人的一种主体的意志行为。简言之，悲剧是一种美的艺术。它追求的主要是一种美的价值，审美的快感。当然在此之外，仍有人信奉悲剧的实用价值。

第一节　卡塔西斯

亚里士多德创造性地引入"卡塔西斯"，不单是对柏拉图的回应①，更是为悲剧立法的需要②。从这个高度看，"卡塔西斯"则是亚里士多德悲剧理论中一个非常关键的概念，其地位与作用并不亚于摹仿概念，而且直接关系到其悲剧理论的存亡，因为它确定的是悲剧艺术的目的或

---

①　人们一般认为，亚里士多德引入"卡塔西斯"，是因为他希望借此来反驳柏拉图对诗人的攻击：诗人的摹仿作品对于真理没有任何价值，且奉迎人性中低劣的部分。参见王柯平：《〈理想国〉的诗学研究》，北京：北京大学出版社，2005年版，第312页。

②　《诗学》开篇即说："关于诗艺本身和诗的类型，每种类型的潜力，应如何组织情节才能写出优秀的诗作，诗的组成部分的数量和性质，这些，以及属于同一范畴的其他问题，都是我们要在此探讨的。让我们循着自然的顺序，先从本质的问题谈起。"亚里士多德的这几句开场白显然不是可有可无的，而是相当重要的，因为它们道出了这部著作的目的和计划，即要全面地重新考虑和审视诗歌。亚里士多德这种为诗歌创建秩序或立法的自觉意识在给知识分类时就开始了。他认为知识有三类：理论的；实践的，如伦理、政治等；创造的，即技艺（艺术）。后面两类都以实用为目的，只有理论的即纯思辨的知识才是以它自身而不是以实用为目的的。"思辨（理论）知识以求真为目的，实践知识以行动为目的。尽管实践的人也考虑事物是什么，但他们不从永恒方面去研究，只考虑和当前有关的事情。"以上引证表明，在亚里士多德看来，艺术并不是影像、幻象和假象，而是一种真实的知识，一种创造的知识。它既不同于理论的知识，也不同于实践的知识，它是技艺，而"一切技术都和生成有关，而进行技术的思考就是去思考某种可能生成的东西怎样生成"。

功能。

亚里士多德之前，由于医学与宗教、药物学与玄学、病理学与伦理学相互之间并没有明确的分界[①]，"卡塔西斯"实际上是一个广泛应用于宗教、医学和伦理学（甚至艺术、哲学）等学科的概念。它既可以指医学意义上的"净洗"和"宣泄"，也可以指宗教意义上的"净涤"，后来又延伸为音乐（艺术）意义上的"净化"和哲学意义上的纯净灵魂、开发心智。亚里士多德在接受这一传统后，却通过把"katharsis"和"mimesis"（即"卡塔西斯"和摹仿）结合起来，创造性地重新解释了"卡塔西斯"的意义：

首先，"卡塔西斯"仅是某些摹仿性艺术的目的或功能。在亚里士多德现存的论著中，只有《诗学》《修辞学》和《政治学》中提到过"卡塔西斯"或与其相关的内容。即使就音乐而言，也只有鼓舞人心的音乐才具有宣泄情感、净化心灵的功能，道德和实用的音乐则没有这种功能。波兰美学史家塔塔尔凯维奇就曾指出，亚里士多德"把乐调分为道德的、实用的和鼓舞人心的三种。他认为后一种具有宣泄情感、净化心灵的功能。不过，亚里士多

[①] 比如早期的毕达哥拉斯教派（它的神秘的先驱是俄耳甫斯教），主张通过一系列的宗教禁忌使灵魂得到净化，同时强调通过音乐使灵魂达到和谐的境界，通过自然科学研究和哲学沉默想使灵魂得到净化。而在希腊"净化"观念发展史上的关键人物恩培多克勒，其认为医疗的任务就是通过净化来恢复身体内的冷热和干湿的平衡，净化的途径有三种：（1）禁忌吃肉、豆类和月桂；（2）用美德来联结人们，过善良、恬静的生活；（3）凭借丰富的知识使灵魂得救。参见王柯平：《〈理想国〉的诗学研究》，北京：北京大学出版社，2005年版。

德首先在诗中看到了净化作用,他从来没有说过造型艺术也能产生这种效果。在他看来,'Katharsis'并不是所有的艺术感染方式。亚里士多德从'模仿性'艺术中划出了一类具有'净化'功能的艺术,其中有诗歌、音乐和舞蹈,造型艺术却属于另外一类"①。

其次,"卡塔西斯"作为悲剧艺术的目的,体现的是悲剧艺术及艺术的一般功用价值。"诗的功用由其本身的性质决定:每一件物体或每一类物体,都只能根据它是什么或主要是什么,才能最有效和最合理地加以应用。"②

最后,悲剧作为一种摹仿性艺术即创制品,不再被认为是客观实体本身,但它仍然被看作一种类似于客观实体的实体,所以悲剧摹仿是一种源于求知与判断的快感,一种既与实际生活相关联却又有很大差异的情感艺术。从这个意义上讲,"卡塔西斯"就应该是一个融会了真善美的范畴,而不可能是一个单一性(即仅为善或仅为美的)范畴。换句话说,悲剧艺术作为(具有创造色彩的)摹仿性的知识活动,体现了人类的实践智慧,通过融注情感的形象创造,发挥认知、道德、美感这三种互相融通的功用价值。(本书采用"卡塔西斯"这一音译,是因为不管将它作为一个宗教术语还是医学术语,在现有资料匮乏、证据十分不足的情况下,都不过是一种推断。为了论述的便

---

① [波兰] 塔塔尔凯维奇:《古代美学》,理然译,南宁:广西人民出版社,1990年版,第144~145页。

② [美] 勒内·韦勒克、奥斯汀·沃伦:《文学理论》,刘象愚等译,南京:江苏教育出版社,2005年版,第19页。

利，也采用"净化"这一中译，但它同样不应被看作一个宗教术语或医学术语。）

门罗·C.比厄斯利在其《西方美学简史》中写道："在亚里士多德的批评理论中，存在着一个重要的认识论因素。"其实，亚里士多德不仅在论述摹仿是人的天性时肯定了悲剧是一种带（有创造色彩的）摹仿性的知识活动，而且在提出悲剧目的或功用为"卡塔西斯"时（尽管他此后再也没有对此作过讨论），同样暗示了"卡塔西斯"是以认知为前提的，蕴含着智慧的意义。

悲剧是通过摹仿人的活动来引发怜悯和恐惧并使这些情感得以净化的，所以情感的净化必须经过两个阶段：引发阶段、净化阶段。一种情感的释放，是在那种情感的推动下完成的动作，借助这一种动作我们就消除了这种情感，也就是我们自己从情感释放以前加在我们身上的紧张中解脱出来了。在理论上这两个阶段是完全可以分开的，在实践上却是难以分割的。为论述便利，我们在此分开阐释。在论述这两个阶段前，先说说怜悯和恐惧。恐惧是由和我们相似的剧中人物所遭受的不幸、厄运而引起的，它是指向内在的主体的；怜悯是对剧中人物遭受了不应遭受的不幸、厄运引起的一种同情，它是指向外在的客体的。按照亚里士多德的说法，人的灵魂有三种状态：情感、能力和品质。① 其中最佳状态就是人的德性（品质）的发挥，即人的情感受到理性的调节处于中道的状态；最不佳的就是人的情感处于沉醉（即过度）或匮乏的状态，因为情感虽然是灵魂的一种状态或者说是人性的一部分，本身没有好坏善恶之分，但它过多或过少，都会使人处于非理性之中，从而"骚乱人的心绪，破坏人的正常欲念，既有害于个人的身心健康，也无益于群体与社团的利益"②。能力是情感产生的一种生长和营养的本原，是一切生物所共有的而不是人所独有的，它无须运用便存在，所以它无所谓好坏。简言之，人的灵魂虽有三种状态，但对我们这样的一般人而言，我们的灵魂常常是处于情感状态，或者说我们的灵魂常常因为受到情感的控制而缺乏理性，偏离中道，丧失自由。

因此，悲剧通过摹仿人的活动引发怜悯和恐惧，实为一种认知性的怜悯与恐惧。"悲剧摹仿的不仅是一个完整的行动，而且是能引发恐惧和怜悯的事件。此类事件若是发生得出人意外，但仍能表明因果关系，那就最能［或较

---

① 情感是指欲望、愤怒、自信、嫉妒、喜悦、友爱、憎恨、气味、骄傲、怜悯等；能力是指我们借它以产生这种感情的既能被激怒，又感到苦痛或引起怜悯心的力量；品质是指对那些感情持有好的或坏的状态，以愤怒为例，如果过于强烈或过于软弱都是坏的，只有适中的才是好的状态。参见［古希腊］亚里士多德：《尼各马可伦理学》，苗力田译，北京：中国人民大学出版社，2003年版，第31～32页。

② ［古希腊］亚里士多德：《诗学》，陈中梅译，北京：商务印书馆，2005年版，第227～228页。

好地]取得上述效果。"① 因此，观众通过观看摹仿人的活动的悲剧表演就能清晰地认识到像我们一样的剧中人物，在非理性情感（某种嗜欲和激情）的控制和驱使下必将遭受厄运和不幸，从而"体察作者寓意、解悟必然事理，推人及己，想到这是人皆可能遭遇的事件，也有可能落到自己身上"②，使观众深切地感受到自己作为芸芸众生之一的虚弱，使他们对自己、对他人的幸福与不幸有着更为深刻的领悟。

　　净化这些由悲剧引发的怜悯与恐惧情感，同样是一种澄明见识、启迪良知、净化灵魂的认知活动。柏拉图反对悲剧等艺术的原因之一，就是悲剧激起的情感使得背上这种情感重负的人无法适应生活，所以它是有害的。但在亚里士多德看来，

> 悲剧所产生的情感实际上不会在观众精神上留下重负，这种情感在观看悲剧的体验中就释放了。悲剧演完之后，这种情感的澄清或净化留给观众心灵的东西，不是怜悯和恐惧的重负，而是摆脱这些情感之后的轻松。③

　　这就是说，观众虽然产生了怜悯和恐惧，但他们同时

---

① ［古希腊］亚里士多德：《诗学》，陈中梅译，北京：商务印书馆，2005年版，第82页。
② 汪子嵩等：《希腊哲学史》（下），北京：人民出版社，2003年版，第1188页。
③ ［英］科林伍德：《艺术原理》，王至元、陈华中译，北京：中国社会科学出版社，1985年版，第52页。

也会从怜悯与恐惧中认识到自己只有冲破肉体的樊篱,从情感力量的奴役中解放出来,求得中道,才能真正彰显人的德性,使我们从不公、不幸、苦难和死亡中超拔而出,不再拘于一己的悲悯、恐惧和哀恸之上。

悲剧既然是通过摹仿人的活动引发怜悯和恐惧并使这些情感得以净化,而人的活动或者说人的抉择体现着人的幸福与不幸,人的幸福与不幸却是一个如何获得"可实践的最高善"的问题,因此,"卡塔西斯"的作用实际上也是一种道德伦理作用。

亚里士多德在《诗学》中提出"卡塔西斯"之后并未对之再作解释,但是对悲剧如何引起怜悯与恐惧还是进行了较为细致的解释。其中最为引人注目的是第九章、第十一章和第十三章,其核心思想可以概括为:悲剧之所以能引发怜悯与恐惧是因为它摹仿了能引发怜悯与恐惧的事件。那么,哪一些事件能够引发读者或观众的怜悯与恐惧之情呢?亚里士多德认为,只有那种取材于少数几个家族的故事,尤其是其中的变化伴有突转与发现成分的情节故事能够引发怜悯与恐惧。这些发生在近亲之间的惨痛故事之所以可怕,并能引起怜悯与恐惧,全在于其中寄寓的普遍性真理,主要是一些关涉伦理关系和道德品质、人的幸与不幸的思考。相反,那种"惩罚分明"的悲剧尽管具有更为直接的道德劝诫意义,也更能满足观众的道德感,但它所提供的快感更像是喜剧式的,而不是悲剧所要的那种快感——引发怜悯与恐惧并使这些情感得到净化。因此,亚里士多德认为这样的悲剧只能是第二等的。悲剧所要引发并要净化的怜悯与恐惧之情,并不是一种简单的直接的道德箴言,也不是那种与观众的道德感完全一致的情感,而应是一种伦理道德意识的净化和澄清,一种伦理道德感的矫正和升华。也就是说,"悲剧最终的效果加强了我们的责任感,使我们更充分地意识到我们有过失,正像悲剧人物(无论我们在剧中看见的是一个人或是许多人)有过失一样,我们哭喊着来反抗这一切的发生。只有在拒绝它时,我们才有一种'卡塔西斯'的体验"①。

当然,悲剧通过摹仿人的活动引发怜悯和恐惧并使这些情感得到净化,也可理解为:它不只是指感情需要清除或宣泄,还指灵魂冲破肉体的樊篱,摆脱情感的奴役而得以净化。亚里士多德伦理学认为,有德性(或理性)的人之所以能够摆脱情感的奴役,获得美德和幸福,并不是因为他清除或宣泄了情感,而是因为他允许非理性的情感、冲动处在适当的位置,并使它们与理性保持和谐,避免冲突。"在适当的时间、适当的场合、对于适当的人、出于适当的原因、以适当的方式感受这些情感,就既是适度的又是最好的。这也就是德性的品质。"② 后来,他又指出,德性不是自然在我们身上造成的,而是通过学习、习惯、训练形成的。合德性的实现活动有两种:第一种也是最好的就是做沉思的生活,但由于这种生活具有半神半人的意

---

① [英] 克利福德·利奇:《悲剧》,尹鸿译,北京:昆仑出版社,1993年版,第76页。
② [古希腊] 亚里士多德:《尼各马可伦理学》,廖申白译注,北京:商务印书馆,2003年版,第47页。

味，它虽可实践，但只有少数人才能达到。第二种是次好的就是分有沉思活动的严肃工作，"它是道德德性的实现活动，是完全属人的生活，是多数人若关怀自身之完善便可以实行、可以努力获得的生活"①。那么，严肃工作具有何种性质呢？亚里士多德说，严肃的活动就是那些除了自身之外别无他求的实现活动，例如高尚（高贵）的、好的行动本身就是值得欲求的。而令人愉悦的消遣显然也有这样的性质。由此看来，悲剧无论是作为创造性的摹仿活动还是作为消遣活动，都是一种严肃的工作。因为在《诗学》之中，悲剧的目的就在于通过对一个严肃、完整、有一定长度的行动的摹仿……通过引发怜悯和恐惧使这些情感得到"卡塔西斯"。

总之，悲剧引发、净化的怜悯与恐惧，并非真要把这些情感从灵魂中净化掉或清除出去，而是要在这种"卡塔西斯"活动中，让观众尤其是那些过于幸福或自以为历经苦难无所畏惧、不懂怜悯的人，看了悲剧会感到自己的幸福并不恒稳，或体察人间还有更大的苦难，从而"去蔽"，省悟事理，澄明实践智慧，产生理智控制的怜悯与恐惧之情。经过这样的多次锻炼，观众即可能养成一种德性，"等到他们在实际生活中看见别人遭受苦难或自身遭受苦难时，他们就能有很大的忍耐力，能控制自己的感情，使它们发生得恰如其分，或者能激发自己的情感，使它们达

---

① ［古希腊］亚里士多德：《尼各马可伦理学》，廖申白译注，北京：商务印书馆，2003年版，译注者序，第 xxxiv 页。

到应有的适当的强度"①。所以，亚里士多德说："诗是一种比历史更富哲学性、更严肃的艺术。"其实，说它更富哲学性是因为它隐隐地指向"共相"，而且具有纯净和开发心智的作用；说它更严肃，不是因为它比历史更富有启发性，而是因为它本身就是值得欲求的，就是一种合乎德性的实现活动。

亚里士多德在《诗学》第十四章说："不应当要求悲剧给我们一切种类的快感，只应要求它给我们以它特别能给的快感。"接着又说："既然这种快感是由悲剧引起我们的怜悯与恐惧之情，通过诗人的摹仿产生的，那么显然就应通过情节来产生这种效果。"悲剧给予观众或读者的快感并非一种，而是多样化的、多层次的，比如从悲剧摹仿中获得的求知快感，从悲剧的情节安排、人物刻画、语言等中获得的形式快感、节奏感，从悲剧的结局中获得的满足感。在这些多样化的、多层次的快感中，亚里士多德却认为只有那种与"卡塔西斯"相关的快感才是悲剧给予观众或读者"以它特别能给的快感"。

那么，这种由悲剧给予我们的与"卡塔西斯"相关的特别快感是什么呢？有人说，这种特别的快感是观众通过怜悯与恐惧感的倾泻而获得的一种愉悦的感觉；有人说，这是一种源于恶意的快感；也有人说这是一种混合着痛感的快感；还有人说这是一种"无害的痛感"，或者说只是

---

① 罗念生：《论古希腊戏剧》，北京：中国戏剧出版社，1985年版，第177页。

形式而没有内容的痛感。"生活中,怜悯和恐惧是行动的抑制剂;但是舞台上的激情貌似执著和不可抗拒,其实不过是一种抽象的重复感情,远不会伤害观众。"① 这些解释没有认识到悲剧的审美快感是同悲剧的认知、道德功用相互融贯的,没有洞察到它只有在理智的鉴赏中才能真正实现,因而对于这些解释,我们不能认为它们一定就是错误的,它们只有片面的深刻,或者说是知识型错位的结果。"古希腊悲剧终极性地生存着原始的真理语言,是宗教、艺术、哲学还没有分裂之前的意识形态的母体,是无法被后世的概念性语言消融的原始意象。"② 因此,悲剧的"卡塔西斯"(或情感净化)作用其实是融贯了认知功用和道德伦理功用的一种审美功用,或者说是灵魂冲破肉体的樊篱、摆脱情感奴役后进入一种宁静、自由的审美状态,以及在这种审美状态中的沉思活动。

科林伍德说:"如果一件制造品的设计意在激起一种情感,并且不想使这种情感释放在日常生活的事务之中,而要作为本身有价值的某种东西加以享受,那么,这种制造品的功能就在于娱乐或消遣。巫术,就其所激起的情感在日常事务中具有实际作用而言,它是实用的;娱乐并不实用而只能享受,因为在娱乐世界和日常事务之间存在着一堵滴水不漏的挡壁,娱乐所产生的情感就在这间不透水

---

① [法]让·贝西埃等:《诗学史》(上册),史忠义译,天津:百花文艺出版社,2002年版,第26~27页。
② 吕新雨:《神话·悲剧·〈诗学〉——对古希腊诗学传统的重新认识》,上海:复旦大学出版社,1995年版,第145页。

的隔离室里自行其道。"① 科林伍德在其《艺术原理》中关于娱乐艺术和巫术艺术差异性的深刻把握，对亚里士多德的艺术思考而言，并不是完全正确的或适用的，因为亚里士多德是在一个与科林伍德完全不同的知识型空间思考艺术的。由于他们从来不曾对美与善的范围加以严格区分，所以在他们那里"善的概念与美的概念是一致的。因为最美的艺术作品照希腊的意义说来不仅要对于形体的感觉有最适合的和谐，而对于道德的感觉也要有最适合的和谐；即当使眼或耳感着最高的与最完全的快乐的时候，也要有一种势力使灵魂感觉到优美，这种优美即是希腊道德的特质"②。所以，亚里士多德要求悲剧所应具有的"卡塔西斯"作用，某种意义上可以说确实是在这样一个与日常世界完全隔离的虚拟（幻觉）世界中发生的。但是，由于审美对象显而易见地与政治、道德、宗教等内容相关联，同时审美主体的审美也是以人类经验为基础的，因而，亚里士多德《诗学》中所论的悲剧艺术并非科林伍德所讲的娱乐艺术，他所说的悲剧功用"卡塔西斯"也与科林伍德所谈的娱乐艺术的目的——激发怜悯与恐惧之情，然后在娱乐本身的过程中释放它们并不吻合。

如果悲剧的目的只在于引发、释放或净化怜悯与恐惧的情感，那么悲剧就是一种娱乐艺术，一种"消遣"艺

---

① [英]科林伍德：《艺术原理》，王至元、陈华中译，北京：中国社会科学出版社，1985年版，第80页。
② [英]狄金森：《希腊的生活观》，彭基相译，上海：华东师范大学出版社，2006年版，第160页。

术。关于"消遣",亚里士多德在《尼各马可伦理学》中曾说:"肉体的快乐任何一个人都能享受,奴隶在这方面并不比最好的人差。但是没有人同意让一个奴隶分享幸福,正如没有人同意让他分享一种生活①。所以,幸福不在于这类消遣。"② 那么,幸福与悲剧有何关系呢?上文已指出,悲剧无论是作为一种创造性摹仿活动还是作为一种消遣活动,都是一种严肃的工作。亚里士多德在《政治学》卷八中论述音乐的功用时也暗示了类似的看法,认为那种专为"消遣"即精神享受(也就是紧张劳动后的安静和休息)的音乐既不具有教育的目的,也不具有净化的功用。

> 音乐应该学习,并不只是为了某一个目的,而是同时为了几个目的,那就是(1)教育,(2)净化(关于"净化"这个词的意义,我们在这里只约略提及,将来在《诗学》里还要详细说明),(3)精神享受,也就是紧张劳动之后的安静和休息。从此可知,各种和谐的乐调虽然各有用处,但是特殊的目的,宜用特殊的乐调。要达到教育的目的,就应选用伦理的乐调;但是在集会中听旁人演奏时,我们就宜听行动的乐调和激昂的乐调。因为像哀怜和恐惧或是狂热之类的情绪虽然只是一部分人心里是很强烈的,一般人

---

① 亚里士多德认为,奴隶与动物不是城邦的成员,因为他们不分享幸福和有目的的生活。
② [古希腊]亚里士多德:《尼各马可伦理学》,廖申白译注,北京:商务印书馆,2003年版,第305页。

也多少有一些。有些人受宗教狂热支配时,一听到宗教的乐调,就卷入迷狂状态,随后就安静下来,仿佛受到了一种治疗和净化。这种情形当然也适用于受哀怜恐惧以及其他类似情绪影响的人。某些人特别容易受某种情绪的影响,他们也可以在不同程度上受到音乐的激动,受到净化,因而心里感到一种轻松舒畅的快感,因此,具有净化作用的歌曲可以产生一种无害的快感。①

亚里士多德对音乐的分类无疑是与音乐的目的紧密相关的,但在《诗学》中他却根据悲剧的成分把悲剧分为四种类型。以此来看,他要求悲剧所应具有的"卡塔西斯"作用(或目的)实际上意味着:他所界定的悲剧有娱乐或消遣作用,但又决不限于,并且悲剧"卡塔西斯"是不同于音乐的净化作用的。②既然悲剧"卡塔西斯"不单是引发、释放情感,也不完全同于音乐的净化,那么它还意味着什么?

悲剧"卡塔西斯"作用(或情感净化)只能意味着这是一种融贯了认知功用和道德伦理功用的审美功用,或者说是灵魂冲破肉体的樊篱、摆脱情感奴役后进入一种宁

---

① 朱光潜:《朱光潜美学文集》(第4卷),上海:上海艺文出版社,1984年版,第91~92页。

② 亚里士多德认为,医治怜悯与恐惧的方法与医治宗教狂的丰富知识相似而不是完全相同;怜悯与恐惧支配的人所受的"卡塔西斯"作用与受宗教狂支配的人所受的"卡塔西斯"作用也只是相似,而不是完全相同。另外,"宗教狂"是一种病态,但怜悯与恐惧不但不是病态的,而且是有益于人的。参见罗念生:《古希腊戏剧》,北京:中国戏剧出版社,1985年版,第170~173页。

静、自由的审美状态，以及在这种审美状态中的沉思活动。显然，这里所说的宁静、自由的审美状态并不完全是那种具有净化作用的歌曲所产生的"无害的快感"。因为"无害的快感"是指只与对象的表现而不与对象的存在发生关系的愉悦，即我们对事物的存在不能有任何一点偏爱，而且必须对它抱彻底的漠不关心的态度。① 对亚里士多德来说，感知和思虑是互动的。我们越是彻底地理解一部悲剧，它就越能深入地激发我们的感情；反过来，悲剧越使我们为之感动，我们越是要去探寻其中的意义。情感的熏染和理解的吁求在这里是相互加强的。正是在这个意义上，"净化可以'经由悲悯和恐惧'获得。与其说这种情感关涉他们个人的排遣或提升，不如说诗性摹仿激发起这种情感是一种通向心灵平静的方式。"② 所以，悲剧的目的不在于让人沉浸在真正的痛苦和哀伤之中，而是使人的灵魂重新进入一种平静安宁的状态，并在这种状态中体验自由的喜悦，体验沉思活动所带来的惊人快乐。

或许，这才是悲剧"卡塔西斯"应该发挥的作用。

第二节 古典时期对悲剧反应的探讨

在关于悲剧反应的认识上，从亚里士多德以后一直到

---

① 彭锋：《西方美学与艺术》，北京：北京大学出版社，2005年版，第174页。
② [美]大卫·福莱：《从亚里士多德到奥古斯丁》，冯俊等译，北京：中国人民大学出版社，2004年版，第106页。

18世纪末的这段漫长的岁月里,其间毫无疑问发生了一些重要的变化。但由于后来者依然把悲剧看作是摹仿的艺术,由于他们对悲剧反应("卡塔西斯")进行认识的"目标不在于责疑,仅仅在于解释和确证"①,而且这种解释和确证又都是在同一种知识型空间中发生的,因而从整体上说,这些解释和确证还是对亚里士多德的相关理论的重新明确与阐述,"以至人们无法发现与古典大师薪传的观点真正决裂的任何明显偏离正统学说的公式和独创性的理论"②。

一、贺拉斯和"寓教于乐"

由于《诗学》失传,在关于悲剧反应的认识上,贺拉斯没有提及亚里士多德的"卡塔西斯"这一概念。但他所提出的"寓教于乐"其实在很大程度上"只是用一种训示的口吻及一种更为形象贴切的手法"③,对亚里士多德的"卡塔西斯"这一理论进行了重新明确与阐述。

在贺拉斯看来,不能脱离观众而存在的悲剧艺术为了吸引观众、激起他们的反应,就必须发挥"寓教于乐"的功能,实际上也就是要发挥悲剧艺术的真善美的功用。也就是说,悲剧艺术只有做到了实用与审美相结合,才能深深地打动观众的心。"虚构的目的在引人欢喜,因此必须

---

① Richard H. Palmer, *Tragedy and Tragic Theory*, New York: Greenwood Press, 1992, p.26.
② [美]雷纳·韦勒克:《近代文学批评史》(第一卷),杨岂深、杨自伍译,上海:上海译文出版社,1987年版,第8~9页。
③ [法]达维德·方丹:《诗学——文学形式通论》,陈静译,天津:天津人民出版社,2003年版,第10页。

切近真实；戏剧不可随意虚构，观众才能相信，你不能从吃过早餐的拉米亚的肚皮里取出个活生生的婴儿来。如果是一出毫无益处的戏剧，长老的'百人连'就会把它驱下舞台；如果这出戏毫无趣味，高傲的青年骑士便会掉头不顾。寓教于乐，既劝谕读者，又使他喜爱，才符合众望。"①

然而，贺拉斯的"寓教于乐"毕竟是针对喜爱铜臭味与血腥味的罗马观众而提出的，所以在某些层面上也确有见亚里士多德之未见（或被他所漠视）的地方：首先，贺拉斯已比较自觉地意识到没有观众（不是读者），就没有悲剧（甚至戏剧）艺术。在《诗艺》中，他反复强调一首诗必须能按作者的愿望左右读者的心灵。换言之，悲剧艺术即使很美（实际上也必须美），但如果它不能吸引观众，激起他们的反应，它就是毫无价值的。其次，从观众角度思考悲剧等艺术的真善美功用时，他看得最重的，也是深远地影响了后人的是悲剧等艺术的善——教益作用。贺拉斯认为，悲剧艺术必须赞助善良，赞美有益的正义和法律，而不是像亚里士多德所言，悲剧艺术是"一种合于德性的实现活动"。通过这种合于德性的实现活动，让观众尤其是那些过于幸福或自以为历经苦难无所畏惧、不动怜悯的人，看了悲剧会感到自己的幸福并不恒稳，或体察到人间还有更大的苦难，从而"去蔽"，省悟事理，澄明实

---

① ［古希腊］亚里士多德、贺拉斯：《诗学 诗艺》，罗念生、杨周翰译，北京：人民文学出版社，1982年版，第155页。

践智慧，产生理智控制的怜悯与恐惧之情。

二、奥古斯丁：同情与悲痛

由于戏剧艺术在中世纪遭到了基督教的无情查禁与驱逐，因而对中世纪绝大多数宗教哲学家来说，悲剧艺术的反应（或审美效果）问题是不存在的。但现有的资料表明，整个中世纪还是有某些人注意到了这一问题，其中值得在此提及的主要是中世纪初期的奥古斯丁（此外还有叙利亚哲学家阿威洛伊[①]）。

奥古斯丁认为："人们愿意看自己不愿遭遇的悲惨故事而伤心，这究竟为了什么？一人愿意从看戏引起悲痛，而这悲痛就作为他的乐趣。这岂非一种可怜的变态？一人越不能摆脱这些情感，越容易被它感动。一人自身受苦，人们说他不幸；如果同情别人的痛苦，便说这人有恻隐之心。但对于虚构的戏剧，恻隐之心究竟是什么？戏剧并不鼓励观众帮助别人，不过引逗观众的伤心，观众越感到伤心，编剧者越能受到赞赏。如果看了历史上的或竟是捕风捉影的悲剧而毫不动情，那就败兴出场，批评指摘，假如能感到回肠荡气，便看得津津有味，自觉高兴。"[②] 在

[①] 12世纪下半叶，阿威洛伊（Averroes）根据某个阿拉伯文本对《诗学》进行了评论，后来这一重要文献被阿勒马努斯（Hermannus Alemannus）于1256年译为拉丁文。在这本中世纪后期的重要文献中，阿威洛伊没有提及亚里士多德的"卡塔西斯"概念，因为在他看来，悲剧艺术的目的在于劝人为善。参见 Marvin Carlson, *Theories of the Theatre*, New York: Cornell University Press, 1984, p. 33.

[②] ［古罗马］奥古斯丁：《忏悔录》，周士良译，北京：商务印书馆，1996年版，第37页。

《忏悔录》中奥古斯丁同样没有提到亚里士多德的"卡塔西斯"（及《诗学》），但他对悲剧反应（或审美效果）的认识还是在某些层面上旁及了亚里士多德的"卡塔西斯"：（1）成功的悲剧艺术都能引发观众的怜悯与悲痛之情，尤其是怜悯之情；（2）观众在怜悯与悲痛之中获得的却是快感。但由于作为道德家的奥古斯丁认为悲剧艺术激发的怜悯（即使情有可原）毕竟始终是不怀好意的慈悲心，而且这种虚伪感情同上帝无限纯洁、无限完美的真正慈悲有着天壤之别；另外，情感并不是用来放纵自己的，而是用来激励我们的意志：我们为别人的痛苦感到悲伤的能力，应促使我们去行善；因而他对悲剧艺术激发的怜悯采取了谴责的姿态，而且也正是这种姿态使他在悲剧反应的见解上最终偏离了亚里士多德的"卡塔西斯"。

三、文艺复兴：教益与快感

文艺复兴时期，由于"人文主义者并非反对宗教信仰，而是反对禁欲"[①]，因而这一时期的悲剧理论在发掘、整理和评注亚里士多德《诗学》之时，不仅重新强调、阐释了悲剧艺术的教益功能，更重要的是正式提出了悲剧艺术的快感功能。

在《诗学》研究史上占有重要地位的意大利学者弗朗塞斯科·罗伯泰罗，在其《亚里士多德诗艺诠解》（此乃

---

① 吴光耀：《西方演剧史论稿》（上），北京：中国戏剧出版社，2002年版，第134～135页。

《诗学》研究史上的第一部重要评著）中指出："当悲剧在演出和被观看时，怜悯与恐惧这两种情感得以净化。"①通过强调从剧场观众的角度来理解净化概念，罗伯泰罗将亚里士多德的净化说和贺拉斯的"寓教于乐"进行了调和。在他看来，（1）观众在演出现场听到并看到演员表演那些几乎乱真的事情的时候，他们都会感到痛苦、恐惧和怜悯。结果在生活中当他们真的遭受灾难和厄运时，他们反而对痛苦与恐惧并不敏感。（2）观众从悲剧中获得的首先并非快感，而是道德教益——大家都是命运的奴隶，谁都无法逃脱厄运。因而灾难真正降临时，他们能够很轻松地忍受，而且想到相同的灾难也曾发生在他人身上，反而给他们以强有力的安慰。

　　剧作家钦齐奥不仅将亚里士多的净化直接与道德教益目的联系起来，"悲剧，不论它的收场是快乐的或悲惨的，总是凭借可怜的和可怕的事迹，以洗净观众心中的恶念，感化他们从善"②，而且把快感完全理解为道德快感，"为了使观众感到更大满足和受到更好教育，作者往往让那些使得剧中一般善人受难的罪魁祸首终于死去或者遭到大祸。欧里庇得斯在《赫拉克勒斯的儿女》，以及索福克勒斯在《厄勒克特拉》，都是这样做，前者使欧律斯透斯被

---

① Michael J. Sidnell, *Sources of Dramatic Theory*, 1: *Plato to Congreve*, Cambridge: Cambridge University Press, 1991, p. 90.

② 周靖波：《西方剧论选》（上），北京：北京广播学院出版社，2003年版，第52页。

杀，后者使埃革斯托斯被杀"①。因此，戏是为观众的娱乐上演的，与其以更壮丽的戏使观众不快，不如以稍差些的戏使观众满足（即使应该认为亚里士多德的意见高明些），因为创作一出虽然更可钦佩但在上演时却令人生厌的戏剧，其用处就微乎其微。

如果说剧作家钦齐奥通过把净化与道德教益直接联系起来强化了净化的道德功能，那么斯卡利格则通过对"净化"一词的责疑和抛弃，将悲剧艺术的快感置于教益之下。"至于诗，自从由乡村传入城市，诗便加强它的思想性，添上情节立范以警世人，添上感情以提供教训。""贺拉斯说得很好：'寓教于乐的诗人博得人人称赏'，因为诗的一切精力都集中在这两个目的上——教与乐。"②

与此相反的是，《诗学》批评家朗巴第（Bartolomeo Lambardi）和马吉（Vincenzo Maggi）对净化所作的详细讨论虽然也有强烈的贺拉斯气味，即诗的作用在于教育观众和取悦观众，但在具体的阐述中还是颇有创新的。譬如怜悯与恐惧这些情感本身并不需要净化，而是作为一种手段，用来净化其他的心灵欲念，如贪婪和色欲。悲剧各部分的设计的确是为了快乐，但它们的最终目的还是教益，而且这种教益直接针对的是普通大众（the multitude），而不是那些辨别与接受能力很强的观众（a selected,

---

① 周靖波：《西方剧论选》（上），北京：北京广播学院出版社，2003年版，第57页。

② 周靖波：《西方剧论选》（上），北京：北京广播学院出版社，2003年版，第40~41页。

receptive public)。① 明图尔诺对净化的注解同样突出了其教益作用的一面,但相对而言,他的解释或许更接近亚里士多德关于净化的理解。

> 悲剧诗人,除了用诗章的快感和语言的藻饰以外,还用歌、用舞、用景象使我们感到莫大的快慰;他决不会拿不快的事情给我们看,他也决不会以不快的情绪来感动我们;反之,他凭借语言的力量和思想的深度唤起我们的激情,惹起我们的惊叹,既以恐怖充满我们的心,又感动我们的心去怜悯。……这种恐惧和怜悯,正因为使我们感到愉快,才洗净我们类似的激情。②

此外,他还明确提出悲剧的净化或疏导作用等同于药物的治疗作用(也是一种认知作用)。悲剧之所以能缓和我们心中的激情,就在于"它使我们清楚地看到人生的实况,宛若一面明镜在眼前;一个人在这面镜中看到万物的真相,人生的多变,人类的弱点,他经过一番沉思默念之后,就不会为之而悲哀,他反为想效法聪明人之自处,当命途多蹇时,他能够以三种方法来安慰自己。第一,因为他久已考虑到逆境可能落到自己身上,这个思想是最有效的药方,它能够使心灵摆脱一切悲伤。其次,因为他明白

---

① Marvin Carlson,*Theories of the Theatre*,New York:Cornell University Press,1984,p.40.
② 周靖波:《西方剧论选》(上),北京:北京广播学院出版社,2003年版,第62~63页。

人对于意外之事必须逆来顺受。最后，因为他知道除了犯罪以外便无所谓坏事，而一个人不由自主干出的事情不应当算作犯罪"①。G. 德诺莱斯（G. Denores）在较好地把握了"卡塔西斯"的情感机制的同时，还突出了"净化"工作中的道德化价值及其政治和社会目的。"悲剧的全部目的，在于通过模仿和表现恐惧及怜悯感情时所产生的乐趣（deletto），净化观众的心灵，并使他们鞭笞暴君及强权者的生活。"② 马佐尼也表达了类似的看法："为了让那些强权者和刚刚大权在握的人不会因为过分相信自己的好运而变得无法忍受且傲慢无比，悲剧应该被表现为对处于命运顶峰中的傲慢者的充分补偿。"③ 换句话说，悲剧就是傲慢的解毒剂。

但是，在卡斯特尔维特罗看来，悲剧的目的是快感，不是实用，也不是为了教益。卡斯特尔维特罗通过将诗歌的快感目的与实用目的对立起来，通过对把实用作为诗歌最高批评标准的否定，通过对亚里士多德的快感说与净化说的清理，不仅指出亚里士多德的净化说主要是一种实用说，而且在否定艺术实用性的同时，正式（在悲剧理论史上也是第一次）提出了悲剧的目的在于快感的见解。从诗的功能看，诗人是通过逼真地描绘人们由命运带来的遭遇

---

① 周靖波：《西方剧论选》（上），北京：北京广播学院出版社，2003年版，第64页。

② [法] 让·贝西埃等：《诗学史》（上册），史忠义译，天津：百花文艺出版社，2002年版，第263页。

③ Richard H. Palmer, *Tragedy and Tragic Theory*, New York: Greenwood Press, 1992, p. 29.

来使读者获得快感的,诗的教益作用不过是诗的附带作用而已;即使从起源看,"诗的发明原是专为娱乐和消遣的"。其实,卡斯特尔维特罗的快感说还是一种认知性的快感:

> 从怜悯和恐惧来的快感是真正的快感,是我们已经谈起的"间接快感"。产生这种快感的场合是:当看到别人不公正地陷入逆境因而感到不快的时候,我们同时也认识到自己是善良的,因为我们厌恶不公正的事。我们天生都热爱自己,这种认识自然会引起很大的快感。与此同时,我们还可以得到另一种相当强烈的快感。这就是看到别人遭受不合理的苦难,认识到这种苦难可能降到我们或者我们一样的人的头上,我们默默然,不知不觉就明白了世途艰险和人事无常的道理。这种道理比由别人像教师那样一本正经地灌输给我们,更能使我们喜悦。①

另外,他还明确地提出了悲剧的娱乐和消遣对象是"一般没有文化教养的人民大众"。

亚里士多德的《诗学》经过一代意大利学者的整理、翻译和评注,随后在英国、荷兰等其他欧洲国家产生了广泛深刻的影响。在这两个国家,其中尤以继承了斯卡利格的亚里士多德《诗学》传统的英国诗人和学者锡德尼、荷兰学者达尼埃尔·海因西乌斯(Daniel Heinsius)的成就

---

① 《古典文艺理论论丛》(第六册),北京:人民文学出版社,1963年版,第23页。

最大，而且海因西乌斯还直接影响了17世纪法国的高乃依、拉辛等新古典主义参与者。

锡德尼在《为诗辩护》中对诗歌进行了道德辩护，认为诗的目的在于"教育和怡情悦性"，怡情是为了感动人们去实践他们本来会逃避的善行，教育则是为了使人们了解那个感动他们、使他们向往的善行。对悲剧而言，它还有凭激动惊惧和怜悯来鞭挞和警示的作用，因为悲剧能最大限度地揭示创伤，暴露最大的罪恶，并使我们知道"那用残酷的威力舞动着权杖的野蛮君王惧怕怕他的人，恐惧回到造成恐惧者的头上"[①]。

而以斯卡利格继承人自居的海因西乌斯却与许多意大利前辈不同，他认为亚里士多德不是立法者，而是哲学观察者，他只是自然地（simple）观察现象，然后随时进行总结。所以他尽管非常崇敬斯卡利格，但并没有为自己标出一个批评立场，以此来注解亚里士多德，而是去忠实地理解亚里士多德的悲剧定义，并阐明其中的一些重要问题，如"卡塔西斯"：

> 悲剧是对一个严肃、完整和有一定长度的行动的模仿；它由对话、和谐和节奏构成，它们分别运用于悲剧的不同部分，它并非通过叙事而是通过引发怜悯与恐惧之情而使观众得以赎罪（expiation）。因此悲

---

① ［英］锡德尼、扬格：《为诗辩护 试论独创性作品》，钱学熙、袁可嘉译，北京：人民文学出版社，1998年版，第34页。

剧是对一系列公正崇高的绝对行为的模仿。①

由于海因西乌斯清楚地看到了"卡塔西斯"这个术语的起源和治疗的意义，因而他的说明也更符合亚里士多德的情感理论和适度理论。海因西乌斯认为：（1）希腊语的"catharsis"应该译为拉丁语的"expiation"（赎罪、补过），而不是更具文学性和传统色彩的"purgatio"（净化）。（2）亚里士多德所说的情感本身并非邪恶的（即既非美德，也非缺陷），而是过多或不足的问题，因此"悲剧的合理功能是把公众置于怜悯与恐惧之中，以便让缺乏这些情感的人学会感受它们，或使这些情感丰富的人习惯（habituated）它们或感到满足（sated）"②。按照《尼各马可伦理学》中的观点："这种状态即是美德，美德诞生于情感。但是，要做到这一点，理性必须主导情感……"以此看来，悲剧激发起它所独有的特殊情感后，克制并能使它们进入理性状态。海因西乌斯对"卡塔西斯"的说明还是赋予了其伦理学方面的目的论，但由于它仍然属于严格的哲学范畴，因而与某些人试图或还想从中读出的道德说教类意图是大相径庭的。

四、新古典主义时期：道德原则与娱乐原则

在16世纪的文艺复兴运动中，法国也有一些理论家

---

① Marvin Carlson：*Theories of the Theatre*，New York：Cornell University Press，1984，p. 87.

② Marvin Carlson：*Theories of the Theatre*，New York：Cornell University Press，1984，p. 87.

在努力地钻研古代的戏剧理论，影响却不大。进入17世纪，在黎塞留的强有力政策的推动下（和笛卡尔理性之光的照耀下），法国的博学者们面对世纪初蒸蒸日上的"不守规则"的法国戏剧，通过一系列轰动一时的争论（譬如《熙德》之争），不仅使法国代替意大利成为当时欧洲戏剧理论的中心，而且确立并巩固了规训法国戏剧（以及影响未来欧洲戏剧）的新古典主义原则。就悲剧（也是戏剧）反应或效果而言，主要是教益原则与娱乐原则的确立。

在新古典主义时期，尤其是在法国围绕《熙德》所展开的"规则"之争中，斯居代里（George de Scudéry）在其《意见书》（*Observation on Le Cid*）中率先指出，这部戏剧最严重的缺陷就是它不道德（immorality）。由于戏剧的发明原本是为了"寓教于乐（to teach by entertaining）"，因而戏剧艺术必须始终"是惩恶扬善的"，以便使观众在不知不觉中爱上美德，憎恶恶行①，但是高乃依在此描写的却是一位甘愿与杀父仇人结成百年之好的女儿。后来，秉承黎塞留意旨的沙坡兰（Jean Chapelain）又在《法兰西学院对〈熙德〉之感觉》中写到，一部作品的好坏不能单凭快乐说了算，因为"判断一部戏剧作品好坏的标准，关键在于它的艺术价值（artistic merit）而不是它的名气（popularity）"②。戏剧诗的真正

---

① Michael J. Sidnell, *Sources of Dramatic Theory*, 1: *Plato to Congreve*, Cambridge: Cambridge University Press, 1991, p. 215.

② Michael J. Sidnell, *Sources of Dramatic Theory*, 1: *Plato to Congreve*, Cambridge: Cambridge University Press, 1991, p. 216.

目的是快乐，这对单纯追求感官快乐的人而言，确实是正确的；但对看重生命价值的人来说，戏剧的真正目的却是有用，因为把宝贵的时间浪费在没有实用只有快感的娱乐上等于谋杀生命。而同样响应黎塞留号召的拉梅纳尔迪埃尔（La Mesnardière）和德·奥比纳亚克（Francois Hedelin，Abbe d'Aubignac）虽然在对待戏剧观众的态度上是相反的①，但在突出戏剧的道德功用方面，两人的意见却是相同的，都认为悲剧应该有益于观众。其中德·奥比纳亚克对于戏剧如何给人教益尤其作了细致的说明：

> 戏剧应该给人教益，但要明白如何做很重要。剧作家应当向观众展现他所描绘的情节整体以及所有细节……他必须依原样来表现，大小比例不变，使观众全面理解它。因为戏剧是对人类行动的模仿，目的只是为了直接教育他们。但就道德标准而论，也即与道德行为相适的箴言——它们能引导我们热爱德行而憎恶恶行——戏剧只能间接地通过行动传达这些。②

换言之，戏剧的教益不是通过滔滔不绝的道德说教，而是通过榜样的力量来实现的，因为戏剧的榜样力量十分

---

① 拉梅纳尔迪埃尔持精英主义的态度，认为体裁"王后"悲剧针对有鉴赏能力的贵族观众——"芸芸众生不可能从严谨、纯正、严肃的真正的悲剧语言中，不可能从安排巧妙的故事中，引发有据的激情中和表达恰当的情感中，找到任何乐趣"。德·奥比纳亚克继承了卡斯特尔维特罗的思想，以为戏剧是"群众的学校"。参见［法］让·贝西埃等：《诗学史》（上册），史忠义译，天津：百花文艺出版社，2002年版，第316页。

② Michael J. Sidnell, *Sources of Dramatic Theory*, 1: *Plato to Congreve*, Cambridge: Cambridge University Press, 1991, p. 232.

强大。

高乃依对此却做出了截然不同的反应,他不仅否认了道德化悲剧理论(the moralizing theories),而且坚决主张艺术的独立性,"戏剧艺术的唯一目标是取悦观众"①。在他看来,悲剧的作用尽管有四种——娱乐、教益、满足和净化,但它并不能都给予我们,它只能给予其所固有的(proper)那种快感,因为"戏剧艺术为自己确定的目的即娱乐,规则不能成为说服观众相信他们不喜欢的东西却是好戏的理由"②,而悲剧的教化等功能,即使悄悄地隐藏在快感目的之内,它也不是必需的,它只是艺术的副产品。

对于亚里士多德的"净华说",高乃依也进行了阐释和补充,由于他是根据自己的戏剧观和戏剧创作经验进行的,因而他对悲剧的这种特别功用所作的阐释和补充也是颇具个人和时代色彩的。就像皮埃尔·洛朗斯和弗洛朗斯·维约米耶在《诗学史》中指出的:"他是法国指出亚里士多德并没有赋予悲剧以功利目的第一人。"③ 高乃依认为亚里士多德的"净化说"应有这样几种理解:第一,"看见与我们相似的人们遭受厄运的怜悯,引起我们自己遭受同样厄运的恐惧;这种恐惧引起我们避免厄运的愿

---

① Michael J. Sidnell, *Sources of Dramatic Theory*, 1: *Plato to Congreve*, Cambridge: Cambridge University Press, 1991, p. 235.

② 转引自[法]让·贝西埃等:《诗学史》(上册),史忠义译,天津:百花文艺出版社,2002年版,第318页。

③ [法]让·贝西埃等:《诗学史》(上册),史忠义译,天津:百花文艺出版社,2002年版,第319页。

望；这种愿望促使我们从心里净化、节制、改正，甚至于根除那在我们面前把我们怜悯的人物投入这一厄运的激情。"① 第二，净化作用的对象主要是普通人，而不只是帝王和公侯。因为普通观众也能由于激情的发作陷入厄运，既然"一位国王如果由于受野心、激情、仇恨和报复的支配，陷入极大的厄运，能让观众怜悯，那么作为一个普通人，就更该控制这样的激情，以免陷入同样的厄运"②。第三，引发净化作用的对象既可以是不完全好、也不完全坏的人，也可以是好人，当然也可以是坏人。由于我们的观众既不全是坏人，也不全是圣贤，而是具有普通品德的人们，他们并非百分之百地规行矩步，容易被激情左右。因而，无论哪一类人的悲剧都可以"改正我们心灵若干和他有关的缺点"。第四，悲剧的唯一目的为娱乐，因而净化作用是否实现，不会从根本上影响观众的快感，更何况已"发现通过怜悯和恐惧来完成激情的这种有实效与可感受的净化作用有困难……就他述说方式看来，他（指亚里士多德，引者注）不认为这两种手段总在一起提供这种作用；照他看来，两者之中有一个，就能完成这种净化作用，只是这么一点区别：怜悯没有恐惧就不能起净化作用，而恐惧没有怜悯还可以起净化作用"③。第五，

---

① 《古典文艺理论论丛》（第六册），北京：人民文学出版社，1963 年版，第 27 页。

② 《古典文艺理论论丛》（第六册），北京：人民文学出版社，1963 年版，第 28 页。

③ 《古典文艺理论论丛》（第六册），北京：人民文学出版社，1963 年版，第 32 页。

净化作用只是让我们从心里净化、节制、改正，甚至于根除那在我们面前把我们怜悯的人物投入这一厄运的激情，而不是来教导我们：万一我们真遇到的话，不会太害怕，也不会太激动。

布瓦洛和拉辛却企图在道德原则与娱乐原则这两者之间寻找一种平衡，但俩人对这种平衡关系的理解却并不一样。在布瓦洛看来，只有在"首爱义理：愿你的文章，永远只凭义理获得价值和光芒"后，才可以强调说：

> 倘若戏剧动作里出现的那感人的冲激，不能使我们的心头充满甘美的"恐惧"，或在我们灵魂里不能激起"怜悯"的快感，则你尽管摆场面、耍手法，都是枉然：你那些枯燥议论只令人心冷如冰，观众老不肯捧场，因为你叫他扫兴。你费尽平生之力只卖弄修辞技巧，观众当然厌倦了，不讥评就是睡觉。①

也就是说，布瓦洛虽然把悲剧的功利性（utility）看作是首要的，但他没有完全排斥悲剧的快感需求或把它与功利性对立起来，而是对快感作出了严格的限制，使之成为"一种高尚的（elevated），与理性（reason）和明智的判断（good sense）相容的适当的快感"②。拉辛却是在坚决主张悲剧艺术的首要目的是给观众以快感并引发他们的

---

① 伍蠡甫、蒋孔阳等编：《西方文论选》（上卷），上海：上海译文出版社，1985年版，第296~297页。

② Michael J. Sidnell, *Sources of Dramatic Theory*, 1: *Plato to Congreve*, Cambridge: Cambridge University Press, 1991, p. 213.

第六章　悲剧反应

情感之外，才特别强调了悲剧的道德功能。因而拉辛在解释亚里士多德的"卡塔西斯"时，他也没有赋予它以功利目的，悲剧不是通过叙述，而是通过现场演出（a live performance）的方式引发"怜悯与恐惧并使这些情感净化与缓和（tempers）。这就是说，在处理这些情感时，悲剧通过清除观众身上过多的或污浊的（corrupt）的情感，使他们恢复到一种适度的或处于理性的状态"①。

法国对戏剧进行"规则"的冲动同样也在欧洲其他国家得到了回应，其中以英国的回应最为急切，成就也最大。忠诚地认同这一"规则"冲动的英国作家和理论家托马斯·赖默（Thomas Rymer）在《论上世纪的悲剧》中提出"诗学正义"这一概念，强调悲剧道德功用的至高无上性、超历史性："他们〔希腊悲剧家〕用一种更严肃的方式同时又是非常'愉快'和'喜悦'的方式，通过'样板'来进行教诲。在历史中发现，同样的'结局'产生着'正义'和'不公正'，美德经常受到压制，'邪恶'笼罩在王位上。他们看到用这些特定的'昨天的事实'来说明他们所期待的'普遍的'和'内在的真实'，是不完美、不恰当的。通过那些无神论者对'神圣的赐予'的谴责，还发现了奖励和惩罚的分配'不平等'，这使那些最英明的人也感到困惑。他们断言，如果一个诗人想要引起快

---

① Michael J. Sidnell, *Sources of Dramatic Theory*, 1: *Plato to Congreve*, Cambridge: Cambridge University Press, 1991, p. 258.

乐,他必然需要看到'正义'被准确地履行。"① 换言之,正是"善有善报,恶有恶报"这一规律使得悲剧比历史更普遍、更卓越。

在有关悲剧效果这个问题上,德莱顿除了讨论悲剧的目的外,还注意到如何激发和控制观众的情绪反应。对于前者,德莱顿通过借用亚里士多德的术语来阐明自己的见解,即一种颇有人文主义色彩的道德论:

> 骄傲和缺乏同情是人类最突出的毛病;因此,为了治疗我们这两种毛病,创造悲剧的人们决定对其它两种激情——恐怖和怜悯——进行工作。他们在我们眼前呈现了可怕的不幸的事例,使我们恐惧起来,而这种事例是发生在有高贵品质的人物身上的;因为这样的行为向我们表明不论什么条件都不能不受命运的播弄,这必然会引起我们的恐惧,因而减少我们的骄傲。但是我们看到最有德行、最伟大的人物也不能避免这类的恶运,我们心中就产生怜悯,无意中就导致我们去帮助和关怀受难者,那正是最高贵的、最神圣的美德。②

对于后者,前人少有涉及。德莱顿认为,激发和控制观众的情绪反应,其实是戏剧家和演员如何把角色的感情

---

① [英]克利福德·利奇:《悲剧》,尹鸿译,北京:昆仑出版社,1993年版,第5~6页。
② 杨周翰选编:《莎士比亚评论汇编》(上),北京:中国社会科学出版社,1979年版,第18页。

把握有度、驾驭自如,即如何节制自己激情的问题。因为用得不当的巨大激情是最可笑最浅薄的,"热情的呼喊确实可以讨观众的欢喜,四分之三的观众愚蠢地认为一切大声疾呼都能感动人,这就会使野心勃勃的演员扩大他的肺部,他为了博得如雷的掌声情愿当场送命;不过这对于明智的人不能引起别的情绪,只有愤怒和轻蔑"①。既然用得不当的激情不仅不能引起悲剧艺术固有的情绪,反而是愤怒和轻蔑,那么艺术家的激情就必须受到艺术的规约和控制。换句话说,一个要想激起明智的观众的热情的艺术家必须确实地带领观众一同前进,必须逐步地感动他们,点燃他们的情绪。

五、启蒙运动:移风易俗

进入 18 世纪,新古典主义所确立并巩固起来的悲剧理论权威,开始从整体上遭到启蒙主义者及其话语的清算与批判,但就新古典主义的悲剧反应或效果的规则而言,不仅没有被好好地清算与批判,反而被接受与强化。

1758 年,针对达朗贝尔的《百科全书》第七卷"日内瓦"条目,卢梭发表了《关于戏剧演出给达朗贝尔的信》(简称《论戏剧》)。在该信中,卢梭对(新古典主义)戏剧的作用进行了彻底的批判和否定,认为它败坏人心、践踏风俗,使人好逸恶劳。然而,卢梭的极端观点不仅没

---

① 周靖波:《西方剧论》(上),北京:北京广播学院出版社,2003 年版,第 127 页。

有获得启蒙主义者的呼应，反而激起了以狄德罗为代表的一些启蒙主义者为宣传启蒙思想，创建合乎时代精神要求的新型戏剧（悲剧），赋予了戏剧从未有过的伟大历史使命——移风易俗、改造社会。狄德罗声称，任何一个民族都有些偏见有待摒弃，有些恶习需要谴责，有些可笑的事情需要贬斥。而适合于这个民族的戏剧即是改造这个民族的偏见、恶习以及可笑之事的最有效的手段。"任何一个民族都需要适合于他们的戏剧。假使政府在准备修改某项法律或者取缔某项习俗的时候善于利用戏剧，那将是多么有效的移风易俗的手段啊。"①

狄德罗指出戏剧之所以是移风易俗、改造社会的最有效的手段，在于它具有震撼人心的作用。这是前人少有论及的。在狄德罗看来，

> 只有在戏院的池座里，好人和坏人的眼泪才融汇在一起。在这里，坏人会对自己可能犯过的恶行感到不安，会对自己曾给别人造成的痛苦产生同情，会对一个正是具有他那种品性的人表示气愤。当我们有所感的时候，不管我们愿意不愿意，这个感触总是会铭刻在我们心头的；那个坏人走出包厢，已经比较不那么倾向作恶了，这比被一个严厉而生硬的说教者痛斥一顿要有效得多。②

---

① ［法］狄德罗：《狄德罗美学论文选》，张冠尧等译，北京：人民文学出版社，1984年版，第204页。
② ［法］狄德罗：《狄德罗美学论文选》，张冠尧等译，北京：人民文学出版社，1984年版，第137页。

第六章　悲剧反应

　　这就是说，各色人等，不分优劣，在剧院里都会因为灵魂受到震撼而欣然接受戏剧的教育和感召。既然戏剧的教育作用是通过打动、震撼观众的心灵来实现的，那么诗人（和演员）所要争取的真正的喝彩，不是一句漂亮的诗句以后陡然发出的喝彩和掌声，而是长时间静默的压抑以后发自内心的一声深沉的叹息，或者说待它发出之后心灵才松的一口气。此外还有一种更浓烈的印象，假如你生来就有艺术天才，假如你能预感到它的全部魔力，你就可以设想出："那就是使全国人民因严肃考虑问题而坐卧不安。那时人们的思想将激动起来，踌躇不决，摇摆不定，茫然不知所措；你的观众将和地震区的居民一样，看到房屋的墙壁在摇晃，觉得土地在他们的足下陷裂。"① 狄德罗之所以过分强调戏剧移风易俗、促进民众弃恶从善的功用，一方面表明他对戏剧（也是悲剧）效果的认识与亚里士多德以来的悲剧目的论具有内在的联系，都是对真善美统一的追求；另一方面也以此将自己的戏剧效果论与亚里士多德以来仅仅强调戏剧（或悲剧）的净化作用和娱乐作用明显地区分开来。

　　德国的莱辛也如狄德罗一样，为创建合乎德国市民要求的民族戏剧和戏剧理论，一方面对法国新古典主义悲剧及其理论在德国的影响进行了较为全面的清算；另一方面不但没有抛弃否定悲剧的道德功用目的，反而进一步强化

―――――――

　　① ［法］狄德罗：《狄德罗美学论文选》，张冠尧等译，北京：人民文学出版社，1984年版，第139页。

了它。在《汉堡剧评》之中，莱辛开篇（第一篇）就提出悲剧的目的在于改善人心，"尤其是剧作家，倘若它着眼于平民，也必须是为了照亮他们和改善他们，而绝不可加深他们的偏见和鄙俗思想"①。由于莱辛非常重视悲剧的伦理道德目的，强调"悲剧应该培养和加强人性的本能；悲剧应该引起对道德的热爱，对罪恶的憎恨等等"②，所以，他不仅将亚里士多德的"净化说"完全解释为道德功用论，而且以此对高乃依关于亚里士多德"净化说"的解释展开了激烈批评。在他看来，高乃依关于"净化说"的解释几乎都是错误的，因为亚里士多德所说的净化"只存在于激情向道德的完善的转化中，然而每一种道德，按照我们的哲学家的意思，都有两个极端，道德就在这两个极端之间；所以，如果悲剧要把我们的怜悯转化为道德，就得从怜悯的两个极端来净化我们。关于恐惧，也应该这样理解"③。

在整个古典知识型时期，真善美往往是三位一体的，所以有关悲剧反应的各种解释和讨论，即使其中有些解释和讨论几乎把道德教益功用视为唯一的悲剧目的，也没有完全排除悲剧的审美价值。此外，由于亚里士多德认为快感是摹仿本身所固有的一种功能，而且他此后也没有进一

---

① ［德］莱辛：《汉堡剧评》，张黎译，上海：上海译文出版社，2002年版，第9页。
② ［德］莱辛：《汉堡剧评》，张黎译，上海：上海译文出版社，2002年版，第396页。
③ ［德］莱辛：《汉堡剧评》，张黎译，上海：上海译文出版社，2002年版，第396页。

步阐述，因而亚里士多德关于悲剧的审美效果也可以看作是与悲剧的净化作用相分离的。但事实是，19世纪以前，几乎所有的人都相信悲剧的道德教益功用的发挥必须通过快感，却从不相信审美快感可以从中分离，单独作为悲剧本身的目的。换句话说，19世纪以前，除极少数古典主义者强调悲剧的审美快感（应是第一位的）外，几乎没有人主张审美价值可以单独为艺术进行辩护。

第三节　现代的悲剧反应论

随着整个西方在18世纪由古代社会转变为现代社会，尤其是在接近18世纪的最后岁月里，随着莱辛的逝世和康德的《判断力批判》的问世，一个新的知识空间（现代知识型）已然降临，"一切固定的古老的关系以及与之相适应的素被尊崇的观念和见解都被消除了，一切新形成的关系等不到固定下来就陈旧了。一切固定的东西都烟消云散了，一切神圣的东西都被亵渎了"①，而且享受与劳动、手段与目的、努力与报酬之间也开始彼此脱节。既然在现代知识型这个新的知识空间一切固定的东西都烟消云散了，一切神圣的东西都被亵渎了，而悲剧艺术现在也不再被界定为摹仿，而被看作是独立的、自由的天才创造，那

---

① 《马克思恩格斯论文学与艺术》（一），北京：人民文学出版社，1982年版，第97页。

么就悲剧艺术反应的认识而言，它也应是一个不断变动与自由创造的过程，而不应只是对古典大师薪传的观点的阐述和确证。

一、席勒：快感与崇高

快感，作为一个悲剧术语，在《诗学》中已多次出现。亚里士多德认为，快感虽是由悲剧所提供或引发的，但就悲剧而言，它并不重要，因而他既没有定义它，也没有作任何进一步的探讨。此后，除贺拉斯、卡斯特尔维特罗、高乃依、布瓦洛、德莱顿、莱辛等批评家对这一悲剧概念进行阐释外，卢克莱修、圣·奥古斯丁、丰丹纳尔、博克、休谟等哲学家也注意到了这种独特的现象，并努力去说明它。这些哲学家和批评家所作的各种解释和说明丰富了人们对悲剧快感这一问题或现象的理解，但在这些解释和说明中，除卡斯特尔维特罗和休谟等正式提出悲剧的目的是快感，不是实用的解释明显偏离亚里士多德的阐述外，其他人的解释和说明由于深受《诗学》影响，既没有跳出"通过引发怜悯与恐惧使这些情感得到净化"即"卡塔西斯"说的框架，也没有促使快感这一悲剧术语转换为悲剧理论中的一个基本范畴。

这一现象在席勒的悲剧理论中开始发生实质性的变化。席勒在《论悲剧题材产生快感的原因》和《论悲剧艺术》两文中开宗明义，指出快感就是悲剧的目的，但是我们只有建构起"一种令人信服的关于愉快的理论和完整的哲学"，我们才能很容易地解决悲剧的快感目的与悲剧的道德目的的矛盾。"这一理论将会证实：艺术所引起的一种自由自在的愉快，完全以道德条件为基础，人类的全部道德天性在这一时间也进行活动。这一理论还将会证实：引起这种愉快是一种必须通过道德手段才能达到的目的，因此，艺术为了完全达到愉快——它们的真正目的，就必须走向道德的途径。"① 席勒的快感范畴尽管还依赖于道德和理性原则，但在这里，(1) 道德与理性首先只是一种实现悲剧快感的有效途径和手段，而不是悲剧的目的。(2) 席勒所指的道德和理性原则是以自由、自主的人本主义思想为基础的。他所谓的道德既不是一般的悲剧的社会教益意义，也不是纯粹的道德或道德上的善②，所谓的理性也不是像高乃依、伏尔泰和莱辛他们所强调的那种理性。他所说的道德和理性实乃指那种自己主宰自己，即自己的命运由自己来决定的现代人文主义思想。因此席勒所追求的艺术的自由快感虽然是以道德条件为基础的，但它并非一种道德性快感，也不是感官性快感，而是一种自由自在的理智性快感。

  我所说的那种自由的快感，指的是精神力量，即理性和幻想力，被激动起来，并通过观念产生感受时

---

 ① ［德］席勒：《论悲剧题材产生快感的原因》，见《古典文艺理论译丛》(六)，北京：人民文学出版社，1963年版，第74页。
 ② 席勒认为，理性从中认识到对自己理论或实践的法则具有适宜性的那种东西应该理解为善。善是感觉的客体，它不像愉快那样是直接的客体，也不像美那样是混合的客体。它不像前者那样引起欲望，也不像后者那样引起爱好。善的纯粹观念只能引起尊敬。参见［德］席勒：《秀美与尊严》，张玉能译，北京：文化艺术出版社，1996年版，第82~84页。

的那种快感；相反，肉体或感官上的快乐，却是灵魂被盲目的自然必然性所控制，感受直接紧随着肉体上的原因而来时所产生的。感官上的欢娱是唯一被排除于优美的艺术领域之外的欢娱，能唤起感官喜悦的技能永远不能成为艺术，或者说：只有在这种感官印象被艺术计划所安排、所增强或者所节制，而计划又通过观念被我们所认识的时候，才能成为艺术。但是即使在这种情况下，也只有能成为自由的快感的对象的那一部分，才是属于艺术的，也就是说：只是使我们的理智得到欢娱的、在安排上所表现的趣味那一部分，而不是肉体上的刺激本身：这种刺激只会娱乐我们的感性官能而已。①

艺术赐予我们的自由快感的源泉并非一种，而是多种。任何快感——也包括感官上的快感——的一般源泉是目的性，"当我们设想这种目的性，同时愉快的感受伴随着我们的观念时，这时的快感是自由的；因此，一切观念都是自由快感的泉源，我们通过它们体验到谐和和目的性，因而也就可以被艺术用来达到这种目的。这些观念可以一览无余地包含在下列分类中：善良、真实、完善、美、感动和崇高"②。换句话说，艺术所引发的自由快感的源泉或观念有善良、真实、完善、美、感动和崇高六

---

① [德]席勒：《论悲剧题材产生快感的原因》，见《古典文艺理论译丛》(六)，北京：人民文学出版社，1963年版，第75页。
② [德]席勒：《论悲剧题材产生快感的原因》，见《古典文艺理论译丛》(六)，北京：人民文学出版社，1963年版，第75页。

种。其中感动和崇高都是利用混合的感情，通过痛苦来使我们快乐，"悲剧艺术特别能做到这一点"①，因而感动和崇高也就与悲剧艺术联系起来，并成为悲剧艺术的（主要）目的。

在席勒看来，第一，感动和崇高都包含着痛苦和快感这两个组成成分。第二，它们都是通过不快产生快感，"也就是使我们感受到事情的目的性（因为快乐是从目的性里产生出来的，而痛苦的产生则正好相反，）这种目的性是以某一反目的性为前提的"②。这就是说，感动和崇高的快感实际上产生于事情的反目的的合目的性（上文已有详论）。譬如痛苦不是人的命运，而人在受苦，这好像是自然界一件违反目的的事，因为这种反目的性使我们感到痛苦。但是这种反目的性给予我们的痛苦，对我们的理性的天赋而言，却是有目的的，同时它要求我们行动，因此对人类社会也是有目的的。这样，无目的的事物在我们心里激起的不快本身必然会使我们感到快乐，因为这种不快之感是有目的性的。

第三，感动和崇高的根源在于目的性，尤其是道德目的性。"一切有目的的事物中，再没有比道德的目的性更使我们关心，也再没有什么别的东西能超过我们从道德的目的性中得到的快乐……只有它是基于我们理性的天赋和

---

① ［德］席勒：《论悲剧题材产生快感的原因》，见《古典文艺理论译丛》（六），北京：人民文学出版社，1963年版，第78页。
② ［德］席勒：《论悲剧题材产生快感的原因》，见《古典文艺理论译丛》（六），北京：人民文学出版社，1963年版，第76页。

内在的必然性。"① 在《论悲剧艺术》中，席勒也说："快感的根源，不外二种：追求幸福的冲动的满足和道德规律的实现；……因此，痛苦的激情在叙述时，使我们感受愉快，甚至于在某些场合下，亲身经历的痛苦的激情也能愉快地感动我们：这种愉快起源于我们的道德本性。"② 道德目的性即使是我们人之为人的内在属性，但它只有在和别的目的发生激烈的冲突并且占到上风的时候，才能被我们清楚地认出来，并使我们得到一种自由的快感。③

第四，席勒在论述感动与崇高这两种快感的上述相似性时，也对它们之间的差异性进行了辨析。他首先认为，崇高之感产生的对象是一种远远优越于我们，同时也是一种能导致我们毁灭的威力；而感动我们的对象一般是"像我们自己这样的有感情有道德的生物"。其次，崇高之感的对象尽管使我们的感性本性受到了限制，另一方面却能

---

① ［德］席勒：《论悲剧题材产生快感的原因》，见《古典文艺理论译丛》（六），北京：人民文学出版社，1963年版，第77~78页。

② ［德］席勒：《论悲剧艺术》，见《古典文艺理论译丛》（六），北京：人民文学出版社，1963年版，第88页。

③ 在席勒看来，从道德目的性中得到的自由快感有两种：顺从道德法则的快感和违反道德法则的快感。顺从道德法则的快感也有两种情况：（1）道德目的性与自然目的性发生激烈冲突，最终以自然目的性屈从于道德目的性而结束；（2）道德目的性与道德目的性发生尖锐冲突，最后以某一个道德目的性屈从于另一个更高的道德目的性而告终。在这种情况下，"必须逾越一个道德本分，为了使行动符合一个更崇高、更普遍的道德本分"。违反道德法则主要有一种情况，即为了一种"自然目的性"而牺牲道德目的性。这种情形虽然最初产生了痛苦，但最终带来的是快感。因为一个人由于违背道德本分而悲伤绝望，他这样做，正好又回过头来顺从了道德本分，他自我谴责得越厉害，我们看到道德法则对他的威力也就越大。参见［德］席勒：《论悲剧题材产生快感的原因》，见《古典文艺理论译丛》（六），北京：人民文学出版社，1963年版，第81页。

使我们的理性本性感觉到自己的优越,"感到自己宏伟无比的力量,不怕任何限制,在精神上压倒迫使我们的感性的能力屈服的东西"①。感动就其严格的意义上说,只有在感动产生的对象与感动的主体发生分离即能够意识到主体意志自己的独立性、自由性时,它才会出现。

"对大自然来说,快乐只是一个间接的目的;对艺术来说,它却是至高无上的目的。因此,重视包含在悲剧感动之中的崇高快乐,尤其是艺术的目的;凡特别把同情的快乐作为自身的目的的艺术,是在最一般意义之下的悲剧艺术。"② 感动和崇高既然都是悲剧艺术的目的,那么悲剧快感又是什么呢?在席勒看来,无论是以崇高为目的崇高悲剧,还是以感动为主要目的的最一般意义之下的悲剧即同情的悲剧,其实都是一种由"悲伤的激情"所引发的"同情的快感",所以"悲剧艺术是在那些特别能引起人们的同情与感动的情节中摹拟自然"。不过,悲剧艺术要通过"悲惨的激情"来感动别人并通过感动使人快乐,除了让我们在最猛烈的激情的风暴中,保持心灵或道德理性的自由以外,悲剧艺术的处理本身也必须遵循以下条件:第一,我们同情的对象必须完完全全和我们同类,而要我们参与的行动,必须是一种道德行为,也就是说,一种自由领域内的行动。第二,痛苦、痛苦的根源和逐渐推进的程

---

① [德] 席勒:《论悲剧题材产生快感的原因》,见《古典文艺理论译丛》(六),北京:人民文学出版社,1963年版,第76页。
② [德] 席勒:《论悲剧艺术》,张玉书译,见《古典文艺理论译丛》(六),北京:人民文学出版社,1963年版,第89页。

度，必须通过一系列的事件，完整无缺地传达给我们。第三，不是间接通过描写，而是直接通过行动来表现。

崇高作为美学的一个基本范畴，在席勒之前也已得到了充分的讨论①，但作为一个重要的悲剧理论范畴，并没有得到批评家和美学家的热情讨论，而且自西方悲剧理论的创始人亚里士多德（他自己也没有谈多少崇高，更没有把二者联系起来）始，只有法国的高乃依（悲剧是"崇高的、不平凡的和严肃的行动"）和英国美学家博克偶有涉猎。这种情况到席勒这里完全改观了。由于席勒是在一个不同于亚里士多德及其信仰者的知识型——现代知识型来研究的，而且他的研究对象及研究方法都已有了实质性的变化或者不同于亚里士多德的"实体论"，譬如席勒所面对的悲剧就有古希腊悲剧、莎士比亚悲剧、新古典主义悲剧等。这样，他就必须引入一些新的概念或是改造某些旧概念，以建构他的新理论。因而，在西方悲剧理论史上，席勒虽不是将崇高概念引入悲剧理论的第一人，却是第一个自觉地将崇高与悲剧联系起来进行专门细致研究的人。

---

① "崇高"作为美学范畴，朗吉努斯首次提出，至近代博克、康德全面论述后，成为和美（优美）并峙的美学范畴，一直是西方近现代美学和艺术的核心问题。塔塔尔凯维奇说："崇高概念形成于古代修辞学……崇高风格被认为是三种修辞风格中最高级的一种。"朗吉努斯在《论崇高》中提出的崇高概念是基于与文章风格有关的修辞学而来的，实际上包含了许多新思想和见解，其中最明显的就是对形成崇高风格的根本精神的探讨，探讨了伟大的思想、精神、心灵对崇高风格的意义。这一探讨意义巨大，为崇高范畴的形成及其后这一理论的发展奠定了基础。18世纪，崇高是西方美学的重要话题，艾迪生、博克、温克尔曼、康德和席勒等人都有精彩论述，其中对崇高范畴作出全面论述的是康德和席勒。通过康德和席勒等人的全面研究，崇高的内涵才得以完善和不断地发展，并成为近代浪漫主义艺术思潮的主导性理论。

席勒说:"表现痛苦——作为单纯的痛苦——从来就不是艺术的目的,但是作为达到艺术目的的手段,这种表现是极其重要的。艺术的最终目的是表现超感性的东西,而悲剧艺术是通过把我们在情感激动的状态中对自然法则的道德独立性具体化来实现这个目的的。"① 悲剧描述人生中痛苦悲伤的事情,肯定会引起人们的苦痛伤悲,但由于悲剧艺术的最终目的是表现超感性的东西即为了自由的快感,那么悲剧艺术为了实现这个目的,就必须走上道德的途径。所以,"悲剧艺术的第一条法则是表现受苦的自然。第二条法则是表现对痛苦的道德的反抗"②。而这两条悲剧艺术的法则又是产生"激情的崇高"的两个必需条件。"对激情的崇高来说,有两个主要条件是必需的。第一,一个生动的痛苦表象,以便引起适当强度的同情的情感激动。第二,反抗痛苦的表象,以便在意识中唤起内在的精神自由。只有通过前者,对象才成为激情的,只有通过后者,激情的对象才同时成为崇高的。"③ 这样一来,席勒不但把悲剧(理论)与崇高联系起来,而且把悲剧(理论)与崇高融合为一,即一种崇高的悲剧(理论)。从戏剧形式来看,崇高首先就是悲剧艺术产生的基础,所以"那些认为唯有通过情绪激动的感性力量和对痛苦的最高

---

① [德]席勒:《论激情》,见《秀美与尊严》,张玉能译,北京:文化艺术出版社,1996年版,第156页。
② [德]席勒:《论激情》,见《秀美与尊严》,张玉能译,北京:文化艺术出版社,1996年版,第159页。
③ [德]席勒:《论激情》,见《秀美与尊严》,张玉能译,北京:文化艺术出版社,1996年版,第200页。

程度的生动描绘才达得到激情的艺术家和诗人，对艺术理解得非常糟糕。他们忘记了，痛苦本身从来就不可能是表现的最终目的，也从来就不可能是我们在悲剧作品中所感到的快感的直接源泉。激情的东西，只有在它是崇高的东西时才是美学的。但是，那仅仅来自感性源泉和仅仅以感觉能力的激发状态为基础的活动，从来就不是崇高的，无论它显示出多大的力量，因为一切崇高的东西仅仅来源于理性"[①]。激情虽然是对悲剧艺术家的首要的和不可忽视的要求，但激情的东西只有在它同时是崇高的东西时，它才是悲剧艺术创造的基础和原材料。因而席勒在总结悲剧感动的基础时指出，"我们参与的行动，必须是一种道德行动，也就是说，一种自由领域内的行动"。

其次，悲剧艺术选择的对象（主角）必须是崇高的或具有崇高精神的。席勒认为，悲剧人物的崇高并不是指身份、地位的高贵，也不是指人物对激情的压制和超脱，而是指一种能够反抗苦难的自由的、独立的精神。同时，悲剧的审美对象在某种程度上也可以是丑的。因为丑是包含在崇高的范围之内的（第四章已论及，此处不赘）。

再者，悲剧艺术的目的所要激起的快感实际上也是一种崇高之感。席勒认为："悲剧是对一系列彼此联系的事故（一个完整无缺的行动）进行的诗意的摹拟，这些事故把身在痛苦之中的人们显示给我们，目的在于激起我们的

[①] ［德］席勒：《论激情》，见《秀美与尊严》，张玉能译，北京：文化艺术出版社，1996年版，第160页。

同情。"或者说:"悲剧要求我们受难,通过灾难,悲剧引导我们走向自由。"悲剧艺术的目的既然是使我们获得自由的快感或是引导我们走向自由,那么,这种自由的快感为什么是一种崇高之感呢?在席勒看来,一是悲剧艺术的快感与崇高之感的产生过程及其构成成分是相同的(前文已有论述)。二是悲剧所激起的快感的源泉是崇高,一切人所共有的对充满激情的事物的爱好,在自然中迫使我们观照痛苦,可怕和恐怖的同情感,在艺术中对我们有那么大的魅力,在剧院中那么吸引我们,使我们那么喜爱对巨大不幸的描写,这一切都证明,除开愉快、善和美以外还存在着快感的第四个源泉。这第四个源泉就是相互纠缠在一起的崇高和悲剧性。① 三是悲剧艺术的快感和崇高之感的本质都是自由的。悲剧艺术的最高目的在于通过描写苦难来显示悲剧人物对苦难的反抗,以表现其"灵魂的自由"。而"在有客体的表象时,我们的感性本性感到自己的限制,而理性本性却感觉到自己的优越,感觉到自己摆脱任何限制的自由,这时我们把客体叫作崇高的;因此,在这个客体面前,我们在身体方面处在不利的情况下,但是在精神方面,即通过理念,我们高过它"②。换句话说,崇高之感的产生也就是人的自由的显现。悲剧艺术和崇高的目的都在于人的自由,那么悲剧所激起的快感,就不是

---

① 曹俊峰等:《西方美学通史·德国古典美学》(第四卷),上海:上海文艺出版社,1999年版,第432页。
② [德]席勒:《论崇高(I)》,见《秀美与尊严》,张玉能译,北京:文化艺术出版社,1996年版,第179页。

本义上的快感,即不是感性上的快感,而是来自道德本性的精神自由的、理性的快感,即一种特殊的崇高之感。所以席勒认为人虽然在实际上是不自由的,但可以通过美和崇高达到理想中的自由。①

二、A. V. 施莱格尔:生命的有限感

在有关悲剧反应的问题上,施莱格尔认为亚里士多德提出的"卡塔西斯"说并没有解释人们为什么偏要选择一种痛苦的途径来获得快感,而且关于悲剧快感的其他几种传统解释同样不足取。我们不以目睹不幸为乐,因为我们自身安然无恙,而且看到诗之公正得以实现而为非作歹受到惩罚,我们也并没有因此而从善。诗之公正倘若是指奖罚分明,那也不是优秀悲剧所必不可少的成分。所以,对悲剧(或悲剧反应)必须加以不同的解释。

施莱格尔认为,由于悲剧表现的是"外在的有限生存与内在的无限渴望之冲突"②,因而当我们意识到"我们生而具有的对无限的渴望,被我们囿于其中的有限生存的

---

① 席勒认为,人从不自由走向自由,主要有两种途径:一是作为自然的人掌握自然,这是现实主义的途径;二是走出自然超越于自然的对抗,这是理想主义的途径。但是席勒坚决反对以法国大革命的方式即以现实主义的方式来对抗人性的压制,而且这种方式不能显示出人的道德或理性的自由。更为重要的是,人作为理性存在,他还要受制于无限、命运、虚无等真正来自心灵深处的裹胁,因而,他真正倡导的是要求人们以理想主义的方式通过美和崇高来达到道德上的成熟,成为一个完全自由的人。因为这种超越不是单纯地感性或理性的超越,而是存在于感性和理性的统一。

② Richard H. Palmer, *Tragedy and Tragic Theory*, New York: Greenwood Press, 1992, p. 57.

限制所妨碍"时,就会产生一种"无名的惆怅之感"(即"悲剧心情",the tragic tone of mind),而且"当这种悲剧心情渗透到个人命运巨变(或是他的意志被压倒,或是证明他英勇不屈)之中时——悲剧诗就产生出来了"[1]。换句话说,由于悲剧要求"认真"(earnestness),用无限的观念(in term of infinite ideals)来说,这是从本身经验中分离出来的一种心境(a frame of mind),照20世纪西班牙哲学家乌纳穆诺的话说,这是"生命的悲剧感",所以悲剧吸引我们认识到自己凭依的是种种不可知的力量,以及快乐、感情和生命的短暂。生命的悲剧感(也就是因生命有限而无法超越而产生的一种无名的惆怅感)虽然使观众痛苦,但当观众认识到"悲剧的痛苦情感能够使我们的人性显得高贵起来(the most dignified view of humanity)"[2],或是意识到通过"确认心灵上升到神圣境界的权利"能够抵御它时,也就得到了安慰和鼓舞。但由于悲剧中人与命运的斗争是以达到和谐来解决的,因而它只能是一种理想的和谐,而不能消除我们内心的不和谐。

施莱格尔还认为悲剧是一种剧场艺术,因而悲剧反应实际上还要回答舞台效果如何产生:从剧作家方面来看,他和演说家一样,必须一开头就要像控制实体一样控制观众的注意力(第五章已论及)。从剧场观众方面来看,观

---

[1] Richard H. Palmer, *Tragedy and Tragic Theory*, New York: Greenwood Press, 1992, p. 57.
[2] Richard H. Palmer, *Tragedy and Tragic Theory*, New York: Greenwood Press, 1992, p. 58.

众不仅相互之间要发生精神交流,而且还通过这种精神交流使自己变得强大起来。演说家和剧作家使听众发生热烈的情感激动,"因而不由自主地撕破面具,这时每一个人看见周围的人和他自己同样受到感动,彼此原来素不相识,一下子就变成莫逆之交了。剧作家或演说家使听众为无辜的受冤者、为从容就义的英雄流泪,眼泪把它们全变成朋友和兄弟。多数人彼此之间这种外显的精神流动,几乎有着不可思议的力量,它加强了平时总是隐藏起来或只向密友才倾吐的内心情感。由于这样情感的散布,我们对它的有效作用已深信不疑,在这样许多同感者之中,我们觉到自身强大,所有的心灵与精神汇合成为一条不可抗拒的洪流"[①]。

三、黑格尔:悲剧的"调解感"

对黑格尔来说,悲剧的作用根本就不是快感,当然也不完全是净化,而是"调解感"。所谓"调解感"表现为两个层次:一是悲剧内部的冲突将最终得到和解,一是指悲剧对人的情感起调节作用。换句话说,悲剧情感主要是起于对伦理实体的冲突及其解决的认识。

黑格尔认为,悲剧艺术的任务就是"把精神的理性和真理表现出来"。所谓"精神的理性和真理"其实便是永恒的正义。而悲剧之所以吸引我们就是因为它表现了永恒

[①] 周靖波:《西方剧论选》(上),北京:北京广播学院出版社,2003年版,第273页。

正义,但是永恒正义的实现却是通过各执一端的片面的伦理力量的相互否定(即冲突)来完成的。由于伦理的力量是"人自己的自由理性中的一种规定,同时也是永恒的颠扑不破的真理"①,因而,片面的伦理力量一旦相互遭到否定(即因否定而使悲剧人物受难),就必然会引起观众的同情和恐惧。观众恐惧的显然并不是那些压迫英雄的不可控制的外在力量,而是他所代表的伦理实体力量,因为悲剧人物一旦违反它,那就无异于违反自己。同理,真正的怜悯不是来自个体的灾难,而是"对受灾祸者所持的伦理理由的同情,也就是对他所必然显现的那种正面的有实体性的因素的同情"②。所以,黑格尔接着说:"悲剧人物的灾祸如果要引起同情,他就必须本身具有丰富内容意蕴和美好品质,正如他的遭到破坏的伦理理想的力量使我们感到恐惧一样,只有真实的内容意蕴才能打动高尚心灵的深处。"③ 然而,由于这种否定之否定的是伦理实体力量的片面性,并非片面的伦理实体力量自身,因而这种否定实际上是一种和解,即互相否定(冲突)的片面的伦理力量最终在和谐统一的伦理实体的胜利的前提下得到了和解与妥协。与悲剧中这种片面的伦理实体力量通过互相否定(即冲突)而达成的和解一致的是,观众在经历了片面的

---

① [德]黑格尔:《美学》(第三卷·下册),朱光潜译,北京:商务印书馆,1997年版,第288页。
② [德]黑格尔:《美学》(第三卷·下册),朱光潜译,北京:商务印书馆,1997年版,第288页。
③ [德]黑格尔:《美学》(第三卷·下册),朱光潜译,北京:商务印书馆,1997年版,第288页。

悲剧伦理力量的互相否定（即冲突）所带来的紧张之后，同样得到了一种平静和松弛的感觉，他的精神也由此获得了因矛盾和解而生发的"调解感"。

四、叔本华与尼采：从否定性快感到肯定性快感

文学史家勃兰兑斯指出："作为一个思想家，尼采是以叔本华的理论为出发点的。就其最初的著作而言，他实际上不过是叔本华的门徒。"[①] 尼采虽然赞同叔本华把世界分为表象和意志两部分，他的日神精神和酒神精神实际上也是这种划分的翻版，但他却在一个根本问题上与叔本华分道扬镳了，尼采认为叔本华对世界意志的否定是完全错误的。在这个问题上的根本分歧，不仅导致了尼采宣称自己是第一个悲剧哲学家，即悲观主义哲学家最极端的矛盾面和对立面，而且也使他在有关悲剧反应的认识上，提出了与叔本华完全不同的见解。

叔本华认为，世界的本质即"物自体"是意志，但意志是盲目的、罪恶的，"要战胜它只能依靠反叛，与意志背驰，承认深渊的存在，以怜悯克己的精神达到人我完全同一的境界来否定意志"[②]。而悲剧艺术表现的是"人生的悲哀面，如人类的悲惨际遇，偶然和迷误的支配，正人君子的没落，凶徒恶棍的凯歌等等，直接反对我们的意志

---

① [丹麦] 乔治·勃兰兑斯：《尼采》，安延明译，北京：工人出版社，1986年版，第27页。

② [美] 雷纳·韦勒克：《近代文学批评史》（第二卷），杨自伍译，上海：上海译文出版社，1989年版，第372～373页。

的世界诸相,都摆在我们的眼前。眺望这些景象时,意志已经离开了生活,代之而起的是憎恶、唾弃的心理"①。这就是说,悲剧艺术不仅"暗示着宇宙和人生的本来性质",即意志和它自己的矛盾斗争,而且是否定意志、逃离苦海的一种最有效的途径。所以,悲剧的特殊倾向或作用既不是亚里士多德的净化,也不是诗的正义,而是自愿放弃一切欲求,否定一切生存意志和生殖意志之快感。

悲剧的特殊倾向和效果,就是在唤醒观众的这种心境,即使在极短暂之间也能诱起这种思想。舞台上的种种悲欢离合和各种悲惨际遇,所提示给观众的是人生的悲惨和无价值,即是人生所有的努力等于空零。所以,纵使感觉冷漠的人,他的心境也会暂时脱离人生,意欲也一定会转移他处,而觉悟到世界和人生并没有什么值得留恋的;或者,在他的心灵深处一定会自觉的活动起,"非意欲"的存在。②

后来,在第二卷增补过的《世界是意志和表象》(1844)中再次论述悲剧时,叔本华虽然将悲剧的效果与崇高联系起来了,但他最后仍然归结为:悲剧旨在促使人们懂得"世界和人生并不真能使我们满足,也没有让我们

---

① [德]叔本华:《叔本华论文集》,陈晓南译,天津:百花文艺出版社,1987年版,第34~35页。
② [德]叔本华:《叔本华论文集》,陈晓南译,天津:百花文艺出版社,1987年版,第37页。

沉迷的价值"①的认识，从而引导我们走向"绝望"。

但是在尼采看来，世界的本质就是权力意志，此外一切皆无。而求权力的意志便是永不枯竭的创造生命之意志，简言之，生命是权力意志。但生命（即人的生存）却是恐怖和可怕的，是无起源、无终点、无目的和无意义的，因而人为了能活下去，必须在它面前安排艺术尤其是悲剧艺术之诞生，"只有作为一种审美现象，人生和世界才显得是有充足理由的"②。"召唤艺术进入生命的这同一冲动，作为诱使人继续活下去的补偿和生存的完成，同样促成了奥林匹斯世界的诞生……众神就这样为人的生活辩护，其方式是它们自己来过同一种生活——惟有这是充足的神正论（theodicee）！在这些神灵的明丽阳光下，人感到生存是值得努力追求的，而荷马式人物的真正悲痛在于和生存分离，尤其是过早分离。"③ 换言之，悲剧艺术演给人看的虽是个体的痛苦和毁灭，但这经过"审美化"的痛苦和毁灭不仅不是否定生命和生命意志的充足理由，反而是生命和生命意志强健的象征；不仅不是生命冲动的"镇静剂"，反而是生命的"兴奋剂"。

所以，吉尔·德勒兹在《哲学与尼采》中说："悲剧是快乐的美学形式，而不是医学用语或用来解除痛苦、恐

---

① ［德］叔本华：《叔本华论文集》，陈晓南译，天津：百花文艺出版社，1987年版，第35页。

② ［德］尼采：《悲剧的诞生》，周国平编译，太原：北岳文艺出版社，2004年版，第97页。

③ ［德］尼采：《悲剧的诞生》，周国平编译，太原：北岳文艺出版社，2004年版，第12页。

惧和表示怜悯的道德手段。快乐才是悲剧的精髓，而这意味着悲剧直接地引发欢乐的情绪，惟有对于那些愚钝的、病态的、满脑子道德伦常、指望靠悲剧来保证道德升华和医学净化效果的听众，悲剧才会招致恐惧和怜悯。"① 尼采将悲剧看作强健者实现自己的生命意志的形而上学的方式，"艺术是生命的最高使命和生命的本来的形而上活动"，是一种美学现象，因而悲剧的功用绝非是因认识到生命意志的虚幻性而产生的听天由命感，当然也不是因痛苦、恐惧和怜悯这些情感被升华、净化、补偿、顺从或者和解而产生的道德快感，而是肯定一切存在的东西，甚至包括最深重的苦难与毁灭的快感。

这种肯定性快感主要有以下三个方面：（1）悲剧人物的毁灭将观众从他"对尘世快乐的极度渴望中解救出来，并提醒我们还有另一种存在和更高的快乐"②。也就是说，一种因领悟到个体生命只有经过毁灭的痛苦并融入宇宙本体之后的更大快感，因为万物根本上浑然一体，个体化是灾祸的始因。（2）所有真正的悲剧给予观众的都是"形而上学的安慰"。尼采认为希腊悲剧起源于酒神歌队，而酒神歌队的任务就是以酒神的方式使听众的情绪激动起来，达到酒神状态。处于酒神式兴奋中的观众不仅看到自己被一群精灵所围绕，并且知道自己同它们是内在的一体的，

---

① ［法］吉尔·德勒兹：《尼采与哲学》，周颖等译，北京：社会科学文献出版社，2001年版，第25页。

② Richard H. Palmer, *Tragedy and Tragic Theory*, New York: Greenwood Press, 1992, p. 65.

从而忘却自己本来的身份："城邦、社会以及一般来说人与人之间的裂痕向一种极强烈的统一感让步了，这种统一感引导人复归大自然的怀抱"①，而且在这种复归中，经受了个体毁灭大痛苦的观众将会感受到自然那无穷无尽的生殖力，从而获得一种形而上学的安慰：无论现象界里万物变迁，生老病死，但生命力却是永恒的，不可摧毁的。个体可以毁灭，但主宰着芸芸众生的生命力却是长存不休的。萨提儿合唱以直观朴素的形式昭明了这一真理，它使人忘却了现实世界。（3）尼采认为这种肯定性快感来自精神本身的模糊性（the ambiguity of the Spirit itself），它虽然是破坏性的，但又是人们所欲求的（destructive and yet desired）。这种自相矛盾之所以可能就在于悲剧经验属于美学领域而不属于道德伦理领域。"在考察悲剧的特殊快感时，我们必须到美学领域，而不是到怜悯、恐惧或道德上崇高（moral grandeur）的领域中去寻找。……悲剧神话产生的快感与音乐中不和谐所产生的快感的根源相同"②，都是对狄奥尼索斯现象（the Dionysian vision）本身中的不和谐的反映。人物的受难只有作为艺术家/上帝的艺术的/自然的创造才存在，只有作为一种现象——我们喜爱的精神创造而不是道德疑虑（ethical qualms）才存在。我们的快感来自于艺术创造而不是伦理道德内容的

---

① ［德］尼采：《悲剧的诞生》，周国平编译，太原：北岳文艺出版社，2004年版，第27页。

② Richard H. Palmer, *Tragedy and Tragic Theory*, New York: Greenwood Press, 1992, p. 65.

精神交流。

五、克尔凯郭尔：审美的"悲哀"和审美的"痛苦"

克尔凯郭尔虽然先于尼采整整一代，但在关于悲剧反应的认识上，他的见解显然更清楚地表示了19世纪和20世纪之间的关系，或古典悲剧范畴向现代悲剧范畴转换的全面完成。克尔凯郭尔认为，起源于公元前6世纪古希腊的悲剧是一种戏剧艺术形式，并非生存中的悲剧经验，而"艺术就是要艺术地产生同样的效果……它的存在是因为能带来一种享受，这种享受自然而然从来不会在事实上成为现时的，而总是带有一种过去的因素"①，因此悲剧所激起的反应就是一种审美反应，而不是伦理道德的反应，也不是形而上学的反应。另外，由于古代悲剧和现代悲剧的表现核心不同，因而它们的审美反应也有区别：前者的"悲哀"更深刻些，后者的"痛苦"更浓重些。

在克尔凯郭尔看来，"悲剧存在于这两个极端之间。如果一个人完全没有罪过，悲剧趣味就会丧失殆尽，因为悲剧冲突会因此而软弱无力；另一方面，一个彻头彻尾的罪人也不能给我们以悲剧趣味"②。这就是说，悲剧要激起观众的审美反应，悲剧人物就必须是既有罪过又无罪

---

① ［丹麦］索伦·克尔凯郭尔等：《悲剧：秋天的神话》，程朝翔、傅正明等译，北京：中国戏剧出版社，1992年版，第18页。
② ［丹麦］索伦·克尔凯郭尔等：《悲剧：秋天的神话》，程朝翔、傅正明等译，北京：中国戏剧出版社，1992年版，第8~9页。

过，即悲剧人物的罪过具有审美的模糊性。克尔凯郭尔认为，如果悲剧人物"绝对纯洁"，没有任何过失，那么他的悲剧是无法理解的，他所生存的世界也是无法想象的恐怖。如果悲剧人物具有"绝对罪过"，而"邪恶并不能产生审美趣味，罪孽也不是一个审美因素"[①]，那么这个"罪过"就是指基督教的原罪，就是一个宗教—伦理的概念，它所引发的反应也只能是宗教—伦理反应。而且绝对无辜与绝对罪过的结合也不是一个审美范畴，而是一个形而上学的范畴。譬如，我们总是不愿意把基督的一生称为一场悲剧，真正的原因就在于这种现象审美范畴是不能被完全把握的。因此，"绝对的"之所以不能产生（悲剧性的）审美反应，在于"绝对的"东西在现实中根本不存在，它只能是形而上学的产物，是思辨哲学体系的副产品。

古今悲剧的本质尽管都是灾难性的冲突，但由于古代悲剧和现代悲剧的表现核心不同：古代悲剧的表现核心是动作，但这动作并不是单纯的，因为动作中还蕴含着"苦难"这个重要的构成因素，所以具有"史诗"成分的（即与国家、民族、命运具有各种直接关系的）悲剧人物的悲剧不仅是行动的结果，而且还是"苦难"的产物（参见第二章）。现代悲剧的表现核心是情境和性格，由于悲剧人物的出场是孤立一人的，没有"随身携带"任何"史诗"

---

① ［丹麦］索伦·克尔凯郭尔等：《悲剧：秋天的神话》，程朝翔、傅正明等译，北京：中国戏剧出版社，1992年版，第9页。

的成分，他的悲剧没有"苦难"的作用，完全取决于自己的行动（实际上在现实中根本不存在），因而它们引发的悲剧效果自然也相应地呈现出差异：古典悲剧中无罪的因素占主导地位，所以"悲哀"更深刻些；现代悲剧中"罪过"因素倾向于绝对，所以"痛苦"要浓重些，"在古代悲剧中，'悲哀'（the sorrow）较为深重，痛苦（the pain）较轻；在现代悲剧中，痛苦较大，悲哀较轻。悲哀总是包含着某种比痛苦更深沉的情感。痛苦总是暗指一种对受难的反思，是悲哀并不懂得的一种感受"①。但在这里，无论是悲哀，还是痛苦，其实都是属于审美范畴中的真正的悲哀和痛苦，因为"真正的悲剧的悲哀与真正的悲剧痛苦比较起来，前者应有罪过的因素，明晰的因素，后者应有无罪因素，模糊的因素。我认为，这最好不过地表明了悲哀和痛苦融为一体的那种辩证法，也表明了一种有赖于悲剧罪过概念的辩证法"②。

六、20 世纪关于悲剧反应的思考

美国学者 H. 帕克认为："今天再没有人认为一种兴趣只要无害，只要能给人以愉快，就有存在的权利了。它要想在我们这个多疑善防、讲求节约的世界中得到批准，还必须证明它能够对全面的人和集体，产生有益的影响。

---

① ［丹麦］索伦·克尔凯郭尔等：《悲剧：秋天的神话》，程朝翔、傅正明等译，北京：中国戏剧出版社，1992 年版，第 12 页。

② ［丹麦］索伦·克尔凯郭尔等：《悲剧：秋天的神话》，程朝翔、傅正明等译，北京：中国戏剧出版社，1992 年版，第 16 页。

至少在目前，放任的时代已经过去了，人们已经不能再用他人的需要，他们的内在必要，甚至他们的良心，来为他们的活动辩护了。"① 在某种程度上看，帕克所言确实捕捉到了 20 世纪有关艺术功用的认识必将出现一种回归的趋势，但无疑是夸大其词了。对于 20 世纪，尤其是 20 世纪的上半叶，美学家大多相信单有艺术的审美价值就足以为艺术的存在权利作出辩护了；但在下半叶，仅仅论述艺术特有的内在价值是不够的，还必须进一步证明艺术在全面的生活中有一定的功能，"美并不是一切，它是女王，是立宪君主，但不是独裁者"②。就 20 世纪关于悲剧反应的思考而言，情形也大体如此。

由于观众问题（或曰戏剧的接受问题）在 20 世纪，尤其是在第二次世界大战后成为西方戏剧界甚至文艺界研究的中心问题、热点问题，因而涉及悲剧反应的研究和探讨的论著为数众多，而且还有不少见解颇有新意。但从整体上看，尤其是与 19 世纪相比较，原创性的观点显然并不多，而且由于本书所论也没有包罗殆尽的必要（也因篇幅所限），所以此处的论述主要是概述式的，除少数观点外，一般不加以明确的阐述或作具体的展开。

其一，审美经验与日常经验的进一步分离与思考。

20 世纪之初，弗洛伊德在其发表的《戏剧中的变态

---

① ［美］H. 帕克：《美学原理》，张今译，桂林：广西师范大学出版社，2001年版，第 270 页。

② ［美］麦·莱德尔：《现代美学文论选》，孙越生等译，北京：文化艺术出版社，1988 年版，第 261 页。

人物》《创造性作家与白日梦》等论文中继续指出,悲剧的目的就是要给人以快感。弗洛伊德认为,所有的人都是程度不同的精神压抑者。为了缓解压抑和束缚,不使自己成为真正的精神病,他可以将受到压抑和约束的本能冲动(因没有直接发泄而严重起来,从而使精神失常)附加到别的活动上去。艺术家借助于他的创作使他被抑制的本能冲动转移到作品中,从而使被压抑的本能冲动得到升华,也使自己获得一种精神愉悦。其他人和艺术家一样,同样可以在自己幻想的"作品"中放纵自己的本能冲动,以此获得解脱,但由于他们不是艺术家,他们幻想出来的"作品"难免枯燥无味,无法在其中找到精神上的真正慰藉,因而他们转向艺术家的作品并在其中尽情享受放纵的乐趣。

"创造性作家的工作也像孩子玩耍一样。他创造了一个受到他认真对待的幻想世界——也就是说,他倾注了大量的情感——同时又明显地把这个世界同现实世界分割开来。……然而,作家那个富于想象的世界的非现实性,对于他的艺术技巧却有着十分重要的后果;因为许多东西如果是真实的话,就无乐趣可言了;而在幻想的游戏中,则能给人以快感;许多令人激动的事情本身实际上是令人悲痛的,但是在作家的作品上演时,就可以成为听众和观众产生快感的源泉。"[①] 既然作家创造的艺术世界属于非现实的、幻想的世界,那么观众从中获得快感必然是艺术

---

① 王宁:《精神分析》,成都:四川文艺出版社,1989年版,第3页。

的、审美的，而不是现实的、肉体上的。就像弗洛伊德所说的，戏剧虽然通过痛苦给观众带来快乐，但"戏剧不应该给观众招致痛苦，戏剧应该懂得如何通过创造可能的满足对它给观众带来的同情之苦进行补偿（当代作家常常做到这一点）。但是，舞台上表现出来的这种痛苦很快就被局限于心灵的痛苦，没有人想要肉体的痛苦，因为人们懂得肉体的痛苦引起的躯体感觉的变化，将很快淹没所有心灵的快乐"[①]。也就是说，当观众清楚地知道舞台上的行动和受苦并不是在现实中，而是在艺术中发生，它不过是一场游戏（幻觉）而不会真正威胁他的生命安全时，他的痛苦就淡化了。"在这样的情景中，他可以尽情享受当'伟人'的乐趣，可以心安理得地放纵自己平时在宗教、政治、社会和性的方面压抑着的冲动，在舞台上表现的生活中的各个重大场景里任意地'发泄'。"[②]

德国哲学家马克斯·舍勒在《论悲剧性现象》中也认为，日常生活中如死亡所引起的悲痛是肉体上的感受，悲剧的结局所产生的悲哀是一种精神上的感受、特殊的感受，两者根本不同。"悲剧性的悲哀非常纯粹，不会引起肉体上的激动。从某种意义上说，其中甚至含有'心满意足'的感情。"[③] 也就是说，

[①] 周靖波：《西方剧论选》（下），北京：北京广播学院出版社，2003年版，第515页。

[②] 周靖波：《西方剧论选》（下），北京：北京广播学院出版社，2003年版，第514页。

[③] Robert W. Corrigan Tragedy Vision and Form, New York: Harper & Row, Publishers, p. 2.

悲剧性的哀伤完全摆脱由于激动、愤怒、责难等所引起的那种感情。它有深度和广度。它和肉体上的各种感受或者所谓真正痛苦没有任何关系。它具有自甘退让和心满意足之感，并且还和它偶然保持的生存取得某种和解。①

在某种意义上说，古哈（P. K. Guha）的《悲剧信仰》(*Tragic Belief*) 也阐述了这一点。他说，悲剧的痛苦源于它所模仿的生活中的痛苦，但艺术家却又可以通过创造一种更高的真实——保证观众的具体真实感——来创造快感的源泉。因为不可见的心灵和精神世界比起可见的外在的物质世界更真实，而且它的幻觉性也能更充分地激发观众的想象，从而使外在事件所造成的痛苦印象得到非常有效的减轻和缓和。"戏剧的外在事件造成的印象和不可见的内在世界产生的印象相互形成冲突，这样一来，前者的压抑（depressing effect）效果就被后者的得意之情（exalting influence）中和了。"②

美国理论家莫瑞尔（Roy Morrell）在《悲剧快感心理学》中通过对艺术世界和日常世界的区分——"艺术乃是把某种模式强加于无序生活之后的条理化"，而"悲剧

---

① Robert W. Corrigan Tragedy Vision and Form, New York：Harper & Row, Publishers, 1981，p. 2. 译文参考了陈瘦竹先生的翻译，参见朱栋霖、周安华：《陈瘦竹戏剧论集》（上卷），南京：江苏教育出版社，1999年版，第361页。

② Robert W. Corrigan Tragedy Vision and Form, New York：Harper & Row, Publishers, 1981，p. 78.

的目的就是控制好生活中最混乱和艰难的部分"①，提出悲剧快感来自于悲剧人物的一体化，而不是来自受虐狂的（masochistic）或是虐待狂的（sadistic）冲动。他辩护说，观众渴望的是悲剧人物的解救而不是从他的痛苦中获得快感。因为我们真正怜悯俄狄浦斯王、李尔王、奥赛罗、苔丝姑娘和雨果，迫切希望设法阻止那些等待着他们的灾难。简而言之，"悲剧快感并不是从愿望的实现中产生出来，而是产生于愿望的破灭"②。我们希望他成功，可是他失败了。因此，悲剧并不给人以愉快的期望。正好相反，我们抗拒悲剧，设法阻止悲剧。只有在死后才会产生愉快之感，而大部分的快感就是发现我们有力量足以对付比我们单凭愿望所创造的更大的世界。英国批评家海伦·加德纳（Helen Gardner）在《宗教与悲剧》中说得更为明确：

> 严格说来，现实生活中没有悲剧。悲剧是艺术品，因而它是用来提供娱乐的。事件本身也并不具有悲剧性，它们可能是灾难性的、令人震惊的、可怜的或是恐怖的，但不经过想象力的加工则不具有悲剧性。③

---

① Robert W. Corrigan Tragedy Vision and Form, New York: Harper & Row, Publishers, 1981, p. 34.

② Robert W. Corrigan Tragedy Vision and Form, New York: Harper & Row, Publishers, 1981, p. 35.

③ ［英］海伦·加德纳：《宗教与文学》，江先春、沈泓译，成都：四川人民出版社，1998年版，第9页。

第六章　悲剧反应

既然悲剧只能属于戏剧的艺术形式之一，悲剧中的灾难也不要求观众采取现实的真正的行动或招致他们的非难，那么对悲剧的鉴赏必须悬置道德判断。就像海伦·加德纳所说的："悲剧不会在剧院里引起嘘声和喝彩，嘘声和喝彩是对闹剧的反应，它们也不会因人们识别出人类愚行而引起观众的笑声，亦不会因那些人们暴露出他们还不如我们更了解他们自己而引起善意的微笑。"①

其二，关于亚里士多德"卡塔西斯"的现代阐释、思考和修正。

约翰·莫里（John Morley）在其《论狄德罗》中写道，没完没了的"卡塔西斯"争论，实际上是暗示了"人类智力的耻辱，难看的空谈无补的丰碑"②。但是，继高乃依、莱辛、贝尔内（Bernays）等人之后的论者尽管处于这样一个两难之境，却没有谁甘愿退出。相反，每一个后来的论者都想在这个概念上有所创新，而且又是在不同的知识型（具体地说，也可以是不同的知识结构）中来解

---

① ［英］海伦·加德纳：《宗教与文学》，江先春、沈泓译，成都：四川人民出版社，1998年版，第15页。
② K. S. Misra, *Modern Tragedies and Aristotle's Theory*, New Delhi (India): Caxton Press (P), Ltd, 1981, p. 25.

释"卡塔西斯"的,因而关于"卡塔西斯"的论争①(即使到今天)也依然没有任何终结的迹象。

在《亚里士多德诗学和艺术理论》之中,S. H. 布切尔在赞同贝尔内阐释的"净化说"——贝尔内认为亚里士多德的"卡塔西斯"是一个医学的隐喻,它的含义为"净化"——的基础上,对"卡塔西斯"作了进一步的解释:"当这些情感中的'痛苦'因素被清除掉,这些情感也就被净化了。在怜悯与恐惧这些情感中存在着一些病状(morbidity),就像在真正的生命身上发现的一样。当他们被引发出来时,这些情感就被净化了,于是情绪中的焦虑和病毒(morbid)也就被清除了。由于这个安定的过程(the tranquillizing process)已经开始,因而当这些低级因素被清除,我们发现情感获得了净化,变得高贵起来,就像卢卡斯(Lucas)所说,我们那些利己(selfish)的感情崇高化了。"② 据此,布切尔对亚里士多德悲剧定义中的最后一句话作了这样的翻译,"通过怜悯和恐惧产生对这些情感的合适的净化",即通过激发这些情感,提供

---

① 20世纪以前,关于"卡塔西斯"的论争主要围绕"净化说""宣泄说"展开。"净化说"主张悲剧的功用是情感净化,以高乃依、莱辛等为代表,但在如何解释怜悯和恐惧情感上,他们又发生了争论。"宣泄说"主张悲剧的功用是情感宣泄,以歌德、巴内斯(Jacob Bernays)和鲍桑葵等为代表,在如何理解情感的宣泄作用上,他们也有不同见解。参见朱光潜《悲剧心理学》第十章,罗念生《论古希腊戏剧》中的"卡塔西斯笺释"一文,亚里士多德《诗学》(陈中梅译)附录 Katharsis, K. S. Misra, *Modern Tragedies and Aristotle's Theory* 中的第一章,等等。

② K. S. Misra, *Modern Tragedies and Aristotle's Theory*, New Delhi (India): Caxton Press (P), Ltd, 1981, p. 30.

一种令人愉快的解脱感，对观众的精神健康具有治疗的效果——"所有的激情都耗尽了，心灵复归于安宁。"

杰拉尔德·F. 埃尔斯（Gerald F. Else）却提出从悲剧的内在结构入手来解释"卡塔西斯"，认为它与"错误"（hamartia）和"发现"（recognition）这两个结构概念紧密相关。它是一个结构性概念，它净化的是悲剧人物那些显而易见的有罪行动，因而它也是情节的一部分，同时使悲剧人物成为我们怜悯的合适对象。他还提出"卡塔西斯"是一个过程，而非由诗人通过他的情节结构（structure of events）操纵某个目的的结果。① 所以，埃尔斯认为亚里士多德悲剧定义中的最后一句话应如此翻译："通过一个与怜悯和恐惧有关的事件过程，完成了对具有那种性质的痛苦或不幸的表演的纯净化。"② 在他的理解中，洁净化就是纯净化，而且它根本就不是某种在观众身上发生的事，而是某种在戏剧中发生的事。即便如此，但有罪行为的"净化"最终仍会引起观众的怜悯之情。哈维·戈尔德斯坦（Harvey Goldstein）则认为"卡塔西斯"可以理解为澄清，即通过剧中表现出的怜悯与恐惧，悲剧艺术会使现实生活中这些同样的苦难得到澄清。

美国戏剧理论家格莱巴涅（Bernard Grebanier）在《戏剧创作》中不仅对亚里士多德的"卡塔西斯"进行了

---

① K. S. Misra, *Modern Tragedies and Aristotle's Theory*, New Delhi (India): Caxton Press (P), Ltd, 1981, p. 27.
② ［美］门罗·C. 比利厄斯：《西方美学简史》，高建平译，北京：北京大学出版社，2006 年版，第 41 页。

精彩的阐释，而且指出古希腊雅典人看悲剧就是进行一次内心的宣泄。但是"自雅典黄金时期以来，戏剧虽然已有许多变化而且范围逐渐扩大，但是悲剧功用却未改变。我们随时需要这种精神上的清洗和净化。我们自己的生活（感谢上苍！）很难得领略到真正的悲剧性。我们没有机会在伟大和高贵的事业上鞠躬尽瘁。就私人来说，我们自己的哀愁当然非同小可，但是从客观来看，比起庄严的悲剧，这些哀愁当然不算一回事。这样日复一日，那种病态的烦恼和沮丧之情郁积在心中。我们去看悲剧，它就发挥着悲剧最早所以创作出来的那种宣泄作用：我们和主人公融为一体，设身处地去忍受他所经验的苦难，因而得到净化。……我们离开剧场，内心充满哀痛，但是一切琐事俗念都已丢在脑后，感情得到净化，然而更能看清事物本质"[①]。而美国批评家柏伦保（Harvey Birenbaum）却通过借用亚里士多德所谓的"卡塔西斯"这一术语提出自己的见解。在柏伦保看来，悲剧的功用不是宣泄或排除怜悯和恐惧之情，而是深入或充实我们的感情。"亚里士多德意思可能是指悲剧通过他所谓卡塔西斯（净化、宣泄）将怜悯和恐惧之情宣泄出去，或者可能是指将怜悯和恐惧中的'危险'因素宣泄出去。我们不妨借用这一术语来说明我们的见解，这从心理学来讲，要比上述两种可能更加确实，而且更加符合我们实际经验。我们在想象中参预了悲

[①] 朱栋霖、周安华：《陈瘦竹戏剧论集》（上卷），南京：江苏教育出版社，1999年版，第359页。

剧的考验，通过设身处地的体会，在投影的短时期内，我们接受了平时所抗拒的感情。……然而我们所谓卡塔西斯，不是宣泄我们的各种感情，而是深入感情，从美学角度来看，引导我们深入到我们的感情中去，引导我们在平衡的状态中准备临时去接受感情，并且深入这些感情。……卡塔西斯是将悲惨景象变成积极经验的要素。"①

但是，英国评论家瑞恰兹（I. A. Richard）在《文学批评原理》中却将亚里士多德的"卡塔西斯"看作是对"对立和矛盾的两种特性（opposite and discordant qualities）的调和与平衡"的说明。"悲剧激起的怜悯这种亲近的（approach）冲动和恐惧这种逃避的（retreat）冲动达成调和，这是一种观众在别的艺术中无法找到的。"② 他还进一步指出："这种平衡并不是发生在刺激客体的结构中，而是发生在反应中。"也就是说，艺术是和现实世界的客观事物毫不相关的，诗的作用仅能激发情感而不依赖于客观事物。后来，埃利斯－费尔莫尔（Una Ellis-Fermor）的《戏剧前沿》在关于"悲剧的平衡"一章中也对此作了明确的阐述。她认为，悲剧的一种特殊效果就在于有一种平衡感，一方面认识到世界受一种异己的、敌对的命运所支配，另一方面则认为这些表面的罪恶在一定程度上是可以用善意的方式作出解释的。克利福

---

① 朱栋霖、周安华：《陈瘦竹戏剧论集》（上卷），南京：江苏教育出版社，1999年版，第360页。

② Richard H. Palmer, *Tragedy and Tragic Theory*, New York: Greenwood Press, 1992, p. 111.

德·利奇对此提出了异议："活生生的演员扮演着死去的人，普通人表达着难以形容的悲伤，这种极端的悖逆性肯定存在于我们观看悲剧时的激情平衡的中心。但平衡并不意味着平静，更应该说，他为我们提供了对特别的痛苦和根本的困惑意识的反应。"[1] 因此亚里士多德的"卡塔西斯"才是悲剧激起的真正反应。因为随着"替罪羊"的观念在现代社会被摒弃不用，我们知道没有任何人的死亡能使我们得到净化。"但是，尽管如此，我们感到一种替代的净化给了我们以抚慰，而我们却抵抗着它。因此，我们可以接受替罪羊的仪式，但在我们心中，我们却对这种接受感到羞愧。悲剧最终的效果加强了我们的责任感，使我们更充分地意识到我们有过失，正像悲剧人物（无论我们在剧中看见的是一个人或许多人）有过失一样，我们哭喊着来反抗这一切的发生。只有在拒绝它时，我们才有一种'卡塔西斯'的体验。"[2]

其三，对黑格尔的悲剧"调解感"的阐释和修正。

悲剧的结局是和解，标志着"永恒正义"的胜利，黑格尔的这种观点在 20 世纪仍有较为广泛的影响，不时会得到一些人的响应。作为黑格尔悲剧理论的忠实辩护人，A. C. 布拉德雷率先运用黑格尔的冲突论来分析莎士比亚悲剧，而且对黑格尔的悲剧理论进行了修正。对于黑格尔

---

[1] ［英］克利福德·利奇：《悲剧》，尹鸿译，北京：昆仑出版社，1993 年版，第 85 页。
[2] ［英］克利福德·利奇：《悲剧》，尹鸿译，北京：昆仑出版社，1993 年版，第 76 页。

的"调解感",布拉德雷认为它并非观众在经历了片面的悲剧伦理力量的互相否定(即冲突)所带来的紧张之后得到了一种平静和松弛的感觉,而是一种痛感,它不仅与默然接受的情感相混,而且还混杂着一点欣喜的感情,一种解脱感,"英雄人物虽然在一种意义上和从外在方面看来失败了,却在另一种意义上高于他周围的世界,从某种方式来看……并没有受到击败他的命运的损害,与其说被夺去了生命,毋宁说从生命中得到了解脱"①。此外,他还指出悲剧给予我们的中心印象是一种"白白被糟蹋的印象"。"同悲剧主人公的这种伟大地方(这并不总是他才有)相关联的就是我冒昧叫作的悲剧印象的中心,这种中心的感觉就是白白被糟蹋的印象。"② 美国评论家缪勒(Herbert J. Muller)在指出悲剧的结局只能是和解或妥协之后写道:"悲剧人物的目标被挫败,他的情欲受创伤,但是通过他最后的理解,他和他的命运终于达成协议。……如果他自己没有达成,那么观众却已达成这种协议。……这种悲剧性的理解,可以使我们更明确地认识到我们既了解又不了解而且根本不能了解的悲剧命运的全部意义;但是无论如何,我们总得接受这种命运。这就是贤明的读者从悲剧中所获得快感之所在。"③ 由此看来,缪

---

① 转引自朱光潜:《悲剧心理学》,北京:人民文学出版社,1987年版,第132页。

② 周靖波:《西方剧论选》(下),北京:北京广播学院出版社,2003年版,第499页。

③ 陈瘦竹、沈蔚德:《论悲剧与喜剧》,上海:上海文艺出版社,1983年版,第65~66页。

勒的"达成协议"（即黑格尔的"和解"）实际上是向命运投降，而"悲剧快感"（即黑格尔的"调解感"）则是指认命。

其四，悲剧所激起的反应不仅是情感的、精神的，还应该让观众直接参与悲剧表演。

"每当我们寻找戏剧的基本因素时，无论在公元前六世纪的希腊戏剧中，或公元十世纪英国和法国的戏剧中，或二十世纪耶什·格鲁托夫斯基的'实验剧院'的戏剧中，我们都会发现演员和观众间的相互联系处于最重要的地位：这是一种活人和活人之间的直接交流，他们之间那种魔术般的、神秘莫测的交流给了戏剧一种特殊的品格。"① 尽管戏剧、电影和电视剧都会引发观众的反应，但由于戏剧观众看的是真人，电影和电视剧的观众看的是人的影子，"戏剧不是电子的。它不象电影，也不象电视，它要求活生生的观众和活生生的演员同时出现在一个同一的空间"②，因而戏剧（也包括悲剧）所激起的观众反应类似于仪式活动中参加者的反应。这样的反应不仅是演员与观众之间的情感和精神的双向交流，也是观众之间的情感和精神的双向交流，还可能是观众被鼓励走上舞台参加演出。20世纪60年代在美国、法国和日本流行的"境遇剧"，其演出就要求观众既是观看者也是表演者。

---

① ［美］艾·威尔逊等：《论观众》，李醒等译，北京：文化艺术出版社，1986年版，第6～7页。

② ［美］艾·威尔逊等：《论观众》，李醒等译，北京：文化艺术出版社，1986年版，第7页。

第六章　悲剧反应

其五，悲剧反应具有模糊性（或两面性），它既可以是悲观主义的，也可以是乐观主义的。

美国剧作家阿瑟·米勒认为，悲剧给予观众的印象应该是乐观主义的，增强他们对人类光明的憧憬。"悲剧和悲怆剧的主要的精确的区别就在于悲剧不仅给我们带来悲哀、同情、共鸣（甚至畏惧）；而且还超越悲怆剧，给我们带来知识和启迪。"[①] 那么悲剧带来的是什么样的知识和启迪呢？从广义上说，就是有关生活在世界上的正确方式的知识，即我们觉察到人物原本可以达到却没有达到的境地（对于人的完美抱有的乐观主义态度）。德国的卡尔·雅斯贝尔斯对悲剧的效果同样持乐观主义的看法："在观看悲剧时，我们超越了存在的限制，也因此获得了解脱。在悲剧知识之内，求解脱的努力不再只代表从不幸和痛苦获得拯救的渴求，它还意味着我们通过超越现实而摆脱现实的悲剧结构这一热望。"[②] 美国戏剧理论家格莱巴涅在《戏剧创作》中也指出，到剧场去看戏，就是和悲剧人物融为一体，设身处地去领受人物的悲剧经验，他自己的怜悯和恐惧就这样得以宣泄，因此他自己就能排解这些感情的重压。悲剧演完以后，他得到感情的净化，因而对人类命运以及他在许多事物的秩序中自己所占据的地位有一个清醒的理解。他怀着美好的前景离开剧场，在精神

---

① [美]罗伯特·阿·马丁：《阿瑟·米勒论剧散文选》，陈瑞兰、杨淮生选译，北京：生活·读书·新知三联书店，1987年版，第47页。

② [德]卡尔·雅斯贝尔斯：《悲剧的超越》，亦春译，北京：工人出版社，1988年版，第75页。

上更加健康。但理查德·塞华尔（Richard Sewall）、克雷格尔（Murry Krieger）、霍伊（Cyrus Hoy）、乔治·斯丹纳（George Steine）等人却对悲剧反应的乐观主义精神表示怀疑，因为对一个在不确定的世界中无法确定自己的位置的人（the inherently ambiguity human position）来说，悲剧呈现的灾难是人所无法控制的。所以理查德·塞华尔在《悲剧眼光》中坦言：诚然，看到宇宙中的邪恶势力如此顽固不化而且难以纠正，奸佞小人一生下来就是作恶，而且又是人类生活中决不会少的条件，那么悲剧就可以说是悲观主义的作品。但是，看到在善与恶的比例中恶占大多数，并且知道恶为什么超过善的奥秘所在——这种恶就像使得亚哈伯船长惨遭灭顶之灾的那种"无可测量的要素"——照这情况，悲剧自然又具有悲观主义精神。

第七章　悲剧的终结

　　以上对构成悲剧本体各范畴的梳理表明，作为戏剧艺术形式（类型）之一的悲剧无疑是个历史性范畴。悲剧既然是历史的，那么它就必然存在一个终结或衰亡的问题。在古典知识型时期，由于作为摹仿艺术的悲剧被视为"某个永恒形式在历史中的实现"，也就是说悲剧在任何时候都是可能的（是可以参照一套规则成功地编写出来的）①，所以悲剧的终结命题根本就不存在。进入现代知识型空间后，由于作为真正的创造艺术的悲剧被看作是一种有自己的历史和兴衰的人类产品（或是一个需要不断发现、解释的历史化的形式概念），是肯定生命、确定生活的最高艺术，"是一个既定历史时期人类才能的反映，是文化借以

---

　　① 古典悲剧理论认为形式与内容是分离的，悲剧创作是既定的悲剧形式通过与为之挑选的素材（情节）相结合而得以实现的。如果未能实现这一既定的形式，悲剧带有未被允许的叙事（史诗）特征，那么错误就出在素材（情节）的选择中。亚里士多德在《诗学》第18章中说："诗人必须记住我们说过多次的话，写悲剧不要套用史诗结构。所谓'史诗结构'，指包容很多情节的结构，比如说，倘若有人把《伊里亚特》的全部情节写成一部悲剧，便会出现这种情况。"贺拉斯在《诗艺》中说："我们的诗人对于各种类型都曾尝试过，他们敢于不落希腊人的窠臼，并且（在作品中）歌颂本国的事迹，以本国的题材写成悲剧或喜剧，赢得了很大的荣誉。"

定义自身、命名自身和生动表达自身的显著形式"①，因而有关悲剧艺术的衰亡（还有起源、发展、变化）问题就不断地浮出历史地表，拷问人类及其智力。

第一节 对"古典悲剧与现代悲剧"的历史处理

悲剧的终结问题是伴随着对古代悲剧与现代悲剧（对立）的历史化而来的，或者说悲剧的终结问题实际上是一个悲剧理论史的问题，因此，在探讨悲剧的终结论之前，必须先来看看悲剧理论家是如何对"古典悲剧与现代悲剧"进行历史化处理的。正如卢卡契所说的那样："众所周知，艺术的历史哲学问题产生于使近代艺术维持其为至少与古代艺术相对平级的现象的需要，无论是席勒对素朴艺术和感伤艺术所作的区别……都以同一感受为基础，这种感受在黑格尔作的象征艺术形式、古典艺术形式和浪漫艺术形式的分期上获得其最深刻的和最透彻的表述。"②

19世纪以前，悲剧领域已经发生过多次"古今之争"，其中影响最为深远的有两次：文艺复兴时期意大利戏剧界围绕瓜里尼戏剧新体裁"悲喜混杂剧"《牧羊人裴多》的出现而展开的论争，法国新古典主义时期戏剧界围

---

① ［美］苏珊·桑塔格：《反对阐释》，程巍译，上海：上海文艺出版社，2003年版，第151页。
② 转引自薛华：《黑格尔与艺术难题》，北京：中国社会科学出版社，1986年版，第117页。

绕"是否果真今不如古"的"古今之争"。在前一次论争中，瓜里尼写下《悲喜混杂剧体诗的纲领》为自己在戏剧体裁上的创新进行辩护，指出"悲喜混杂剧"结合了悲剧和喜剧各自的优长，却避免了它们各自的缺陷，因而是最好的戏剧体裁。"它是悲剧的和喜剧的两种快感糅合在一起，不至于使听众落入过分的悲剧的忧伤和过分的喜剧的放肆。这就产生一种形式和结构都顶好的诗……比起单纯的悲剧或喜剧都较优越。"① 在后一次的论争中，代表"今派"的圣·艾弗蒙在《论古代作家的摹仿》之中提出亚里士多德的《诗学》"固然是一部好书，但是它也并不完善到可以知道一切民族和时代"，因而诗人"应该把脚移到一个新的制度上"去站着。在《论古代和现代悲剧》一文中，艾弗蒙则进一步指出，现代悲剧不能像古代悲剧那样去表现天神、神谕和占卜者，而应表现人类灵魂的伟大。这两次论争尽管强调了悲剧写作要"合乎时宜"，即悲剧应根据时代生活的变迁及文学创作与欣赏趣味的变化在内容和形式上进行新的探索，但由于他们对古人悲剧与今人悲剧的认识并没有进行历史化处理，也没有摆脱亚里士多德诗学原则的框架，因而在这两次论争中（即使延伸至当时的整个时代），除了艾弗蒙的观点具有初步的历史意识（还提出了古代悲剧与现代悲剧的概念）外，几乎没有人从历史的角度来讨论古今悲剧的问题，更不用说讨论

---

① 周靖波：《西方剧论选》（上），北京：北京广播学院出版社，2003年版，第78页。

悲剧的起源和衰亡了。

时代在变，大地在变，悲剧理论也应随之而变。随着浪漫主义思潮的风起云涌，对古今悲剧进行历史化处理的问题终于被提上了议事日程。古典与现代（浪漫主义时期称之为"浪漫"）①这些很早就已出现在历史典籍中的术语，如今被浪漫主义者自觉地和有意识地引介到悲剧（甚至戏剧）艺术及其理论之中。歌德在1830年曾说：

> 古典诗和浪漫诗的概念现已传遍全世界，引起许多争执和分歧。这个概念起源于席勒和我两人。我主张诗应采取从客观世界出发的原则，认为只有这种创作方法才可取。但是席勒却用完全主观的方法去写作，认为只有他那种方法才是正确的。为了针对我来为他自己辩护，席勒写了一篇论文，题为《论素朴的诗和感伤的诗》，他想向我证明：我违反了自己的意志，实在是浪漫的，说我的《伊菲姬尼亚》由于情感占优势，并不是古典的或符合古代精神的，如某些人所相信的那样。史雷格尔弟兄抓住这个看法把它加以

---

① "古典"一词源于"classis"。在古代，"classis"是一种表示社会等级以及学派等级的术语，也表示船队。但在罗马时代，它已与文艺联系在一起，指的是最好的、最成熟的、一流的意思。"浪漫"一词可以追溯到古法语词Roman，或者更古老的形式Romans和Romant。最初是指运用于各种方言写出的故事，特别是指用法语写成的故事，后来指奇异的、夸张的、冒险的、新奇的等意思。现代性最早出现在公元5世纪，指的是与过去逐渐衰逝的古代相区别的现在。但后来，这个词随着使用的语境不同逐渐复杂化。参见朱立元《西方美学范畴史》（第三卷）和詹姆逊《单一的现代性》等。

第七章 悲剧的终结

发挥，因此它就在世界传遍了。①

歌德的这一看法②是否完全恰当另当别论。但这组概念之所以在提出后能引起那个时代的广泛关注与讨论，关键就在于他们这些浪漫主义的先哲已意识到对古典诗与现代诗（的范畴）进行历史化处理的必然性，并由此提出了一些具有影响深远的理论问题。按歌德的说法，席勒既是提出并阐释古典与现代（浪漫）这组概念的第一人，也是对之进行历史化处理的第一人，这样，他也就（在某种程度上）为悲剧艺术及其理论的全部新发展奠定了初步的基础。

古代与现代（浪漫）首先是一个年代学概念，它们的根本区别在于一个在前，一个在后。在《论素朴的诗和感伤的诗》之中，席勒认为，与素朴的诗相对应的古典主要是指以古希腊人为代表的"自然人"时期，在这个时期，人凭借自然去达到他的目标或是通过绝对地达到一种有限来获得他的价值；与感伤的诗相对应的现代（浪漫）主要是指"文化人"时期（席勒没有明确地对古代与现代这个概念的时间段进行区分，但从他对现代或近代这个词的使

---

① ［德］爱克曼辑录：《歌德谈话录》，朱光潜译，北京：人民文学出版社，1978年版，第221页。

② 白壁德、贝勒等认为歌德的看法值得商榷：弗·施莱格尔《论希腊诗的研究》与席勒的论文写于同一时期，这两类观点都来源于原始自然主义的或卢梭主义的自然概念，而且这一概念自天才时代以来就在德国流行。国内学者陈瘦竹先生认为 A. 施莱格尔第一个用"浪漫的"这个词和"古典的"相对立，并竭力宣传这种新的精神。参见朱栋霖、周安华《陈瘦竹戏剧论集》（上卷）第118页，欧文·白壁德《卢梭与浪漫主义》第59~60页，恩斯特·贝勒《弗·施勒格尔》第45~50页。

用看，近代应该是指功利盛行、科学发达的近代市民社会时期)，在这个时期，人凭借文化去实现他的目标或是通过接近无限的伟大来获得他的价值。古典悲剧与现代悲剧在时间上既然是一前一后、不可通约的（或对立的），那么，"属于素朴这类的诗人，在一个矫揉造作的时代里不再是那么适合于他们的地位了。在这样的时代，他们甚至也不再可能是素朴的"①也是合情合理的。

其次，古代与现代（浪漫）不只是一组年代学概念，也是一组类型学概念。席勒认为，与素朴的诗和感伤的诗相对应的古典与现代（浪漫）指的是诗人的两种完全不同的感受方式、思维方式、天性及作诗方法。"在自然的素朴状态中，由于人以自己的一切能力作为一个和谐的统一体发生作用，因而他的全部天性都完全表现在现实中，所以诗人就必定尽可能完美地摹仿现实；相反，在文明的状态中，由于人的全部天性的和谐协作仅仅是一个观念，所以诗人就必定把现实提高到理想，或者换句话说，就是表现理想。事实上，这是诗的天才借以表现自己的仅有的两种可能的方式。它们显然是极不相同的……""任何人只要懂得古代诗人和近代诗人的精神，而不是仅仅依据偶然的形式，把它们加以对比，就会相信它是正确的。古代诗人用自然、感性的真实、活生生的现实打动我们，近代诗

---

① ［德］席勒：《论素朴的诗和感伤的诗》，见《秀美与尊严》，张玉能译，北京：文化艺术出版社，1996年版，第282页。

人用观念打动我们。"① 既然古典与现代（浪漫）标示的是两种完全不同的艺术风格与美学理想的类型，可以不完全受特定时空的限制（可以出现在古代，也可以出现在现代），那么席勒所谓的古代的素朴诗与现代（浪漫）的感伤诗两者就没有孰优孰劣的区别，而应该是各有优劣。换句话说，浪漫不是病态的，古典同样也不是完美的。

另外，古代诗与现代（浪漫）诗两者既然没有优劣之分，而是各有优劣，而完美的理想的诗又是古典诗与现代（浪漫）诗两者的结合，那么对于古代诗和近代诗——素朴的诗和感伤的诗——或者是完全不能加以比较，或者只能在一个更高的普遍概念（即能表现理想人性的完美的理想的诗）②之下加以比较。

> 事实上，如果有人首先从古代诗人的作品中片面地抽出一个诗的类概念，那么把它们同近代诗比较，并且贬抑后者，是最容易不过的了，可也是最浅薄不过的了。如果有人仅仅把对单纯的自然始终产生同样作用的东西叫作诗，那就必然不会把诗人的雅号给予创造了独特而崇高之美的近代诗人们，因为它们仅仅向受艺术陶冶的文化人讲话，而对于单纯的自然没有

---

① ［德］席勒：《论素朴的诗和感伤的诗》，见《秀美与尊严》，张玉能译，北京：文化艺术出版社，1996年版，第285页。

② 这个更高的普遍概念是指优美人性的理想。在席勒看来，不论素朴的性格还是感伤的性格，单独来看，都不能完全详尽地阐明美的人性这个理想，这个理想只有在两者的紧密结合中才能出现。参见［德］席勒：《论素朴的诗和感伤的诗》，见《秀美与尊严》，张玉能译，北京：文化艺术出版社，1996年版，第336～349页。

什么可说的。对于心灵没有准备从现实世界进入观念王国的人来说，最丰富的内容不过是空洞的外表，最高的诗的热情只是十足的夸张。没有一个有理性的人会想到把任何一个近代诗人与荷马并列在一起，摆在荷马成为伟大诗人的地方；如果有人把弥尔顿和克罗卜史托克尊称为近代的荷马，那听起来是十分滑稽的。但是，同样也没有任何一个古代诗人，连荷马也包括在内，能够在近代诗人表现得十分卓越的地方同他们较量一番。我要说，古代诗人凭借有限物的艺术而成为强有力的，而近代诗人则凭借无限物的艺术而成为强有力的。①

最后，现代（浪漫）悲剧尽管是目前时代努力的方向，但席勒对悲剧的认识暗示了它在未来的没落。在席勒看来，不论是古典悲剧还是现代（浪漫）悲剧都是"给人性提供尽可能完满的表现"，都是为了人的自由，但由于用自然、感性的真实、活生生的现实打动我们的古代悲剧给予的是有限的自然的自由，用观念打动我们的近代悲剧给予的是无限的观念的自由，而真正的自由是有限与无限的结合——这才是人性的理想，所以未来的完美的理想的悲剧应是古典悲剧与现代悲剧这两者的结合。席勒一反亚里士多德及其信仰者即古典主义者认为悲剧要比喜剧高贵或高级的观念，认为在现代戏剧中喜剧比悲剧重要。首先

---

① ［德］席勒：《论素朴的诗和感伤的诗》，见《秀美与尊严》，张玉能译，北京：文化艺术出版社，1996年版，第286~287页。

因为在现代知识型空间，人们是通过审美主体而不是审美客体、是通过味觉而不是视觉来判断艺术的美学价值的。而"在悲剧中，许多东西就已经由题材实现了；在喜剧中，题材什么也没有实现，而一切都由诗人来完成。因为在作趣味判断时题材从不受到重视，所以这两种艺术的审美价值就和它们的题材的重要性成反比例了。悲剧诗人是由他的客体支持着的，相反，喜剧诗人必须通过他的主体在审美的高度上来把握他的客体"[①]。其次，从人所必须力求达到的最高目标看，只有喜剧的目的与这个最高目标是一致的。

如果悲剧从更重要的起点出发，那么另一方面必须承认，喜剧趋向于更重要的目标；如果这一目标能够达到的话，那就使一切悲剧成为多余的和不可能的东西。喜剧的目的是和人必须力求达到的最高目的一致的，这就是使人从激情中解放出来，对自己的周围和自己的存在永远进行明晰和冷静的观察，到处都比发现命运更多地发现偶然事件，比起对邪恶发怒或者为邪恶哭泣更多地嘲笑荒谬。[②]

现代戏剧中只有喜剧才能使我们转入"神的状态"——我们所能达到的最高状态。在这种状态下，我们

---

① [德] 席勒：《论素朴的诗和感伤的诗》，见《秀美与尊严》，张玉能译，北京：文化艺术出版社，1996年版，第293页。
② [德] 席勒：《论素朴的诗和感伤的诗》，见《秀美与尊严》，张玉能译，北京：文化艺术出版社，1996年版，第294页。

"优悠闲适地休憩在任何命运都不触及的、任何法则都约束不了的一切东西之上"①。悲剧却不能使我们变成神,它只能导致最高的活动,即通过受难一方面确证我们自己必须唤起和运用更高的和更积极的力量,另一方面确证我们自己能够凭借意志的力量摆脱任何限制的状态,达到自由。"悲剧不使我们变成神,因为神不可能遭受灾难;它使我们变成英雄,即变成神圣的人,或者愿意的话,变成受难的神。"② 人的完美的理想状态既然是喜剧状态,而不是悲剧状态,那么在一个人所力求达到的最高目标的现代世界,不合时宜的悲剧就应该走向没落;但就人自身来说,它毕竟是受命运支配的,生活在对法则的服从之中,因而为了确证人自己的自由,悲剧又是必需的。

正如马文·卡尔桑(Marvin Canlosn)所说的,席勒最著名的批评理论之作《论素朴的诗和感伤的诗》尽管很少提及戏剧,但它为后来者提供了某些重要的批评策略,并为体裁的分类理论指出了方向。③ 席勒关于"素朴的与感伤的"——也是"古代的与现代的"——概念的认识虽然与悲剧的联系并不紧密,但它却为古典悲剧与现代悲剧的区别和建构提供了重要的参照系;甚至在某种程度上可以这样说,对现代悲剧之所以至今未能形成共识,其中的

---

① [德]席勒:《席勒遗稿片断》,见《秀美与尊严》,张玉能译,北京:文化艺术出版社,1996年版,第218页。

② [德]席勒:《席勒遗稿片断》,见《秀美与尊严》,张玉能译,北京:文化艺术出版社,1996年版,第218页。

③ Marvin Carlson, *Theories of the Theatre*, New York: Cornell University, 1984, p. 77.

一个关键原因或许就在于席勒所提供的参照系本身先天不足。

如果说古典和现代与悲剧的联系以及对此所作的历史化处理在席勒那里还有些朦胧之感的话,那么到施莱格尔兄弟、谢林等浪漫主义者这里就变为一种明确的观念,并且还具有了为席勒所不曾触及的新的意义。与席勒(还有赫尔德、歌德)强调的必须以历史的态度对待艺术相比,他们主张将历史主义原则作为他们探索艺术的立足点。浪漫派的"始作俑者"弗·施莱格尔认为"最好的艺术理论就是艺术历史"[①]。奥·威·施莱格尔说得更加清楚,不可能存在不包括理论的历史,因为只要不是单纯的编年史,历史就需要有个取舍原则。每个艺术现象只有与艺术思想联系起来,才能放在正确的位置上。而没有艺术史,任何艺术理论便不能存在,因为显而易见,历史,尤其是艺术史,只能通过例证来讲授。总之,任何批评理论都应是批评与历史的交互作用和互相渗透。谢林在《艺术哲学》中也开宗明义:"有关艺术的科学,首先,可视为对艺术的历史构拟。"

由于他们将关于文学史与批评的关系的理论扩展到了全部的文学,因而在关于古典与现代(浪漫)的对立上,他们既没有盲目崇拜任何一个民族或时代,也没有盲目地"厚古薄今"或"崇今非古",反而能够更为客观地历史地

[①] [美]雷纳·韦勒克:《近代文学批评史》(第二卷),杨自伍译,上海:上海译文出版社,1989年版,第9页。

审视它们并作出更为精确独特的解释。他们认为，古典与浪漫的对立不单单是两种艺术类型、艺术风格的对立，还应是古典趣味和现代趣味的对立，即两种审美价值取向的范式对立，而且这种对立实际上可以看作是审美范式的演变和更替。弗·施莱格尔率先对此进行了解释，在《论希腊诗的研究》和《诗歌漫谈》等论著中，他说希腊悲剧是客观的，符合关于一个美的整体的公认规则；而莎士比亚的悲剧"用感伤性的和表现特征的要素组成了一个自我完备的和完全独立的引人入胜的整体，因此，应当称之为'引人入胜的悲剧'"①，也就是说施莱格尔通过这个名称标明它是一种与古代希腊悲剧并不相同的近代浪漫型悲剧。而古代的客观美的原则是不能应用于近代悲剧艺术的，因为近代悲剧诗人所依靠的是主观幻想，诗歌"效果"以及对理想的存在的兴趣，这是与客观美的原则相对立的。这样，在施莱格尔这里，古希腊悲剧与莎士比亚悲剧（也是古代悲剧与近代浪漫型悲剧）的对立不仅是处在同一地位的两种审美原则的对立，而且具有明确的先后时间关系，是不可逆的。

由于弗·施莱格尔关注的是批评理论的"预示性和向前看的批判功能"，而且他的兴趣也不在戏剧（更不用说悲剧），因而对古典与现代（浪漫）的对立作出真正系统的、深入的阐述的是学者和史家奥·威·施莱格尔。在

---

① [英] 鲍桑葵：《美学史》，张今译，北京：商务印书馆，1985年版，第389页。

第七章 悲剧的终结

1801年至1804年的柏林演讲中,施莱格尔正式提出,是他首先用"浪漫的"这个词和"古典的"相对立,其作用就在于允许以不偏不倚的态度同时承认这是两种对立的艺术类型,更是两种对立的艺术趣味(审美范式)。对艺术史来说,最有本质意义的是承认现代趣味和古代趣味的对立。那些承认古今对立的人为与古代或古典艺术精神相对立的独特的现代艺术精神找到了"浪漫的"这个名称。因此,浪漫在这里是与古典艺术精神相对立的一种新的现代艺术精神的名称,是与古典趣味相对立的现代趣味。它是把全部古代艺术作为一个整体来看它们所呈现的共同的审美特质与思维模式的,古典和浪漫成了两种审美范式的名称。

后来施莱格尔在《戏剧艺术与诗歌讲稿》(即维也纳演讲)中结合戏剧史(即欧洲戏剧的发展趋向)进一步论证了古代的是"古典的",近代的是"浪漫的"。浪漫的这个词当然十分恰当。这词是从"罗曼斯"(Romance)演化而来——它原来是指由拉丁语和古代条顿方言混合组成的一种语言,而近代文化也就像这样是北方民族的特点和古代的残留等不同因素混合起来所产生的结果。至于古代文化,不是混合物而是统一体。[①] 那么,"浪漫戏剧"和古典戏剧的区别何在呢?施莱格尔认为,从严格的意义上讲,浪漫戏剧既非悲剧,也非喜剧,而是正剧,因而"古

[①] 朱栋霖、周安华:《陈瘦竹戏剧论集》(上卷),南京:江苏教育出版社,1999年版,第118页。

典戏剧中的悲剧与喜剧概念并不适用于现代（浪漫）戏剧"①。古代诗人对不同的因素作了严格的区分，浪漫主义诗人喜好各种互不相容的对比成分的混合：自然和艺术、诗歌和散文、严肃和欢乐、回忆和预期、性灵和情欲、尘世和天国。"古代艺术和诗歌是一种节奏性的法则，是谐和地颁布一个反映事物永恒理念的经过美妙安排的世界的永久性立法。浪漫诗则表达对一片混乱的一种秘密渴望，它无休止地追求新颖惊异事物的诞生，它隐藏在有条不紊的创造的母胎之中……[希腊艺术]在其各个独立完美的作品里显得更朴素、更明快、更像自然；[浪漫型艺术]更接近于宇宙的奥秘，尽管具有零零散散的表象。"②

古典戏剧好比一群雕塑人像，浪漫戏剧则像一幅巨画。在浪漫戏剧中，"不仅其中人物和动态表现得更巨大更丰富，而且围绕人物的环境必然也被描绘出来，我们不仅从其中看到最近的对象，而且也能望见遥远的景物，而所有这一切在一种奇幻的光照耀下，就能给人以特别合乎愿望的印象"。此外，"时间和地点的变更、嬉笑和庄重的对照，最后还有对话和抒情因素的混合，在我看来，这不只是浪漫戏剧的惯例，而且是浪漫主义真正的美"。③ 以此来看，显然只有英国戏剧和西班牙戏剧才具有这种特

---

① Marvin Carlson, *Theories of the Theatre*, New York: Cornell University, 1984, p. 180.

② [美]雷纳·韦勒克：《近代文学批评史》（第二卷），杨自伍译，上海：上海译文出版社，1989年版，第73页。

③ 朱栋霖、周安华：《陈瘦竹戏剧论集》（上卷），南京：江苏教育出版社，1999年版，第119页。

色,而莎士比亚可以说是集浪漫戏剧之大成者。

古典戏剧是命运剧,近代戏剧是性格剧。弗·施莱格尔认为希腊悲剧表现的是人类与命运的一场必然冲突,不过这场冲突在和谐之中得到了解决,人类尽管在肉体上被击败,但最终在精神上获得了胜利。莎士比亚这位近代的、"趣味性的"或者"赋予哲理的"悲剧榜样,却把自己艺术的重点放在人物性格而不是命运上。奥·威·施莱格尔明确地将古典戏剧与近代戏剧的区别概括为命运剧与性格剧之比较,而且通过对整个欧洲戏剧历史(尤其是古希腊戏剧与文艺复兴时期戏剧的对比)的审视和分析论证了这一见解。

此外,谢林和法国的斯塔尔夫人也就古典与现代(浪漫)之对立及其历史化处理进行了思考,由于这些见解大多来自奥·威·施莱格尔,此处不再赘述。

现代(浪漫)戏剧不仅是对古代悲剧的更替,并且由于现代悲剧是在完全不同的历史环境(或知识型)创造的,是一种被视为有自己的历史和兴衰的人类产品,因而古希腊悲剧衰亡的问题自然而然地就进入了浪漫主义者的视野。弗·施莱格尔首先在《古今文学史》中指出,悲剧艺术衰落的最初迹象就表现在欧里庇得斯身上。因为"古代人的悲剧完全来自希腊人特有的合唱队和以神话为内容的节日颂诗。歌队与完全具有抒情诗性质及形式的古代悲剧的本质是不可分的"①。也就是说,合唱队和戏剧情节之间的适当联系与完美的一致,是古代悲剧之完美的基本要求。如果说在索福克勒斯的作品中,这两者是完全和谐一致的,那么在欧里庇得斯的作品中,合唱队与戏剧情节是相互游离的,似乎只是由于过去的规定和习惯才给它一个位置,它常常漂浮在整个神话世界周围,甚至连非常出色、令人神往的抒情诗的美也是如此。和谐已经解体,抒情部分不能再与整体互相衔接的时候,情节就像当初填充一部悲剧一样,大多显得苍白而贫乏。为了使情节更丰富些,诗人借助于各种纠葛、偶然事件、双重灾难和诡计等手段,但由于这些东西本来多半属于戏剧的范围,与悲剧的本质和尊严并不相符,因而无论欧里庇得斯那充满激情的描述多么出众,在个别地方,特别是抒情诗的美是如此丰富,但他的作品所显示出来的一致性和联系的缺乏,即合唱队与戏剧情节的相互游离,却标示了悲剧艺术衰落的最初迹象。

　　针对希腊悲剧是在欧里庇得斯手里衰亡的流行说法,歌德指出:"说任何个人能造成一种艺术的衰亡,我决不赞成这种看法。有许多不易说明的因素加在一道起作用,才造成了这种结局。很难说希腊悲剧艺术在欧里庇得斯一人手里衰亡,正犹如很难说希腊雕刻艺术是在生于菲狄阿

---

① 陈洪文、水建馥:《古希腊三大悲剧家研究》,北京:中国社会科学出版社,1986年版,第136页。

第七章 悲剧的终结

斯时代而成就不如菲狄阿斯的某个大雕刻家手里衰亡一样。"① 何况欧里庇得斯所处的时代是一个伟大的时代！这个时代的文艺不是在倒退而是在前进。即使退一步说，欧里庇得斯的作品比起索福克勒斯的作品来确实有很大的缺点，也不能因此说继起的诗人们就只摹仿这些缺点，以致导致了悲剧的衰亡。因为欧里庇得斯的剧本毕竟也有很大的优点，有些甚至比索福克勒斯的作品更好，继起的诗人们为什么不努力去摹仿这些优点呢？为什么就不能至少和欧里庇得斯一样伟大呢？

那么，悲剧衰亡的原因究竟是什么呢？歌德尽管主张文学决不能脱离其所处的历史社会环境，"作家同一般有作为的人一样，很少能制造自己诞生与活动的环境。每一个人，包括最伟大的天才在内，都在某些方面受到时代的束缚，正如另一些方面得到时代的优惠一样"②，但在悲剧衰亡这个问题上，歌德却采用了"生物器官论"的演化说来解释，认为"人是一种简单的东西，不管他多么丰富多彩，多么深不可测，他所处情境的循环周期毕竟不久就要终结的"③。

"那在时间上最晚出的哲学体系，乃是前此一切体系的成果，因而必定包括前此各体系的原则在内；……必定

---

① 陈洪文、水建馥：《古希腊三大悲剧家研究》，北京：中国社会科学出版社，1986年版，第138页。
② 伍蠡甫：《西方文论选》（上卷），上海：上海译文出版社，1979年版，第459页。
③ ［德］爱克曼辑录：《歌德谈话录》，朱光潜译，合肥：安徽教育出版社，2006年版，第89页。

是最渊博、最丰富和最具体的哲学系统。"① 在时间上晚出的黑格尔《美学》同样是前此一切美学之作——《论素朴的诗和感伤的诗》《艺术哲学》《戏剧艺术与诗歌讲稿》和《古今文学史》等——的总结，因而与施莱格尔兄弟等的艺术理论相比，黑格尔的艺术理论与艺术历史更加密切地牵涉在一起，也更加系统化。在黑格尔这里，艺术的历史被清楚地划分为具有先后次序的三个阶段：象征型、古典型和浪漫型（而不是施莱格尔兄弟的古典的与浪漫的对立），而且把这三个阶段与不同门类的艺术等同起来。在艺术的历史发展中，由于较陈旧的形式必须为较新型、较高级的形式所取代，由于艺术发展到顶峰后即喜剧的发展成熟阶段已不再是"精神的最高需要"，一般艺术也就解体了。

由19世纪初浪漫主义者正式建构起来的古典悲剧与现代（浪漫）悲剧的对立，在宣告古典悲剧衰亡之时，也论证并肯定了现代（浪漫）悲剧的成形（或悲剧写作在现代的可能性）——创造一种完全不同于古典悲剧的新型悲剧的可能性。"在对当前这种新的审美范式即浪漫的范式的审视中对整个古典形态的审美范式的反思，它是把整个古代审美世界作为一个整体来与浪漫进行对照，探讨究竟怎样才是'古典'的'古典性'和怎样才是'浪漫'的

---

① ［德］黑格尔：《小逻辑》，贺麟译，北京：商务印书馆，2004年版，第55页。

'浪漫性',它是在探讨一种普遍审美形态的审美原则和模式。"① 但这一论证和肯定并不意味着它的永久性解决,因为它还需要进一步接受历史的检验。

第二节 黑格尔与尼采:对悲剧终结的两种认识

悲剧从起源,经过发展到成熟(甚至衰亡),即悲剧的历史与活的有机体的生命周期之间相似的思想,其实在《诗学》②中就有提及,但这一思想并未引起古典知识型时期理论家足够的重视,也未被系统地运用于悲剧(或戏剧)研究。直到19世纪初即进入现代知识型之后,古典悲剧与现代(浪漫)悲剧对立概念的提出及这一对立概念与历史的结合,有关悲剧达到成熟的"自然状态",以后就不再生长(直至衰亡)之类的见解就一度流行起来。就像韦勒克在《批评的概念》中所指出的:"文艺复兴和新古典主义时期的文学批评继承了古代的这些思想(如盛衰前后交替,无永存之完美,衰微乃必然规律,引者注)。虽然到处都可以听到回声,我却找不到系统地运用到文学史上的实例。直到18世纪中叶,(维柯、巴丰和卢梭的)

---

① 寇鹏程:《古典、浪漫与现代——西方审美范式的演进》,上海:上海三联书店,2005年版,第14页。
② [古希腊]亚里士多德:《诗学》,陈中梅译,北京:商务印书馆,1996年版,第48页。

生物学和社会学的理论才引起了有关文学的类似见解。"[1]

在有关悲剧衰亡的探讨中,黑格尔和尼采显然都不是悲剧终结论的发明者,但他们对悲剧衰亡的不同讨论(尤其是尼采的)不仅具有为同时代或稍前稍后的他人难以企及的广度和深度,而且直接对20世纪的悲剧创作与悲剧理论以及现代悲剧存在与否的论争产生了决定性的影响。

一、黑格尔:"诗性思维"与悲剧的终结

黑格尔没有直接提出悲剧终结的命题,甚至涉及悲剧终结的论述也极少,但由于他把悲剧视为艺术中最重要也是最高的部分,因而他在《美学》中提出的艺术终结论,实际上包括了悲剧终结论或者说间接地提出了悲剧终结的命题,也就是说悲剧终结论是其艺术终结论的一个子命题。如此一来,悲剧的终结问题就转换为以下两个问题:第一,从黑格尔构拟的"科学体系"(即"哲学体系",亦即《哲学全书》体系,引者注)看艺术与哲学的关系;第二,从黑格尔对整个艺术体系的构拟看悲剧与喜剧的关系。

艺术与哲学之关系即"诗与哲"之争的问题,自古希腊以来就一直(尤其在社会变动时期)是西方思想界需要不断提出和解决的一个大问题。18世纪末19世纪初,如何通过建构艺术哲学来阐释把握(古今对立的)艺术及其

---

[1] [美]雷内·韦勒克:《批评的概念》,张今言译,北京:中国美术学院出版社,1999年版,第35~36页。

第七章 悲剧的终结

价值，或如何使审美理论变成一个哲学体系整体的组成部分又一次成为欧洲尤其是德国思想界的重大课题。为了解决这一重大课题，德国思想界做出了各种各样的努力，其中以黑格尔的努力尤为出色，影响也最为深远。

在艺术与哲学之关系这个问题上，与当时德国流行的一些否定艺术作为科学研究对象的言论不同，黑格尔却通过对艺术的终结来实现艺术与哲学的和谐，把握住了（古今对立的）艺术及其价值。

> 只有在它和宗教与哲学处在同一境界，成为认识和表现神圣性、人类的最深刻的旨趣以及心灵的最深广的真理的一种方式和手段时，艺术才算尽了它的最高职责。

> 我们一方面虽然给与艺术以这样崇高的地位，另一方面也要提醒这个事实：无论是就内容还是就形式来说，艺术都还不是心灵认识到它的真正旨趣的最高的绝对的方式。……特别是我们现代世界的精神，或则说得更恰当一点，我们的宗教和理性文化，就已经达到了一个更高的阶段，艺术已不复是认识绝对理念的最高方式。

> 希腊艺术的辉煌时代以及中世纪晚期的黄金时代都已一去不复返了。

> 从这一切方面看，就它的最高的职能来说，艺术对于我们现代人已是过去的事了。因此，它也已丧失了真正的真实和生命，已不复能维持它从前的在现实

中的必需和崇高地位。①

　　我们尽管可以希望艺术还会蒸蒸日上，日趋于完善，但是艺术的形式已不复是心灵的最高需要了。②

　　由此看来，黑格尔所谓的艺术终结论，并非对所有艺术甚或所有的优秀艺术行将灭亡的预言，实乃指作为认识和表现绝对理念的艺术方式即"诗性思维"（维柯语）的终结，即"诗性思维"不再是现代人认识和表现绝对理念的最高方式。

　　在黑格尔看来，如果艺术的目的是教训、净化、快感、娱乐和消遣等，那么这样的艺术就只是一个有用的工具，因为它实现的并非艺术的实体性的目的本身，而是艺术领域以外的一个自有独立意义的目的，即"艺术的实体性的目的就不在它自身而在于另一种事物上面"③。既然这些目的是次要的、附带的，是不能决定艺术之为艺术的，那么决定艺术概念的或艺术的目的是什么呢？"因为每个人在各种活动中，无论是政治的，宗教的，艺术的还是科学的活动，都是他那个时代的儿子，他有一个任务，要把当时的基本内容意义及其必有的形象制造出来，所以

---

①　[德]黑格尔：《美学》（第一卷），朱光潜译，北京：商务印书馆，1997年版，第10～15页。
②　[德]黑格尔：《美学》（第一卷），朱光潜译，北京：商务印书馆，1997年版，第132页。
③　[德]黑格尔：《美学》（第一卷），朱光潜译，北京：商务印书馆，1997年版，第68页。

艺术的使命就在于替一个民族的精神找到适合的艺术表现。"① 这就是说,艺术的使命在于用"诗性思维"或感性的艺术形象的形式去显现真实,认识和表现绝对理念。反过来说,艺术只有这样,即只有在它和宗教与哲学处在同一境界,成为认识和表现神圣性、人类最深刻的旨趣以及心灵的最深广的真理的一种方式和手段时,才算尽了它的最高职责,才能成为真正的自由的美的艺术。

艺术作为认识和表现绝对理念的一种感性方式,一种曾经是人的最早的认识形式、"诗性思维",尽管与宗教和哲学都属于心灵的绝对领域,但黑格尔又认为它本身存在局限性,它还不是真正适合认识和表现绝对理念的最高思维方式,它必然要被宗教和哲学这两种思维方式所超越。在论述诗歌和散文这两种思维方式的区别时,黑格尔说:"比起艺术发展成熟的散文语言来,诗是较为古老的。诗是原始的对真实事物的观念,是一种还没有把一般和体现一般的个别具体事物割裂开来的认识,它并不是把规律和现象,目的和手段都互相对立起来,然后又通过理智把它联系起来,而是就在另一方面(现象)之中并且通过另一方面来掌握这一方面(规律)。"② 既然诗性思维是各民族在其发展的起始阶段的思维方式,而这种诗性思维又是借助于艺术形象即作为生动的、精神饱满的、显现着的东

---

① [德] 黑格尔:《美学》(第二卷),朱光潜译,北京:商务印书馆,1997年版,第375页。
② [德] 黑格尔:《美学》(第三卷·下册),朱光潜译,北京:商务印书馆,1997年版,第20页。

西，而不是作为抽象的普遍性和抽象的知性，来认识和表现普遍的、理性的东西；同时，艺术的形式都要受一定的内容限制，并不是所有的真理都能成为艺术的客体，而必须在自身中潜在地包含向感性的具体形式转化的可能性的真理，才能成为艺术的客体，所以，黑格尔认为艺术是认识的未完成的形式，不是绝对精神自我揭示的最高形式。

  特别是我们现代世界的精神，或则说得更恰当一点，我们的宗教和理性文化，就已经达到了一个更高的阶段，艺术已不复是认识绝对理念的最高方式。艺术创作以及其作品所特有的方式已经不再能满足我们最高的要求；我们已经超越了奉艺术作品为神圣而对之崇拜的阶段；艺术作品所产生的影响是一种较偏于理智方面的，艺术在我们心里所激发的感情需要一种更高的测验标准和从另一方面来的证实。思考和反省已经比美的艺术飞得更高了。①

黑格尔还认为绝对理念并非超越时空的（静态）知识，而是必然随着经验的改变而修正的"绝对知识"，它必然要在历史中自我分裂、自我发展、自我实现。也就是说，绝对理念的一般运动是从最初的、最简单的精神现象即直接意识（自然意识）开首，进而从直接意识的矛盾运动逐步发展以达到哲学的观点即真理。而绝对理念的这种自我实现的运动是通过艺术、宗教、哲学这三种形态自我

---

① ［德］黑格尔：《美学》（第一卷），朱光潜译，北京：商务印书馆，1997年版，第13页。

第七章 悲剧的终结

揭示出来的。由于绝对精神的这些自我认识、自我实现的形式，在各民族的历史生活中依次占据主导地位，而其中艺术只是绝对精神自我认识、自我实现的第一阶段，所以它向认识和表现的最高形式（向宗教和哲学）的转化是不可避免的。换言之，在黑格尔构拟的逻辑与历史合一的"科学体系"中，艺术与哲学的和解必然是以确认艺术在人类生活中的过渡价值，或艺术的终结来实现的。"艺术在自然中和生活的有限领域中有比它较前的一个阶段，也有比它较后的一个阶段，这就是说，也有超过以艺术方式去了解和表现绝对的一个阶段。因为艺术本身还有一种局限，因此要超越这局限而达到更高的认识形式。这种局限说明了我们在现代生活里经常所给艺术的地位。我们现在已不再把艺术看作体现真实的最高方式。……后于艺术的阶段就在于心灵感到一种需要，要把它自己的内心生活看作体现真实的真正形式，只有在这种形式里才找到满足。"[1] 而且，我们的时代也确实是不利于艺术的，实践的艺术家因为感染了他周围盛行的思考风气（即爱对艺术进行思考判断的那种普遍的习惯）而被引入歧途，自己总想把更多的抽象思想放入作品中，而且当代整个精神文化的性质既然使他处在这样偏重理智的世界和生活情景里，他也就无法通过意志和决心把自己解脱出来。[2] 因此，黑

---

[1] ［德］黑格尔：《美学》（第一卷），朱光潜译，北京：商务印书馆，1997年版，第131页。

[2] ［德］黑格尔：《美学》（第一卷），朱光潜译，北京：商务印书馆，1997年版，第14页。

格尔所谓的艺术（包括悲剧）的终结其实并非指艺术真的会衰亡，实乃指艺术形式（即"诗性思维"）作为认识和表现绝对理念的崇高地位及最高职责的终结，即在现在，处在绝对精神层次较低的发展阶段上的艺术必然会被比艺术更高的认识绝对真理的形式哲学所替换。或者说历史发展到现在，绝对精神已不满足于通过艺术的感性形式来显现自己，而要求回到精神自身，通过宗教、哲学等精神的更高发展形式来认识自己。因此，黑格尔认为，现在即使我们觉得希腊神像还很优美，看到圣父、基督和玛丽亚在艺术里表现得还很庄严完善，但是这一切都已无济于事，因为我们终究不再屈膝膜拜了。

从黑格尔别出心裁构拟的艺术体系来看，他认为艺术类型和门类系统本身也是一个逻辑与历史合一的发展过程，而且每一时期都有一种根据它的历史状况占统治地位的艺术种类，或几种占统治地位的艺术种类、艺术类型。因为艺术种类不是简单的经验的抽象，也不是任何一种柏拉图"理念"的思辨定义，而是历史过程创造了艺术种类，它们也确实表现了由具体的社会、历史环境而产生的"生活情趣"。所以就艺术发展到诗这一地步而言，先是客观性的史诗，后是主观性的抒情诗，最后是综合性的戏剧诗。在戏剧诗中，则是先有悲剧后有喜剧，

> 真正的悲剧动作情节的前提需要人物已意识到个人自由独立的原则，或是至少需要已意识到个人有自由自决的权利去对自己的动作及其后果负责。至于喜剧的出现还更需要主体的自由权和驾御（驭）世界的

第七章 悲剧的终结

自觉性。

希腊人才第一次清楚地意识到悲剧和喜剧的本质究竟是什么,根据这两剧种对立的看法,把悲剧和喜剧清楚地严格地区分开来,然后在有机的发展过程中,先是悲剧,后是喜剧,都达到了完美的高峰。①

喜剧性一般是主体本身使自己的动作发生矛盾,自己又把这矛盾解决掉,从而感到安慰,建立了自信心。因此喜剧用作基础的起点正是悲剧的终点。②

由于艺术的发展形式是决定于内容(理念)的发展的,因此黑格尔认为艺术的风格、种类和体裁的替换决不是偶然的,而是一个合乎规律的过程。在不同的历史时期中,时而是这一种体裁,时而是那一种体裁占主导地位。就戏剧中的悲剧与喜剧这两种形式体裁的具体发展而言,由于喜剧意味着艺术家驾驭材料的优越性,意味着至高的自我意识,所以喜剧是在悲剧的终点之上发展起来的。古希腊戏剧种类的发展是这样,近代或现代戏剧种类的发展更是如此,因为近代悲剧一开始就在自己的领域里采用主体性原则,它用作对象和内容的是人物的主体方面的内心生活,不像古典艺术那样体现一些伦理力量,近代悲剧自身往往具有喜剧的倾向或蕴含着喜剧性元素。"在现代世界情况中,主体取此舍彼,固然可以自作抉择,但是作为

---

① [德]黑格尔:《美学》(第三卷·下册),朱光潜译,北京:商务印书馆,1997年版,第297~301页。
② [德]黑格尔:《美学》(第三卷·下册),朱光潜译,北京:商务印书馆,1997年版,第315页。

一个个人，不管他向哪一方转动，他都隶属于一种固定的社会秩序，显得不是这个社会本身的一种独立自足的既完整而又是个别的有生命的形象，而只是这个社会中的一个受局限的成员。"① 悲剧艺术需要独立的个性，而近代资产阶级社会中的个人却是以抽象的、异化的、不自由的"个人"形象出现的，即是极不自由的，不再像在英雄时代那样可以看成是实体力量的体现者和唯一现实，因此现代个人并不完全适合作为悲剧艺术的对象。就像克尔凯郭尔在《古老的悲剧主题在现代的反映》中所写的：

> 我们的时代已经使得家庭、国家和民族的坚实基础土崩瓦解。带来的必然结果是个人完全属于他自己……他的罪过因而也就是罪孽，他的痛苦也就是懊悔，但这样一来，也就取消了悲剧。②

所以当近代世界的整个倾向都是向着喜剧发展，即每个孤独的个体通过强调他自身或然的个别性来对抗必然的发展时，近代世界就发展出一种"真正符合喜剧和诗的本质的喜剧观点。心情的和悦，接受一切失败和灾祸的谑浪笑傲，在本身愉快的傻瓜丑角的言行和主体性格之中所表现的豪放气概在近代又恢复到喜剧基调的地位，因而表现

---

① [德] 黑格尔：《美学》（第一卷），朱光潜译，北京：商务印书馆，1997年版，第247页。

② [丹麦] 索伦·克尔凯郭尔等：《悲剧：秋天的神话》，程朝翔、傅正明译，北京：中国戏剧出版社，1992年版，第14页。

出深刻，丰满和亲切的幽默精神"①。

但是黑格尔所理解的正常意义上的历史是时间范围内的客观精神，因此，他所理解的历史终结也不等于时间和世界的终结，而是指精神在时间范围内已完成其发展，然后进入一种无所事事的状态。黑格尔对人与神之间根本差别的否认，其意就在于表明上帝在人身上向最后的完善发展，即人正在变得越来越像神，最终可以走出历史之外。因此，他所构拟的逻辑与历史合一的整个体系，"绝对精神的辩证发展过程或自我认识过程并非是无限的，因为他相信整体最后总会回归，他相信和解之后不会再有新的异化"②。换句话说，黑格尔的绝对理念不是有限的或暂时的，而是永恒的和外在于时间的。既然黑格尔的历史及历史的终结并不意味着他的绝对理念的有限性，而是指它走出历史之外，那么黑格尔所谓的艺术（包括悲剧）的解体或终结，当然不是说艺术（包括悲剧）真的会衰亡，而是说处在绝对精神层次较低的发展阶段的艺术在完成其历史使命后，还会存在下去，却不再是认识和表现真理的重要思维方式。

综上所述，黑格尔的艺术终结（或曰悲剧的终结）应该说可以作出两种相反的理解，而且这两种相反的理解尽管相互矛盾，但是可以并存：从狭义的艺术社会学角度来

---

① ［德］黑格尔：《美学》（第三卷·下册），朱光潜译，北京：商务印书馆，1997年版，第333页。

② ［英］格鲁内尔：《历史哲学——批判的论文》，隗仁莲译，桂林：广西师范大学出版社，2003年版，第68页。

看，与一定历史阶段相适应的具体的艺术或悲剧应该说终结了；从广义的历史哲学这个角度来看，艺术或悲剧不会真的衰亡，也不会再次复兴，它只是在完成其历史使命后被边缘化了，或者说发生了变形。

二、尼采：酒神精神与悲剧的衰亡

悲剧的衰亡现象尽管早就被施莱格尔兄弟等浪漫主义者论及，后来又在黑格尔的《美学》中得到了进一步的揭示，但真正将悲剧的衰亡作为一个命题提出并作出重要阐述的却是尼采。在《悲剧的诞生》中，尼采指出：

> 希腊悲剧的灭亡不同于一切姊辈艺术：它因一种不可解决的冲突自杀而死，甚为悲壮，而其他一切艺术则享尽天年，寿终正寝。如果说留下美好的后代，未经挣扎便同生命告别，才符合幸运的自然状态……她们慢慢地衰亡，而在她们行将熄灭的目光前，已经站立着更美丽的继承者，以勇敢的姿态急不可待地昂首挺胸。相反，随着希腊悲剧的死去，出现了一个到处都深深感觉到的巨大空白；就像提比略时代的希腊舟子们曾在一座孤岛旁听到凄楚的呼叫："大神潘死了！"现在一声悲叹也回响在希腊世界："悲剧死了！诗随着悲剧一去不复返了！滚吧，带着你们萎缩羸弱的子孙滚吧！"[①]

[①] ［德］尼采：《悲剧的诞生》，周国平编译，太原：北岳文艺出版社，2004年版，第41~42页。

第七章 悲剧的终结

与黑格尔等人一样,尼采也是从悲剧史的角度提出和论述悲剧死亡的,但由于他们对悲剧以及历史的理解存在着本质性的区别,因而在尼采看来,悲剧并非自然死亡,而是因一种不可解决的冲突自杀而死的,而且随着悲剧的死去,出现了一个到处都深深感觉到的巨大空白。

尼采认为,这种不可解决的对立冲突就是"酒神精神与苏格拉底精神的对立,而希腊悲剧的艺术作品就毁灭于苏格拉底精神"①。以此来看,尼采说的悲剧死亡其实是指悲剧精神即酒神精神的死亡。但酒神精神究竟是什么呢?它为何会被苏格拉底精神击败并被驱逐出悲剧舞台呢?

尼采在《悲剧的诞生》开篇提出的观点,虽然是悲剧起源于酒神狄奥尼索斯和日神阿波罗的结合,但是在对古希腊悲剧起源、死亡和复活的具体沉思中,却渐渐将酒神精神视为悲剧的起源和本质,并将它与苏格拉底精神对立起来,从而提出苏格拉底精神毁灭了悲剧艺术。后来尼采在回顾该书时也说:"书中有两点决定性的创新:第一是对希腊人的酒神现象的理解——为它提供了第一部心理学,把它看做全部希腊艺术的根源;第二是对苏格拉底主义的理解,苏格拉底第一次被认作希腊衰亡的工具,颓废的典型。"② 因此,对酒神精神的理解就应该依据它与苏

---

① [德]尼采:《悲剧的诞生》,周国平编译,太原:北岳文艺出版社,2004年版,第47页。

② [德]尼采:《悲剧的诞生》,周国平编译,太原:北岳文艺出版社,2004年版,第334~335页。

格拉底精神的对立，而不应是或仅仅局限于它与日神精神的对立（和同盟），或者说酒神祭。

> 苏格拉底是理论乐观主义者的原型，他相信万物的本性皆可穷究，认为知识和认识拥有包治百病的力量，而错误本身即是灾祸。深入事物的根本，辨别真知灼见与假象错误，在苏格拉底式的人看来乃是人类最高尚的甚至惟一的真正使命。因此，从苏格拉底开始，概念、判断和推理的逻辑程序就被尊崇为在其他一切能力之上的最高级的活动和最堪赞叹的天赋。甚至最崇高的道德行为，同情、牺牲、英雄主义的冲动，以及被日神的希腊人称作"睿智"的那种难能可贵的灵魂的宁静，在苏格拉底及其志同道合的现代后继者们看来，都可由知识辩证法推导出来，因而是可以传授的。谁亲身体验到一种苏格拉底式认识的快乐，感觉到这种快乐如何不断扩张以求包容整个现象界，他就必从此觉得，世上没有比实现这种占有、编织牢不可破的知识之网这种欲望更为强烈的求生的刺激了。[①]

尼采认为，相信理性可以穷究一切，相信求知才是人生的最高使命和刺激，这样就必然会对生命本能或生命意志甚至生命进行残酷的摧残和迫害，"赴死的苏格拉底"即是明证，因为他凭借知识和理性免除了对死亡的恐惧。

[①] ［德］尼采：《悲剧的诞生》，周国平编译，太原：北岳文艺出版社，2004年版，第60~61页。

换句话说，苏格拉底精神实际上就是对生命意志以及生命的否定，是生命本能的衰竭，而对于生命本能的衰竭，尼采称之为颓废。与此相对，酒神精神就应该理解为生命本能或生命意志的强势（强健），以及对生命的直接肯定。生命是生成与毁灭并存，所以，肯定生命还应包括对生命所必然具有的灾难和灭亡的肯定。"肯定生命，哪怕是在它最异样最艰难的问题上；生命意志在其最高类型的牺牲中，为自身的不可穷竭而欢欣鼓舞——我称这为酒神精神。"① 法国哲学家吉尔·都鲁兹在《解读尼采》中也以为："从《悲剧的诞生》以来，狄奥尼索斯的定义与其说是依据他与阿波罗的同盟，不如说是依据他与苏格拉底的对立：苏格拉底是以上等价值的名义来判断生存、给生存断罪的，但是狄奥尼索斯感到生存不应被裁断，生存本身十分正当，十分神圣。但是随着尼采的著述的进程，真的对立逐渐明显起来：甚至不再是狄奥尼索斯与苏格拉底的对立，而是狄奥尼索斯与耶稣基督的对立。他们的殉教好像一样，但他们对殉教的解释和评价不一样：一方是作为反对生存的证言，是意在否定生存的复仇企图；另一方直到狄奥尼索斯被分尸、碎尸为止都是生存的肯定，是生存和多样性的肯定。"②

由于尼采对悲剧死亡的考察主要是通过酒神精神与苏

---

① ［德］尼采：《悲剧的诞生》，周国平编译，太原：北岳文艺出版社，2004年版，第336页。

② ［法］吉尔·都鲁兹：《解读尼采》，张唤民译，天津：百花文艺出版社，2000年版，第54～55页。

格拉底精神不可解决的对立这一视角分析的，因而随着尼采著述的推进，他对悲剧死亡的本质的认识也愈来愈清晰。1886年尼采在为《悲剧的诞生》再版时所写的序言《自我批判的尝试》中就说，全书尽管对基督教保持了深深的敌意的沉默，但"基督教是人类迄今所听到的道德主旋律之最放肆的华彩乐段。事实上，对于这本书所教导的对世界的纯粹审美的理解和辩护而言，没有比基督教义更鲜明的对照了，基督教义只是道德的，只想成为道德的，它以它的绝对标准，例如以上帝存在的原理，把艺术、每种艺术逐入谎言领域，——也就是将其否定、谴责、判决了。在这种必须敌视艺术的思想方式和评价方式背后，我总还感觉到一种敌视生命的东西，一种对于生命满怀怨恨，复仇心切的憎恶：因为全部生命都是建立在外观、艺术、欺骗、光学以及透视和错觉之必要性的基础之上。基督教从一开始就彻头彻尾是生命对于生命的憎恶和厌倦"①。

尼采对世界的悲剧性理解与另外两种世界观——辩证的世界观和基督教的世界观截然相反，所以吉尔·德勒兹在其《尼采与哲学》中指出，尼采所说的悲剧死亡实际上经历了三次。② 第一次死亡是由苏格拉底的辩证法导致的，这是一种"欧里庇得斯"式的死亡，第二次死亡是由

---

① ［德］尼采：《悲剧的诞生》，周国平编译，太原：北岳文艺出版社，2004年版，第267~268页。

② ［法］吉尔·德勒兹：《尼采与哲学》，周颖等译，北京：社会科学文献出版社，2001年版，第15页。

于基督教,第三次则死于现代辩证法和瓦格纳的夹击(因为尼采坚称辩证法和德国哲学从根本上带有基督教的色彩)。

从理论上看,苏格拉底精神确实是对酒神精神的反动,完全可以置酒神悲剧于死地,但是在悲剧创作实践中,毁灭悲剧的却不是苏格拉底,而是苏格拉底精神的代理人欧里庇得斯。欧里庇得斯通过把悲剧重新建立在非酒神即苏格拉底精神基础之上,从而抗争并战胜了埃斯库罗斯所创立的酒神悲剧。这就是说,自欧里庇得斯开始,悲剧由于苏格拉底精神的全面入侵,从内到外都发生了严重的变形,以至最终诞生出了酒神悲剧的变种阿提卡新喜剧。

第一,从悲剧舞台的主角来看,欧里庇得斯的悲剧主角不再是酒神或如俄狄浦斯这样的"半神"英雄,而是世俗的人。"靠了欧里庇得斯,世俗的人从观众厅挤上舞台,从前只表现伟大勇敢面容的镜子,现在却显示一丝不苟的忠实,甚至故意再现自然的败笔。俄底修斯,这位古代艺术中的典型希腊人,现在在新起诗人笔下堕落成格拉库罗斯的角色,从此作为善良机灵的家奴占据了戏剧趣味的中心。"[①] 在尼采看来,随着作为观众化身的、能说会道的世俗之人占据了悲剧舞台的中心,悲剧向新喜剧的转换就不仅成为可能,而且是必然的。

---

① [德]尼采:《悲剧的诞生》,周国平编译,太原:北岳文艺出版社,2004年版,第42~43页。

第二，欧里庇得斯把象征酒神精神的音乐歌队即悲剧合唱队逐出了悲剧。尼采认为悲剧本来就是"合唱"，而不是戏剧，因为"悲剧的本质只能被解释为酒神状态的显露和形象化，音乐的象征表现，酒神陶醉的梦境"①。而且合唱队的目的就在于以酒神的方式激起观众的情绪，使观众产生幻觉或达到酒神状态。在这种酒神状态中，"一种激起强烈的统一感"不仅引导他们复归大自然的怀抱，而且因一种形而上的慰藉得到解脱：无论现象如何变迁，生命却是永远存在的。因而当索福克勒斯在处理歌队时表现出来的困惑——不敢把悲剧效果的主要部分委托给歌队，不仅意味着歌队在悲剧中的地位和作用等同于或稍低于演员，而且意味着歌队或酒神悲剧已迈出走向毁灭的第一步。或者更明确地说，悲剧的解体"开始于对白，而对白'在悲剧中本来'是不存在的，因此它的出现引起了'争论''竞争''论战'——用一句话来说，导致了辩证法的产生，推动了'阴谋戏剧'的出现"②。然而，这仅仅是第一步，只有到了欧里庇得斯那里，当他扬起乐观主义辩证法的"三段论鞭子，把音乐逐出了悲剧"③，也就是说，它破坏了悲剧的本质后，悲剧的死亡才真正得以裁断并实现。因而，在尼采看来，苏格拉底之前虽然就已经

---

① ［德］尼采：《悲剧的诞生》，周国平编译，太原：北岳文艺出版社，2004年版，第57页。

② ［德］恩斯特·贝勒尔：《尼采、海德格尔与德里达》，李朝晖译，北京：社会科学出版社，2001年版，第110页。

③ ［德］尼采：《悲剧的诞生》，周国平编译，太原：北岳文艺出版社，2004年版，第57页。

第七章 悲剧的终结

有了一种反酒神的倾向，但真正毁灭酒神悲剧的却是苏格拉底精神在悲剧创作界的代理人欧里庇得斯。

第三，从戏剧形式上看，随着把那原始的全能的酒神因素从悲剧中排除出去，欧里庇得斯在非酒神的艺术、风俗和世界观基础之上完全重新建立了一种戏剧，尼采称之为"戏剧化的史诗"。这种欧里庇得斯式的非酒神悲剧由于尽其所能地摆脱了酒神因素，因而它无法达到悲剧的效果，而且连史诗的日神效果也未能达到。同时，由于欧里庇得斯还认为："悲剧的效果从来不是靠史诗的悬念，靠对于现在和即将发生的事情的惹人的捉摸不定；毋宁是靠重大的修辞抒情场面，在其中，主角的激情和雄辩扬起壮阔汹涌的洪波。一切均为激情、而不是为情节而设，凡不是为激情而设的，即应遭到否弃。"① 因此，为了一般能产生效果，欧里庇得斯就必须找到新的刺激手段，"它即是冷漠悖理的思考——以取代日神的直观——和炽热的感情——以取代酒神的兴奋"。但因为这种手段现在不再属于两种仅有的艺术冲动即日神冲动和酒神冲动的范围，而且是惟妙惟肖地伪造出来的，绝对不能进入艺术氛围的思想和情感，因而尼采认为欧里庇得斯建立的非酒神悲剧并没有取得完全成功。但即便如此，由于欧里庇得斯毕竟手执"理解然后美"这一教规，或者说由于坚持将"说明真理"作为悲剧艺术的最高准则，从而把旧悲剧中凡是与这

---

① ［德］尼采：《悲剧的诞生》，周国平编译，太原：北岳文艺出版社，2004年版，第49页。

一教规相背离的戏剧成分——不论是语言、性格，还是戏剧结构、歌队音乐，都按照这一原则进行了订正或将其驱逐出去。因而欧里庇得斯的"这种又冷又烫的东西，既可冻结又可燃烧"的戏剧，最终依然成功地毁灭了酒神悲剧。

　　第四，从悲剧的创造者来说，从事欧里庇得斯式悲剧创造的人是思想家（批评家）而不是诗人（艺术家）。在尼采看来，"在一切创造者那里，直觉都是创造和肯定的力量，而知觉则起批判和劝阻的作用"。也就是说，由于直觉（创造力）和知觉（判断力）是互相背离的，"在体验时不允许凝视自己，否则每一瞥都会变成'邪魔的眼光'"[1]，所以诗人与思想家虽然都是"创造者"，却是资质相反甚至是互不相容的两种类型，诗人通过直觉进行艺术创造，思想家则凭知觉进行批判。但是，现在从事悲剧艺术创造的人（譬如欧里庇得斯）却是直觉从事批判，知觉从事创造。

　　　　戏剧化史诗的诗人恰如史诗吟诵者一样，很少同他的形象完全融合：他始终不动声色，冷眼静观面前的形象。这种戏剧化史诗中的演员归根到底仍是吟诵者；内在梦境的庄严气氛笼罩于他的全部姿势，因而他从来不完全是一个演员。[2]

---

[1] ［德］尼采：《悲剧的诞生》，周国平编译，太原：北岳文艺出版社，2004年版，第311页。

[2] ［德］尼采：《悲剧的诞生》，周国平编译，太原：北岳文艺出版社，2004年版，第48页。

第七章　悲剧的终结

换言之，作为苏格拉底式思想家的欧里庇得斯无论是制订计划，还是作为情绪激昂的演员执行计划时，他都不是纯粹的艺术家。这样一来，欧里庇得斯所创造的悲剧艺术便失掉了本能的感情和热烈的情绪，与狄奥尼索斯精神背道而驰，也失去了阿波罗精神，只能是苏格拉底主义精神，一种深入的批判过程和大胆的理解的产物。欧里庇得斯悲剧中的开场白，便是这种理性主义方法的后果之一。在一出戏的开头，总有一个人物登场自报家门，说明剧情的来龙去脉，迄今发生过什么，甚至随着剧情发展会发生什么，在一个现代剧作家看来，这是对悬念效果的冒失的放弃，全然不可原谅。

作为肯定生命本能以及生命的酒神悲剧虽然被欧里庇得斯和苏格拉底的同盟毁灭了，但尼采认为死亡的悲剧还会再次复兴，主要是鉴于以下两种原因：

其一，欧里庇得斯和苏格拉底的同盟确实毁灭了悲剧，但最终他们都改悔了。苏格拉底临终前在狱中就常常梦见同一个人在向他说同一句话："苏格拉底，从事音乐吧！"而他们的改悔则表明科学理性并不能解决生命及其价值的问题，或人的生活世界问题，因为"科学不过是我们有系统地指示事物的最精密的方法而已，它并不而且不能告诉我们关于事物本性的终极意义。它不能解答这样的问题：如此这般东西毕竟是什么？它只能告诉我们：如此这般东西是怎样起作用的。而且，它并不企图超出这点。

其实，它也不能超出这点"①。所以，科学理性在到达它的界限，它的隐藏在逻辑本质中的乐观主义在这界限上触礁崩溃时，就会突变为悲剧的绝望和艺术的渴望，即潜伏的酒神精神就会再次苏醒。换言之，作为逃脱绝望的唯一出路，思维必然要回到艺术。何况尼采还指出，酒神精神只是被苏格拉底和欧里庇得斯从悲剧中驱逐出去，但它没有完全消散，只是潜藏在某处而已。"当初酒神从伊多尼国王利库戈尔斯那里逃脱，也是藏身于大海深处，即藏身在一种逐渐席卷全世界的秘仪崇拜的神秘洪水之中的。"②

其二，尼采认为，"酒神"只是"人的生命"的最高象征，换句话说，尼采的酒神是"生命化的"，也是"人性化的"，因此说悲剧起源于酒神精神等于说悲剧的本源在生命与人性之中。"只有在酒神秘仪中，在酒神状态的心理中，希腊人本能的根本事实，——他们的'生命意志'，——才获得了表达。希腊人用这种秘仪担保什么？永恒的生命，生命的永恒回归；被允诺和贡献在过去之中的未来；超越于死亡和变化之上的胜利的生命之肯定；真正的生命即通过生殖、通过性的神秘而延续的总体生命。……以此而有永恒的创造喜悦，生命意志以此而永远肯定自己，也必须永远有'产妇的阵痛'……这一切都蕴含在狄奥尼索斯这个词里：我不知道还有比这希腊的酒神

---

① 章安琪：《缪灵珠美学译文集》（第四卷），北京：中国人民大学出版社，1987年版，第435页。
② ［德］尼采：《悲剧的诞生》，周国平编译，太原：北岳文艺出版社，2004年版，第51页。

象征更高的象征意义。在其中可以宗教式地感觉到最深邃的生命本能,求生命之未来的本能,求生命之永恒的本能。"① 由此看来,尼采的"酒神"是"生命本能"的直接象征,也是生命"激情"、生命"意志"的最高象征。尼采还认为生命有强/弱、病/健之分,病弱生命的最高象征是基督耶稣,强健生命的最高象征就是酒神。所以尼采提出悲剧诞生于酒神精神,其实即是说悲剧诞生于强健的生命。

那么,作为唯一的存在的生命又是如何存在的呢?尼采回答说:生命自己存在。生命自己创造自己、自己毁灭自己、自己支配自己。生命从自身而来又向自身而去,生命存在的内在"动力"或"终极根据"就是"权力意志",生命存在的根本方式即是"同一物的永恒复归"。② 而"艺术是生命的最高使命和生命本来的形而上活动",悲剧则是"肯定人生的最高艺术"。更何况《悲剧的诞生》本来就不是一部单纯的悲剧理论之作,而是在尼采关于希腊人的思绪中寄寓了他对德国文化和德国精神复兴的伟大厚望,"我们是在讨论多么严肃的德国问题,我们恰好合理地把这种问题看做德国希望的中心,看做漩涡和转折点"③。所以,对尼采来说,悲剧的死亡必然不是悲剧艺

---

① [德]尼采:《悲剧的诞生》,周国平编译,太原:北岳文艺出版社,2004年版,第325~326页。
② 余虹:《艺术与归家——尼采·海德格尔·福柯》,北京:中国人民大学出版社,2005年版,第28页。
③ [德]尼采:《悲剧的诞生》,周国平编译,太原:北岳文艺出版社,1997年版,第2页。

术的终结，它必须是可以再次复活的，或者说悲剧的死亡与复活是可以永恒轮回的（至于悲剧艺术如何再生复兴，不属于本书论题的范围，此处不予讨论）。

对大多数人而言，黑格尔和尼采处于19世纪的两个端点（世纪初与世纪末），也处于思想上两个对立性的端点。[①] 这种看法诚然很有道理，也是正确的，但换一种眼光看，实际上两个人的思想在许多方面是相似的，正如尼采自己所说的："即便从来不曾有过一个黑格尔，只要我们凭直觉地赋予变易、发展以一种比'存在'的东西更深刻的意义和更丰富的价值，我们德国人就是黑格尔学派。"[②] 因此，不论黑格尔把艺术（或悲剧）的终结看作一种"诗性思维"的终结，还是尼采把悲剧死亡看作酒神精神的衰落，其实"尼采与黑格尔一样，将历史看作是精神的一种显现，但他不相信精神的辩证显现。黑格尔观点中的基督教的超验的残余消失了，历史的过程彻头彻尾地成为了内在的。……此外，尼采还和黑格尔一样具有对于时代的意识；两位思想家都相信，一个伟大的历史时期已经到达了它的终点。但是笼罩黑格尔哲学的是一种终结感，没有任何未来可言；精神的辩证进程在现在中达到了完满和终结。历史整个地成为了过去。尼采虽然意识到一个时期的结束，但却是为一种向一个未来的过渡的感觉所

[①] [德] 洛维特、沃格林等：《墙上的书写——尼采与基督教》，田立年、吴增定等译，北京：华夏出版社，2004年版，第56页。

[②] [德] 卡尔·洛维特：《从黑格尔到尼采》，李秋零译，北京：生活·读书·新知三联书店，2006年版，第242页。

支配"①。至于他们对悲剧死亡的洞察所存在着的漏洞、偏激和夸大之处，虽然常遭后人诟病，但是这一切都无损于他们思想的深刻性和启示性。

第三节　斯丹纳：现代悲剧的失败与悲剧终结

从理论上看，作为戏剧范畴（形式）之一的悲剧有一个可以追溯的假定的历史传统；从创作实践来看，悲剧却是"一株极为罕见的植物"②。悲剧除了在公元前5世纪的古希腊、文艺复兴时期的英国和17世纪的法国出现并取得成功以外，此后几乎所有自称为"悲剧"并在当时极受称赞的戏剧，至今都没有在理论上达成共识，而且其大部分也已丧失了生命力。悲剧虽然要比我们想象的更为罕见，但进入20世纪（尤其是在第二次世界大战）后，人们更加热衷于用悲剧的理念来描述受到当今乱世之威胁或破坏的重要传统的做法③，因为人们普遍地认为西方文明正在受到威胁，且意识到"一种没有悲剧的文明是危险地缺少了某种东西"（海伦·加德纳告诫说，如果仅凭此点便对那些不曾产生过悲剧的文明和文化作出评价，也是荒

---

① ［德］洛维特、沃格林等：《墙上的书写——尼采与基督教》，田立年等译，北京：华夏出版社，2004年版，第55页。

② ［英］海伦·加德纳：《宗教与文学》，江先春、沈泓译，成都：四川人民出版社，1998年版，第97页。

③ ［加］徐志伟：《基督教神学思想导论》，北京：中国社会科学出版社，2001年版，第306~330页。

谬绝伦的)。于是，关于当今之世"悲剧"是否还能继续写作的最真诚的讨论①就在世界上的每一个地方热烈地开展着。乔治·斯丹纳《悲剧衰亡论》便是其中最真诚、最有影响和最具代表性的讨论成果之一。

一、悲剧是唯一属于西方文化的现象

斯丹纳认为，悲剧已死，不再复生。他在《悲剧衰亡论》的开篇就说："所有的人都认为生活中存在'悲剧'。但悲剧作为一种戏剧形式并没有普遍性。暴力、痛苦、自然灾难或人为灾祸的打击在原始艺术中就有记载和摹仿；暴行和牺牲献祭也能在日本戏剧中随处可见。但是，表现那种我们称之为悲剧的个体受难和个体英雄主义却是西方文明传统的独特性表征。它已成为我们意识到的那些可能性的人类行为的重要部分，《俄瑞斯忒亚》《哈姆莱特》和《费德尔》也已在我们的精神中扎根，以至于我们早已忘记在公共舞台表演个体的痛苦（anguish）是一种多么奇

---

① 关于"悲剧"在当今之世能否重写的讨论，20世纪初就已开始，并在五六十年代达到高潮。以琼·哈里森（Jane Harrsion）、吉伯德·默里（Gibert Murray）、埃尔德·奥尔森、沃尔特·考夫曼、刘易斯·芒福特、约瑟夫·伍德·克鲁契、乔治·斯丹纳、莱昂内尔·阿贝尔、乔治·库尔曼等人为代表的一派认为悲剧在当今之世已不能继续写作了；以 G. 埃尔斯、雷蒙·威廉斯、特里·伊格尔顿、叶芝、科克托、艾略特、阿瑟·米勒等人为代表的一派认为悲剧能够重写，而且已有许多成功的现代悲剧创作出来了。参见 Waiter Kaufmann, *Tragedy and Philosophy*, Princeton: Princeton University Press, 1992; George Steiner, *The Death of Tragedy*, New Haven: Yale University Press, 1996; [英] 特里·伊格尔顿：《甜蜜的暴力——悲剧的观念》，方杰、方宸译，南京：南京大学出版社，2007年版；朱栋霖、周安华：《陈瘦竹戏剧论集》（上卷），南京：江苏教育出版社，1999年版；任生名：《西方现代悲剧论稿》，上海：上海外语教育出版社，1998年版。

怪而又复杂的想法。它所暗示的观念和人的想象力（the vision of man）都是希腊式的。而且直到它们衰落的那一刻，作为一种戏剧形式的悲剧还是古希腊式的（属于古希腊传统的）。"[①] 由此看来，斯丹纳所提出的悲剧已经死亡这一结论至少包含以下四种含义：

其一，悲剧是一种戏剧形式，是一组伟大的艺术品。在斯丹纳看来，并非所有曾经被人们认可的伟大的悲剧作品都是他所说的那种极端（严格）意义上（in the radical sense）的"悲剧"（"tragedy" in an absolute form），只有《七将攻忒拜》《俄狄浦斯王》《安提戈涅》《希波吕托斯》《酒神的伴侣》《俄瑞斯忒亚》《哈姆莱特》《费德尔》等少数悲剧作品才是他所认定的"悲剧"。悲剧艺术源自现实世界的"悲剧经验"，但又超越了现实世界的"悲剧经验"，所以，他所界定的悲剧不是对现实的行动的摹仿，而是自足的、自由的、理想的艺术创造，是一种美的艺术形式。就像苏珊·桑塔格所说的，作为一种美的艺术的悲剧是由悲剧观念来决定的，是一种"曾经体现于已死的形式中而现在业已失去的那种感受力和态度的潜能"[②]。

其二，作为一种戏剧范畴的悲剧，是西方文明传统的独特性表征。这种独特性表征尤其是与古希腊文明紧紧联系在一起的，或者说，悲剧是与古希腊人的信仰以及他们

[①] George Steiner, *The Death of Tragedy*, New Haven: Yale University Press, 1996, p. 3.

[②] ［美］苏珊·桑塔格：《反对阐释》，程巍译，上海：上海文艺出版社，2003年版，第151页。

对人类困境认识的结果相依存的，因而是不可复活的。斯丹纳在全面考察 20 世纪前所有自称为悲剧的创作以后写道："自从《沃伊采克》（*Woyzeck*）和《特里斯坦与伊索尔德》（*Tristan und Isolde*）以后，关于悲剧体裁的那个古老定义就不再有用了，新的戏剧之路已经向易卜生、斯特林堡和契诃夫敞开。他们再也不用问自己创作的戏剧是不是悲剧（不论是形式上的还是传统意义上的）。"[1] 英国文化批评家雷蒙·威廉斯尽管否认悲剧已经衰亡，但是也认为悲剧艺术是西方文化共有的独特传统，"古希腊悲剧最不可模仿之处在于这一过程所产生的独特结果，即一种特殊的戏剧形式。这不是一个可以孤立开来的美学或技术上的成就：它深深植根于一个严密的情感结构之中。现代思想对这些戏剧最明显的误解就在于此。现代人的解释首先抽象出一个普遍必然性，然后将被我们统称为悲剧主人公的饱经磨难的个人置身其中，或者作为它的对立面……然而这种悲剧的独特性在于它的合唱。歌队和演员之间既特殊又变化的联系是它的真正戏剧关系"[2]。这就是说，由于古希腊悲剧的独特性是真正唯一的，在很多方面都是不可移植的，因此，历史上从来就没有出现过古希腊悲剧的再造，也没有严格意义上的复制。

其三，在"绝对悲剧"（absolute tragedy）的艺术世

---

[1] George Steiner, *The Death of Tragedy*, New Haven: Yale University Press, 1996, pp. 289—290.

[2] ［英］雷蒙·威廉斯：《现代戏剧》，丁尔苏译，南京：译林出版社，2007年版，第9页。

第七章 悲剧的终结

界中，人被看作是不受欢迎的客人。就像流传在古希腊的一个古老神话所说的："可怜的浮生呵，无常与苦难之子……那最好的东西是你根本得不到的，这就是不要降生，不要存在，成为虚无。不过对于你还有次好的东西——立刻就死。"① 古希腊悲剧诗人普遍认为，"那些形成和破坏我们生命的力量都不在理性和正义的支配之下，甚至比这更坏：魔鬼般的能量包围着我们，掠夺我们的灵魂使之变得疯狂，或者毒害我们的意志，致使我们对于自己和我们所爱的人们施行无可补救的迫害"②。人的灾祸和生死（或曰命运）既是由理性和正义所不能支配的各种力量控制的，那么在斯丹纳看来，"悲剧恰好就产生于观念的对抗（the contrary assertion）：必然是盲目地，人只要碰上它，就会失明，不论你是在底比斯还是在加沙（Gaza）。这是一种希腊观念，建立于其上的生命悲剧感是希腊天才给予我们传统的最大贡献"③。因此，悲剧告诉我们，"理性、秩序和正义的领域小得可怜，科学技术的进步都无法扩大分毫。在人的内部和外部，都存在着世界的'另外一个'。你叫它什么，它就是什么，一个隐藏的或恶意的神，一种盲目的命运，地狱的诱惑或者我们兽性血统的野蛮狂暴，它埋伏在十字路口，等着袭击我们。

---

① ［德］尼采：《悲剧的诞生》，周国平编译，太原：北岳文艺出版社，2004年版，第11页。

② George Steiner, *The Death of Tragedy*, New Haven: Yale University Press, 1996, pp. 6－7.

③ George Steiner, *The Death of Tragedy*, New Haven: Yale University Press, p. 6.

它嘲笑我们，摧毁我们。在某种难得的情况下，它引导我们在毁灭之后走向无法理解的宁静"①。换言之，在这个与诸神共居的世界，悲剧的本源就在于我们周围和我们内心存在着某种残酷和凶恶的力量，一种我们既不能控制又无法解释的神秘力量，即悲剧总是与神秘的命运之神相伴随。

其四，悲剧的结局必定是悲惨的，且是无法救赎的。克利福德·利奇在其《悲剧》之中曾经指出，对公元前5世纪古希腊的戏剧家来说，处处都可表明，"'悲剧'的概念当时是含混的，它表现与伟大人物相关的恐惧的事件，但它也可以提供最终的抚慰（如《俄瑞斯忒亚》和《普罗米修斯》）；它也可以返回到和解中，如《特洛伊妇女》三部曲中的第三部，就显然是这样做的；它还可以仅仅在一种讽刺性的结局中收场。后面总跟着狂欢剧，让人耸耸肩摆脱掉一切恐惧感，但这也使它自己成了对神和英雄的嘲笑"②。斯丹纳也认为，悲剧中的人物既然总是被神秘的命运之神挤出生存的大门，或者说总是被某种既不能被完全理解，也不能被理性所征服的力量所打败，那么对于这种人的理性和感性几乎都无法忍受的悲剧性结局，除了难以言及的悲惨，还能是什么？此外，没有救赎的希腊悲剧也是完整的。在《报仇神》和《俄狄浦斯在科罗诺斯》

---

① George Steiner, *The Death of Tragedy*, New Haven: Yale University Press, pp. 8—9.

② ［英］克利福德·利奇：《悲剧》，尹鸿译，北京：昆仑出版社，1993年版，第17页。

中，悲剧行动是在宽恕的气氛中结局的，这只能说是个极端的例外。而且对这两部悲剧而言，其中最重要的仪式性因素、音乐因素已经永远消失了，也许它们能使悲剧结局的皆大欢喜发生根本性的改变。因此，悲剧必然是无法拯救的，它也不会因为过去的受难走向正义或者给予物质补偿。换句话说，"哪里灾难的缘由是世俗的，哪里的冲突就能通过技术和社会的方式得以解决。这样，我们可以有严肃的戏剧，但是绝对没有悲剧"[①]。

斯丹纳根据他对悲剧的独特的具体理解和界定，不仅将他所要探讨的悲剧比较清楚地从整个西方悲剧作品中分割出来，而且据此通过对整个西方悲剧创作成败得失的批判分析，指出悲剧艺术主要是古希腊文化（而且在古希腊的诸城邦中，也只有雅典才有）所独有的现象，但它毕竟也是属于欧洲文化传统的唯一现象。所以，当他在《悲剧的衰亡》（1961）的结语中作出悲剧已死的结论，内心依然渴望着悲剧的再生。然而，渴望只是渴望，1979 年在为再版的《悲剧的衰亡》所写的序言中，斯丹纳依然满怀感伤地强调说，他在《悲剧的衰亡》的结尾所提出的贝克特和荒诞派戏剧家的全部作品将不会修正悲剧已死的结论，高悲剧（high tragic drama）不再是一种有用的戏剧形式，至今都是正确的。

---

① George Steiner, *The Death of Tragedy*, New Haven: Yale University Press, 1996, p. 8.

二、悲剧在西方文化中也是"罕见的植物"

在有关悲剧及其死亡的理解上,斯丹纳没有像莱昂贝尔·阿贝尔那样走向极端:悲剧要比我们所想象的更为罕见——包括古希腊戏剧、莎士比亚的一部著作《麦克白》和拉辛的少量著作。悲剧并不是,也从来都不是西方戏剧的典型形式;西方大多数戏剧家尽管一心想写悲剧,但写不了悲剧。斯丹纳同样认为悲剧在西方文化传统中是一株"罕见的植物"。从悲剧发源于古希腊以来至今两千五百多年间,悲剧的历史发展并没有呈现出显而易见的传统或持续性,相反除了在伯里克利时期的雅典、1580—1640年的英国、17世纪的西班牙、1630—1690年的法国,以及1790—1840年的德国和19世纪末20世纪初的斯堪的纳维亚、俄国这五个短暂时期出现过伟大的悲剧创造外,更多更长的时间是处在无悲剧的黑暗之中,"没有其他地方,没有其他时期出现过悲剧"[①]。而且在这五个时期的每个时期过后,无论追求悲剧理想(tragic ideal)的冲动如何强烈持久,辉煌的悲剧创作却都出现了后继无人的局面。因此,斯丹纳认为悲剧是唯一属于西方文化的戏剧形式,但不是西方戏剧的典型形式。

既然在西方文化中悲剧也是罕见的,并不具有普遍性,那么在斯丹纳看来,理解悲剧及其死亡的关键就是要

---

① George Steiner, *The Death of Tragedy*, New Haven: Yale University Press, 1996, p. 107.

第七章 悲剧的终结

探究为什么在这长长的大段时期里没有产生悲剧,甚至连一些严肃的戏剧(drama of any serious pretensions)都没有,而不是解释这种罕见的戏剧形式的产生及其迅速成长又急促地衰落。因为从一个广阔的时空来看,只有语言因素、物质环境和个人才华这三者突然聚集在一起才能产生出一系列的严肃剧。由于与可能的场合相一致的必需的才华很难产生,并且剧场的条件也很少有利于悲剧,因而当这些特定因素一旦融合在一起,就会至少有两个以上的特殊诗人出现:埃斯库罗斯之后是索福柯勒斯、欧里庇得斯;马洛后面接着有莎士比亚、本·琼生、威布斯特;高乃依后面有拉辛;席勒和歌德、克莱斯特、毕希纳几乎是同时代的;1900 年,易卜生、斯特林堡和契诃夫也都健在。但是这些注定要发光的星宿却是伟大的偶然事件(splendid accidents),是无法解释清楚的。所以,我们真正应该期望的就是去发现,在这么一段长长的时间中为什么没有悲剧或者是没有任何具有严肃目的的戏剧。

斯丹纳认为,自古希腊悲剧产生之后,任何一位在西方文化的其他任何时空中进行悲剧创作的后来者,都必然面临一个如何处理传统(与创新)的问题,即美国批评家哈罗德·布鲁姆的"传统影响的焦虑"。从理论上看,解决这一问题似乎一点都不难,但是在创作实践中,却是一个极难破解,甚至对大多数诗人而言,是一个无法突围的困境。因为悲剧的传统和传统的悲剧家这一咄咄逼人的父亲形象,与渴望跻身"强者悲剧家"(套用布鲁姆语)之列的当代悲剧家——新人——就像一个具有俄狄浦斯情结的儿子，两者的关系是绝对对立的，前者对后者是绝对的压迫。传统企图压倒和毁灭新人，阻止其树立起自己的"强者悲剧家"的地位。新人则试图通过各种有意和无意的对前人的"误读"，达到贬低和否定传统价值的目的。但在这时间长河中，绝大多数后来者尽管"在取前人之所有为己用"的过程中希望创造出自己的独特风格，却因为缺乏"那种克服对影响的焦虑的力量"[1]（即无法摆脱传统的束缚），在付出了极为惨重的代价之后，作为一名悲剧家的他也最终失败了或并不那么成功。

传统与创新的对立，某种意义上也是古典与现代的对立，虽然早在意大利文艺复兴时期就已出现，斯丹纳却认为只有在英国文艺复兴时期，这种对立才获得了充分的表现和意义。1605年，本·琼生在为他的讽刺剧《黑色假面具》（*Sejanus*）辩护时，就承认它的确是违反了时间整一性原则，"不是真正的诗"，随之又强调说他们的时代无须遵守这一规则。七年后，威布斯特（John Webster）也承认《白魔》不是"真正的悲剧诗作"（没有严格地遵守亚里士多德的悲剧观念），但接着又以自信的讥讽口吻补充说，伊丽莎白时期和詹姆斯一世时期的观众已经证明他们自己是不需要悲剧的"古老的趣味和辉煌"。[2] 古典主义者站在古人这边，借助于塞内加典范的力量和强势的古

---

[1] ［美］哈德罗·布鲁姆：《影响的焦虑》，徐文博译，南京：江苏教育出版社，2006年版，第5页。

[2] George Steiner, *The Death of Tragedy*, New Haven: Yale University Press, 1996, p. 18.

典主义理论，对伊丽莎白时期的剧作展开了有力的批评；大众的、浪漫的戏剧观念却从伊丽莎白时期剧作的实际演出以及演出的巨大成功中获得了力量和支持，指出普通大众关心的是悲剧的趣味性和多样性，而不是"真正的戏剧诗"（true dramatic poem）的高贵形式。①

如果说在这种对立中，偏离了古典传统的英国悲剧因克服"传统影响的焦虑"而形成了莎士比亚传统，那么对那些抱有"古典理想"的英国剧作家（也是批评家或理论家），还有那些尊崇科学理性远胜于"诗性智慧"的剧作家来说，将博学的和大众的（learned and popular drama）这两种对立的戏剧结合起来，以创造出"真正的戏剧诗"的尝试却几乎都失败了。因为对绝大多数抱有这种理念（或理想）的剧作家来说，把这两种绝对对立的观念结合起来的张力十分巨大，是难以承受甚至是无法承受的；而且对建立在"诗性智慧"之上的悲剧来说，理论观念过分沉重，常常会折损想象力的翅膀，因而即使才华出众如德莱顿，最终也没有取得多大的成功。

有些人可能说，像莱辛和浪漫主义者一样，把索福克勒斯和莎士比亚的悲剧观念进行严格的区分本来就是错误的。另外有些人则说，活人不应该屈服于死去的古人。"但是一个不能否认的事实是，直到易卜生、契诃夫、斯特林堡时代为止，悲剧问题都是由过去两个分离的古典主

---

① George Steiner, *The Death of Tragedy*, New Haven: Yale University Press, 1996, p. 18.

义和伊丽莎白传统来决定的。"① 因而，从17世纪开始，悲剧作家不得不面对一场连绵不断的观念冲突。他是应该采用源于埃斯库罗斯、索福克勒斯和欧里庇得斯的新古典主义原则，还是应该转向公众戏剧的莎士比亚传统？这个敌对模式的问题本身就是一个难题，何况在这个问题下面还有一个更为重要的困境，就现代作家而言，创作一部不会被古希腊和伊丽莎白时期戏剧毫无希望地遮蔽的悲剧是可能的吗？一个人能够在空白页上写下悲剧一词却不会想到它背后的《俄瑞斯忒亚》《俄狄浦斯》《哈姆莱特》和《李尔王》等悲剧作品的巨大存在吗？②

后来的任何一个诗人都会把注意力转向这些巅峰，但在这种转向中，他们自己的雄心几乎都被一个纯粹的事实对照（the mere fact of comparison）所迷惑、俘虏。

另外，浪漫主义运动的兴起妨碍了悲剧的再生。浪漫主义时期创作悲剧的冲动虽然一直在高涨，但基本上没有出现成功的作品，其根源就在于浪漫主义运动自身。第一，与使经验变得有序与协调的古典主义想象不同，浪漫主义的想象在于使经验具有戏剧性和地方性（dialectic）。因此，浪漫主义既不是对生活的规范，也不是对生活的批

---

① George Steiner, *The Death of Tragedy*, New Haven: Yale University Press, 1996, pp. 33—34.

② George Steiner, *The Death of Tragedy*, New Haven: Yale University Press, 1996, p. 33.

评,而是一种戏剧化。第二,浪漫主义不仅把戏剧看作最高的文学形式,而且还"相信严肃戏剧的缺失是由于在理解上存在某些特殊的错误或者某些重大的意外事件(material contingency)造成的。这种认为自然状态情况下的戏剧体诗的贫乏(dearth)可以由极少的、不可预示的好运来弥补的现代观点,反而使浪漫主义变得荒谬和弄巧成拙(self-defeating)"①。浪漫主义运动在初期就抱有复兴悲剧这种重要文体的强烈愿望,但由于浪漫主义本身是一种复杂的运动并具有复杂的民族特殊性,而且错误地认为18世纪悲剧的衰落在于它未能成功地继承伊丽莎白时期和巴洛克戏剧的伟大传统,所以浪漫主义悲剧创作的失败不仅是全面的,而且在英国、法国和德国也是各不相同的。

斯丹纳认为,英国的悲剧艺术从1640年起就开始衰落了:一是内战导致剧院倒闭(后来虽然有所恢复,但剧院的数目并不多)。二是剧院本身发生了根本性的变化,商业化运作使得剧场开始以观众和演员为中心。三是戏剧成为一种娱乐艺术,这是由于观众的身份和地位的变化所引发的。随着历史"新人"即中产阶级的兴起,并大量涌入剧院,剧院开始分化。但不论是面向少数人的私人剧场(即小剧场),还是现在以中产阶级观众为主的公共剧院,为了吸引观众并满足他们的要求,"戏剧不仅在内容上而

---

① George Steiner, *The Death of Tragedy*, New Haven: Yale University Press, 1996, p.109.

且也在手法上都陷入了越来越大的局限性"①。四是小说的兴起，戏剧家地位的降低。这些因素毫无疑问都使得悲剧变得不合时宜了，但是英国的浪漫主义诗人没有写出成功的悲剧并不完全是因为对他们而言，戏剧已不被需要，也没有相应的观众，同时也与诗人的个人才华无关，最根本的原因在于浪漫主义思想本身先天性地缺乏悲剧精神。浪漫主义思想的核心是卢梭的乐观主义精神。卢梭认为："人的铁镣是人自己铸就的。因而它们完全能被人的铁锤砸碎。"② 卢梭还指出人类注定是向前发展的。换言之，在以卢梭的乐观主义为本质的浪漫主义看来，一切悲剧都是有原因的，都是可以解决的。而斯丹纳所说的悲剧是不可救赎与忏悔的，因为"在古希腊悲剧就像在莎士比亚悲剧中一样，人类的行动都是由超越于人的某种力量所包围。……但是在接触了休谟和伏尔泰，那些自阿伽门农哭喊着复仇以来一直萦绕着人们心灵的高贵的或恐怖的灾祸都消失了"③。还有就是浪漫主义的抒情性是不利于戏剧性的发展的。抒情因素在作品中的大肆扩张使得悲剧艺术不再是公共产品而成了作家的私人产品。此外，几乎所有的英国浪漫主义诗人对莎士比亚都没有任何批判意识，所以他们不仅不想克服莎士比亚的影响，反而把莎士比亚当

---

① 何其莘：《英国戏剧史》，南京：译林出版社，1999年版，第230页。
② George Steiner, The Death of Tragedy, New Haven: Yale University Press, 1996, p. 125.
③ George Steiner, The Death of Tragedy, New Haven: Yale University Press, 1996, pp. 193—194.

作偶像来崇拜,从情节结构、人物,甚至语言都亦步亦趋地模仿莎士比亚的悲剧作品。

那么,法国浪漫主义悲剧创作失败的原因又是什么呢?斯丹纳认为法国浪漫主义悲剧的失败就在于它们完全是为剧场而创作的。在雨果、维尼(Vigni)等法国浪漫主义者看来,一切都是为了剧场效果,剧场的胜利绝对超过剧本的一切胜利。① 这种一切都为了剧场的创作倾向不仅使得法国的浪漫主义悲剧如后来的左拉所批判的那样,"拿激情代替义务,拿情节代替叙述,拿色彩代替心理分析,拿中世纪代替古代"②,而且使得它急剧地向情节剧和歌剧演变。"哪里的剧场主宰着剧本,哪里就有情节剧。而且法国浪漫主义悲剧的目标就是:庄严宏大的情节剧。"③ 由于否认了古典意义上的人之恶,雨果和他的同时代人用偶然性(the contingent)代替了悲剧性。另外一种向伟大歌剧演变的浪漫主义悲剧,则具有前瓦格纳的歌剧风格(the pre-Wagnerian style)。这些悲剧的大多数作品不再是凭悲剧的权利存在,而是作为歌剧存在并为后人所知。

与英法两国失败的浪漫主义悲剧创作相比,德国浪漫主义悲剧失败的情况就更为复杂。德国浪漫主义出于创建

---

① George Steiner, *The Death of Tragedy*, New Haven: Yale University Press, 1996, p. 161.
② 周靖波:《西方剧论选》(下),北京:北京广播学院出版社,2003年版,第424页。
③ George Steiner, *The Death of Tragedy*, New Haven: Yale University Press, 1996, p. 164.

民族戏剧的内在需要，接纳了莎士比亚，但是德国人在对莎士比亚的翻译、阅读、演出、研究方面不仅超过了英国人，而且在浪漫主义悲剧的创造上也比较成功地克服了"传统影响的焦虑"，因此德国剧作家的悲剧创作取得了一定的成功。歌德因其天性与悲剧精神不合，故他自觉地避开了悲剧写作。即便如此，他仍写了大量接近悲剧的作品。作为理论家和诗人的席勒，不仅意识到浪漫主义与悲剧观念存在着根本性的冲突对立，而且也知道在自由主义与悲剧性之间并没有本质上的类似（natural affinity），然而他仍积极探索，并最终取得了一些成功。所以斯丹纳认为："正是在席勒这里，开始明确地探索与理性、乐观主义和后帕斯卡尔感性人（sentimental temper of post-Pascalian man）相一致的悲剧形式。"[①] 至于其他的德国浪漫主义悲剧诗人在悲剧创作上的成败得失，这里不再赘述。

总之，斯丹纳认为无论古希腊和伊丽莎白时期之间的悲剧存在何种差异，在创作悲剧的背景上依然是相似或相同的，即在古希腊悲剧中就像在莎士比亚悲剧中一样，人类的行动都是由超越于人的某种神秘力量所包围的。17世纪末开始，随着"标志着再也不能转回原点的理性主义和世俗形而上学取得胜利"[②]，不仅这种神秘的力量渐渐

[①] George Steiner, *The Death of Tragedy*, New Haven: Yale University Press, 1996, p. 175.

[②] George Steiner, *The Death of Tragedy*, New Haven: Yale University Press, 1996, p. 193.

第七章　悲剧的终结

退出了人类社会，而且直到笛卡尔和牛顿时代还一直在决定着人们的心灵生活的观念，譬如暗含在古希腊悲剧中的想象模式、古代的情感习惯和古代的物质和心理经验的法则，也被抛弃了。构成人类社会共同体的一些观念，譬如暗含在古希腊和莎士比亚悲剧中的天恩、堕落、净化、亵渎等，现在也已失去了它应有的重要性。西方意识的主宰不再是盲先知、诗人或对着地狱演奏音乐的奥尔浦斯，而是笛卡尔、牛顿和伏尔泰。编年史家不再是戏剧诗人而是散文小说家。此外，随着中产阶级力量的上升，曾经在雅典、莎士比亚时代的英国、凡尔赛非常稳固的和突出的世俗权力的等级制瓦解了，人类事务的重心也从公共领域转移到私人领域。而在对这种伟大变化的意识和表现上，悲剧（即使是个人悲剧或家庭悲剧）显然远远落后于新生的小说。

作为这种巨大变化的直接继承人的浪漫主义，显然还没有做好准备接受这一切，并把它们看作是不可逆转的，所以在与新的科学理性主义的抗争中，浪漫主义还是"极力想把古希腊和莎士比亚戏剧融合为一种新的整体戏剧，并使古代的道德和诗歌（the ancient moral and poetic responses）恢复生命"[①]。为了这个光荣的梦想，浪漫主义诗人和作家进行了种种尝试和努力。由于浪漫主义试图把生命吹进古老习俗（即复活传统）的梦想显然是与现实

---

① George Steiner, *The Death of Tragedy*, New Haven: Yale University Press, 1996, p. 198.

的思想和感情格格不入的,因而它们并没有取得真正的成功。但是这种种试验本身却留下了大量辉煌的作品,而且使早期的浪漫主义时期成功地过渡到易卜生和契诃夫时代。

写实性散文的扩张和音乐剧的兴起进一步加剧了悲剧衰亡的危机。

古希腊以来的两千多年,悲剧概念总是与韵文(注意是韵文不是诗,因为散文、数学和心理动作同样可以有诗的特性。诗是一种属性,而韵文是一种技术形式)的概念紧紧联系在一起,这既有历史方面的原因,也有技术方面的原因。因为"韵文立即就能使人物行动的描写简化或复杂化,这是最关键的。它之所以能简化,是因为它把生活中的偶然性、累赘等排除了。譬如人在说韵文时,他就不会患感冒或消化不良症。他也不会为下一餐饭而忧心忡忡"[①]。换言之,悲剧艺术借助于韵文不仅使悲剧人物从物质和生理上的需要中解脱出来,也使观众无法完全认同悲剧人物,从而构建出一个超现实的世界。16 世纪以后,随着散文逐渐取代韵文成为悲剧甚至文学的媒介,不仅韵文与悲剧的这种同盟关系瓦解,而且传统上与韵文和散文相对应的那个悲剧性和喜剧性的分界线也消失了。同时,由于经济因素成为近代社会的主导因素,而"西方文学中散文的上升又恰好是与 16 世纪现代经济关系的发展相吻

---

① George Steiner, *The Death of Tragedy*, New Haven: Yale University Press, 1996, pp. 242—243.

合的"①，因此，凭借韵文构建的超现实的悲剧艺术世界现已变化为一个由金钱主宰的、充满了"中产阶级经济破产和金钱铜臭味（the money-hatreds）的"现实的经济世界（即散文性悲剧世界）。但在莎士比亚等伟大的悲剧家那里，现代经济关系并没有成为主宰性的力量，或者说还保留着"古时的清白"（archaic innocence）；同时，他们不仅对散文的运用持谨慎的态度，而且他们的散文语言还常常具有诗的效果，"我们再也不是生活在莎士比亚时代了……一般来说，对话一定要与作品基调理想的程度相适应。我的新剧作不是古代意义上的悲剧。我所要描写的是人，因此我不会让他们说'神的语言'"②。所以他们的悲剧即使用散文写就，但仍构成了一个超现实的悲剧世界。

音乐本是古希腊悲剧中的重要成分，但在后来的发展过程中渐渐被弱化以至于消失。16世纪以后，随着人们对布景的嗜好以及舞台艺术的独立发展，文艺复兴时期意大利佛罗伦萨的卡马瑞塔学院（Camerata）根据古希腊悲剧中的音乐和舞蹈成分创作出一种新的戏剧形式——歌剧。这种新形式的歌剧不仅迅速传遍了全欧洲，而且在19世纪上半叶提出"它才最应称作悲剧的继承者"③。这种继承权虽然很少被承认，但是因为它是内在于所有伟大

---

① George Steiner, *The Death of Tragedy*, New Haven：Yale University Press，1996，p. 263.

② ［英］阿诺德·P. 欣克利夫：《现代诗体剧》，马海良、寇学敏译，北京：昆仑出版社，1993年版，第8～9页。

③ George Steiner, *The Death of Tragedy*, New Haven：Yale University Press，1996，p. 284.

歌剧的，因此随着歌剧中的词与音乐的进一步融合，以及歌剧与悲剧情感的进一步协调，歌剧于 20 世纪再次强调它有权称作悲剧的后继者。已经发展成熟起来的散文戏剧和歌剧由于都能够表现复杂而又严肃的行动，因而"古代的或莎士比亚传统中的悲剧观念不仅受到了散文剧的挑战，也受到了音乐的挑战"①。古老的悲剧体裁尽管不再有效了，却为现代悲剧的诞生敞开了大门。

三、20 世纪"现代"悲剧的幻灭

按照斯丹纳的观点，19 世纪末的易卜生和契诃夫等戏剧家在戏剧创作上所取得的革命性成就，不但意味着我们再也不能返回到"已经逝去的奇想中"（the chimeras of the past），而且象征着散文和写实主义原则能够产生出一种与现代世界相适应的新型戏剧，并像韵文悲剧一样丰富迷人，"在《J. G. 伯克曼》（*John Gabriel Borkman*）与《樱桃园》之后，戏剧应该从死亡中新生"②。20 世纪以后，由于叶芝、霍夫曼斯达尔、科克托和 T. S. 艾略特等现代戏剧诗人误解并排斥了易卜生和契诃夫的创造（他们认为易卜生和契诃夫仅仅是两位伟大的现实主义技师，而不是神话和象征形式的伟大创造者），重新将我们引向了古希腊和莎士比亚。这样一来，随着古老的阴影和陈腐的

---

① George Steiner, *The Death of Tragedy*, New Haven: Yale University Press, 1996, p. 285.

② George Steiner, *The Death of Tragedy*, New Haven: Yale University Press, 1996, p. 304.

观念再次笼罩着我们，曾经陷德莱顿等古典主义者于死地的困境也再次出现，悲剧再生的希望又一次覆灭了。

其一，叶芝他们大肆鼓吹并竭力创作的现代诗剧实乃对古代诗剧的复活。"伦敦西区上演过的现代诗体剧现在已被忘却，我们只要读一读阿拉迪斯·尼克尔《英国戏剧1900—1930》第五章的叙述，就不会为这种忘却抱憾。大部分诗体剧作家根本不考虑舞台，这种态度产生出只可读的文本和室内剧，主题不超出一般：宗教、中世纪、异域风情、古典主义、文艺复兴。"① 由于支撑这种现代诗体剧运动的观念基本上是对一些古老观念的重复或综合，所以斯丹纳认为现代诗剧重新回到了出发的地方，重新陷入了困扰德莱顿等古典主义者那个传统与意向（purpose）的对立冲突中。现代戏剧诗人"围绕悲剧的本质，散文与韵文的对立，古典与自由形式（the open form）的对立展开的论争——整袋的陈旧过时理论再次被唤醒，其实早已被易卜生和契诃夫证明与现代精神无关。但这些在浪漫主义戏剧破产后颠覆的偶像又一次获得了市场。它是一次奇异而又令人恼怒的回光返照"②。因为暗含在《厄勒克特拉》《拉·莫斯尼魔鬼》（La Machine infernal）和《合家团圆》中的戏剧形象仅仅是一个高贵的幽灵，从未被召唤到电灯光之下。因为在电灯光下，它会现出原形

---

① [英]阿诺德·P.欣克利夫：《现代诗体剧》，马海良、寇学敏译，北京：昆仑出版社，1993年版，第24页。

② George Steiner, *The Death of Tragedy*, New Haven: Yale University Press, 1996, p.304.

(naked)而且显得非常荒谬。"我们时代的悲剧诗人是盗墓贼,是古时月光下召唤鬼魂的魔法师。"① 这样看来,叶芝他们的回归古典,尽管是对控制商业舞台上的现实主义趣味的否定,但由于他们在否定商业舞台上的现实主义趣味的同时,抛弃了散文和戏剧(the living theatre)的未来,也抛弃了从毕希纳到斯特林堡发展起来的与现代生活和谐的戏剧传统和丰富的想象力。② 他们对悲剧的现代追求反而被一种完全失效的信念所损坏,因而,由现代欧洲和美国诗人创作的诗体悲剧不过是些考古学习作。这些考古学习作虽然竭尽全力想让已经熄灭的灰烬重新燃烧起来,但这是不可能实现的。

其二,现代诗体剧的媒介韵文(或诗)不再是时代的象征,它已成为私人化的语言,也不具备继续承担公共交流的功能;散文才是时代生活的象征,一种表达和交流的自然语言。就像皮科克在《诗的四个时代》中所说的:"诗,是在文明社会的幼年唤起理智之注意的心声;但是在心智的成年,把他童年的玩具当作一种严肃的事业,就像一个长成的男子要用珊瑚来擦牙龈,或者哭哭啼啼要用银铃声音来催眠一样的荒唐了。"③ 换言之,20世纪是小说家的时代与世界,戏剧家作为文学的象征是在文艺复兴

---

① George Steiner, *The Death of Tragedy*, New Haven: Yale University Press, 1996, p. 304.

② George Steiner, *The Death of Tragedy*, New Haven: Yale University Press, 1996, p. 306.

③ 章安祺:《缪灵珠美学译文集》(第四卷),北京:中国人民大学出版社,1987年版,第416页。

第七章 悲剧的终结

时期和新古典主义时代；而在浪漫主义时期，文学的象征是抒情诗人；工业革命以后，作家即小说家才是文学职业的真正代表。

为了使他们自己的艺术形式与商业剧场谄媚的、俗丽的（tawdry）散文戏剧和以散文为媒介的小说区别开来，叶芝、克洛岱尔和他们的后继者返回到传统的韵文戏剧。但是，韵文不再处在交际的中心，它也不再像从荷马到弥尔顿之间那样是知识和传统情感的自然仓库。对社会而言，韵文也不再像过去那样具有记录重大事件和预言的功能。现在，韵文已变成一种私密性的语言。它是个体诗人凭借个人才华迂回进入他同时代人意识中的一种特殊语言，劝导他们学习或接受诗人的用词。"诗本质上已经成为抒情诗——也就是说，它只属于个人，不再属于公众或民族。表达，辩护（justification）和记录经验的自然语言是散文。这不一定意味着现代诗对于现有的学术和审美理解（the survival of literacy and sensuous apprehension）缺少魅力和重要性。但它确实意味着韵文与戏剧必须处理公众行为的现实性的距离，比以往任何时期都扩大了。"①

除了因"文学与剧场的分离"导致绝大多数现代诗剧无法在现代剧场这样的公共场所演出而陷入困境外，"我们这个时代的语言，也因自身的品质状况几乎不可能赋予

---

① George Steiner, *The Death of Tragedy*, New Haven: Yale University Press, 1996, p. 30.

它复兴诗剧的重任"①。斯丹纳认为，随着过去两千多年调节西方人心灵生活的，并在古代悲剧中得到充分体现的古希腊和基督教的整体价值（观念）的急剧衰落，以及现代欧洲面对1914—1947年的战争中发生的约七千万男人、妇女和儿童的驱逐、屠杀和死亡，无法像过去那样作出迅速或实在（swift or realistic）的反思表明：僵化的不仅是我们的精神和情感，还有我们的语言。我们文化中的绝大多数常用语言既不新鲜，也不能对现实做出创造性的反应，而"程式化姿态"（stylized gesture）依然受到知识界的热捧，尽管它们很少有新的见识和新的感情。我们的词语也已乏味和陈旧，以至于"再也不能接受但丁、蒙田、莎士比亚和马丁·路德赋予它们的新意义和复数（plurality）"②。换言之，如今的社会学家、媒体专家、肥皂剧作者、政治演说家和"创造性写作"教师不仅未能将原始的语言材料融合创新，反而成为词语的掘墓人。所以"现代学者引用古典文本的地方，引文就像是在他自己乏味的书页上烧出的一个洞"③。此外，我们这个时代的政治的非人性化也使语言贬值或变得更为残忍。词语一直被用来为政治的伪善、大量扭曲的历史以及极权主义国家的兽性及其行径辩护。可以想象得到，"谎言和奴性已经深

---

① George Steiner, *The Death of Tragedy*, New Haven: Yale University Press, 1996, p. 313.

② George Steiner, *The Death of Tragedy*, New Haven: Yale University Press, 1996, p. 314.

③ George Steiner, *The Death of Tragedy*, New Haven: Yale University Press, 1996, p. 314.

入到语言的骨髓之中"①。词语已经用到了极限，它们不仅不能显示出它们的丰富意义，而且也无法对刚刚逝去的过去给予充分的表现。第二次世界大战后没有产生它的《伊里亚特》，也没有它的《战争与和平》，便是明证。

其三，古代神话已死，创造现代神话也已不可能。克鲁齐在《现代倾向》中认为"上帝、人、自然，在世纪转换时期都或多或少在退化衰落"，所以现代人写不出悲剧，因为现代人注定产生不了英雄。斯丹纳响应了克鲁齐的观点，不过他认为悲剧的衰落实乃悲剧精神的衰落，悲剧复兴必须依赖于神话的复兴。"总之，只有在生活中出现了我称作神话的力量"②，艺术创作才能穿越环绕在所有个体幻象（all private vision）周围的障碍。他又认为，我们的时代、我们的社会已不适宜于（像古希腊那样的）神话的产生和成长，所以，悲剧的复生是不可能。

因为首先是，神话至少在目前是无法也没有创造出来。19世纪末20世纪初出现了一次神话的创造和复兴，由于"时代与艺术家对抗"，即他本人"不能活得很久很久，因而他无法把他创制出来的那些属于他个人的特殊景象和符号（symbols）施加到他的那个社会中的语言和情感的习惯中去"③。换句话说，由于神话的创造需要一个

---

① George Steiner, *The Death of Tragedy*, New Haven: Yale University Press, 1996, p. 315.

② George Steiner, *The Death of Tragedy*, New Haven: Yale University Press, 1996, p. 318.

③ George Steiner: *The Death of Tragedy*, New Haven: Yale University Press, 1996, p. 322.

社会群体长时间的构造，神话不是个体的产品，而个体艺术家创造的这些神话完全是个人的行为，所以这些神话并没有在大众中生根，它只是"个体的产品"，而不是公共产品。

其次，借用古代神话来创作悲剧即使偶尔成功了（如克洛岱尔、布莱希特），也没有任何普遍性的启示意义。今天，情境已经发生了整体的变化（与古代神话相联系的情境已经消失了），因而以"半是弗洛伊德的半是弗雷泽的"这样的形象出现在现代舞台上的古代神话，要么显得是一种滑稽的模仿，要么是一种古董式的字谜游戏。① 皮科克在《诗的四个时代》中即说："从魔术的世界观转到科学的世界观，这转变是如此大，在历史上也许只有从前的阴暗世界观到魔术世界观的转变可以比拟。所谓魔术观，大致指相信一个神鬼精灵的世界，它们统治着人间大事，人们也可以用法术把它们唤来，而且多少予以控制。灵感的信仰和基本宗教意识的信仰，就是这种观点有代表性的一部分。它逐渐衰落有三百年，但是他的最后倾覆还是最近六十年的事。它的遗迹和残余还在指点着支配着我们大部分日常事情，但它再也不是一个有知识的人最容易接受的世界观了。"② 由于科学抽去了古代神话的知识背景和世界观念，现代戏剧文学即使大规模地转向古代神

---

① George Steiner, *The Death of Tragedy*, New Haven: Yale University Press, 1996, p.330.
② 章安琪：《缪灵珠美学译文集》（第四卷），北京：中国人民大学出版社，1987年版，第433页。

第七章　悲剧的终结

话，也不过是对希腊文本的翻译或解释，或"旧瓶装新酒"而已。而且，用现代观念来改造古代神话需要对意义和语调上的巨大变化具有敏锐的感觉，这种感觉却恰好是现代戏剧中常常缺乏的。所以现代诗人给古代神话以新的变形时，古代神话的意义往往遭到了毁灭。

最后，"基督教和马克思主义的形而上学本来就是反悲剧的"①。在斯丹纳看来，犹太教和基督教认为世界上的一切事情都是一位公正、善、秉承天意的神祇的计划的一部分；每一种受难都一定会以复活告终。每一场灾难或灾祸要么被看作是导向更大的善，要么被看作是受难者完全应该得到公正的恰如其分的惩罚。②悲剧认为这个世界上存在着一些并非完全应该得到的灾难，存在着最终的不公正。因此，基督教所肯定的世界的这种道德正当性恰恰是悲剧所否定的。但丁和弥尔顿的神学诗篇都是"喜剧"，即是绝妙的证明。坚信正义和理性的马克思（主义神话）同样否定了悲剧的全部观念。马克思和恩格斯声称："自由不在于幻想中摆脱自然规律而独立，而在于认识这些规律，从而能够有计划地使自然规律为一定的目的服务。这无论对外部自然界的规律，或对支配人本身的肉体存在和精神存在的规律来说，都是一样的。"③也就是说，"必然

---

① George Steiner, *The Death of Tragedy*, New Haven: Yale University Press, 1996, p.324.
② [美]苏珊·桑塔格：《反对阐释》，程巍译，上海：上海文艺出版社，2003年版，第156页。
③ 转引自朱栋霖、周安华：《陈瘦竹戏剧论集》（上卷），南京：江苏教育出版社，1999年版，第305页。

只是在它没有被了解的时候才是盲目的"。悲剧却从我们正好相反的主张中产生出来：必然是盲目的，人一旦碰到它，它就会挖去人的眼睛。因此，马克思主义观念类似于犹太人基督教的观念而不是希腊人的观念。

正如阿多诺所说的："美学无论如何不可以转向野蛮状态，因为野蛮状态并不比现有文明更好。"① 换句话说，谁都不愿意看到艺术完全没落和死亡，谁都不愿意生活在一个艺术已经全然绝迹的世界，即使没有现实的艺术王国，人们也会要求一个想象的艺术王国。所以，斯丹纳即使断言悲剧已死，悲剧复兴的希望遥遥无期，他依然没有放弃对它的守望。"自然，这样的观点只是我个人的。掌握了韵文悲剧的人也许明天就会出现在舞台上。"②

悲剧已经死去的观点自提出后，在得到许多人的呼应时，也遭到了很多人的批判和驳斥。20世纪之所以围绕这个问题纷争不休，不仅在于悲剧曾经在西方文明中的地位和作用，更在于人们仍然对作为一种表现和认识真理的方式的悲剧寄予厚望，在于认识作为历史与美学交合产物的悲剧本身就是个极为复杂的难题。其实，作为存在于历史中的戏剧形式之一的悲剧，其并非一萌芽就是完成时态的，而是逐渐"长成"的。悲剧所以是悲剧，它无疑具有某种规定性；但悲剧既然是逐渐"长成"的，它显然又是

---

① 薛华：《黑格尔与艺术难题》，北京：中国社会科学出版社，1986年版，第200页。

② George Steiner, *The Death of Tragedy*, New Haven: Yale University Press, 1996, p. 316.

第七章　悲剧的终结

一种流变之中的不定形物，是各种具体条件聚散分合所呈现出来的状态。换言之，悲剧是具体的，它的出现或当下状态是机缘化的，是此时此地此人各种条件关系交合的产物。因此在这个复杂问题的认识上，任何盖棺定论都可能为时尚早，或者说任何既要实现历史与逻辑的统一，又不引起歧义和纷争的企图，实际上也是不可能的。如果一定要回答悲剧是否已死，唯一可能正确的答案就是：悲剧是死是活，完全在于你如何界定它。

结　论

　　亚里士多德关于悲剧艺术的认识，即使今天看来依然具有强大的生命力，就像尼采在《悲剧的诞生》中所说的："几乎每个时代和文化阶段都曾经一度恼怒地试图摆脱希腊人，因为它们自己的全部作为，看来完全是独创的东西，令人真诚惊叹的成就，相形之下好像突然失去了色彩和生气，其面貌皱缩成失败的仿作，甚至皱缩成一幅讽刺画。"[①] 但是，它毕竟是公元前4世纪沉思古希腊悲剧艺术的产物。此后的漫长历史中（尤其是浪漫主义运动以后），悲剧艺术和认识它的知识背景（或知识型）都已发生本质的变化，因而在关于悲剧艺术的认识上，尽管其概念范畴的命名（或曰构成成分）并没有根本性的变更，但对这些概念范畴的认识还是因时空的不同在两个层面上出现了或局部或全面的转换：概念范畴的内涵及其地位和作用。

　　浪漫主义之前即古典知识型时期，悲剧艺术总体上是

---

① ［德］尼采：《悲剧的诞生》，周国平译，太原：北岳文艺出版社，2004年版，第58页。

一种情节（和人物性格）艺术，目的在于通过阅读和观看实现真善美的效果，悲剧理论也不是对已有的成果的洞察和理论表述，而主要是发现和制定一套创作法则，或者说主要是对古典大师观点的阐述和确证，不是变革与创新，因而在悲剧概念范畴的认识上：（1）对悲剧的认识都是建构在根据同一与差异原则进行的一个共同的形而上学假定和预设之上：悲剧是对行动的摹仿。把悲剧的本质规定为摹仿其实就意味着把悲剧艺术看作一种类似于客观存在的实体，而不是主观意识的构建，即悲剧艺术中摹仿的行动与实际的行动是相似的又是有差别的。同时，人们也开始（并在后来的历史发展过程中完全）注意到悲剧艺术摹仿的实际的行动或实际的行动的人的形象与实际的行动和实际的行动的人的形象是完全区分开来的，并有它们自己的根本意义。（2）把摹仿、悲剧情节和悲剧反应这三个范畴置于古典悲剧理论的中心，并作出了详细的阐释；至于悲剧演出、悲剧性、悲剧的终结（或曰历史问题）也有涉及，但一般都认为它们存在与否并不会影响诗的"潜力"，因而它们和"诗艺的关系最疏"；对于悲剧人物，古典悲剧理论表现出了应有的重视，但它们注重的是悲剧人物的地位和身份等外在的方面。（3）在对摹仿、悲剧情节和悲剧反应的内涵的认识上，从古希腊的亚里士多德到启蒙时期的狄德罗、莱辛之间尽管发生了明显的变化，但并没有发生断裂性的变化。悲剧是摹仿的观念就一直是古典悲剧理论中一个非常重要甚至是第一位的范畴，即使"十六世纪意大利的美学理论有了长足的发展以后，批评家们凡是想实事求是地给艺术下一个完整的定义，通常总免不了要用到'模仿'或是某个与此类似的词"，"在十八世纪的大部分时间里，艺术即模仿这一观点几乎成了不证自明的定理"。① 对悲剧演出的认识也发生过相当大的变化，狄德罗为表演艺术写的专论《演员奇谈》与其说是属于古典的，不如说更接近于现代的剧场理论。

根据同一与差异原则，以摹仿为前提，以情节为中心建构起来的具有真善美价值和功用的古典悲剧范畴（体系），虽然是古典知识型空间的研究共识，但其中仍出现了杂音。这些杂音尽管没有对古典悲剧范畴建构的基本原则和中心范畴进行挑战，仅仅是对这种真善美既相联系又相区别的古典悲剧范畴，尤其是以剧本（的情节）为中心、漠视剧场的古典悲剧范畴的局部的异议。这些局部的异议颇为零散、弱小，构不成威胁，但它毕竟是一种新的知识型、新的悲剧范畴到来的前兆。它也仅仅是一种前兆，如果没有新的知识型的出现，这种对古典悲剧范畴的局部异议是无法成为新的时代的新共识，是无法转换为新的时代的现代悲剧范畴的。因此，古典悲剧范畴之所以在 18 世纪、19 世纪之交能够迅速转换为现代悲剧范畴，实是因为出现了现代知识型。

18 世纪末以后，知识不再被认为是一种对事物的普遍性的命名，不再是一种毫不顾及自身深度的表象功能，

---

① ［美］M. H. 艾布拉姆斯：《镜与灯》，郦稚牛等译，北京：北京大学出版社，1989 年版，第 12 页。

而成为一种有深度、有厚度、有自主性、有意志的知识,即人的一种主体的意志行为,包含主观因素,"知识成为解释的知识"。换言之,随着人们不再依据古典知识型的同一与差异原则,而是依照现代知识型的一种间断性的有机结构原则来认识研究悲剧时,悲剧就不是一种以摹仿为前提、以情节为中心的具有真善美价值和功用的悲剧范畴,而是一种以创造为前提,以悲剧性为中心,以具有"美"的价值为导向的新的悲剧范畴(体系)——现代悲剧范畴。当然,这种转向不是突然的、断裂式的,而是经过了两个阶段:第一个阶段是在 18 世纪末,以席勒为代表的德国美学家已开始对现代艺术与古典艺术的分离进行自觉的研究,并开始把艺术作为一个独立的审美范畴,作为理性与感性的中介来处理。但席勒的艺术观还是涵盖了道德因素和理性因素。所以,这个阶段并没有出现悲剧范畴的根本性的、断裂式的革命。"我要谈的对象(指美与艺术,引者注),同我们幸福生活中最好的部分有直接的联系,同人的天性中道德的高尚也不相违背。"[①] 第二个阶段,由于黑格尔、克尔凯郭尔、叔本华和尼采等哲学家的出现,现代悲剧范畴才得以全然确立。换言之,在 19 世纪黑格尔、克尔凯郭尔、尼采那里,"生命的悲剧意识"不仅得到了充分的发展,而且完全脱离了教化的观念,这是文艺复兴时期公认的观念,也脱离了"诗的正义"的观

---

① [德]席勒:《席勒精选集》,张黎编选,济南:山东文艺出版社,1998 年版,第 665 页。

念，这是 18 世纪留下来的（尽管受到了艾迪生的反对），完全脱离了歌德或柯勒律治关于哈姆莱特的观念（脆弱的花瓶中的幼苗，人类对世界的思索太多了）。应该说，它暗示着我们的遭遇必然是悲剧性的，所有人都生存在一种罪恶的境遇中，如果它们被意识到，那么则因为它们的被意识到而成为一种罪过。①

在现代悲剧理论中：（1）悲剧艺术主要是一种创造艺术，即以悲剧性为中心，以具有"美"的价值为主导的自主性的创造艺术。这种根据间断性的有机结构原则建立起来的新的悲剧理论认为，悲剧艺术与实际的行动无关，它不再是对实际的行动的摹仿，而是自足的、自由的、理想的艺术创造，即现代的悲剧理论是在预设悲剧是自由的、理想的创造这个基础之上来展开的。反过来说，这种假定和预设也就必然决定了悲剧艺术是主观意识的产物，是人的一种主体意志行为，而不是类似于客观存在的认知实体。同时，随着现代悲剧理论的展开、推进，人们发现悲剧概念与范畴自身也成了一个谜，是需要批判性的发现、解释的。（2）把创造、悲剧性、悲剧演出和悲剧的终结这些在古典悲剧理论中被漠视、被边缘化的概念范畴提升到悲剧理论的中心，视为悲剧理论中最重要的范畴，并对它们展开详细深入的阐释。"这些时代在考虑这类系统思想时突出该思想与非文学领域的不可分割的联系特征——应

---

① ［英］克利福德·利奇：《悲剧》，尹鸿译，北京：昆仑出版社，1993 年版，第 30 页。

该这样看待关于文学与文化、文学与社会之关系的十分广泛的思考，或者突出该思想作为对文学的某种反面思考——如对象征主义——的特征。"① 对悲剧演出艺术的重视，不仅导致了音乐、舞蹈等因素从悲剧艺术中独立出来，而且最终使得20世纪的波兰戏剧理论家格洛托夫斯基提出了"质朴戏剧"，认为戏剧艺术的核心或本质就是"演员的个人表演艺术"，即一部戏剧作品没有了表演，戏剧作为一种艺术形式就无法存在。而有限性和历史性理念的引入（它们被引入悲剧领域后就成为悲剧理论研究的一种基本模式。而历史性的显著标记是死亡。既然悲剧具有了历史性，照理它也就有生有死，那么悲剧艺术就是一种类似于生命史的历史，成为一个有限的时间性存在。于是，悲剧的起源、发展和死亡的问题也就在这个时期被纷纷提出），则使得人们在20世纪为悲剧是否终结这个问题而纷争不休。(3) 悲剧人物、悲剧反应这两个概念范畴在现代悲剧理论中虽然没有被边缘化，但其地位已降低，而且对其理解也发生了一些本质性的变化。在悲剧人物这个问题上，现代悲剧理论也相当看重。初期通过强调悲剧人物的中心地位来颠覆以情节为中心的古典悲剧理论，后来悲剧人物的地位和作用有所下降，但对悲剧人物及其内在性的多样性认识仍是古典悲剧的人物理论所无法想象的。现代悲剧理论关于悲剧反应的认识的深度和广度也是远远

---

① ［法］让·贝西埃等：《诗学史》下册，史忠义译，天津：百花文艺出版社，2002年版，第509页。

超越了古代。(4) 古典悲剧理论中的摹仿、悲剧情节这两个概念范畴，在现代悲剧理论中虽然不时成为一些研究者的信仰，得到他们的厚爱，但总体上处在边缘化的状态。

总之，随着知识型的更替，悲剧概念范畴通过或全面或局部的转换，最终实现了由古典悲剧范畴向现代悲剧范畴的转型，即从以真善美尤其是真善价值为导向的古典悲剧范畴转换为以"审美"（即悲剧性）的价值为主导的现代悲剧范畴。现代悲剧理论确是建构起来了，但是由于这种建构主要是以19世纪德国美学中的一些先验性理念为前提的，不（完全）是对已有的成果的洞察和理论表述，因而现代悲剧理论在某种意义上是可以独立于现代悲剧艺术之外而存在的。然而，现代悲剧理论无论从哪个层面上，又都与现代悲剧艺术有着共生关系，因此它在为现代悲剧艺术的发展提供多种可能性的同时，也使现代悲剧艺术的存在和命名陷入了困境，这或许是最令人遗憾的。

参考文献

一、中文文献

[1] 十九世纪英国文论选 [M]. 北京：人民文学出版社，1986.

[2] 现代戏剧家熊佛西 [M]. 上海：中国戏剧出版社，1985.

[3] H. G. 伽达默尔. 真理与方法 [M]. 王才勇，译. 沈阳：辽宁人民出版社，1987.

[4] M. H. 艾布拉姆斯. 镜与灯 [M]. 郦稚牛，等，译. 北京：北京大学出版社，1988.

[5] W. T. 斯退士. 黑格尔哲学 [M]. 鲍训吾，译. 石家庄：河北人民出版社，1986.

[6] 阿·尼柯尔. 西欧戏剧理论 [M]. 徐士瑚，译. 北京：中国戏剧出版社，1985.

[7] 阿诺德·P. 欣克利夫. 现代诗体剧 [M]. 马海良，寇学敏，译. 北京：昆仑出版社，1993.

[8] 艾·威尔逊，等. 论观众 [M]. 李醒，等，译. 北京：文化艺术出版社，1986.

[9] 爱德华·戈登·克雷. 论剧场艺术 [M]. 李醒, 译. 北京: 文化艺术出版社, 1986.

[10] 安托南·阿尔托. 残酷戏剧——戏剧及其重影 [C]. 桂裕芳, 译. 北京: 中国戏剧出版社, 2006.

[11] 保·朗多尔米. 西方音乐史 [M]. 朱少坤, 等, 译. 北京: 人民音乐出版社, 2002.

[12] 保罗·贝克房龙. 音乐简史 [M]. 曼叶平, 译. 北京: 中国友谊出版公司, 2005.

[13] 贝·布莱希特. 布莱希特论戏剧 [M]. 丁扬忠, 等, 译. 北京: 中国戏剧出版社, 1990.

[14] 贝尼季托·克罗齐. 作为表现的科学和一般语言学的美学的历史 [M]. 王天清, 译. 北京: 中国社会科学出版社, 1984.

[15] 彼得·福克纳. 现代主义 [M]. 付礼军, 译. 成都: 四川文艺出版社, 1989.

[16] 彼得·斯丛狄. 现代戏剧理论 [M]. 王建, 译. 北京: 北京大学出版社, 2006.

[17] 布罗凯特. 世界艺术欣赏: 世界戏剧史 [M]. 胡耀恒, 译. 北京: 中国戏剧出版社, 1987.

[18] 陈世雄. 三角对话: 斯坦尼、布莱希特与中国戏剧 [M]. 厦门: 厦门大学出版社, 2003.

[19] 程波. 西风颂——三千年西方之美 [M]. 上海: 华东师范大学出版社, 2005.

[20] 程孟辉. 西方悲剧学说史 [M]. 北京: 中国人民大学出版社, 1994.

[21] 达布尼·汤森德. 美学导论 [M]. 王柯平，等，译. 北京：高等教育出版社，2005.

[22] 丹纳. 艺术哲学 [M]. 傅雷，译. 兰州：敦煌文艺出版社，1994.

[23] 丹尼尔·贝尔. 资本主体文化矛盾 [M]. 赵一凡，等，译. 北京：生活·读书·新知三联书店，1989.

[24] 狄德罗. 狄德罗美学论文选 [M]. 张冠尧，等，译. 北京：人民文学出版社，1984.

[25] 狄金森. 希腊的生活观 [M]. 彭基相，译. 上海：华东师范大学出版社，2006.

[26] 董健，马俊山. 戏剧艺术十五讲 [M]. 北京：北京大学出版社，2004.

[27] 伓荣本. 文艺美学范畴研究：论悲剧与喜剧 [M]. 南京：南京大学出版社，2002.

[28] 方珊. 美学的开端——走进古希腊罗马美学 [M]. 上海：上海人民出版社，2001.

[29] 菲利斯·哈特诺尔. 简明世界戏剧史 [M]. 李松林，译. 北京：中国戏剧出版社，1986.

[30] 弗·施莱格尔. 雅典娜神殿断片集 [M]. 李伯杰，译. 北京：生活·读书·新知三联书店，2003.

[31] 弗尔西斯·马尔赫恩. 当代马克思主义文学批评 [M]. 刘象愚，等，译. 北京：北京大学出版社，2002.

[32] 弗洛伊德. 精神分析引论 [M]. 高觉敷，译. 北

京：商务印书馆，2003.

[33] 弗洛伊德. 图腾与禁忌［M］. 文良文化，译. 北京：中央编译出版社，2005.

[34] 高全喜. 论相互承认的法权——《精神现象学》研究两篇［M］. 北京：北京大学出版社，2004.

[35] 郜元宝. 尼采在中国［M］. 上海：上海三联书店，2001.

[36] 格奥尔格·西美尔. 叔本华与尼采——一组演讲［M］. 莫光华，译. 上海：上海译文出版社，2006.

[37] 格鲁内尔. 历史哲学——批判的论文［M］. 隗仁莲，译. 桂林：广西师范大学出版社，2003.

[38] 哈罗德·布鲁姆. 影响的焦虑［M］. 徐文博，译. 南京：江苏教育出版社，2005.

[39] 海伦·加德纳. 宗教与文学［M］. 江先春，沈弘，译. 成都：四川人民出版社，1998.

[40] 何·奥·加塞尔. 什么是哲学［M］. 商梓书，等，译. 北京：商务印书馆，1994.

[41] 何其莘. 英国戏剧史［M］. 南京：译林出版社，1999.

[42] 黑格尔. 精神现象学（上、下）［M］. 朱光潜，译. 北京：商务印书馆，1997.

[43] 黑格尔. 精神哲学［M］. 韦卓民，译. 武汉：华中师范大学出版社，2006.

[44] 胡经之. 西方文艺理论名著教程（上、下）［M］.

北京：北京大学出版社，2003.

[45] 黄龙保，王晓林. 人性升华——重读弗洛伊德 [M]. 成都：四川人民出版社，1996.

[46] 黄文前. 意志及其解脱之路——叔本华哲学思想研究 [M]. 南京：江苏人民出版社，2005.

[47] 吉尔·德勒兹. 尼采与哲学 [M]. 周颖，等，译. 北京：社会科学文献出版社，2001.

[48] 蒋培坤，丁子霖. 古希腊罗马美学与诗学 [M]. 太原：山西人民出版社，1987.

[49] 卡尔·洛维特. 从黑格尔到尼采 [M]. 李秋零，译. 北京：生活·读书·新知三联书店，2006.

[50] 康德. 纯粹理性批判 [M]. 蓝公武，译. 北京：商务印书馆，1997.

[51] 克罗齐. 美学原理 美学纲要 [M]. 朱光潜，等，译. 北京：外国文学出版社，1983.

[52] 克罗齐. 作为表现的科学和一般语言学的美学的历史 [M]. 王天清，译. 北京：中国社会科学出版社，1984.

[53] 寇鹏程. 古典、浪漫与现代——西方审美范式的演进 [M]. 上海：上海三联书店，2005

[54] 拉曼·塞尔登. 文学批评理论——从柏拉图到现在 [M]. 刘象愚，陈永国，等，译. 北京：北京大学出版社，2003.

[55] 雷蒙·威廉斯. 现代悲剧 [M]. 丁尔苏，译. 南京：译林出版社，2007.

[56] 雷纳·韦勒克. 近代文学批评史（第一卷）[M]. 杨岂深, 杨自伍, 译. 上海: 上海译文出版社, 1987.

[57] 雷内·韦勒克. 批评的概念 [M]. 张今言, 译. 北京: 中国美术学院出版社, 1999.

[58] 雷内·韦勒克. 近代文学批评史（第四卷）[M]. 杨自伍, 译. 上海: 上海文艺出版社, 1997.

[59] 廖可兑. 西欧戏剧史（上、下）[M]. 北京: 中国戏剧出版社, 2002

[60] 刘若端. 十九世纪英国诗人论诗 [M]. 北京: 人民文学出版社, 1984.

[61] 罗伯特·阿·马丁. 阿瑟·米勒论剧散文 [M]. 陈瑞兰, 杨淮生, 选译. 北京: 生活·读书·新知三联书店, 1987.

[62] 洛维特, 沃格林, 等. 墙上的书写——尼采与基督教 [M]. 田立年, 吴增定, 等, 译. 北京: 华夏出版社, 2004.

[63] 吕西安·戈德曼. 隐蔽的上帝 [M]. 蔡鸿滨, 译. 天津: 百花文艺出版社, 1998.

[64] 吕晓平. 戏剧学研究导引 [M]. 南京: 南京大学出版社, 2006.

[65] 吕新雨. 神话·悲剧·《诗学》: 对古希腊传统诗学的重新认识 [M]. 上海: 复旦大学出版社, 1995.

[66] 马克·埃德蒙森. 文学对抗哲学 [M]. 王柏华, 马晓冬, 译. 北京: 中央编译出版社, 2000.

[67] 马克思, 恩格斯. 论文学与艺术（一）[M]. 北京：人民文学出版社, 1982.

[68] 麦·莱德尔. 现代美学论文选 [M]. 孙越生, 等, 译. 北京：文化艺术出版社, 1988.

[69] 曼弗雷德·弗兰克. 德国早期浪漫主义美学导论 [M]. 聂军, 等, 译. 长春：吉林人民出版社, 2006.

[70] 米·费·奥甫相尼科夫. 黑格尔哲学 [M]. 侯鸿勋, 李金山, 译. 北京：生活·读书·新知三联书店, 1979.

[71] 米歇尔·福柯. 词与物——人文科学考古学 [M]. 莫伟民, 译. 上海：上海三联书店, 2001.

[72] 莫伟民. 主体的命运 [M]. 上海：上海三联书店, 1996.

[73] 彭修银. 中西戏剧美学思想比较研究 [M]. 武汉：武汉出版社, 1994.

[74] 皮亚杰. 发生认识论原理 [M]. 王宪钿, 等, 译. 北京：商务印书馆, 1981.

[75] 邱晓林. 从立场到方法——二十世纪国外马克思主义意识形态文艺理论研究 [M]. 成都：巴蜀书社, 2006.

[76] 邱紫华. 思辨的美学与自由的艺术——黑格尔美学思想引论 [M]. 武汉：华中师范大学出版社, 2006.

[77] 任生名. 西方现代悲剧论稿 [M]. 上海：上海外语

教育出版社，1998.

[78] 石璞. 西方文论史纲 [M]. 成都：四川大学出版社，1992.

[79] 时晓丽. 中西悲剧理论比较 [M]. 西安：西北大学出版社，2001.

[80] 司汤达. 拉辛与莎士比亚 [M]. 王道乾，译. 上海：上海译文出版社，1979.

[81] 苏珊·桑塔格. 反对阐释 [M]. 程巍，译. 上海：上海文艺出版社，2003.

[82] 塔塔科维兹. 古代美学 [M]. 杨力，译. 北京：中国社会科学出版社，1990.

[83] 托马斯·库恩. 科学革命的结构 [M]. 金吾伦，胡新和，译. 北京：北京大学出版社，2003.

[84] 瓦迪斯瓦夫·塔塔尔凯维奇. 西方六大美学观念史 [M]. 刘文潭，译. 上海：上海译文出版社，2006.

[85] 汪民安，等. 后现代性的哲学话语——从福柯到赛义德 [M]. 汪民安，译. 杭州：浙江人民出版社，2000.

[86] 汪民安. 福柯的界线 [M]. 北京：中国社会科学出版社，2002.

[87] 王春元，钱中文. 英国作家论文学 [M]. 汪培基，等，译. 北京：生活·读书·新知三联书店，1985.

[88] 王宁. 精神分析 [M]. 成都：四川文艺出版

社，1989.

[89] 王乾坤. 文学的承诺［M］. 北京：生活·读书·新知三联书店，2005.

[90] 卫姆塞特，布鲁克斯. 西洋文学批评史［M］. 颜元叔，译. 北京：中国人民大学出版社，1987.

[91] 乌纳穆诺. 生命的悲剧意识［M］. 哈尔滨：北方文艺出版社，1987.

[92] 吴光耀. 西方演剧史论稿［M］. 北京：中国戏剧出版社，1989.

[93] 伍蠡甫，胡经之. 西方文艺理论名著选编（上、下）［G］. 北京：中国人民大学出版社，1987.

[94] 西格蒙德·弗洛伊德. 论文学与艺术［M］. 常宏，等，译. 北京：国际文化出版公司，2001.

[95] 锡德尼，扬格. 为诗辩护 试论独创性作品［M］. 钱学熙，袁可嘉，译. 北京：人民文学出版社，1998.

[96] 谢庆绵. 西方哲学范畴史［M］. 南昌：江西人民出版社，1987.

[97] 雅克·敦德. 黑格尔和黑格尔主义［M］. 栾栋，译. 北京：商务印书馆，1995.

[98] 雅斯贝尔斯. 存在与超越［M］. 余灵灵，徐信华，译. 上海：上海三联书店，1988.

[99] 亚里士多德，贺拉斯. 诗学 诗艺［M］. 罗念生，杨周翰，译. 北京：人民文学出版社，1982.

[100] 亚里士多德. 诗学［M］. 陈中梅，译. 北京：商

务印书馆，2005.

[101] 亚里士多德. 形而上学［M］. 吴寿彭，译. 北京：商务印书馆，1991.

[102] 亚里士多德. 亚里士多德全集（第1卷）［M］. 北京：中国人民大学出版社，1990.

[103] 闫广林. 历史与形式［M］. 上海：上海社会科学出版社，2005.

[104] 杨成寅. 美学范畴论［M］. 杭州：浙江美术学院出版社，1991.

[105] 杨春时. 美学［M］. 北京：高等教育出版社，2004.

[106] 杨大春. 傅柯［M］. 台北：生智文化事业有限公司，1997.

[107] 耶日·格洛托夫斯基. 迈向质朴戏剧［M］. 魏时，译. 北京：中国戏剧出版社，1984.

[108] 余虹. 艺术与归家——尼采·海德格尔·福柯［M］. 北京：中国人民大学出版社，2005.

[109] 余秋雨. 戏剧理论史稿［M］上海：上海文艺出版社，1983.

[110] 雨果. 论文学［M］. 柳鸣九，译. 上海：上海译文出版社，1980.

[111] 约翰·霍华德·劳逊. 戏剧与电影的剧作理论与技巧［M］. 赵齐，译. 北京：中国电影出版社，1961.

[112] 张世英，等. 康德的《纯粹理性批判》［M］. 北

京：北京大学出版社，1987.

[113] 章安祺. 缪灵珠美学译文集（第一、二、四卷）[M]. 北京：中国人民大学出版社，1987.

[114] 郑元. 艺术之根——艺术起源学引论[M]. 长沙：湖南教育出版社，1998.

[115] 中国社会科学院外国文学研究所，等. 卢卡契文学论文集（一）[M]. 北京：中国社会科学出版社，1980.

[116] 周春生. 悲剧精神与思想文化史论[M]. 上海：上海人民出版社，1999.

[117] 周国平. 尼采：在世纪的转折点上[M]. 上海：上海人民出版社，1986.

[118] 周宁. 比较戏剧学[M]. 上海：上海社会科学出版社，1993.

[119] 周宪. 文化现代性与美学问题[M]. 北京：中国人民大学出版社，2005.

[120] 朱狄. 当代西方艺术哲学[M]. 北京：人民出版社，1994.

[121] 朱光潜. 悲剧心理学[M]. 合肥：安徽出版社，1996.

[122] 朱光潜. 西方美学史（上、下）[M]. 北京：人民文学出版社，1979.

[123] 竹内敏雄. 美学百科词典[M]. 长沙：湖南人民出版社，1988.

二、英文文献

[1] Carlson, Marvin. Theories of the Theatre[M]. New York: Cornell University Press, 1984.

[2] Corrigan, Robert W. Tragedy Vision and Form[M]. NewYork: Harper & Row, 1981.

[3] D. D. Raphael. The Paradox of Tragedy[M]. Indianapolis: Indiana University Press, 1960.

[4] Drakakis, John and Liebler, Naomi Conn. Tragedy[M]. New York: Addison Wedley Longman Inc., 1998.

[5] Eagleton, Terry. Sweet Violence: The Idea of Tragedy[M]. New Jeresy: Blackwell Pubishers Ltd, 2003.

[6] Heath, Malcolm. The Poetics of Greek Tragedy[M]. Stanford: Stanford University Press, 1987.

[7] Kaufmann, Walter. Tragedy and Philosophy[M]. New Jeresy: Princeton University Press, 1992.

[8] Misra, K. S. Modern Tragedies and Aristotles Theory[M]. New Delhi: Caxton Press(P)Ltd, 1981.

[9] Ocsar, Mandel. A Definition of Tragedy[D]. New York: NewYork University, 1961.

[10] Orr, Jhon. Tragic Drama and Modern Society[M]. New Jersey: Barnes & Noble Books Totowa, 1981.

[11] Palmer, Richard. H. Tragedy and Tragedy Theory[M]. New York: Greenwood Press, 1992.

[12] Roche, Mark William. Tragedy and Comedy[M]. New

York: State University of New York Press, 1998.

[13] Sidnell, Michale. J. Sources of Dramatic Theory, 1: Platoto Congreve [M]. Cambridge: Cambridge University Press, 1991.

[14] Sidnell, Michale. J. Sources of Dramatic Theory, 2: Voltaire to Hugo [M]. Cambridge: Cambridge University Press, 1991.

[15] Steiner, George. The Death of Tragedy [M]. New Haven: Yale University Press, 1996.

[16] Storm, William. After Dionysous: A Theory of Tragic [M]. New York: Cornell University, 1998.

[17] Szondi, Peter. An Essay on the Tragic [M]. Stanford: Stanford University Press, 2002.

后　记

　　本书从完稿到出版，耗费了整整十年。
　　十年前，仗着我的导师周宁先生的宽容和厚爱，凭着自己对西方悲剧批评与理论的热爱和敬仰，我将西方悲剧理论作为自己博士学位论文的选题。"侯门一入深似海，从此萧郎是路人。"浩如烟海的研究资料远远超出我的想象，而收集和整理资料的难度更是让我产生了"力有不逮、无以为继"的恐惧。导师周宁先生的适时点拨和循循善诱，最终使我找到了西方悲剧理论史研究的明确方向和具体路径。
　　本书运用福柯"知识型"理论，从摹仿与创造、悲剧性、悲剧情节、悲剧人物、悲剧演出、悲剧反应和悲剧的终结这七个悲剧范畴入手，通过对两千五百多年的西方悲剧批评理论发展变迁的整体把握，比较全面地讨论了西方悲剧理论的转型问题。本书认为，西方悲剧理论的转型是借助悲剧范畴的局部或全面的转换，在18世纪末19世纪初完成了由古典悲剧理论向现代悲剧理论的转型。古典悲剧理论是一种以摹仿范畴为前提、以悲剧情节范畴为中心构建的具有真善美尤其是真善价值和功用的悲剧范畴体系，现代悲剧理论则是一种以创造范畴为前提、以悲剧性范畴为核心构建的以美的（审美）价值为导向的悲剧范畴体系。

十年间，拙作完稿的满满自信逐渐磨灭，领受博士帽的欢喜也已零落成泥碾作尘，而想要留一个"苦吟"故事在人间传播的梦想也在喂马、劈柴、周游世界和关心蔬菜、房子的尘世幸福中完全沦陷。出版拙作更像童年时代的一个愿望，因过于遥远而被遗忘得干干净净。2018年春天，一个惠风穿过暖阳的午后，这部蹉跎十年的书稿，在重庆三峡学院文学院郭作飞院长和王志清副院长、传媒学院申载春院长的关心和督促下，终于迎来了出版机遇。

本书的写作从他人那里获益良多，本书的出版得益于重庆三峡学院文学院"三峡学者文库"的鼎力支持，也得益于四川大学出版社编辑徐凯富有成效的工作，在此一并致以最真挚的感谢！

由于笔者才疏学浅，书中的幼稚、不足和疏漏在所难免，恳请读者不吝赐教！

陈振华

2018 年季春